Kristina Moninger

Four Secrets to Share

KRISTINA MONINGER

FOUR SECRETS *to Share*

ROMAN

BREAKING WAVES

Forever

Forever by Ullstein
forever.ullstein.de

Wir verpflichten uns zu Nachhaltigkeit
- Papiere aus nachhaltiger Waldwirtschaft und anderen kontrollierten Quellen
- Druckfarben auf pflanzlicher Basis
- ullstein.de/nachhaltigkeit

MIX
Papier
FSC® C014496

Originalausgabe bei Forever
Forever ist ein Verlag der Ullstein Buchverlage GmbH Berlin
1. Auflage Juli 2024

Umschlaggestaltung: Favoritbuero GbR - Bettina Arlt
Titelabbildung: © Wonderful Nature / Shutterstock
Gesetzt aus der Albertina powered by *pepyrus*
Druck- und Bindearbeiten: GGP Media GmbH, Pößneck
ISBN 978-3-95818-754-2

Für Tom,
my love

**If you don't become the ocean,
you'll be seasick every day.**

LEONARD COHEN

Prolog

Wir tragen unsere Surfbretter über unseren Köpfen zur Wasserkante. Jede von uns einen Lei – eine hawaiianische Blumenkette – um den Hals. Auch wenn ein Paddle-Out nicht zu unserer Kultur gehört, nicht eine unserer Traditionen ist, so fühlt es sich dennoch richtig an, so zu gedenken. Es ist echter, tiefer, bedeutsamer, als einen Sarg in einem Erdloch zu versenken.

Von jenem Tag im Krankenhaus an war klar, dass es das ist, was wir machen wollen. Unsere Art, uns zu verabschieden, musste mit einem Surfbrett zu tun haben. Mit Wellen und diesem kollektiven Gefühl der Verbundenheit. Zueinander und zur Natur. Wir haben keine Leiche, die wir zu Grabe tragen können. Aber es ist genug, ein Gefühl in unserer Mitte zu balancieren und auf unseren Boards in den Ozean zu paddeln. Nebeneinander schlagen unsere Arme ins Wasser, mit kräftigen Zügen und kosmischer Energie.

In diesem Moment sind wir vereint, begreife ich. Wir sind Familie. Das Zeichen des Respekts ist auch eines von wiedergefundener Schwesternschaft. Jahre und Ereignisse, Geheimnisse und Intrigen haben uns getrennt. Aber hier in unserem tiefen Empfinden rücken wir einander wieder näher.

Es gibt keine Worte für das Gefühl, keine Sprache, die ausdrücken kann, wie ich jetzt und hier zwischen diesen Frauen empfinde. Stumm verständigen wir uns auf den Ort im Wasser, an dem wir innehalten, unsere Boards drehen und einen kleinen Kreis bilden. Wir setzen uns auf, die Beine links und rechts vom Brett, und strecken die Arme aus. Fassen einander mit Händen und Herzen. Die Emotionen in mir schießen wie Wellen durch mein ganzes Sein. Die Wut und auch die Liebe, die Verzweiflung im Vergangenen sowie die Euphorie eines Neuanfangs, die Trauer und die Freude, die Traurigkeit und die Hoffnung. Sie alle finden hier zusammen, schließen wie unsere Körper einen Kreis.

Eine nach der anderen hebt den Lei an, streift ihn langsam und vorsichtig über den Kopf, bereit, ihn in der Mitte unseres Kreises abzulegen. Wir feiern den Abschied, und wir feiern das Leben.

Dann heben wir unsere Stimmen zu jenem Chant, den wir zuvor gemeinsam ausgesucht haben.

Ho ike mai ke aloha. Lass deine Liebe über die ganze Welt fließen und fliege wie ein Vogel.

I

»Na dann, aloha«, murmele ich vor mich hin. Ich sitze auf einem der froschgrünen Stühle, die mein Mitbewohner Qualle vor seiner spartanisch eingerichteten Hütte aufgebaut hat, und beobachte die Truppe, die aus dem Reisebus steigt, der soeben angekommen ist. Die Touris mustern die karge, unaufgeregte Umgebung, die so völlig anders sein muss, wie man sich Hawaii vorstellt. Hier am Kamehameha Highway wehen zwar Palmen im Wind, aber besonders spektakulär ist die Aussicht nicht. Viel mehr als ein paar wettergegerbte, schäbige Hütten, weiße Pavillons mit Surfequipment und zwei Foodtrucks gibt es nicht zu sehen. Auf der anderen Straßenseite befinden sich ein Parkplatz, eine kleine felsige Bucht und Absperrzäune. Der Treffpunkt für die Tour ist mein erster Streich. Aber warum sollte ich auch irgendwohin fahren, wenn die Meute genauso gut zu mir kommen kann? Qualle, der eigentlich Benni heißt, findet mich prätentiös, dabei glaube ich, er weiß nicht mal, was das genau bedeutet.

»Deine Opfer für heute?«, fragt Qualle und drückt mir einen Becher Kaffee in die Hand. »Die Armen.«

»Ach was, selbst gewähltes Leid. Wollen wir wieder wetten?«

»Nationalitäten?«, will er wissen, legt seinen Kopf mit dem schrecklichen Topfschnitt zur Seite und streicht sich über den ebenfalls schrecklichen Schnurrbart. Wie fast jeder hier auf Hawaii hat er vielfältige Wurzeln. Qualle ist ein Baum, dessen Zweige sich in alle Himmelsrichtungen erstrecken. Sein Genpool ist so bunt wie die Auswahl in seinem kleinen Shop.

»Europäer, hauptsächlich Deutsche.«

»Gut, dann sage ich, sie fragen dich bereits nach fünf Minuten.«

»Mutig heute, hä?« Ich grinse ihn an.

»Europäer, Deutsche im Besonderen, sind sehr direkt«, erklärt er.

»Wie viele Deutsche kennst du bitte?«

Qualle zuckt mit den Achseln. »Bestimmt so zwei oder drei. Also, was sagst du? Wann fragen sie dich, wie es passiert ist?«

»Nach der Einführung, kurz bevor wir Pupukea erreicht haben. Ich gebe ihnen fünfzehn Minuten.«

»Einsatz?«, erkundigt sich Qualle und setzt sich neben mich auf einen blauen Liegestuhl, der ebenso billige Plastikware ist wie die Pseudo-Blumenketten der zwei Blondinen, die sich auf der anderen Straßenseite pikiert umsehen.

»Spam Musubi aus dem Waikane Store«, sage ich, ohne nachzudenken.

»Scheiße, Lee, nicht dein Ernst«, schimpft Qualle und spuckt seinen Kaugummi vor mir ins verdorrte Gras. »37 Meilen für ein Stück gegrilltes Fleisch auf Sushi-Reis?«

Ich zucke mit den Achseln. »Gegrilltes, karamellisiertes Fleisch. Und du hast die Nori-Blätter vergessen. Ich lebe für Spam Musubi, nur deswegen bin ich noch auf Hawaii.«

»Wo solltest du denn sonst sein?«, fragt er verständnislos. Die Antwort bleibe ich ihm und mir schuldig. Er hat ja recht, wo sollte ich schon hin. Ob hier oder sonst wo, es ist ja auch völlig egal. Der

Ort ändert nichts an der Situation. Ich halte Qualle meine Hand hin, damit wir die Wette besiegeln können. Dann überquere ich die Straße und begrüße die Bustruppe: »Ich bin Lee und euer Tourguide für heute. Ich bin hier geboren, und wenn ihr erwartet, dass ich euch langweilige Facts wie Einwohnerzahlen und Quadratmeter oder so einen Bullshit vorlabere, dann solltet ihr die Tour noch schnell umbuchen. Ich karre euch auch garantiert nicht dahin, wo alle landen, okay? Also wenn ihr in euren angesagten Recycelrucksäcken aus Bananenblättern eine To-do-Liste für O'ahu habt, dann könnt ihr sie entweder fachgerecht hinter mir entsorgen«, ich deute auf einen Mülleimer am Straßenrand, »oder aber ihr macht zu Hause ein nettes Feuerchen damit. Wer die Hotspots sehen will, kann sich eine YouTube-Doku anschauen. Und nein, bevor jemand fragt, an den Waikiki Beach fahren wir nicht.«

Betretenes Schweigen, kurzes Kichern. Nichts, was ich nicht schon kenne.

Irgendwann im Laufe der Tour, während ich den Touris eine Märchenversion über den Verlust meines linken Arms erzähle, schaue ich aus dem Busfenster hinaus in die Landschaft. Auf die Wellen, die sich unten am Laniakea Beach brechen, der für seine Riesenschildkröten bekannt ist. Blicke auf das satte Grün der sich erhebenden Berge im Hintergrund und auf Häuser, die auf so klangvolle Namen wie Mokuleia und Waialua hören. Und ich wünschte, ich würde etwas spüren oder zumindest die Schönheit der Natur wertschätzen. Aber da ist nichts außer dieser Leere in mir.

»Du bist die mieseste Reiseführerin, die ich kenne«, schimpft Milo, der Busfahrer, dessen pinkes Hemd farblich perfekt auf das Logo von Pearl Travel abgestimmt ist, als ich am Ende der Tour den Bus verlasse.

»Ich nehme das als ein Kompliment«, erwidere ich und versuche zu grinsen. »Übrigens, wusstest du, was Touristen an jedem Ort der Welt gemeinsam haben?«

Milo seufzt. »Sag es mir.«

»Sie sind überall gleich dumm.«

Aber Milo lacht nicht, er mustert mich stattdessen streng. »Lee Baker, meinst du nicht, dass du es etwas übertreibst mit deinem Hass auf die Welt?«

Ich schaue ihn überrascht an. »Ich hasse die Welt nicht, ich liebe sie.«

»Dann liegt es wohl daran, dass du dich selbst nicht liebst.«

Und damit hat er mich zum ersten Mal sprachlos gemacht. Tatsache ist, er hat recht. Ich liebe mich selbst nicht. Nicht mehr.

• • •

Qualle sitzt auf der Couch und stopft irgendetwas in sich rein, als ich nach Hause komme. Auf seinem Schoß ruht die Tonschüssel, die Dakota mal angeschleppt hat, als sie in ihrer Töpferphase war. Verfluchte Scheiße, warum gibt es hier immer noch Sachen von Dakota? Als wollte sie uns selbst nach ihrer Abreise noch ständig daran erinnern, dass sie einmal hier zu Hause gewesen ist. Morgen werde ich die Schale nehmen und sie zu dem anderen Nippes in Qualles Shop stellen. So wie ich es mit Dakotas Flossen, ihrem Board und all den anderen Sachen gemacht habe, die sie hiergelassen hat, als gäbe es einen point of return für uns beide. Ich beobachte Qualle. Der Spinner hat sich nicht mal die Mühe gemacht, seinen Wetsuit auszuziehen. Um ihn herum hat sich bereits ein kleiner See gebildet.

»Hey, *bandita*«, ruft er mir zu. Er findet das witzig, ich nicht, aber Qualle ist der einzige Mensch, der mich so nennen darf.

»Sonst noch jemand da?« Die Frage ist eigentlich überflüssig, weil immer irgendjemand hier ist. Das Haus steht nicht nur bis zum Dach voll mit Surfsachen, Möbeln und allerlei sperrigem Kram, es wohnen auch viel zu viele Menschen hier.

Die beiden hinteren Zimmer des einstöckigen Beachhauses hab ich an drei Typen aus Australien vermietet. Im Wohnzimmer schlafen in unregelmäßigen Abständen zwei Mädels aus Europa, Karina und Mareike. Karina spricht mit einem Akzent, der so sehr nach Averys in ihren ersten Jahren in den Staaten klingt, dass es kaum auszuhalten ist.

Wenn die beiden hier sind, muss sich Qualle auf seiner Isomatte zusammenrollen. Meistens schläft auch noch jemand in der Badewanne. Aber hey, das hier ist Hawaii, wer verbringt hier schon viel Zeit drinnen? Hier sind die Leute am Meer, im Wasser, alles dreht sich ums Surfen und Tauchen. So wie das für mich auch mal war. Als Dakota noch da war, hatten wir auch immer Mitbewohner, nur nie so viele. Doch jetzt verliere ich manchmal selbst den Überblick, wer jetzt wieder wen angeschleppt hat, damit er ein paar Tage hier rumhängen kann.

In der Hochsaison, die gerade beginnt, leben in dem Haus bis zu zwanzig Surfer. Die in den Vans auf dem Parkplatz nicht eingerechnet. Ich hab das echt mal geliebt, jetzt finde ich es zum Kotzen. Am liebsten würde ich sie noch heute alle rausschmeißen. Alle bis auf Qualle. Aber North Shore O'ahu ist ein teures Pflaster. Jeder Cent an Miete zählt. Und eines muss man den Leuten lassen, sie tun immer noch so, als würde ich dazugehören. Außer Qualle spricht die Tatsache, dass ich seit zwei Jahren, drei Monaten und vierzehn Tagen nicht mehr surfen war, niemand an.

»Du hast schon wieder Post«, reißt Qualle mich aus meinen Gedanken. Er klopft neben sich aufs Sofa, wo ein Stapel Briefumschläge liegt. »Willst du die Briefe eigentlich mal öffnen?«

»Nein«, sage ich. Ich hab wirklich keine Lust, schon wieder

Dakotas Entschuldigungsversuche zu lesen oder irgendwelche Liebesschwüre, die mir echt am Arsch vorbeigehen.

»Warum abonnierst du Zeitungen aus South Carolina, wenn du sie dann nicht liest?«

»Hast du etwa meine Post aufgemacht?«

»Ich?«, fragt er unschuldig.

»Sonst wüsstest du doch nicht, dass da Zeitungen drin sind!«

»War nichts Interessantes.«

»Qualle!«

»Was?«

»Schon mal was von Postgeheimnis gehört?«

»Schon mal was davon gehört, dass es so was in einer Kommune nicht gibt?«

»Das hier ist keine Kommune, sondern eine Zweckgemeinschaft.«

Qualle fasst sich theatralisch ans Herz. »Autsch.«

Ich lasse mich neben ihn auf die Couch fallen. Mitten in den Pool aus Meerwasser. Neben die Briefe, die erstaunlicherweise noch trocken sind.

»Ah, und es hat jemand für dich angerufen!«

»Wer?«

»Ich bin nicht rangegangen«, sagt er entrüstet. »Ist schließlich dein Handy. Auch wenn du es ständig hier rumliegen lässt, wie deine Post. Aber den Area Code hab ich mir gemerkt. 843. Wer ruft dich aus South Carolina an?«

Qualle ist einer meiner besten Freunde, wahrscheinlich mein einziger richtiger, seit Parker … und Dakota weg sind. Aber Qualle kennt nicht die ganze Geschichte. Er weiß nicht, dass ich nicht aus San Francisco bin, wie ich gern behaupte, sondern von einer kleinen Insel an der Ostküste komme.

»Sagt mir nichts«, antworte ich schnell. »Bestimmt verwählt.«

Oder? Nach all den Jahren wird sich kaum eines der Mädchen bei mir melden. Ich hab mich ja auch nie gemeldet. Es immer vorgehabt, aber nicht gewusst, was ich sagen soll. Und dann, als ich sie gebraucht hätte, hat es sich undankbar angefühlt anzurufen. Wie wenn man zum ersten Mal in die Kirche rennt, wenn man in Not ist, sonst Gott aber am ausgestreckten Arm verhungern lässt.

Ich brauche keine Gefühlsalmosen. Nicht von Avery, nicht von Odina, nicht von Isa. *Vielleicht hat Parker angerufen*, flüstert eine leise Stimme in mir. Ganz sicher war es nicht Parker.

»Sag mal, was futterst du da eigentlich? Ist noch was da?«, frage ich Qualle, um mich abzulenken.

»Maiseintopf. Brauchst auch kein Messer dafür«, sagt er und grinst. Als ob ich in den letzten zwei Jahren, drei Monaten und vierzehn Tagen mit Messer und Gabel gegessen hätte.

»Arschloch«, erwidere ich, grinse aber auch.

»Und wer hat die heutige Wette gewonnen?«

»Ich«, sage ich. »War aber knapp.«

»Hat jemand geheult?«

»Nein, aber Milo ist sauer. Ich hab eine von den Chicas bei der Kajaktour umgeworfen.«

»Du hast was?«

»Sie hat sich geweigert, eine Eskimorolle zu machen, also hab ich nachgeholfen.«

Qualle lacht. »Ich verstehe echt nicht, warum sie dir nicht längst gekündigt haben.«

Ich zucke mit den Achseln. »Es ist eine gute Story, alle wollen die Frau, der ein Hai den Arm abgebissen hat.«

»*Du* bist das Arschloch«, sagt Qualle und lacht so schallend, dass seine Dreadlocks mitwippen.

»Ich weiß«, erwidere ich und nehme ihm die Schale ab. »Bis du mir das Spam Musubi besorgt hast, esse ich den Shit hier.«

2

Ich scheuche ein paar Wildhühner weg, setze mich auf die Treppe, die direkt zur Pipeline führt, und schaue auf die Wellen. Es gibt ein verdammt schönes, verdammt berühmtes Foto von mir auf dieser Treppe. Aus einer anderen Zeit. Einem anderen Leben.

Ein Haus am North Shore, unglaublich, höre ich Parker sagen. Oder habe ich es selbst gesagt, und Parker hat nur die Augen verdreht? Keine Ahnung, warum sich Parker immer noch in meine Gedanken schleicht. Wenn auch nicht mehr ganz so häufig wie in meinen ersten Jahren auf Hawaii … Wenn ich früher aus einer Tube herausgesurft bin, ohne vom Brett zu fliegen, als ich meine erste Sechsmeterwelle gestanden habe, oder im Winter, wenn die gigantischen Swells aus den Tiefen des Pazifiks der Pipeline und ihren drei Riffen zu größter Pracht verhelfen, habe ich stets an Parker gedacht. Ich habe versucht, ihn mir hier vorzustellen. Es ist mir nie gelungen, weil ich seine chirurgisch genauen Carves, seine Eleganz und diesen unbedingten Willen nicht auf einen der unzähligen anderen Surfer projizieren konnte.

Jetzt im Oktober, so kurz vor der Hauptsaison, füllen sich die Strände noch schneller als üblich. Im Winter, wenn die Wellen am

North Shore ihren Zenit erreichen, erlebt die Surfwelt regelmäßig ihr blaugrünes Wunder – Pipeline at its best. Einige Surfer sind jetzt bereits im Line-up. In meinem Magen zieht etwas, und instinktiv schiebe ich die Schildkappe tiefer in mein Gesicht. Wie passend, dass die Cap ein Emblem der World Tour von vor zwei Jahren trägt. Jene Tour, die ich so knapp verpasst habe. Ein Symbol für all das, was ich nach dem Unfall verloren habe. Meinen Arm, Dakota, meine Jobs, meine Sponsoren, meine Leidenschaft, eine gute Portion Lebensmut und eben die erste Teilnahme an der Tour. Gewonnen habe ich eine shitty Anstellung als Tourguide, eine Menge Mitleid, Phantomschmerzen, eine Tonne Sarkasmus gemischt mit Zynismus und den Platz auf der Zuschauertribüne. Ich kann es nicht lassen, obwohl es verdammt wehtut, den Surfern zuzusehen, die sich hier Tag für Tag an der Banzai Pipeline in die big waves stürzen. Ich konzentriere mich wieder aufs Meer, das sich zu einem Gebirge aus Blau auftürmt.

Meinen verbleibenden Arm um meine Mitte geschwungen, sehe ich mich um. Aber niemand schaut in meine Richtung. Das Interessanteste an mir – den Armstumpf – verberge ich in dem leeren Ärmel meiner Jacke. Sodass kaum auffällt, dass mir eine Gliedmaße fehlt. Ein Arm macht etwa sechs Prozent des Körpergewichts aus, das hab ich mal gegoogelt. In meinem Fall sind das knapp sechs Pfund. Ganz schön wenig. In etwa so viel wie ein Longboard. Oder die zwei Shortboards, die da vorn am Strand liegen. Und viel zu leicht für mein verkorkstes Leben. Ach, fick dich, Dakota.

Um die Gedanken an meine Ex-Freundin loszuwerden, denke ich lieber wieder an Parker. Parker war immer der Wettkampfkommentator in meinem Kopf.

»Smooth lines.« – »Dieser Turn, absolut episch.« – »Was für ein Biest von

einer Welle.« – »Big section, sie fliegt raus, eine Carve und kickt dann raus aus der Sicherheit der Barrel.«

Sobald ich von den Surfern wegsehe, kommen Parkers vorwurfsvolle Klänge durch. *Du könntest wieder surfen. Es gibt Boards mit Haltegriff, es ist nicht ausgeschlossen. Sieh dir Bethany Hamilton an, Lee.*

Ach, halt die Klappe, Parker.

Auf der stürmischen See paddelt gerade Griffin Chipman raus. Der Kerl ist noch verrückter als ich und scheut kein Risiko, auch wenn er noch verdammt jung ist. Allerdings auch verdammt gut. Chip traue ich mindestens genauso viel zu wie der Frau neben ihm im Line-up. Carissa Moore könnte die erste Olympiasiegerin im Surfen werden. Ich schlucke. Bei den letzten Meisterschaften, mehr als zwei Jahre in der Vergangenheit, als ich nur noch Zuschauerin war, hat sie einen Satz gesagt, den ich nie vergessen werde. »Lee Baker, du wärst in der Lage gewesen, mir den Rang abzulaufen. Es ist eine Schande. Wenn ich jemanden gefürchtet habe, dann dich.« Jetzt fürchtet sich niemand mehr vor mir. Ich fürchte mich höchstens vor mir selbst.

Dennoch kann ich es nicht lassen zuzusehen. Der Anblick ist majestätisch. Ein Surfer nach dem anderen schnappt sich seine Welle und stürzt sich in die grün schimmernden Tunnel, die ich so lange nicht mehr von innen gesehen habe. Ich verharre, bis die Wellen abgeflacht sich und nur noch kooks und Möchtegerns im Line-up sitzen.

»Wie sieht's aus, *bandita,* willst du deinen Arsch mal hochbewegen? Die Party geht gleich los. Oder muss ich dir helfen, weil dir neuerdings auch ein Bein fehlt?«, brüllt Qualle mich aus meinen Gedanken.

»Schon gut, du Arschloch, ich komme.«

Oben auf der Terrasse hat sich Kenny, der im Surfschuppen kampiert, seine Klampfe gepackt. Um ihn versammelt sich ein gutes Dutzend Leute. Die alte Lichterkette, die Dakota vor vielen Jahren um die Bäume geschlungen hat, beleuchtet die Szenerie. Bierflaschen werden herumgereicht, und überall sitzen Leute barfuß auf den Holzbohlen. Ein paar Boards lehnen am Geländer, und Neos sind zum Trocknen über die wenigen abgeranzten Terrassenmöbel gelegt. Auch ohne all das Equipment sieht man auf den ersten Blick, dass das hier alles Surferdudes sind. Miguel, einer der Brasilianer, trägt wie immer das seltsame Kopftuch und die breite Brille, ohne die er sich nicht mehr zeigt, seit er für diesen Bildband posiert hat. Er tut gern so, als würde er das ganze Jahr in einem Van leben, statt sich bei mir durchzuschnorren. Mareike lümmelt auf Karinas Schoß, und alles wirkt viel zu sehr nach heiler Familie. Die Szene gräbt ein kleines Loch in meinem Magen. Als hätte ich unstillbaren Hunger. Nach Spaghetti am Spieß. Mein Gott, wie lange ist das her. In letzter Zeit passiert es viel zu häufig, dass die Vergangenheit mich in den Schwitzkasten nimmt.

»Hey, Baker, hast du einen Musikwunsch?«, fragt Kenny, nachdem ich mich im Schneidersitz neben Miguel niedergelassen habe.

Einem Impuls folgend sage ich: »Kennst du das neue von Force of Habit?«

»›One Second‹?«

Ich nicke.

Er grinst breit. »Klar!«

Kenny hat natürlich keine Ahnung, dass ich und Avery jahrelang zusammen gesurft sind. Dass sie einst meine Freundin war. Kein Wort würde er mir glauben, es für eine meiner Storys halten.

»Hol die Ukulele und spiel mit!«, fordert er mich auf.

»Muss das sein?«, erwidere ich so gleichgültig wie möglich, während mein Herzschlag sich seltsam beschleunigt. Ich will den Wunsch gerade zurücknehmen und irgendeinen 90er-Jahre-Punk-Song nennen, aber da hat Kenny bereits die ersten Takte angeschlagen. Und einen Augenblick erlaube ich mir, an Avery zu denken. An Isa. An Odina. Und sogar an Josie.

Qualle nutzt den Moment, holt meine Ukulele und legt sie mir in den Schoß. Das Instrument habe ich, anders als mein Surfboard, nach dem Unfall nicht in die Ecke gestellt. Natürlich kann ich mit meinem Armstumpf nicht greifen, aber ich habe bestimmte Zupftechniken, mit denen ich zumindest ein paar Songs begleiten kann. Ich bemerke, wie alle versuchen, mich nicht anzustarren.

»Noch nie einen Einhändigen Ukulele spielen gesehen, oder was?«, frage ich, doch da hat Kenny schon losgelegt. Er hat eine schöne Stimme, aber sie besitzt nicht Averys raue Sexyness und auch nicht Jakes emotionale Bandbreite. Gänsehaut bekomme ich trotzdem, auch dort, wo ich gar keine Haut mehr habe. Es ist die schlimmste Art von Phantomschmerz, weil es sich so anfühlt, als hätte mein Körper zu wenig Raum für meine Gefühle. Einen Arm zu wenig Gänsehaut.

»Guter Song, wirklich guter Song.«

Mareike rutscht auf Karinas Oberschenkel und verzieht das Gesicht. »Aber was soll das bitte bedeuten: ›We pretended oh so humble, what no one ever was‹?«

»Hast du noch nie so getan, als wärst du jemand völlig anderes?«, zische ich Mareike zu. Ich weiß nicht, ob ich nur nicht ertrage, dass sie diesen so perfekten Song beleidigt, oder aber ob ich nur nicht verstehe, wie jemand dieses Gefühl nicht kennen kann.

»Ne, hab ich nicht«, sagt Mareike.

»Du bist eben ziemlich einfach gestrickt«, kontere ich.

Mareike zuckt zusammen, Karina fängt an, ihren Rücken zu streicheln, und ich muss jetzt auch noch an Dakota denken. Verdammt.

»Qualle, ziehen wir einen durch?«, frage ich und bin schon aufgestanden, ehe er antworten kann.

Wir setzen uns runter an den Strand, und das Marihuana betäubt meinen Schmerz auf angenehme Weise. Es macht meine Gedanken ein paar Gramm leichter.

»Sag mal«, meint Qualle irgendwann. »Was ich schon immer von dir wisse wollte …«

Und dann stellt er mir eine Frage, die mir noch nie jemand gestellt hat. Ich bin Tausende Male gefragt worden, wie ich meinen Arm verloren habe. Vielleicht genauso oft, ob ich danach noch einmal gesurft bin. Ich wurde gefragt, woher ich komme, woher meine dunkle Haut und das vergleichsweise helle Haar stammen, ich wurde gefragt, wie es mich nach Hawaii verschlagen hat, warum ich noch immer hier bin, weshalb ich keine Prothese trage oder ob ich mich noch ohne Hilfe anziehen kann.

Qualle fragt: »Wie bist du eigentlich zum Surfen gekommen?«

Und ich antworte.

3

Siebzehn Jahre zuvor

Die Surfer am Strand von Harbour Bridge waren meine Religion. Ich war elf oder zwölf Jahre alt, ein paar Wochen nachdem meine Mutter mit mir aus einem Vorort von Baltimore auf die Insel in South Carolina gezogen war, als ich die Surfer das erste Mal bewusst wahrnahm. Aus purer Langeweile und aus Heimweh nach meinen Freunden hatte es mich aus der Enge des Trailers an den Strand verschlagen. Da waren zwei Surfer im Weißwasser.

Ihr Anblick fesselte mich so, dass ich mehrere Stunden lang am Pier saß und ihnen zuschaute. Dieses Gefühl, etwas Entscheidendes entdeckt zu haben, diese Gier nach etwas noch nicht Greifbarem war so neu und prickelnd, dass mein Herz zu klein schien, um das Gefühl zu speichern. Mein Kopf zu unerfahren, um es zu benennen. Erst später wurde mir klar, dass ich in diesem Moment zum ersten Mal in meinem Leben Bekanntschaft mit der Sehnsucht gemacht hatte.

Daraufhin zog es mich jeden Tag nach der Schule an den Pier. Nicht immer hatte ich Glück, und erst nach ein paar Wochen verstand ich genug vom Wetter, um einschätzen zu können, ob die Surfer am Pier auf Wellen warteten oder ob die Brandung sie an andere Orte meiner neuen Heimat gerufen hatte. Und irgendwann war es nicht mehr genug, nur zuzusehen. Ich wollte Teil dessen werden.

Zuerst machte ich es wie die anderen Kinder auf der Insel. Ich kaufte mir von dem wenigen Taschengeld, das meine Mutter für mich abzweigen konnte, ein billiges Boogieboard und ließ mich von den schaumigen Wellen ans Land ziehen. Ich lernte, aus einer Unterströmung seitlich herauszuschwimmen, und bekam ein Gefühl fürs Wasser. In der Videothek lieh ich mir Surferfilme von Taylor Steele und versank stundenlang darin. Ich wurde zu einer Besessenen.

Die Frau in unserem Nachbartrailer hatte eine erwachsene Tochter namens Jenny, und weil ich *Lords of Dogtown* gesehen hatte, schwatzte ich ihr Jennys altes Skateboard ab. Wie die legendären Jungs aus den Siebzigern wollte ich das Surfen auf die Straße übertragen. Hauptsächlich jedoch übertrug ich meine naive Unfähigkeit vom Meer aufs Land und musste feststellen, dass Beton und Wasser sich bei falschem Verhalten gleich hart anfühlten. Am Pier fand ich ein altes, löchriges Shortboard und beschloss kurzerhand, dass es niemand vermissen würde. Ich nannte das Brett »Al« und startete meine Karriere. Die ersten Versuche gingen schief, natürlich taten sie das. Nur weil ich gesehen hatte, wie andere surften, konnte ich es noch lange nicht selbst. Aber ich wollte nicht aufgeben und imitierte einfach alles, was ich beobachtete.

Ich schnappte die Sprache der Surfer auf, murmelte Begriffe wie »A-Frame«, »Windshell«, »Shorebreak« vor mich hin. Mit ihren magisch klingenden Worten eröffnete ich mir eine neue Welt.

Jede Bewegung der Männer und Frauen auf dem Board spielte ich in meinem Kopf hundertfach ab, bevor ich sie selbst ausprobierte. Schulterblicke, Beinhaltung und die Art ihrer Armschläge. Nichts, was ich nicht in mich aufsog und verinnerlichte.

Ich fing an, mir Zinkpaste ins Gesicht zu schmieren, wie die hartgesottenen Surfer, die stundenlang in der Sonne brüteten und sich einen schmerzhaften sunburn ersparen wollten.

Ich lebte für die Momente, in denen die Surfer sich über die Wellen erhoben. Die frühen Morgenstunden, wenn sie sich wie eine ganz eigene Spezies am Strand versammelten oder im Lineup auf Wellen warteten, waren mir heilig.

Ich machte unzählige Anfängerfehler, ohne dass ein Lehrer mich korrigierte. Ich sprang vom Brett, statt onshore zu paddeln. Ich wusste nie, wie weit vorne auf dem Brett ich stehen sollte. Bis mir einer der Locals einen Aufkleber aufs Brett pappte, damit ich mich besser orientieren konnte. Ich zog mir Blutergüsse an den Fußfesseln zu, weil sich die Leash jedes Mal, wenn ich das Board verlor, um mein Bein wickelte und daran zerrte. Mein Körper sah aus wie der eines misshandelten Kindes. Auch die Finne hinterließ blaue Flecken an Armen, Waden und Brust. Immerhin behielt ich meine Zähne. Dank Bash, einem der Locals, der mir zeigte, wie ein Face Cage – jene Bewegung, mit der man die Arme vors Gesicht hielt und sich schützte – funktionierte.

Ich gehörte zwar immer noch nicht dazu, aber zumindest wurde ich akzeptiert, gegrüßt und nicht mehr nur belächelt. Manchmal lieh mir einer der Surfer sein Board, schubste mich in die etwas größeren Wellen oder gab mir einen Tipp. Der Gang zum Pier oder zum Wash-Out wurde eine tägliche Routine, wichtig wie Zähneputzen, notwendiger als Nahrungsaufnahme und bedeutender als alles andere in meinem Leben.

Meine Mutter kommentierte meine neue Leidenschaft kaum. Es war nicht ihre Art, sich zu viele Gedanken zu machen. Sie hatte auch einfach nicht die Zeit dazu. Sie war froh, dass ich einem harmlosen Hobby nachging. In Baltimore hatten wir in einer Gegend gewohnt, die zunehmend von kriminellen Banden kontrolliert wurde. Wenngleich das kleine Häuschen, das meine Mutter von meinen verstorbenen Großeltern geerbt hatte, nett und gutbürgerlich gewesen war, so hatte sich unser Wohnblock verändert. Meine Mutter war mit mir nach Harbour Bridge gezogen, weil sie nicht wollte, dass ich zwischen Drogendealern und Bandenkriegen aufwachsen musste.

Aber auch wenn ich nicht darauf hoffen konnte, von ihr Geld für einen Wetsuit oder ein richtiges, funktionsfähiges Board zu erhalten, unterstützte sie mich nach ihren Möglichkeiten. Sie machte mir keine Vorschriften, wann ich zu Hause zu sein hatte, solange ich anständige Noten mitbrachte. Weil sie ohnehin kaum zu Hause war, führte ich für einen Teenager ein extrem freies Leben.

So erwartete ich auch, niemanden vorzufinden, als ich eines kühlen Oktobermorgens durchgefroren an unserem Trailer ankam und mir den ganzen weiten Weg hoch in den billigen Norden der Insel überlegt hatte, wie ich an einen Neoprenanzug kommen konnte. Doch die Tür stand offen, und ein einziger Blick ins Innere zeigte mir, dass etwas nicht stimmte.

Das Radio lief, was ungewöhnlich war, denn meine Mutter war sehr gewissenhaft, was den Strom betraf. Sie musste doch längst bei einem ihrer Jobs sein. Ich überlegte. Dienstag. Ja, das war der Tag, an dem sie in der Wäscherei arbeitete und mittags Pizza für die Bianchis ausfuhr. An Dienstagen kam sie immer sehr spät nach Hause.

Ich stand unschlüssig vor der Tür, wusste nicht, was ich tun sollte. Im Radio plärrten Brandy & Monica »The Boy is mine«. Ein Einbrecher würde wohl kaum das Radio anschalten.

»Lee?«, hörte ich sie erschöpft keuchen.

»Mom?«

Ich sprang in den Trailer und sah ihren Rücken. Meine Mutter hing gekrümmt über der Kloschüssel. Ich kniete mich hinter sie und legte die Hand zwischen ihre Schulterblätter. »Mom, was ist los?«

Ihr weißer Arbeitskittel war klatschnass. »Mom, was ist passiert?«

Ich versuchte mich zu erinnern, ob ich meine Mutter je krank gesehen hatte. Aber es wollte mir nicht einfallen. Nie hatte ich sie irgendwie schwach erlebt. Keine Erkältung, kein Jammern, nie ein Tag, an dem sie von der Arbeit ferngeblieben wäre.

»Hilf mir hoch, bitte«, stöhnte sie.

Ich sah auf meine Hände, dann auf meine Mutter, auf ihr helles Haar, das an ihrem Nacken klebte, bemerkte auf einmal, wie dünn und ausgefranst es wirkte. Dann endlich griff ich unter ihre Arme. Spürte ihre harten Knochen und hob sie hoch. Ich hatte es mir schwer vorgestellt, aber es war leicht. Viel zu leicht. Mich rückwärts durch den winzigen Gang unseres Wohnwagens bewegend, zog ich sie hinter mir her, bis ich sie an unserem winzigen Tisch absetzte. Kalte Perlen bildeten sich auf meiner Stirn.

»Was ist passiert, Mom? Bist du überfallen worden?« Eine andere Erklärung hatte ich nicht. Im Radio klang rauschend, als hätte meine Anwesenheit im Trailer den Empfang gestört, »My heart will go on«. Wie absurd das alles war.

Mom stützte ihr Gesicht in die Hände. »Ich muss zur Arbeit.«

Ich sah sie an. Sie hatte dunkle Ringe unter den Augen. Zum ersten Mal fand ich meine Mutter alt.

»Aber so kannst du doch nicht arbeiten gehen!«

Mom machte Anstalten, sich zu erheben, aber sie kam nicht hoch. Vorsichtig ging ich vor ihr in die Knie und knöpfte ihr langsam den nass geschwitzten Kittel auf. Wir lebten seit geraumer

Zeit auf engstem Raum zusammen, und dennoch hatte ich meine Mutter sehr lange nicht mehr nackt gesehen. Ich erschrak beim Anblick ihrer eingesunkenen Brust und der spitzen Knochen. Mit zusammengepressten Lippen zog ich aus dem Schrank über der Essnische ein frisches T-Shirt heraus. Daneben lag sorgsam gefaltet und gestärkt ein zweiter Arbeitskittel. Ich warf ihn über mein nasses Bikinioberteil.

»Ich übernehme deine Schicht heute«, erklärte ich. Sie wollte protestieren, aber dazu war sie zu schwach. Ich griff nach ihrer Hand, um sie kurz zu drücken.

»Aber du hast Schule«, murmelte sie.

»Mach dir keine Gedanken, Mom. Wir wären heute ohnehin nur ins Museum gegangen.«

Es war eine Lüge. So wie ich die nächsten Tage log, als es ihr nur langsam wieder besser ging und ich jeden Morgen, statt den Weg zur Schule einzuschlagen, meinen Rucksack unter dem Trailer versteckte und mir den weißen Kittel überzog. Um acht Stunden illegal in der Wäscherei zu schuften und das Geld, das es am Ende der Schicht bar auf die Hand gab, ins Portemonnaie meiner Mutter zu schmuggeln.

Es war nur das erste Mal von vielen, die folgen sollten. Meine Kindheit endete an diesem Vormittag, aber ich hatte das Wasser, ich hatte das Surfen, ich hatte meine Wellen. Ich kanalisierte alles in meine Leidenschaft, in den Sport und das Gefühl, einer namenlosen Sehnsucht nachzupaddeln.

• • •

Parker lernte ich kennen, weil ich nicht in den Wetsuit pinkeln wollte, den Bash mir geliehen hatte. Am östlichen Ende von Harbour Bridge gab es kaum Dünen, keine Gelegenheit, meine volle

Blase zu entleeren, ohne vom gesamten Line-up dabei beobachtet zu werden, wie ich mich komplett entblößte. Also blieb nur das verlassene Beachfronthaus. Die Treppe, die vom Strand nach oben auf die Veranda führte, war marode, und ich rechnete schon fast damit, dass die Tür verschlossen war. Stattdessen stand sie weit offen.

Drinnen waren ein paar Möbel mit staubigen Bettlaken abgedeckt. Auf dem Boden lagen Mäuseköttel, und alles war voller Sand. Inmitten dieses Drecks saß ein Junge.

»Heilige Scheiße!«, rief ich und presste die Hand an die Brust. Das Wasser tropfte mir aus den Haaren und aus dem Anzug. Der Junge hatte die Arme um seine Knie geschlungen und sah mich an, als könnte er durch mich hindurchschauen.

»Was machst du hier?«

»Ich heule«, sagte der Junge mit dem dunkelblonden ohrlangen Haar. Obwohl er da mitten im Dreck saß, waren seine Klamotten sauber und wirkten teuer. In seinem Haar blitzten helle Strähnen, als hätte ihn die Sonne direkt auf den Kopf geküsst.

»Und was machst du hier?«, fragte er.

»Wollte pinkeln gehen«, sagte ich und musterte seine geschwollenen Augen.

»Aha«, brummte er.

»Wir vergießen also beide Wasser«, stellte ich fest. Und sah zufrieden, dass ein winziges Lächeln über sein Gesicht kroch. Es verschwand gleich wieder.

»Ich hab dich hier noch nie gesehen«, sagte er leise.

»Ich war auch noch nie hier zum Pinkeln.«

»Ich meine, auf der Insel.«

»Und?«

Er zuckte mit den Achseln und schaute dann wieder auf den Boden.

»Willst du mir sagen, warum du heulst?«

»Wieso sollte ich?«

Jetzt war es an mir, mit den Achseln zu zucken. »Na ja, vielleicht wird es dann ja besser.«

»Wenn du mir sagst, was du heute getrunken hast, musst du dann nicht mehr aufs Klo?«

»Punkt für dich«, erwiderte ich. »Weißt du, wo das Bad ist?«

Er deutete mit dem Arm in Richtung Flur. »Da vorne.«

Er war noch da, als ich wiederkam. Ich setzte mich neben ihn und hielt ihm meine Hand hin. »Lee. Freut mich, deine Bekanntschaft zu machen.«

Der Spruch gelang mir gut, wie ich fand. Ich war eine höflichere Version von mir selbst. *Denk dran, Lee, wie du sprichst. Sonst sehen die Leute nicht nur den Trailerpark, sie hören ihn auch.*

Er nahm sie nicht. »Parker«, sagte er schlicht.

»Hi, Parker.«

»Hast du das Klo nicht gefunden?«

»Doch.«

»Warum bist du dann noch hier?«

»Weil ich wissen will, warum du so traurig bist.«

Er sagte nichts.

»Ich weiß schon, du bist eigentlich so ein Megaüberflieger in der Schule und hast heute eine schlechte Note kassiert, deine Eltern sind furchtbar streng, weil sie wollen, dass du mal Anwalt wirst, und jetzt überlegst du, ob du für immer hierbleiben sollst oder es wagen kannst, nach Hause zu gehen und ihnen deine Note zu beichten.«

»Medizin«, gab er zurück.

»Hä?«

»Sie wollen, dass ich Medizin studiere. Und nein, ich hatte noch nie eine schlechte Note.«

»Okay, nice, dann ist es etwas anderes. Du hattest einen Hund namens Heinz, der im stolzen Hundealter von dreiundzwanzig Jahren gestorben ist.«

»Kein Mensch nennt seinen Hund Heinz. Was ist das überhaupt für ein Name?«

»Also kein Hund?«, hakte ich nach.

»Eine Schwester. Namens Mae-Ann. Sie ist nur siebzehn geworden.«

»Fuck, dein Ernst?«, rief ich. »Sorry«, sagte ich etwas leiser.

Er zuckte, als wäre es ihm völlig egal, was ich da eben losgelassen hatte. »Sie mochte es hier. Ich war manchmal mit ihr da, und wir haben uns überlegt, wie die Zimmer aussehen könnten, wenn sie renoviert wären. Aber wir sind nicht fertig geworden. Sie hat sich dann lieber aus dem Fenster gestürzt, als mit mir Farben für das Wohnzimmer auszusuchen.«

Es war eine Weile still, bis auf das leise Tropfen meiner nassen Haare.

»Das ist ein schönes Geräusch«, sagte Parker.

»Vielleicht solltest du es trotzdem einrichten, das Haus. In Gedanken«, schlug ich vor.

»Das geht nicht, ohne sie habe ich keine Ideen.«

»Ich bin gut mit Ideen.«

Parker erwiderte nichts. Aber er sah mich zum ersten Mal richtig an.

»Ich wohne in einem hässlichen Trailer, ich würde gern mal ein richtiges Haus einrichten. Und wir könnten eines der Zimmer besonders schön machen, für deine Schwester.«

»Davon kommt sie auch nicht zurück.«

»Woher willst du das wissen?«

Er sah mich an, als wäre ich der dümmste Mensch auf Erden.

»Sie kann sich ja als Hausgeist hier einnisten.«

»Ich glaube nicht an Geister.«

»Aber es könnte doch sein, oder? Und wenn sie dann hierherkommt, dann soll ihr Zimmer schön sein.«

Parker sagte nichts, aber ich sah, dass sich etwas in seinem Hals bewegte, als wäre da eine ganze Welle voller Tränen, die er schlucken musste.

Ich leckte mir über die Lippen und plapperte drauf los. Weil ich noch nie so einen traurigen Menschen gesehen hatte und weil ich wollte, dass er wieder ein klein wenig lächelte. Wie vorhin. »Wenn ich ein Mädchen wäre, das Mae-Ann heißt, würde ich in einem Zimmer mit einer richtig bunten Tapete wohnen wollen. Dschungelfarben, viel Grün und ein bisschen Rosa. Ein wenig Türkis. Blätter oder Palmen oder so was. Ich hätte gern einen Nachttisch, mit einem abschließbaren Fach. Auf jeden Fall so einen Korb, in den man Klamotten schmeißen kann, und eine Lampe zum Lesen, mit allen Stephanie-Plum-Krimis auf einer Kommode. Die Möbel wären alle weiß, und es gäbe so ein Tablett, damit man im Bett frühstücken kann. Und einen Spiegel wie in einer Theatergarderobe, mit riesigen Lichtern. Der Boden wäre hell, und es gäbe einen flauschigen Teppich. Alles würde zusammenpassen. Nur die Kommode nicht, auf der die Krimis stehen, die wäre knallpink und hätte bunt verzierte Möbelknöpfe.«

Parker war still. Vermutlich hatte ich es mal wieder ein bisschen übertrieben.

»Ich glaube, ich gehe jetzt lieber«, sagte ich.

»Kannst du bleiben?«, murmelte er. »Das klingt schön. Ich würde das Haus gerne mit dir einrichten.«

Ich blieb. Und so trafen wir uns den ganzen Sommer über immer wieder in dem Haus, manchmal auch am Strand. Ein paarmal ging Parker sogar mit mir surfen. Zumindest bezeichneten wir unsere ungelenken Versuche auf dem Board als surfen. So wurde

Parker Johnson mein Freund. In so vielen Dingen war er das absolute Gegenteil von mir. Ruhig, wo ich zu laut, nachdenklich, wo ich zu leichtsinnig war. Und so unglaublich klug, wohingegen ich von so vielen Dingen keinen Schimmer hatte. Wir richteten in Gedanken zusammen das alte Haus ein, malten Skizzen, tanzten zu längst vergessenen Songs durch die leeren Räume, flippten Steine über das flache Wasser der Marsch und fischten mit einer selbst gebastelten Angel nach Barschen, die wir auf einem rostigen Grill am Strand anbrieten. Bis die Ferien zu Ende waren und Parker zurück ins Internat musste.

Ich nahm ihn nie mit ins Forest Hill Retreat, den Trailerpark, in dem ich mit Mom lebte, und er sprach nie wieder ein Wort über Mae-Ann.

4

Von meiner Mutter und Parker erzähle ich Qualle nichts. Diesen Teil der Geschichte ertränke ich in Bier. Mit fortschreitendem Abend leert sich die Terrasse allmählich. Ich höre ein verdächtiges Quietschen aus Richtung des Trampolins und will etwas Anzügliches hinüberrufen, aber meine Zunge ist zu schwer. Kenny singt leise »Fuck Fahrenheit«. Es klingt seltsam. So geflüstert und gehaucht, so ruhig am Feuer. Es ist ein Song, der nach Berlin gehört (was für ein Konzert das war, ich wünschte, ich hätte in der Menge stehen können, anstatt es live auf MTV zu schauen), und es sollte verboten sein, ihn so zu spielen, wie Kenny ihn jetzt spielt. Mit dieser unerträglichen Melancholie. Auch der Alkohol in meinem Kreislauf kann nicht verhindern, dass ich knietief in der Vergangenheit versinke. Ich stehe auf, torkele zum Haus und will mich in mein Bett legen. Aber da hat sich schon eine Frau breitgemacht. Ihr Kopf steckt unter meinem leicht angegilbten Kissen (Dakota war diejenige, die bei uns die Betten bezogen hat). Also schaue ich nach, ob die Couch frei ist. Ist sie. Und sogar trocken. Es liegen allerlei Papiere darauf, aber das könnte mir in meinem Zustand nicht gleichgültiger sein. Ich lasse mich einfach fallen.

Und wache Stunden später vom Gegacker der Wildhühner auf. Ich blinzele. Das Sonnenlicht ist ekelhaft hell. »Licht aus«, blöke ich. Der Geschmack in meinem Mund ist kaum zu ertragen, ich werde aufstehen müssen, um Zähne zu putzen oder wenigstens mit Listerine zu gurgeln. Im Bad stütze ich mich auf das Waschbecken und schaue in den Spiegel. Ich erkenne mich nur halb darin, weil der Spiegel am oberen Rand gesplittert und schon ziemlich blind ist. Wie eine Brille, die man zu lange nicht geputzt hat. Mein Anblick erschreckt mich dennoch. »Fuck, Lee, du siehst aus, als hätte dich jemand aufgefressen und danach wieder ausgekotzt«, sage ich laut zu mir selbst.

»Nimm mal den Zettel aus dem Haar, dann ist es schon nur noch halb so schlimm«, kommentiert eine amüsierte Stimme hinter mir. Ich fahre herum und sehe, dass Qualle auf der Toilette hockt und mir mit der leeren Klorolle zuwinkt.

»Ahhh«, schreie ich und verschwinde unter seinem Gelächter aus dem Bad, ohne mir die Zähne geputzt zu haben. Auf dem Weg zurück ins Wohnzimmer zupfe ich mir den Zettel aus dem Haar. Um die Geräusche aus dem Bad zu übertönen, schalte ich den Fernseher ein. Ich zappe durch die etwa dreißig Standardsender, ohne irgendetwas zu finden, das mich interessiert. Dakota hatte ein Hulu-Abo, war bei HBO und Netflix angemeldet, und ich glaube, wir hatten zeitweise sogar Disney Channel.

Ich lande bei einer Sendung über Fixer-Upper, mit einem Typen, der mal als Breezeblock bekannt war und jetzt irgendeinen Sozialbullshit macht. Interessiert mich nicht die Bohne, also drücke ich weiter, bis ich bei einer Nachrichtensendung hängen bleibe.

Ich hämmere so lange auf dem Plus der Fernbedienung herum, bis die Stimme der Moderatorin endlich laut genug ist.

»Heilige Scheiße!«, entfährt es mir, als die Moderatorin sagt:

»Alexandra Blythe dagegen ist seit Langem überzeugt davon, dass ihre Tochter tot ist. Ist das mütterliche Intuition, Mrs Blythe? Immerhin haben sie zehn Jahre lang intensiv nach Josephine gesucht?«

Neben mir lässt Qualle sich auf die Couch fallen. »Bist du taub, oder was?«

Er schnappt sich die Fernbedienung und regelt die Lautstärke herunter, ich antworte nicht, sondern starre auf den Fernseher, wo tatsächlich Josies Mutter ein Mikrofon unter die ballonartig aufgespritzten Lippen gehalten bekommt und etwas antwortet, was in Qualles nächstem Satz untergeht.

»Ha, ist doch klar, dass die Alte kein Interesse mehr daran hat, ihre Tochter lebend zu finden!« Qualle will umschalten.

»Warte!«

Ich packe seine Hand und halte sie fest. Gerade wird eine Schätzung über Josies Vermögen eingeblendet. Die Zahlen verschwimmen vor meinen Augen, nichts ergibt Sinn.

»Dass Josie ausgerechnet jetzt, kurz vor Erscheinen der HBO-Dokumentation über ihr mysteriöses Verschwinden vor zehn Jahren, tot aufgefunden wurde, hat eine ganz eigene Ironie, nicht wahr?«, kommentiert Qualle.

Ich nicke wie betäubt.

Aus Alexandra Blythes Augen quellen Krokodilstränen. Aber mir ist, als würde ich sie weinen. Echte Tränen, nicht so ein Fake Shit. Ich wische mir über die Wange. Sie ist nass.

»Hey«, sagt Qualle. »Was ist denn los?«

Ich schaue auf meine Hand, auf die Fernbedienung, mit der ich gerade wieder lauter gestellt habe, blicke auf den Bildschirm, wo die Kamera über kristallklarem Wasser und bewachsenen Felshügeln schwebt und dann zu einer verwackelten Aufnahme von den Überresten eines Rollers auf einer Straße voller Schlaglöcher schwenkt. Neben dem Roller steht ein Lkw, quer über die Straße. Das Bild verändert sich erneut und zeigt eine weiße Plane. Ich blinzele. Keine Plane. Ein Leichentuch.

Die Moderatorin kommt wieder ins Bild, ihr Gesicht ist eine Fratze aus aufgemalten Emotionen. Darunter blitzt Sensationsgier.

»Das ist der Coup des Jahres!«, staunt Qualle. Ich möchte ihn schlagen, möchte die Moderatorin verprügeln, ich möchte, dass das aufhört. In mir krampft sich ein Schmerz zusammen, der so schwer zu ertragen ist, dass ich irgendein Ventil brauche. Ich presse meine Finger um das Plastik der Fernbedienung, lasse los, aus Angst, dann die Bilder und mit ihnen Josie verschwinden zu lassen. Als wäre sie das nicht längst.

»Offenbar hat Josephines Leben ein jähes und brutales Ende auf der philippinischen Insel Palawan gefunden.«

Das alles ergibt keinen Sinn. Josie tot. Palawan. Diese surreal wirkenden Gesichter im Fernsehen. Die Tränen auf meiner Wange. Mein Körper ist zu klein für die Gefühle, die ihn überschwemmen, wie ein unterdimensioniertes Gefäß. Wohin damit?

»Aber auf Palawan kann man doch nicht einmal besonders gut surfen!«, sage ich laut. »Warum war sie nicht auf Siargao?«

Ich bemerke Qualles Seitenblick.

Die Moderatorin beendet ihre künstliche Pause. »Der Unfall ereignete sich bereits vor zwei Wochen, die Neuigkeiten drangen jedoch erst heute über die Nachrichtenagentur AP zu Fox News. Die lokalen Behörden vermelden, dass es sich zweifelsfrei um die seit zehn Jahren vermisste Josephine Blythe handelt. Nicht nur trug sie ihren Ausweis bei sich, Alexandra Blythe hat ihre Tochter vor Ort identifiziert und sie in einer spirituellen Zeremonie beisetzen lassen.«

Beigesetzt? Wie kann sie schon beerdigt sein? Alles krampft in mir, und die Nachricht ist noch nicht einmal ansatzweise dahingesickert, wo ich sie auch gar nicht haben will.

»Mach mal deinen Mund zu, was ist denn los?«

Ich kann Qualle nicht antworten.

»Du heulst doch nicht, oder?«

»Nein«, erwidere ich und wische mir noch einmal über die Wange.

Die Moderatorin gurrt: »Wir melden uns in Kürze wieder mit einem Statement von Meryl Streep, die sich zutiefst betroffen über den Tod ihres Patenkindes zeigt. Bleiben Sie dran.«

Josie.

Tot.

Auf Palawan.

Es klingt wie ein Witz. Wie der Titel eines Low-Budget-Thrillers. Die Headline eines Tabloid Paper. Wie der Ticker der April-Fools'-Ausgabe von News America.

Aber doch nicht wie die Realität, oder?

Das ist doch nicht das Ende? Das kann einfach nicht das Ende sein. So gehen Geschichten nicht aus! Josie ist untergetaucht, vor zehn Jahren. Mit meiner Hilfe, mit der Hilfe von Menschen, die sie geliebt haben. Wirklich geliebt haben. Und auch wenn ich sie seit dem Abend des Festivals nie mehr gesehen habe, hatte ich das Gefühl, an ihrem Leben teilzuhaben. Eine Zeit lang zumindest. Palawan also. Ganz abwegig ist das nicht. Die Postbox, über die wir uns geschrieben haben, ist seit Langem abgemeldet. Ich habe keine Ahnung, wo meine Briefe letzten Endes gelandet sind. Insgeheim wusste ich ja, dass Josie nicht bei Anjali bleiben konnte, dass das auch nur eine Zwischenstation war.

Ich greife mir mit der Hand an den Hals, als könnte ich die Flut an Gefühlen abdrehen, die mich zu ertränken drohen.

Palawan. Philippinen. Ein Roller. Ein Lkw. Und Josie.

Das erfahre ich jetzt also über Fox News. Fuck, Lee, wer hätte es dir auch sagen sollen? *Hier ist Josie, calling from heaven, ich bin dann mal tot.*

Ob Avery jetzt in einem Tourbus sitzt und die News im Radio hört? Ob Odina in der Mittagspause zwischen zwei Herz-OPs in der Kantine die anderen Ärzte sagen hört: *Sie haben die Blythe tot in Palawan gefunden.*

Wen?

Na, diesen ehemaligen Kinderstar, der vor Ewigkeiten verschwunden ist.

Nie gehört.

Und Isa? Ich kann mir Isas Gesicht am allerwenigsten dabei vorstellen, wie sie von Josies Tod erfährt.

Der Schmerz macht ein klein bisschen Platz, wird beiseitegedrängt von … einem Gefühl, das ich sofort identifiziere, auch wenn ich es nicht mag. Das ist … Sehnsucht. Weird, sehr weird. Sehnsucht wonach eigentlich? Nach Josie? Nach Odina? Nach Isa? Nach Avery?

»Lee, was ist denn los? Jetzt sag schon!«

Qualles Gesicht ist so nah, dass ich seinen Atem auf der Wange spüre. Ich drücke mit der Fernbedienung gegen seine Brust.

»Qualle, du hast gesagt, eine Nummer aus SC hat mich angerufen, war das eine Frau namens Avery? Oder Isa? Oder Odina?«

»Bin nicht rangegangen«, höre ich ihn ausweichend murmeln.

»Warum ruft mich eine Nummer aus South Carolina an, Qualle? Auf meinem neuen Handy?«, unterbreche ich ihn.

Qualle stockt, und damit ist alles klar.

»Die Briefe …«, fängt er an und windet sich dabei wie eine Schlange. »Vor drei Wochen kam einer, aber du machst die ja nie auf.«

»Oh ja, das kickt total rein, dass du meine Post liest und an Wildfremde meine Handynummer rausgibst.« Langsam werde ich wütend. Was sich zugegeben besser anfühlt als der Schmerz von eben oder die ansonsten vorherrschende ewige Gleichgültigkeit gekoppelt mit meinem Drang zu Sarkasmus, der ja – zu so viel Reflektion bin ich fähig – auch nur eine Kompensation ist für meine Unzulänglichkeiten. Ich schüttele mich. Genug. Ich schreie lieber Qualle an.

Aber der steht plötzlich neben mir, und in seinem Gesicht ziehen sich die Augenbrauen wie Gewitterwolken zusammen. »Wenn ich deine Post nicht öffnen würde, Lee, dann hättest du kein Haus mehr, weil du nie Rechnungen zahlst, wie auch, wenn die Kuverts geschlossen bleiben. Dann hättest du den Gerichtsvollzieher vor der Tür stehen. Das Telefon wäre abgemeldet, das Wasser, der Strom …« Er zählt an seinen Fingern meine Versäumnisse ab.

Auf dem Bildschirm ist die Moderatorin wieder da, und hinter ihr auf einem eingeblendeten Screen ist tatsächlich Meryl Streep zu sehen. Ohne Ton. Als müsste die blöde Flimmerkiste Raum schaffen für das real stattfindende Drama.

Qualle wedelt mit der Hand vor meinem Gesicht herum.

»Reiß dich mal aus deinem Selbstmitleid raus. Du hast alles! Du bist noch da, du hast Freunde, du lebst an der verfickten Pipeline. Du bist am Leben! Du musst nur wieder anfangen, es zu genießen, und nach deinem Glück greifen!«

»Mit links oder mit rechts? Weißt du, das macht einen bedeutenden Unterschied.«

Aber Qualle lacht nicht über meinen lahmen Witz.

»Und offenbar hast du nicht nur hier Freunde, sondern auch dort in South Carolina, auf Haven Bridge …«

»Harbour Bridge«, korrigiere ich scharf. Seltsam, den Namen laut auszusprechen.

Er seufzt. »Auf jeden Fall warten da Menschen, die dich brauchen.«

Ehe ich ihm zuvorkommen kann, hat er nach einem der Briefe gegriffen und hält ihn so hoch, dass ich nicht an ihn rankomme. Failure of my life, dass ich nur knapp über fünf Fuß groß bin.

Qualle räuspert sich und liest vor: »›Liebe Lee, es war wirklich nicht leicht, dich zu finden.‹«

»Lass das, Qualle«, protestiere ich halbherzig.

Unbeeindruckt fährt er fort: »›Du bist also noch auf Hawaii. Und du surfst noch. Wir sehen dich über die größten Wellen reiten und es ist gut und befreiend zu wissen, dass du deinen Traum erfüllt hast. Wir drei, Avery, Isa und Odina, haben durch eine Verkettung von Umständen in den letzten Wochen wieder zueinandergefunden. Wir haben viel geredet, viel über die Vergangenheit, unsere Zeit hier auf Harbour Bridge, aber auch über die Gegenwart. Viel über dich und uns. Lee, wir können die Vergangenheit nicht mehr auf sich beruhen lassen. Und dazu brauchen wir dich. Bitte melde dich, so schnell es geht. Es ist wahnsinnig wichtig. Vielleicht können wir telefonieren. Dann könnten wir es dir besser erklären. Wenn dich dieser Brief erreicht‹«, Qualle bricht ab. »Na ja …«, sagt er etwas kleinlaut. »Ich hab dich immer wieder auf den Brief angesprochen, aber du wolltest ihn ja nicht lesen. Dann war da dieser Moment.« Er beißt sich auf die Lippe. Und ich weiß genau, worauf er anspielt, auf meinen Zusammenbruch vor knapp einer Woche. Ich sehe zur Seite. Will nicht, dass er mich daran erinnert, wie kurz davor ich war, auch den Rest der Tabletten in meiner Nachttischschublade mit Bier und Wein hinunterzuspülen.

»Und dann hab ich dieser Odina eine Nachricht geschickt. An die Nummer, die auf dem Brief steht. Und hab ihr deine gegeben.«

Er schaut jetzt nicht mehr aus wie ein reumütiges Kind, das seinen Spinat nicht essen will.

»Aber du«, seine Stimme wird höher, »gehst ja nicht an dein Handy!«

Ich lasse mich rückwärts auf die Couch fallen. Auf einmal wird mir das alles zu viel. Der Schock über Josies Tod ist überwältigend. Auch wenn ich sie so lange nicht gesehen habe, war sie eine gewisse Konstante in meinem Leben. Zumindest so lange, bis sie dachte, ich hätte ihr Vertrauen missbraucht. Ich bin nicht gut darin, mich um andere Menschen zu kümmern. Es gab auch nie viel Familie in meinem Leben. Nicht wie bei Odina. Keine Geschwister oder Halbgeschwister, wie Avery und Isabella welche haben. Ich weiß nicht, wie Familie geht. Wie man das macht, dass man jahrelang Kontakt hält. Ich hatte immer nur Mom. Und Parker. Bis ich sie beide nicht mehr hatte.

Ich hab das Loch in meinem Herzen, in dem auch meine einstigen Freundinnen stecken, einfach zugeschüttet.

»Ich fühle mich … erdrückt«, stöhne ich.

»Das ist doch ein Anfang«, meint er.

»Sich erdrückt zu fühlen?« Ich linse zu ihm hoch.

»Dass du zugibst, etwas zu fühlen«, korrigiert er. Sein Blick wird dabei ganz weich.

»Und was mache ich jetzt?«

»Ich möchte nicht spoilern, aber ich glaube, du wirst da hinfliegen. Nach Haven Bridge!«

»Sag mal, Qualle, weil ich nie Rechnungen bezahle, müsste ich doch genug Geld für einen Flug nach Charleston haben, oder?«

5

Als der Flieger über O'ahu abdreht, schaue ich absichtlich nicht aus dem Fenster. Ich erinnere mich noch daran, als ich hierherkam und beim Landeanflug zum ersten Mal diese unwirkliche Landschaft gesehen habe. Den Krater des Diamond Head in Honolulu. Es war mir damals, als würde ich auf dem Mond landen, nicht auf einer Insel mitten im Pazifik.

Warum verlasse ich den Mond, um zurück zur Erde zu fliegen? Ich wünschte, ich könnte wenigstens meine widerstrebenden Gefühle im Orbit lassen.

Ich mustere stattdessen meinen Sitznachbarn. »Du kannst die Armlehne nehmen, ich hab keine Verwendung dafür«, sage ich und deute auf meinen Armstumpf.

Der Mann, Ende dreißig, schätze ich, der eine flatterige Hose mit bunten Mustern trägt, schaut betreten zur Seite. Ich habe ihm so sehr den Wind aus den Segeln genommen, dass er sich jetzt vermutlich nicht mehr traut, mir seine Bordkarte unter die Nase zu halten, um nachzuweisen, dass ich auf seinem Fensterplatz sitze.

Eine halbe Stunde lang herrscht Ruhe, dann wird der Typ neben mir nervös. Wenn er mir schon den Fensterplatz überlässt, glaubt er wohl, Anspruch auf Konversation zu haben.

»Wo fliegen Sie hin?«, fragt er förmlicher, als seine Hippiekleidung es vermuten lässt.

»Nach San Francisco, wie der ganze Flieger«, erwidere ich.

»Äh, ja … und von dort aus? Was machen Sie auf dem Festland?«

»Ich fliege direkt weiter.«

Er nickt wissend und ist kurz davor, seine Story zu erzählen. Die mich nicht weniger interessieren könnte.

»Nach Mexiko«, erkläre ich, bevor er anfangen kann. »Weißt du, ich bin Organspenderin. Beruflich. Einen Arm hab ich schon vertickt, mal sehen, was mir das Cártel de Sinaloa für eine Niere und mein rechtes Bein zahlen kann.«

Er starrt mich mit offenem Mund an, und ich lächele. Ich versuche, nicht daran zu denken, warum ich das letzte Mal O'ahu verlassen habe. Und wen ich auf der Rückreise kennengelernt habe. Da saß nämlich kein Wannabe-Hippie, der sich am Waikiki Beach vorkam wie die Reinkarnation von Jim Morrison. Sondern Dakota. Allerdings am Fenster. Weil die schlaue, wortgewandte, sexy Dakota sich niemals von jemandem den Fensterplatz wegnehmen lassen würde.

Schnell, ganz schnell schaue ich raus und stelle mir vor, die Wolken da draußen wären Wellen. Und verwerfe auch diesen Gedanken sofort wieder, weil er traurig macht. *Du könntest trotzdem weiter surfen.* Einen Scheiß kann ich.

Als ich kurz vorm Einschlafen bin, stupst der Typ neben mir mich über die Armlehne hinweg an und sagt: »Das war jetzt aber nicht dein Ernst, mit Mexiko, oder? Weil, ich meine, wenn du Geld brauchst, da gibt es doch andere Möglichkeiten … ich …«

Ich lasse die Schultern sinken, das ist nämlich eines der Dinge, die ich noch beidseitig kann. »Nein, ich fliege nach Charleston, dort treffe ich drei Freundinnen, die ich seit zehn Jahren nicht mehr gesehen habe, und ich werde ihnen erzählen müssen, dass ich dafür gesorgt habe, dass die Fünfte von uns verschwinden konnte.«

»Wegen dem Arm, den du an die Organmafia verkauft hast?«, erkundigt er sich mitfühlend, und fast muss ich lachen.

»Wegen des Arms«, korrigiere ich seine Grammatik. *Sprich anständig, Lee, sonst nehmen dich die Leute nicht für voll. Sonst sehen sie nicht nur, dass du aus dem Trailerpark kommst, sie hören es auch noch.*

Alter, jetzt hab ich sogar schon meine tote Mutter im Ohr. Tote Mutter, tote Josie.

»Vielleicht muss ich einfach mal wieder nach Hause«, murmele ich. Genau genommen versuche ich, schon seit Qualle mir den Flug gebucht hat, mir vorzustellen, wie es auf Harbour Bridge sein wird. Den ganzen Weg vom North Shore bis zum Airport habe ich mir verschiedene Szenarien durch den Kopf gehen lassen. Und als meine Tasche auf dem Gepäckband einen Aufkleber mit dem Kürzel SFO erhalten hat, war ich kurz davor umzudrehen, weil es sich so falsch und richtig zugleich angefühlt hat. Wie ein Flug ins Weltall eben. Rein theoretisch weiß ich, wie es da aussieht. Aber es wird trotzdem alles anders sein, als ich glaube.

Jeder Gedanke an Harbour Bridge dreht automatisch eine Schleife in meinem Kopf, bis er immer wieder bei Josie ankommt. Ich ertrage es nicht, es ist zu viel. Also versuche ich, die Erinnerungen an Josie zu überlagern. Und Parkers Leben kann ich mir so gut vorstellen wie eine Folge *Friends*. Nur ohne Lachkonserven. Parker hat sich mit Sicherheit eine Harvard-Absolventin geangelt, die ein Auslandssemester in Europa absolviert hat und superschlau zurückgekommen ist. Die Ahnung vom Klimawandel und eine Meinung zu Elektromobilität und Waffenlobbyismus hat, die Shakespeare liest statt Evanovich. Er wird ihr dann vielleicht von der wilden Lee erzählen, von dem Mädchen aus dem Trailerpark. Und sie wird ihm den Arm tätscheln, ohne einen Hauch von Eifersucht. Wird sagen: Das klingt so romantisch … Und sich denken: *Gut, dass sie absolut keine Konkurrenz für mich ist.*

Parker und Mackenzie (sie muss einfach Mackenzie heißen, vielleicht auch Kaitlin) werden geheiratet haben, in einer hippen Zeremonie. Am Strand vermutlich, elegant, in einem schlichten weißen Kleid, deeper Rückenausschnitt, deepe Rede von Parkers Spießerdad. Ich hätte eine Einladung bekommen, hätte er meine Adresse herausgefunden. Ganz bestimmt. Und ich hätte entweder abgelehnt (sehr wahrscheinlich) oder ich wäre als die bemitleidenswerte Lee zurückgekommen. Ich hätte definitiv das Falsche getragen, wie soll man mit einem Arm auch das Richtige tragen. Und Mackenzie hätte mich angelächelt, ihre Hand auf meine gelegt und gesagt: Wir werden bestimmt gute Freundinnen werden. Parker hat mir so viel von dir erzählt.

Sowohl in meiner Fantasie als auch in der harten Realität ist das der Moment zum Kotzen. Bestimmt haben Mackenzie und Parker einen Golden Retriever namens Boy. Das Haus, o Gott, das Haus ist bestimmt so geschmackvoll eingerichtet, beige mit dezenten Farbakzenten … Jetzt ist mir wirklich übel. Und ich verspüre den Drang, in diesem fiktiven Haus mit sandigen Füßen Kratzer auf dem Parkett zu hinterlassen, Ketchup-Botschaften an die Wand zu schmieren, wie damals. Als Parker und ich in unserer Splatterphase waren. Ach Parker, ich sollte dir dein perfect life ein bisschen mehr gönnen. Trotz allem.

»Alles okay?«, fragt Jim neben mir.

»Alles okay«, erwidere ich. »Hab nur gerade an Mexiko gedacht.«

6

Scheiße, hier hat sich echt gar nichts verändert wechselt sich ab mit *Scheiße, hier sieht ja alles komplett anders aus.* Am liebsten würde ich den Kerl, mit dem ich vom Festland aus hierhergetrampt bin, bitten, mich wieder mit zurückzunehmen. Er ist ein netter Typ, soweit ich das beurteilen kann. Trägt ein Holzfällerhemd mit aufgestickten Initialen. Ist aber trotzdem hot. So Marke Ryan Gosling, nur mit schönerer Augenpartie, längeren Haaren und nicht so geschniegelt. Sein Auto ist auf jeden Fall ultradreckig, was ihn mir sehr sympathisch macht. In Chaos fühle ich mich heimisch.

»Hast du hier schon eine Unterkunft?«, fragt er, als wir unmittelbar vor dem Trailerparkgelände angehalten haben.

»Klar«, lüge ich. Meine Gedanken gingen exakt bis hierhin und nicht weiter. Spontanität ist mein zweiter Vorname. Ich steige aus und sehe aus dem Augenwinkel, dass er ebenfalls die Tür öffnet. Jetzt wird er meine Tasche rausheben.

Alter Falter, wo werden solche Männer geboren? Doch bestimmt nicht auf Harbour Bridge?

»Danke«, sage ich. »Meganett, aber ich schaff das schon.«

»Ja, sorry, wollte mich nicht aufdrängen. Hier ist meine Karte, wenn du mal Hilfe brauchst …«

Gedankenverloren nehme ich die Karte und stecke sie in die Brusttasche meiner Cordbluse, die viel zu warm ist für diese feuchte Hitze in SC.

Welcome back to Harbour Bridge.

Ich schaue rüber zum Trailerpark, in dem Mom und ich gewohnt haben. Er ist noch da, aber nicht mehr so, wie er mal war. *Scheiße, hier hat sich nichts verändert* und *Scheiße, hier hat sich alles verändert* eben. Natürlich wusste ich das, ist ja alles abgebrannt, aber zu sehen, wie es wiederaufgebaut wurde, schockiert mich dezent.

Ich bedanke mich noch mal bei JBM und starre dann auf die 2.0-Version des Forest Hill Retreat, das zum ersten Mal in seinem Trailerparkleben diesem Namen auch gerecht wird.

Alter Falter, ist das creepy. So einen Campingplatz hab ich noch nie gesehen und überlege, wie man das nennt. Luxuszelten? Gibt es da nicht ein Wort für?

Ich schlucke und laufe auf das Tor zu. Dort, wo früher eine Reihe verbeulter Briefkästen stand, die meisten ohne Namen oder mit falschen, befindet sich jetzt eine Schranke. Mit Tor und Knauf, nur dass sich der nicht rührt, als ich daran rüttele. Über mir surrt eine Drohne, ich fühle mich schrecklich beobachtet. Und an Summerstone erinnert, die Klinik, in der Josie damals war. Josie, die jetzt tot ist.

Eine computergenerierte Stimme sagt: »Bitte geben Sie den sechsstelligen Code ein«, und ich kriege so einen Schreck, dass mir eine fette Gänsehaut über beide Arme (ja, über beide) läuft.

Ich hab noch kein Auto wegfahren gehört. JBM und seine zugemüllte Karre sind noch da.

»Hey«, rufe ich. Er hat die Scheibe heruntergelassen und gibt offenbar etwas in sein Handy ein. »Bro, ich hab's mir anders überlegt, bräuchte erstmal was zum Beißen, kannst du mir was empfehlen?«

»Das Crab & Bones hat noch offen«, sagt er, den Kopf aus dem Fenster gestreckt. Mir wird heiß und kalt. Burt und Macey. Macey und Burt. Carolina Crab Cake. So viel Vergangenheit auf einen nüchternen Jetlag halte ich nicht aus. Noch nicht.

»Das klingt nach Fisch«, rufe ich, während ich zum Auto zurückgehe. »Gibt's auch so was wie ein Café?«

»Klar, das Southside Café«, sagt er.

Ah, haben sie das Ding also endlich gebaut. Ob sie sich auch einen Ersatz für die Salvataggio besorgt haben?

Ich nicke. »Klingt perfekt.«

Ich lehne sein Angebot ab, mich dorthin zu fahren. Immerhin weiß ich nur zu genau, wo das Southside Café liegt.

An der Kirche biege ich links ab, um durch Park und Wohngebiete an den Strandabschnitt zu laufen, an dem damals auch der Festivalplatz eingerichtet war. Fast schon gespenstisch, wie ruhig es hier ist. Hin und wieder höre ich das Geräusch eines Motors, aber nie überholt mich ein Auto. Mir fällt auf, dass viele Häuser Überwachungskameras haben, und ich frage mich, ob das an Josies Verschwinden liegt oder daran, dass die Dinger nicht mehr so teuer sind wie früher.

Kurz vor Red's Market fährt ein dunkler Wagen mit getönten Scheiben sehr langsam an mir vorbei. Ich warte schon darauf, dass die Scheibe heruntergelassen wird. Instinktiv sehe ich mich um, aber bis auf eine ältere Frau auf der anderen Straßenseite, die ihren Müll in eine übervolle Tonne stopft, ist niemand zu sehen. Das Auto beschleunigt urplötzlich, so heftig, dass die Reifen quietschen, und ich schüttele mich und meine lächerlichen Ängste gleich mit.

Das hier ist Harbour Bridge, nicht West Baltimore, und der

Kerl im Wagen hat entweder meinen fehlenden Arm begafft oder gehört zu der Sorte Kids, die gern mal mit Papas Auto einen auf dicke Hose machen. Trotzdem bin ich seltsam erleichtert, als ich das Southside Café erreiche.

• • •

Die Beine auf den Stuhl gegenüber gelegt, einen Kaffee vor mir auf dem Tisch und das Meer in der Nase, das hier ganz anders riecht als auf Hawaii, schließe ich die Augen. Ich brauche irgendeine Art von Plan.

Doch meine Gedanken driften ständig ab oder hängen sich auf. Was auch daran liegt, dass die beiden Ladys am Nachbartisch ziemlich laut sind. Eine von ihnen ist eine sehr hektisch sprechende und gestikulierende Afroamerikanerin in Krankenhauskittel und mit absurd schönen Haaren. Die andere ist klein, hat asiatische Gesichtszüge und spricht sehr leise. Gerade reden sie über Häuser. Es gibt nichts Langweiligeres als Immobilien. Außer sie liegen direkt an der Pipeline und haben eine Betontreppe.

»Am schönsten finde ich ja das neu renovierte direkt am Meer, weißt schon, das mit diesem Glasgiebel«, sagt die mit den schönen Haaren.

»Aber es hat keinen Pool, Jaz!«, protestiert ihre Freundin.

»Wozu braucht man einen Pool, wenn das Meer keine zwanzig Yard entfernt ist«, stellt Jaz fest und sammelt Sympathiepunkte bei mir.

»Hast du gehört, wie selbst oben am alten Hafen die Grundstückspreise hochgegangen sind?«

»Eve McLinnleys Sohn hat sich für sagenhafte 950 000 Dollar ein handtuchgroßes Stück Land gekauft. Da muss man schon Anwalt sein oder Arzt, um sich das leisten zu können.«

Anwalt oder Arzt. Ich schnaube innerlich. Oder Profisurfer. Irgendetwas davon ist Parker jetzt ganz sicher. Anwalt oder Arzt oder Profisurfer.

Parker. Ich kann der Versuchung nicht widerstehen, teste den Geschmack seines Namens auf meinen Lippen, wehre mich vergeblich. Zu süß, zu weich, zu heimelig ist er. P A R K E R. Ich spreche seinen Namen ganz leise laut aus. Vorsichtig, als könnte ich ihn in der Mitte entzweibrechen. Par-ker. Die beiden Silben donnern durch mein Nervensystem, katapultieren mich in der Zeit zurück. Ein paar Sekunden lang fühlt es sich an, als wäre ich nur seinetwegen hier. Auf Harbour Bridge, um Parker Johnson wiederzusehen. Was für eine absurd lächerliche Vorstellung. Sein Name rauscht durch meinen Kreislauf. Ich höre ihn, ich *fühle* ihn.

Reiß dich zusammen, Lee. Parker ist selbstverständlich nicht Profisurfer geworden. Das hätte ich schließlich mitbekommen. Ob der feine, brave Parker Johnson Junior sich tatsächlich von seinem alten Herrn zu einem Medizinstudium hat nötigen lassen? Ganz bestimmt sogar. Aus diesem viel zu weichen Gefühl in mir, für das die zwei laut-leisen Silben … Par-ker … verantwortlich sind, wird wieder Wut. Und ich umarme diese Wut, ich sauge sie tiefer in mich und lasse ihr den Raum, den sonst ganz andere Emotionen einnehmen würden.

Ganz egal, was er geworden ist, Parker könnte sich ein Haus hier leisten. Ich schnaube noch einmal. Dieses Mal laut. Ich wüsste sogar, welches er kaufen würde. Nur eines käme infrage. *Kann das sein?* Ich reiße den Kopf hoch und schaue zum Nachbartisch.

Das Haus. Unser Haus. Ich knalle zehn Dollar auf den Tisch und springe auf. Fünf Dollar Trinkgeld für eine Idee.

7

»Das hier ist kein Plan, es ist eine Notlösung. Nur bis ich ausgeschlafen und mir überlegt habe, wie und wo ich weitermache«, murmele ich vor mich hin und stapfe über den glutheißen Sand. Besser, ich spreche mit mir selbst, als ständig Parkers Namen auf der Zunge liegen zu haben.

Die Sonne brennt unbarmherzig, kein Fleckchen Schatten hier unten. Ich könnte auch oben an der Waterfront Avenue entlanggehen, aber da könnte ich unvorbereitet auf Avery treffen. Und um ehrlich zu sein, habe ich eine Scheißangst davor, die Mädchen wiederzusehen. Denn dann werde ich sagen müssen: Es ist schrecklich, dass Josie tot ist. Und übrigens, ich war es, die sie von der Insel geschmuggelt hat.

Unmöglich. Das packe ich nicht. Noch nicht.

Ich erkenne das Haus nicht sofort, laufe daran vorbei und bemerke erst drei Häuser später, dass ich zu weit gegangen bin. Drehe um und fluche leise.

»Scheiße, Parker, sieh dir das an …«

Goodbye Notlösung. So wie das Haus aussieht, ist es nicht unbewohnt. Und mein zweiter Vorname ist eben doch Gene und nicht Spontanität. Dennoch kann ich nicht widerstehen. Ich muss näher ran. Das Haus ist unverkennbar unser Haus und doch so anders. So unperfekt perfekt. Genau wie Parker und ich es uns immer ausgemalt haben. Die riesige Fensterfront hat neue Glaseinsätze, der einst baufällige Balkon ist einer breiten Holzveranda mit gewundener Strandtreppe gewichen. Das Haus hat jetzt weiße Shutters, die nicht krumm und schief am letzten Scharnier hängen, sondern überall – außer an der breiten Front – die kleineren Fenster rahmen. Die Beachvilla ist in bestem Zustand.

Ehe ich mich selbst daran hindern kann, bin ich um das Gebäude herumgegangen und stehe auf der Straßenseite vor dem Haus. Ich schiebe meinen Rucksack links wieder die Schulter hoch, dort, wo stets der Gurt zu weit nach unten rutscht, weil der Stumpf zu kurz ist, um ihn zu halten.

Tja, und was soll ich sagen. Heilige Scheiße, ist das schön. Ich starre auf die pastellorange Haustür, die sich in wunderschönem Kontrast zu dem Weiß und Blau der Fassade abhebt. Und dann fällt mir auch noch die Bank auf der vorderen Veranda auf, die wie eine überdimensionierte Schaukel an langen Seilen baumelt. Ich gehe die Treppe hoch wie hypnotisiert, schüttele den Kopf über die Ventilatoren unter der niedrigen Decke.

Ich würde jeden Abend mit dir auf der Veranda sitzen und Eistee trinken.

Hier steht die Luft, das hält man doch nicht aus. Wir hätten Ventilatoren. Auf der vorderen Veranda.

»Fuck you, Parker. Das ist doch alles nicht wahr«, schimpfe ich.

Aber es ist wahr. Auf dem Türschild steht in Messing graviert unverkennbar sein Name. Den ich schon wieder unabsichtlich laut-leise in Silben zerpflücke. Par-ker John-son. Ich streiche darüber. Und weil ich auf gar keinen Fall jetzt heulen will – so weit kommt es noch –, hole ich mit dem linken Fuß aus und trete gegen einen leeren Retroblumentopf mit der Aufschrift »Basil«. Passenderweise zerbricht er, und ich fühle mich ein klein wenig mehr wieder wie ich selbst. Auch wenn es ein hübscher Topf war und es mir leidtut. Doch als ich mich bücke, um die Scherben zusammenzulesen, fällt mir auf, dass etwas Metallenes aus der trockenen Erde herausragt.

»Was ist das, Parker? Ein schlechter Scherz, oder hängt hier eine Kamera und ich bin gerade live bei irgendeiner dämlichen TV-Show?«

Trotzdem strecke ich mich nach dem Schlüssel und schließe damit die Haustür auf.

8

Vierzehn Jahre zuvor

Der Park, in dem unser Trailer stand, hieß schon immer Forest Hill Retreat. Und jedes Wort davon war eine Lüge. Es gab hier keinen richtigen Wald, einen Hügel schon gar nicht, und ein Rückzugsort war es auch nicht, außer man interpretierte das Wort »Retreat« frei. Als eine Bezeichnung für einen Ort, an dem sich ausnahmslos jeder Bewohner woandershin wünschte. Es fehlte hier an allem. An befestigten Straßen, an einer anständigen Stromversorgung, an Müllentsorgung, an Ruhe und Privatsphäre. Nur an Zusammenhalt fehlte es nicht. Ein Nachbar hatte uns eine alte Duschkabine eingebaut, sodass wir uns nicht mehr in der Küche am Spülbecken waschen mussten. Manchmal nahmen wir uns Shampoopröbchen aus dem Supermarkt mit und streckten sie mit Wasser. Wann immer Mom auf dem Festland war, machte sie auf dem Heimweg halt bei den großen Fast-Food-Ketten, die es auf unserer Insel nicht gab und die deswegen vor der Brücke nach Harbour Bridge besonders gut besucht waren. Wenn nur genügend Menschen bei Taco Bell und McDonald's herumlungerten, konnte man mühelos Sweet-and-Sour- oder BBQ-Soße mitgehen lassen, um ein fades Gericht damit zu pimpen. Es war ein ungeschriebenes Gesetz, niemals einem laut klopfenden Besucher die Tür zum Trailer zu öffnen oder gar ans Telefon zu gehen, wenn man sich nicht hundertprozentig sicher war, wer anrief. Meistens waren es Gläubiger. Einmal die Mutter einer Mitschülerin, die mich wieder zum Geburtstag ihrer Tochter auslud, nachdem sie erfahren hatte, dass wir im Forest Hill Retreat lebten. Wie hätte ich meine Mutter unter diesen Umständen bitten können, mir Surfstunden zu bezahlen? Genauso gut hätte ich sie fragen können, ob wir nächsten Monat in eine Suite ins Seasons ziehen würden. Und dennoch war es mein erklärtes Ziel, im Surfen weiterzukommen, seit ich Andy, den Lehrer der neuen Surfschule auf Harbour Bridge, beim Unterricht beobachtet hatte. Er duldete, dass ich zusah, aber es gefiel ihm ganz offensichtlich nicht, dass ich ständig an der Hütte am Strand herumlungerte.

Doch dann kam mir ein einziges Mal im Leben das Schicksal zu Hilfe. An der Exxon-Tankstelle, die ein erstaunlich sauberes WC mit einer kleinen Dusche für Fernfahrer besaß und in der ich hin und wieder duschte, wenn das Wasser in Forest Hill mal wieder braun und stinkig war, fand ich auf der Ablage des Waschbeckens einen Brustbeutel. So ein Ding, das man Kindern aus guten Familien umhängte, wenn sie am Field Day der Schule teilnahmen. Solche Beutel hatten Kinder, die etwas zu verlieren hatten. Sprösslinge alteingesessener Charlestonians wie Aiden Ravenel. Keine Bakers aus dem Trailerpark. In dem Brustbeutel steckte hinter einer Klarsichtfolie ein Ausweis – ausgestellt auf eine gewisse Elisabeth Warren, wohnhaft in einer Stadt, von der ich noch nie gehört hatte. Ich schaute mir das Bild an. Elisabeth Warren war ein wenig älter als ich, hellerer Teint, eindeutig weiß, aber ihre Augenfarbe passte zu meiner, und mit ein wenig Fantasie könnte ich als Elisabeth durchgehen. Mein Herz schlug schneller, vom Adrenalin befeuert.

Der Gedanke, dass der Ausweis mir irgendwann einmal nutzen könnte, war da, bevor ich auf die Idee kam, das Ding einfach im Fundbüro abzugeben. Fast ein wenig erschrocken über mich selbst steckte ich den Ausweis in den Beutel zurück und bemerkte dabei, dass sich dort ein weiteres Fach befand. Ich fand ein gefaltetes Stück Papier und zog es heraus.

Mir stockte der Atem. »Gibt's ja nicht«, murmelte ich vor mich hin und warf einen Blick in den Spiegel. Aus dem mir, so kam es mir für den Bruchteil einer Sekunde vor, Elisabeth Warren entgegenschaute und zustimmend nickte.

Das Blatt in meiner Hand war ein Voucher für Surfstunden im Point Break, der Surfschule von Andy. Abgestempelt und unterzeichnet, mit dem Vermerk »Paid in advance«.

»Jackpot!«, jubelte ich laut und machte einen kleinen Hüpfer. Wenn das mal kein Wink des Schicksals war. Ich hatte ja noch keine Ahnung, was dieser Zufallsfund für Konsequenzen haben sollte.

• • •

»Wer näher an der Welle ist, hat sozusagen Vorfahrt, reinsnaken ist nicht. Als Anfänger hält man sich ans Weißwasser und kann vielleicht auch mal eine kleine, ungebrochene Welle nehmen. Beim Backside Surfing, also wenn man mit dem Rücken zur Welle steht …« Seit gut zehn Minuten laberte ich Andy ein Ohr ab. In der Hoffnung, ihn irgendwie zu beeindrucken, während er zunehmend genervt war. Aber das hier war meine Chance. Vielleicht meine einzige.

Andy hob die Hand und verließ die Hütte, in der er seine Surfschule untergebracht hatte, vor mir. »Glaubst du ernsthaft, ich kaufe dir ab, dass das dein Ausweis ist? Lee Baker, du lungerst den ganzen Tag überall da rum, wo ein Surfbrett zu sehen ist. Die ganze Insel kennt dich.«

»Aber … hast du gesehen, dass ich neulich, als du hier Unterricht gegeben hast, fast eine Tube erwischt hätte?«

Ein wenig verzweifelt war ich inzwischen schon. Ich war mir so sicher gewesen mit dem Ausweis und dem Voucher, dass mir gar nicht in den Sinn gekommen war, abgelehnt zu werden.

Ich lief ihm nach. »Ich kann dir alles über den Swell erzählen, die Wellensets, wie sich Oberflächenspannung und Schwerkraft auf die Wellen auswirken … Ich hab sämtliche Taylor-Steele-Videos gesehen.«

»Was willst du mir damit beweisen?«, brummte er, ohne sich zu mir umzudrehen.

»Ich beweise dir, dass ich schon eine Menge weiß, sodass du gar nicht anders kannst, als mich in diesen ver- … in diesen verdammt geilen Kurs aufzunehmen.«

Andy reagierte nicht. Ich versuchte es also mit dem Slang, den ich bei den anderen Surfern aufgeschnappt hatte. »C'mon, Dude, noch bin ich ein kook, aber was, wenn du mich zum Pro machst? Ich bin so amped, Bro!«

Er wirbelte herum. »Hältst du mich für blöd?«

Gut, ich hatte vielleicht ein wenig zu dick aufgetragen.

»Nein«, beeilte ich mich, mit sehr ernstem Gesicht zu sagen. »Ganz im Gegenteil.«

»Dann erspar mir dein Halbwissen und den Möchtegern-Surferjargon, Lee.«

»Aber ich bin nicht Lee, mein Name ist Elisabeth Warren, ich wohne im Seasons, ich bin Touristin! Behandelst du so zahlende Gäste? Eine Frechheit ist das. Ich habe einen Gutschein.«

Das war jetzt wirklich sehr verzweifelt. Was sollte ich noch machen, um ihn weichzukochen? Inzwischen standen wir wieder vor der Hütte.

»Die Warrens haben vorgestern ausgecheckt«, hörte ich da jemanden sagen. Und zum ersten Mal fiel mir auf, dass Andy und ich nicht allein waren. Ich erkannte sie sofort. Isabella White aus dem Seasons. Das Mädchen vom anderen Stern. Vernichtender Blick, damit sie nicht merkte, wie eingeschüchtert ich mich fühlte. Ein Gefühl, das nur reiche Menschen in mir auslösen konnten. Diese Mischung aus Ehrfurcht und Abscheu.

»Umso besser«, erklärte ich und war stolz auf den selbstbewussten Klang meiner Stimme. »Dann nehme ich der anderen Elisabeth Warren ja nichts weg. Was ist jetzt, Andy, lässt du mich mittrainieren? Ich kann diesen Bitches hier noch einiges beibringen.«

Dann erst sah ich mich um, bemerkte zwei weitere Mädchen. Die eine war Odina Bianchi. Oh Mist, ich erinnerte mich dunkel, dass ich ihr Hundekacke vor die Haustür gelegt hatte, nachdem die Bianchis meine Mutter gefeuert hatten, um ihren Pizzafraß selbst auszuliefern. Vielleicht hätte ich das mit den Mülltonnen sein lassen sollen? Ob sie wusste, dass ich das gewesen war?

Die dritte kannte ich nicht. Sah wie eine Touristin aus. Außerdem komischer Akzent. Ich lächelte dem Mädchen zu und streckte ihr die Hand entgegen. Mom wäre stolz. »Ich bin Lee. Du darfst aber auch Elisabeth zu mir sagen.«

Ihren Namen hatte ich im nächsten Moment schon wieder vergessen. Mein Hirn würde erst wieder funktionsfähig sein, wenn Andy mir die Zusage gab, dass ich am Camp teilnehmen durfte. Die olle White ließ irgendeinen Spruch gegen die Bianchi ab, aber all das nahm ich nur so semi wahr. Die anderen waren Randfiguren. Ich war hier, um richtig surfen zu lernen, verdammt. Meine Kehle war saharatrocken, also schnappte ich mir eine der Dosen, die Andy für die Teilnehmerinnen bereitgestellt hatte, und öffnete sie zischend.

Andy ignorierte mich und sah auf einen Zettel, der an die Wand der Hütte gepinnt war. »Jetzt warten wir nur noch auf Sue Fisher.«

Vom Parkplatz kam ein weiteres Mädchen auf uns zu. Noch eine also. Ich sah meine ohnehin geringen Chancen auf den Kurs noch weiter schrumpfen. Sue Fisher war klein, trug Jeans und ein blaues Oberteil, keinen Wetsuit. Und sie löste sofort etwas in mir aus. Ich kniff die Augen zusammen, was eigentlich nicht nötig war. Ich hatte sehr gute Augen.

»Das wird sie sein«, hörte ich Andy sagen.

»Heilige Scheiße …«, rutschte es mir heraus, als ich begriff, wer das war. Wenn du in einem Trailerpark lebst und deine Mutter praktisch rund um die Uhr arbeitet, dann schaust du zwangsläufig wahnsinnig viel Fernsehen. Und die hier, die hatte ich schon im Fernsehen gesehen. In allen Folgen von *Urban Oath*, der einzigen Serie, die mit *Friends* mithalten konnte.

»Das ist nicht Sue Fisher«, rief ich laut, ehe ich mich besinnen konnte. »Heilige Scheiße noch mal.«

Andy warf mir einen Blick zu. Genauso gut hätte er sagen können: Halt die Fresse, Lee. Stattdessen erklärte er autoritär: »Wenn sie sagt, sie heißt Sue Fisher, dann heißt sie Sue Fisher.«

Steilvorlage, mein Lieber. Ein breites Grinsen zog sich unaufhaltsam über mein Gesicht. Ich fixierte Andy mit einem stählernen Ausdruck (bildete ich mir zumindest ein) und sagte: »Wenn die Sue Fisher ist, bin ich Elizabeth Warren, und du schmeißt mich nicht raus.«

Er rollte mit den Augen und murmelte dann nicht unfreundlich: »Kleines Biest.«

Ich wandte mich dem Mädchen zu, das mir mit einem lächerlichen Pseudonym das Surferleben gerettet hatte. »Du bist Witty aus *Urban Oath.*« Vor Aufregung deutete ich mit dem Finger auf sie, was mir sofort leidtat. Sie strafte mich mit Nichtbeachtung.

»Sue Fisher«, stellte sie sich vor und reichte Andy die Hand. Aber ich konnte vor Aufregung einfach nicht an mich halten. Da hatte doch glatt Josie Blythe, *die* Josie Blythe, dafür gesorgt, dass ich meine Surfstunden bekam. Gut, das war nicht ihre Absicht gewesen, aber ich war dennoch auf eine sehr befriedigende Art und Weise dankbar.

»Ach verdammte Scheiße, du bist Josie Blythe und spielst Witty in *Urban Oath*. Du bist ein fucking Star.« Ich atmete ein und versuchte es etwas ruhiger: »Krieg ich 'n Autogramm auf das Board?«

»Das Board gehört dir nicht«, motzte Andy, der alte Spielverderber.

Da mischte sich Miss Seasons ein. »Aber sie hat recht, oder? Du bist Josie Blythe, geboren in Pasadena. Erste Hauptrolle in *Killing Tyler*. Deine Patentante ist Meryl Streep, und du hast den *Mickey Mouse Club* moderiert.« Sieh an, die White war ja ein wandelndes Teenie-Magazin.

Die anderen beiden, Odina und die, deren Namen ich vergessen hatte, konnten uns offenbar nicht ganz folgen. Was auch völlig egal war. Wir waren ja zum Surfen hier.

Und dann ging es endlich los. Noch bevor Andy zur ersten Lektion ansetzte, stellte er sich neben mich, beugte sich ein wenig herunter und sagte leise und nur an mich gerichtet: »Bau nicht auf irgendwelche Tricks, Lee. Mach keine Scheiße, sonst fliegst du. Und verlass dich niemals auf mein Mitleid. Du bist hier, weil du das willst. Wirklich willst. Und sollte ich merken, dass sich daran etwas ändert, schmeiß ich dich raus, klar?«

»Klar!«, erwiderte ich strahlend. Denn das würde nicht passieren. Niemals.

• • •

Die ersten Surfstunden waren easy, Anfängerstuff. Ich war den anderen meilenweit voraus. Aber ich hatte nicht mit diesem Gruppending gerechnet. Dass einen das so mitzog und dass ich, mein Leben lang eine Einzelgängerin, plötzlich zu einer Gruppe gehörte. Fuck, ich gehörte nicht nur dazu, ich *wollte* es auch unbedingt. Und die kurze Genugtuung, mich abzuheben, weil ich unter den regulars der Gruppe die Einzige war, die goofy – also mit dem rechten Fuß voran – surfte, hatte sich sofort aufgelöst in diesem überwältigenden Gefühl von Gemeinschaft. Es war nicht mehr das Allerwichtigste, die Beste zu sein. Nicht in diesen ersten Wochen des Surfcamps, als ich die verblüffende Erfahrung machte, dass es schön war, einfach nur Teil von etwas zu sein.

Gut, Odina hatte eindeutig die falschen Surfervorbilder (ganz ehrlich – wer hängt sich bitte Nora Okja Keller an die Wand, wenn es Layne Beachley gab) und Josie hatte Geld, das machte Menschen auch nicht grundsätzlich besser. Avery konnte singen, aber nicht surfen, und Isabella war wahrscheinlich ein hoffnungsloser Fall von Inselbarbie, doch hey, ich gewann die vier echt lieb. Lieber, als mir lieb war.

Manchmal musste ich improvisieren – zum Beispiel dann, wenn die anderen ins Crab & Bones wollten und dort Essen bestellten, als wäre das etwas völlig Selbstverständliches.

Meistens gelang es mir zu verbergen, wie fremd und anders die Welt dieser Mädchen war. Selbst Odina, die nicht mit einem Goldlöffel im Mund geboren war, hatte ein schönes Zuhause. Von Isabella nicht zu sprechen. Averys Eltern besaßen zwei Häuser, eines zum Leben, eines zum Ferienmachen. Selbst die Garage in der Waterfront Avenue war größer als unser Trailer. Keine von ihnen fand das pervers, es erschien ihnen völlig normal. Und ich war auch nicht neidisch, es war nur, als wäre ich geradewegs in eine Soap Opera hineingestolpert und hätte meinen Text vergessen. Schlicht weil das Leben der anderen so grundlegend anders war als meines.

Ich trug diesen einen bunten Bikini, nicht weil er mir gefiel, sondern weil er der einzige war, den ich besaß. Ich war nicht so dünn, weil mein Körper dazu Veranlagung hatte, sondern weil ich wusste, wie sich Hunger anfühlte. Meine Haare waren nicht so fransig, weil ich einem Trend nachrannte, sondern noch nie in meinem Leben bei einem Friseur gewesen war. All das sprach ich nicht aus, und deshalb hörte es auch niemand.

Die Einzige, die das bemerkte und mich ungeniert mit Essen vollstopfte, die ihre Arme für mich öffnete und mir manchmal ein paar Dollar in die Hosentasche steckte, ehe ich protestieren konnte, war Mama Bianchi, Odinas Mutter. Überhaupt, diese Bianchis …

Wie ich mich inzwischen für die Streiche schämte, die ich ihnen gespielt hatte (Ocho, der vergiftete Kater, ging nicht auf meine Kappe – das war selbst für mich eine Spur zu hart).

Andrea, Odinas Bruder, tauchte ungefragt mit einem Werkzeugkasten in Forest Hill auf, als unser Dach undicht wurde und ich das beiläufig erwähnt hatte, ohne damit eine Absicht zu verfolgen. Und Vittorio, Odinas Vater, stellte ein paar Jahre später die Verbindung zu dem Motel in Mount Pleasant her, in dem meine Mutter Arbeit fand. Und in dem ich Josie versteckte. Alles, was später einen Zusammenhang fand, gründete in diesem ersten Sommer.

• • •

Und dann, eines Morgens, als ich schon am Strand saß und noch auf die anderen wartete, tauchte Parker wieder auf. Ich hatte die Arme um meinen Oberkörper geschlungen, weil der Wind so kalt blies und ich nur den bunten Bikini trug.

Er hatte ein Surfboard in der Hand.

»Parker!«, schrie ich gegen den Wind und rannte auf ihn zu.

Er stand da, fast schon schüchtern, neben seinem Longboard und imitierte meinen Gruß. Nicht so überschwänglich wie ich, aber lächelnd.

»Privatstunden, was?«, witzelte ich.

Er erwiderte das Lächeln nicht. »Ja, das wollten meine Eltern so.«

»Ich geb dir eine Cola aus, wenn du magst. Seid ihr fertig?«

Ich packte Parker am Unterarm und zog ihn zu Andys Hütte. Dort holte ich eine der staubigen Coladosen raus und drückte sie ihm in die Hand.

»Cola? Um diese Uhrzeit?«

Ich verstand nicht, was er meinte. Cola konnte man ja wohl zu jeder Uhrzeit trinken. Es war wie Peanut Butter Sandwiches, für die hatte auch niemand einen time frame festgelegt.

»Erzähl! Warum hab ich dich so lange nicht gesehen? Was macht unser Haus?«

»Steht leer, schätze ich«, erwiderte Parker zögerlich. »Ich bin … na ja, ich bin vom Internat geflogen und …«

»Du bist vom Internat geflogen? Warum?«

»Möchte ich nicht drüber reden.«

»Klar«, sagte ich verständnisvoll. Ich wollte schließlich auch nicht unbedingt darüber reden, wie ich im letzten Schuljahr den Spind im Lehrerzimmer der Ashley High aufgebrochen hatte, um an die Prüfungsaufgaben einer Schule zu kommen, die ich nicht mal selbst besuchte. Immerhin hatte mir Aiden, der aufgeblasene

Fatzke, 150 Dollar geboten, wenn ich ihm die Prüfungsaufgaben in Englisch besorgte. Aber damals hatte ich nichts zu verlieren. Und irgendwie mochte ich nicht, dass Parker davon erfuhr. Weil er es nicht verstanden hätte. Weil für Parker die Ashley High genauso wenig absurd anmutete wie ein Urlaub auf den Bahamas, einmal die Woche essen gehen im Seasons oder private Surfstunden. Parker verstand nicht, dass es Dinge gab, die man aus Not tat, auch wenn man wirklich nicht stolz darauf war (einer Dumpfbacke wie Aiden Bradley Ravenel beim Erwerb eines Schulabschlusses zu helfen zum Beispiel).

»Das war kein Scherz eben, oder?«, fragte ich und schaute hoch zu ihm.

»Was?«

»Das mit den Surfstunden.«

»Nee. Ich … ich konnte meine Eltern davon überzeugen, indem ich dafür gewisse Kompromisse eingehe.«

Und damit verstand ich, dass er auch über diese Kompromisse nicht weiter reden wollte.

»Ich nehme auch Surfstunden, bin in einem Camp. Stell dir vor, wir werden irgendwann Profisurfer, Parker!«

Sein Gesicht hellte sich auf. »Das wär's«, sagte er und wurde dann sofort wieder ernst. »Allerdings haben meine Eltern ganz andere Pläne.«

»Was du immer mit deinen Eltern hast. Die sollten froh sein, dass sie noch ein Kind haben.«

Ich biss mir hastig auf die Lippe, bevor ich es wagte, Parker anzuschauen.

»Sorry, das war echt kacke.«

Er schüttelte den Kopf. »Du hast ja recht.«

»Wenn du vom Internat geflogen bist, heißt das, du wohnst jetzt hier?«

Er nickte. »Ja, wir haben ein Haus oben am alten Hafen gemietet. Vorerst. Dad hält es für keine gute Idee, wegen der Erinnerungen, aber Mom will hier sein … nicht unten, aber hier eben.«

Was er mit »unten« meinte, war mir nicht klar, aber ich nickte trotzdem und freute mich darüber, dass Parker wieder da war.

• • •

»Neulich bei Macey und Burt«, flüsterte Josie mir zwei Tage vor Ende des Surfcamps verschwörerisch zu, »da im Crab & Bones hast du etwas gesagt, das mir nicht aus dem Kopf gegangen ist.« Sie atmete gepresst. Die anderen hatten schon längst in der Surfhütte Schutz vor dem einsetzenden Regen gesucht. Nur Josie und ich quälten uns noch am Strand mit Kniebeugen, zur Strafe, weil wir nicht auf Andys Anweisungen gehört hatten.

»Geschenkt, ich sage ständig Sachen, die einem nicht aus dem Kopf gehen«, witzelte ich die Verlegenheit weg, die ich in Josies Gegenwart nicht gänzlich ablegen konnte.

Sie lachte.

»Das mit der Freiheit. Du meintest, dass du nur dir selbst gehörst, und ich hab gesagt, dass das Einzige, was ich wirklich gut kann, ist, so zu tun, als wäre ich jemand anders.«

Das konnte sie wirklich. Ich kam immer noch nicht klar darauf, dass Josie neben mir surfte und abends auf dem Fernsehbildschirm als Witty Kriminalfälle löste.

»Ja …«, erwiderte ich gedehnt.

»Und das hat mich auf eine Idee gebracht.« Aus ihren graublauen Augen blitzte es gefährlich.

Irgendwie gefiel mir ihr Ton nicht, und ich ahnte bereits, dass mir die Idee auch nicht gefallen würde. Ich wollte nichts, aber auch wirklich gar nichts anstellen, was meine Teilnahme am Surfcamp gefährden könnte. Meine Kriminalitätsrate war auf einem all time low. Seit ich im Camp war, hatte ich noch nicht einmal mehr die Supermarktcoupons aus den Briefkästen unserer Nachbarn gefischt. Jedes Mal sah ich in Gedanken Andy hinter mir stehen und enttäuscht den Kopf schütteln.

»Welche Idee?«, erkundigte ich mich vorsichtig und wischte mir den Regen aus der Stirn.

»Du hast doch den Ausweis noch, oder?«

»Den von Elisabeth Warren?«

»Ja!«

Ich nickte. Mir schwante Übles.

»Und du brauchst ihn nicht mehr. Genau genommen ist er wertlos.«

»Er gehört mir auch nicht, ich hab ihn mir nur geliehen.«

Josie strahlte, während sie neben mir langsam mit gestreckten Armen wieder in die Knie ging. »Du könntest ihn mir leihen. Oder besser noch, du könntest ihn mir verkaufen.«

»Ich weiß nicht«, sagte ich ausweichend und hoffte inständig, Andy würde plötzlich auftauchen und mich aus dieser Lage befreien. Aber der schnürte die Surfbretter an die Wand der Hütte und schien unbeeindruckt davon, dass wir uns unterhielten, solange wir unsere Kniebeugen zu Ende brachten.

»Fünfhundert«, sagte sie. Und zuerst war ich irritiert, dachte, sie spräche von unserer unfreiwilligen Sportübung. »Ich gebe dir fünfhundert Dollar dafür.«

Als ich nicht sofort etwas erwiderte, seufzte sie und sagte: »Okay, siebenhundert.«

Es war ähnlich wie damals mit Aiden. Es war zu viel Geld, um Nein zu sagen. Ehrlichkeit wurde überbewertet. Ehrlichkeit machte nicht satt, kaufte einem keinen Surfkurs und sponserte auch keinen Wetsuit. Nur jemand, der in seinem Leben ebenfalls unter dem Mangel von cash gelitten hatte, konnte verstehen, was es bedeutete, so viel Geld angeboten zu bekommen. Für etwas lächerlich Kleines wie einen gefundenen Ausweis.

Käuflich waren wir alle. Es kam nur eben auf den Betrag an.

»Was ist mit dem Kurs im nächsten Jahr? Du bist doch wieder dabei, oder?«

Natürlich hatte ich darüber nachgedacht, natürlich wollte ich dabei sein. Parker und ich hatten beim Skaten alle Möglichkeiten durchgespielt, mit denen ich das Geld auftreiben oder Andy von einer kostenfreien Teilnahme überzeugen konnte. Parker meinte, ich solle es als Skatercoach versuchen. Nur weil er zu blöd war, in eine Halfpipe zu droppen, ohne sich die Ellbogen aufzuschürfen. Parker glaubte auch, ich könnte es als rollerskatende Bedienung in diesem neuen Laden in Charleston versuchen. Er hatte ja keine Ahnung, dass niemand ein Trailerparkmädchen einstellen würde.

»Geld ist auch Freiheit, verstehst du«, sagte Josie in meine Gedanken hinein.

Und ich dachte: *Das verstehe ich vermutlich besser als jeder andere.* Ich erwiderte nichts, wog ihre Worte ab. Sah dann, wie etwas in ihrem Gesicht weich wurde, wie es für den Hauch eines Augenblicks verletzlich wurde.

»Weißt du, Lee, ich hätte gerne was in der Hinterhand. Nur für den Fall.«

Ich nickte, obwohl ich kein Wort verstand. Ich holte den Ausweis aus meinem ausgeblichenen Batikrucksack und überreichte ihn Josie, während sie ihre Echtleder-Markentasche öffnete und ein Bündel Geldscheine abzählte. Ich fragte mich lange danach noch, ob ihr die Möglichkeit, ich könnte Nein sagen, gar nicht in den Sinn gekommen war oder ob sie einfach immer so viel Geld mit sich herumtrug.

9

Und jetzt, fünfzehn Jahre nachdem ich Parker zum ersten Mal in diesem Haus begegnet bin, stehe ich in Mae-Anns Geisterzimmer. Erst da kann ich es glauben. Dabei sieht die helle Küche mit den kegelförmigen Leuchten, den Baststühlen und der hellen Marmorablage aus, als wäre sie direkt unseren Träumen entsprungen, die wir damals beim Herumlungern im Haus immer weiter ausgeschmückt haben. Ich kann mir im Bad noch einreden, dass es Zufall ist, dass Parker einen goldenen Pelikan mit offenem Maul als Zahnputzbecher verwendet. Auch das Wohnzimmer mit der abwaschbaren Ledercouch (*Qualle, darauf kann man sich mit Wetsuit setzen*) ist unfassbar vertraut. Und doch ist es Mae-Anns Zimmer, das mich umhaut. Die pinke Kommode mit den bunten Knöpfen, die nicht zum Rest des Zimmers passt. Und darauf, Rücken an Rücken, meine heiß geliebten Stephanie-Plum-Krimis. Beginnend links mit *One for the Money*, über *High Five* und *Hard Eight* bis *Eleven on Top*. Da endet die Reihe. Mit exakt jenem Band, den ich im Flugzeug auf dem Weg nach Hawaii gelesen habe. Unter Tränen des Abschieds, der Trauer und der Wut. Seit ich nur noch einen Arm und nur noch eine Hand habe, kann ich die Bücher nicht mehr so halten wie früher. Wie oft mir die

Seiten schon an der falschen Stelle zugefallen sind. Aber es gelingt nicht, die Wut über dieses klebrig-süße Nostalgiegefühl zu legen. Ich will Parker verabscheuen für das, was er hier geschaffen hat. Diesen Schrein aus längst vergangenen Gefühlen. Aber das geht irgendwie auch nicht. Weil ich es verdammt noch mal niedlich finde. Das Haus ist der Inbegriff dessen, was wir uns in unseren Teenagerträumen vorgestellt haben. So dumm, jung und naiv.

Ich streiche über die Tapete. Sie fühlt sich nicht an wie Papier, mehr als wäre sie aus Stoff. Darauf sind Blätter in grüner, rosa und türkiser Farbe abgebildet. Die Möbel im Zimmer seiner verstorbenen Schwester sind weiß, er hat sogar an den Spiegel gedacht, der auf einem Schminktisch thront. Ach, Parker.

Es ist so schön wie schwer zu ertragen.

Auf einem Sideboard zwischen Wohnzimmer und Küche finde ich alle weiteren Bände der Plum-Krimis, die bis zum heutigen Tag erschienen sind. Aber sie sehen anders aus. Ich überlege einen Moment, warum, dann fällt es mir auf. Es fehlen die Leserillen, die Fingerabdrücke, das gewisse Etwas, das ein Buch nur bekommt, wenn es gelesen und geliebt wurde. Ich streiche über die Buchrücken, und es fühlt sich an, als beugten sie sich mir entgegen wie eine verschmuste Katze. Auf einmal möchte ich weinen. Um alles, was wir verloren haben. Um Mae-Ann, um Parker, um meine Mutter, um meinen Arm, um uns … sogar um Dakota.

Ich wische mit einer hastigen Handbewegung über die Bücher. Gebe den Krimis einen Schubs, stoße sie an wie Dominosteine, bis einer nach dem anderen kippt und die ersten drei Bände dumpf auf dem Boden aufschlagen.

»So«, sage ich laut und stapfe in die Küche. Mal sehen, ob es hier auch was zu futtern gibt oder ob Parker sich nur ein Museum errichtet hat.

Im Kühlschrank sortiert er nach bestimmten Lebensmitteln.

Die mittlere Ablage ist für Milchprodukte reserviert. Lange haltbarer Frischkäse, Butter und Hartkäse. Er scheint eine seltsame Vorliebe für Soßen aller Art zu haben. Die gesamte oberste Fläche ist mit Sojavariationen, Buffalo-Wing-Soße, Honey-Barbecue-Soße und derlei Kram gefüllt.

Darüber hinaus finde ich ein paar Müsliriegel und natürlich Parkers geliebte Graham Crackers und Popcornmais in der Schublade neben dem Kühlschrank. Nichts, was verrät, ob er häufig hier ist, aber auch nichts, was dagegenspricht. Weil ich kaum Besseres zu tun habe, beschließe ich, mir Popcorn zu machen und einen einsamen Kinoabend in Parkers Haus zu veranstalten. Dabei ordentlich auf seine viel zu ordentliche Couch zu krümeln und abzuwarten, was passiert. Es ist dämlich, weiß ich selbst, aber ich kann nicht anders. Auch weil ich Parkers Stimme schon wieder im Ohr habe. *Du treibst mich damit nicht in den Wahnsinn, Lee. Du brauchst nichts zu suchen, womit du mich reizen kannst.*

Na, dann lass mal sehen, ob das immer noch so ist.

Dein Verhältnis zum Eigentum anderer Menschen ist seltsam, aber weißt du, ich mag es. Ist erfrischend anders.

• • •

Ich wache auf, und etwas klebt unangenehm an meinem Mundwinkel. Ich blinzele, schaue auf den Fernseher und schrecke so heftig hoch, dass die Schüssel mit dem Popcorn (jetzt weiß ich auch, was da klebt) zu Boden fällt und sich die kleinen aufgeblasenen Zuckerbrösel überall verteilen. *Qualle wird es egal sein,* denke ich schläfrig, bis mir einfällt, dass ich nicht zu Hause bin, sondern auf Harbour Bridge in Parkers Haus.

»Wilson G.s Flucht vor den Behörden spricht eine klare Sprache, aber nicht nur die Indizien, die Verstrickung in einen weiteren prominenten Fall …« In diesem Moment landet meine Hand irgendwie auf der Fernbedienung, und der Bildschirm wird schwarz. Hastig drücke ich alle möglichen Tasten, und als der Bildschirm endlich wieder aufleuchtet, erschrecke ich zum zweiten Mal. Denn da ist jetzt nicht mehr das Gesicht von einem Typen, der mir vage bekannt vorkommt (War das nicht der Kerl, mit dem Odina mal was hatte?), sondern Josies. Ich laufe über das knacksende Popcorn auf den Fernseher zu, als könnte ich dadurch besser begreifen, was vor sich geht. Es ist der Trailer zu einer HBO-Doku. Erst sehe ich Alexandra Blythes Ballonlippengesicht, dann die jugendlich erstarrte Version von Josie. Ein zehn Jahre altes Standbild. Ihre klaren blauen Augen, das leicht spitze Kinn, die Stupsnase, die ihr nicht gehört … Es ist so lange her, dass ich ihr Gesicht gesehen habe. Ich habe fast vergessen, wie unglaublich schön sie war.

Danach geht es mit Infos weiter, die ich schon aus der Nachrichtensendung kenne. Alexandra Blythe taucht auf. Und mit ihr Qualles Satz, den ich wegen der Sache mit dem Telefonat total vergessen habe. Was hat er gesagt? *Ist doch klar, dass die Alte kein Interesse mehr daran hat, ihre Tochter lebend zu finden.*

Ich stolpere zurück zur Couch und taste nach meinem Handy.

Ich wähle und warte ungeduldig, bis er rangeht.

»Qualle, ich muss dich dringend was fragen«, sage ich. »Du hast da was gesagt, was mir gerade wieder eingefallen ist. Von wegen, dass Josies Mutter sie nicht mehr lebend finden will und dass das ja auch logisch wäre oder so.«

Qualle stutzt, bis er checkt, wovon ich rede. »Ja, klar. Post Verschwinden war diese Josie doch interessanter als je zuvor.«

Das stimmt natürlich, auch wenn mir der Zusammenhang nicht gleich klar wird. Sämtliche Zeitungen und Fernsehsendungen waren voll von Berichten über die sagenhafte Josie Blythe.

Qualle ist jetzt offenbar endlich richtig bei der Sache. »Die haben doch sogar *Killing Tyler* noch mal modernisiert und in die Kinos geholt. Und ich werde nie vergessen, wie Keira Knightley ihrer angeblich besten Freundin ihre Oscarnominierung für *Stolz und Vorurteil* gewidmet hat.«

Ich nicke und erinnere mich daran, die Schlagzeilen in meiner damaligen kleinen Strandhütte gelesen zu haben. An das Gefühl, an die Frage, was Josie von dem Rummel um ihre verschwundene Person wohl halten würde. Wie es sein musste zu erfahren, was die Welt von einem dachte, wenn man für tot gehalten wurde.

»Und was genau hat das mit Josies Mutter zu tun?«

»Du solltest dir ein bisschen mehr *Quall*ifizierte Sendungen ansehen«, witzelt mein bester Freund.

Ich rolle mit den Augen. »Komm zur Sache, Qualle!«

»Nach zehn Jahren kann man einen Menschen in den Staaten offiziell für tot erklären. Alexandra Blythe kann endlich das Erbe kassieren. Zehn Jahre drauf gewartet«, Qualle lacht kurz auf. »Stell dir vor, Josie Blythe würde ausgerechnet jetzt wieder auftauchen.«

Ich lasse das kurz sacken, ehe ich in den Hörer rufe: »Qualle, du … du bist ein Genie.«

»Danke, das höre ich immer gern. Da haben sich meine dreieinhalb Semester Jura doch tatsächlich mal ausgezahlt. Ein Kompliment von *la bandita* höchstpersönlich.« Ich kann mir bildlich vorstellen, wie er bei diesen Worten eine kleine Verbeugung macht. »Aber warum willst du das wissen? Bist du nach Haven Bridge geflogen, um Celebrity News zu analysieren?«

Darauf gehe ich nicht ein. Weil sich etwas in mein Herz bohrt. Eine diffuse Angst. Und das Gefühl, das mich viel mehr hierhergetrieben hat als rührselige Briefe, oder sonst etwas. Es ist ganz egal, was zwischen Josie und mir vorgefallen ist. Ich muss sie warnen.

Es ist nicht das erste Mal, dass Josie sich eine neue Identität angeeignet hat. Vielleicht hat sie Elisabeth längst abgelegt wie eine alte Rolle. Wie sie niemals mehr Witty Sue Fisher sein wird und niemals mehr Josie Blythe. Sie wird nicht mehr so unvorsichtig sein wie damals. Sich nicht den falschen Leuten anvertrauen. Und leider bedeutet das vermutlich, dass sie auch mir nicht mehr vertrauen wird. Ich schiebe den Gedanken von mir. Hilft ja nichts.

»Sag mal, meinst du, du kannst was für mich machen. Sofort?«

Er brummt etwas Unverständliches.

»Ich muss unbedingt eine Adresse herausfinden.«

»Bin ich das FBI, oder was?«

»Fast«, sage ich. »Qualle, ich weiß, dass du an deinem PC noch ganz andere Dinge kannst, als GTA zu zocken.«

»Im wahren Leben bin ich aber kein criminal.«

»Ist es kriminell, die Adresse zu einer Postbox herauszufinden? Also die echte? Oder den Mailkontakt dazu?«

»Schon mal was von Datenschutzgesetzen gehört?«, knurrt er.

»Schon mal was vom Betäubungsmittelgesetz gehört?«, kontere ich.

Er brummt wieder.

»Bitte, es ist wirklich, wirklich wichtig, Qualle.«

»Dass ich das mal erleben darf, Lee Baker ist etwas wichtig … also gut, sag schon.«

Fünf Minuten später habe ich Qualle das Versprechen abgenommen, mir so schnell wie möglich alles zu schicken, was er herausfinden kann.

Bevor wir auflegen, sagt er: »Und was machst du da jetzt? In Haven Bridge?«

»Nichts Besonderes«, erwidere ich. »Hab ein Haus besetzt.«

Qualle lacht. »Das sieht dir ähnlich. Hast du die anderen schon getroffen? Diese Freundinnen von früher?«

»Nein, und das hab ich auch nicht vor«, behaupte ich.

»Und wozu bist du dann hingeflogen?«

10

Ohne wirkliches Ziel streife ich nach dem Telefonat mit Qualle durch dieses vermaledeite Kaff von einer Insel. Fühle mich lost und leer und erschlagen von den Erinnerungen. Obwohl ich den Norden der Insel meiden wollte, zieht es mich unweigerlich an der Küste hoch in Richtung Wash-Out. Die gesamte Straße zum Leuchtturm ist vollgeparkt mit den Autos irgendwelcher Surferdudes, die von den angrenzenden Inseln kommen, um einmal am Harbour's End zu surfen. Ich erkenne sogar Kennzeichen aus anderen Staaten. Ein paar der alten 70er-Jahre-Vans, die mir schon in Kalifornien und auf Hawaii aufgefallen sind, entdecke ich auch. Sie gehören Menschen, die nur fürs Surfen leben. Deren Route sich einzig nach Swells und Strömungen richtet und die ihre Vans lieben wie Familienmitglieder. Von diesen Wagen hält man sich besser fern, wenn man keinen Ärger mit ihren Besitzern riskieren will. Schließlich entscheide ich mich für einen staubigen Toyota Tacoma mit einer license plate aus Minnesota. Mit einem Satz springe ich auf die Motorhaube und klettere von dort auf das Dach. So habe ich eine gute Sicht auf die Surfer, die wartend im Line-up auf ihren Boards sitzen, auf die Frauen, Männer und sogar

Kinder, die sich am Strand sammeln, Leashes an ihren Beinen befestigen, ihre Boards wachsen und die Reißverschlüsse ihrer Neoprenanzüge zuziehen.

Die wenigsten hier sind Profis wie auf Hawaii, mehr Soul Surfer, freie Seelen, die sich dem Meer hingeben. Der Gedanke gefällt mir, er hat weniger Kompetitives an sich, macht mich ruhig. Im Schneidersitz rutsche ich ein wenig hin und her, bis es halbwegs bequem ist. Seit dem Unfall hatte ich nie mehr den Drang, ins Wasser zu gehen. Weil ich weiß, dass es nicht mehr das Gleiche sein wird. Anderen dabei zuzuschauen, wie sie das tun, was ich einst so geliebt habe, ist dennoch schmerzhaft. Ich warte darauf, dass das Gefühl auch hier voll reinkickt. Aber erstaunlicherweise bin ich entspannter als auf O'ahu.

Ich suche eine Weile den Strand mit den Augen ab, bis ich an einer Gruppe hängen bleibe, deren Konstellation interessant ist.

Zwei Pärchen, zwei Kinder und eine Frau, die ohne Partner hier zu sein scheint.

Einer der Männer hat etwas längeres braunes Haar und trägt das Board so ungeschickt, dass ich ihn sofort als kook oute. Ich muss unwillkürlich grinsen und freue mich auf eine interessante Vorstellung. Die Wellen sind nicht unbedingt für Anfänger geeignet. Eine Frau mit kurzem Pony erteilt dem Typen Anweisungen, während eine andere damit beschäftigt ist, ihre dichten dunklen Locken mit einem Zopfgummi zu bändigen und gleichzeitig zwei Kinder zu beaufsichtigen. Und dann ist da noch die sehr schlanke Blondine in einem schwarzen Wetsuit, die dem anderen Mann freundschaftlich auf den Rücken klopft. Mein Blick kehrt zurück zu der kurvigen Frau mit den Locken. Und ohne dass ich es bewusst getan habe, stehe ich plötzlich auf der Motorhaube, statt zu sitzen. Eines der Kinder, ein Junge, vielleicht zehn oder elf, hat mich entdeckt und winkt mir zu. Aber ich habe keine Hand frei.

Ich muss die Sonne abschirmen, um zu erkennen, wer das ist. Die Kinder passen nicht dazu. Aber … aber … Ich reiße die Hand vor den Mund, und etwas Komisches passiert mit mir. Es fühlt sich an, als wäre ich nicht mehr hier, als hätte mich eine Macht mit Gewalt aus der Gegenwart gerissen und hier platziert. Ein Gefühl von Dissoziation, die Wahnvorstellung, mich selbst zu betrachten, aber nicht wirklich da zu sein. Ich kämpfe dagegen an, aber ich habe keine Chance. Ohne zu blinzeln, starre ich runter zum Strand. Mein Gehirn analysiert die Bewegungen der Gruppe, will das Vertraute wegerklären, Zweifel säen und verhindern, dass der bittere Geschmack der Wahrheit mir die Zunge verätzt. *Du gehörst nicht dazu, Lee.*

Als die Frau mit dem Anfänger ins Wasser läuft, löst sich mein Zweifel in der Gischt auf, in die sie sich stürzen. Da gibt es nichts zu leugnen.

Es ist Avery.

Die lebhaften Gesten mit der Hand.

Und der Typ ist Jake.

Weil es für Avery immer nur Jake war.

Es ist Odina.

Locken, die sich aus einem Zopf lösen.

Es ist Isabella.

Dieser grazile Gang.

Alle drei. Ohne mich. Ohne Josie.

Natürlich ohne Josie.

Natürlich ohne mich.

Avery. Odina. Isabella. Die Namen wie ein Beat, der durch mich hindurchrauscht.

Meine Hand presst sich jetzt fest auf meine Lippen, hält meinen Mund davon ab, laut zu schreien. Was denn auch? Halt, wartet, nehmt mich mit? Ich bin wegen euch da, warum surft ihr ohne mich?

Tausend Gedanken rasen ungebremst durch den Neutronenhighway in meinem Kopf. Ich bin hier, um meine Freundinnen zu sehen, oder nicht? Warum sträubt sich dann alles in mir? Was habe ich erwartet? Dass sie einarmig und einsam wie ich irgendwo in einer heruntergekommenen Strandvilla hocken und wir uns gegenseitig bedauern können? Natürlich nicht.

Trotzdem.

Trotzdem tut es scheiße weh.

Ich schaue wieder hin. Kann es sein, dass der große, gut gebaute Typ, der nur Shorts trägt, Noah ist? Aber warum zum Shaka fasst er Odina an den Hintern, streichelt zärtlich darüber? Ich muss mich täuschen. Das hier ist eine Fata Surfana ... ein Trugbild. Vielleicht sehe ich, was ich sehen will. Wie passen die Kinder da rein? Und Noah an Odinas Arsch? Und Jake beim Surfen?

Nein.

Doch.

Nein.

Und doch. Da unten sind sie. Ich hier oben.

Es tut weh, dass sie zusammen sind.

Es tut weh, dass sie glücklich aussehen.

Nein, stimmt nicht. Es tut nicht weh, dass sie glücklich sind.

Es tut weh, dass ich kein Teil von ihrem Glück bin.

Jetzt schaut das andere Kind, ein Mädchen, zu mir hoch und winkt. Es tippt Odina an. Ich erstarre, wappne mich vor dem Erkennen, das jetzt über meine ehemalige Freundin kommen muss wie über mich. Aber sie zögert nicht einmal, hebt beiläufig den Arm und winkt, ehe sie sich einfach umdreht. Ich bin nur irgendwer, der ihnen beim Surfen zuschaut. Wie für uns früher die

Schaulustigen nur gesichtslose Neutren waren, an die wir keine Sekunde unserer wertvollen Surfzeit verschwendet haben.

Die anderen Erwachsenen beachten mich nicht. Ich bin für sie gar nicht hier. Was ist verstörender? Dass sie hier zusammen sind und surfen, als hätte es die letzten zehn Jahre nicht gegeben? Oder dass sich das hier für mich anfühlt, als wäre ich aus dem Bild gekippt?

Du kannst immer noch surfen. Wer sagt denn, dass du es nicht mehr kannst? Geh doch runter und schließ dich ihnen an.

Ich kann es eben nicht, wüte ich gegen mein Inneres an. Ich gehöre nicht dazu. Vielleicht habe ich das auch nie.

Die Erkenntnis ist hart, aber glasklar wie das Meer an ruhigen Tagen: Ich bin nur eine einarmige Person auf dem Dach eines Pickups. Trailerparkmädchen. Schulabbrecherin. Versagerin. Und jetzt bin ich nicht einmal mehr die Frau, die das Line-up beherrscht, nicht die Jägerin der grünen Tubes und Bezwingerin der big waves. Nur eine Zuschauerin unter vielen. Ich bin … niemand.

Das Atmen fällt mir schwer. Und mit jedem Paddelschlag ihrer gesunden Arme, mit denen Avery und Jake aufs Meer raustreiben, wird meine Kehle enger. Der Wunsch, etwas zu rufen, *Wartet auf mich!* zu schreien, verklingt unausgesprochen. Er geht unter, weil er nicht mehr genug Kraft hat, sich über Wasser zu halten. Ganz so wie ich.

Ich habe mehrere Wetter-Apps auf meinem Handy installiert, auf denen ich im Forecast Wellengang, Windgeschwindigkeiten und Gezeitenverlauf checken kann. Aber nichts hat mir je genauere Informationen geliefert als das Kribbeln auf meiner Haut. Jetzt ist es ein Phantomkribbeln auf einem Phantomarm. Nur der Schmerz, der ist echt.

Ich springe vom Dach des Vans. Beim Aufkommen brennen

meine Fußsohlen sofort, zu hart ist der Asphalt, zu hoch der Sprung. Noch einmal ein Blick zum Strand.

Du könntest es einfach wieder versuchen, sagt diese Stimme in mir wieder. »Ich bin keine gottverdammte Bethany Hamilton. Ich bin nicht so stark wie sie«, erwidere ich laut und trete gegen den Vorderreifen des Wagens. Die Wut ist nicht neu, aber ich kann sie hier auf Harbour Bridge nicht unterdrücken. Und ihre Intensität hat zugenommen. Wie die Hurrikans im Spätsommer, die auf die Küste zusteuern und Wellen bringen, auf die man als Surfer wartet und die für alle, die nicht surfen, einfach nur eine unheimliche Bedrohung darstellen. Meine Bedrohung ist das Bild da unten. Diese schreckliche Veranschaulichung meines unbedingten Wunsches, etwas zurückzubekommen, was für immer verloren ist.

Das Blut rauscht in meinen Ohren, und es fühlt sich so an, als würde ich mir eine verfickte Muschel drandrücken, so laut ist es. Verdammt, verdammt, verdammt. Ich will nicht mehr hinsehen und kann es doch nicht lassen. Als ich mich umdrehen will, stoße ich mit jemandem zusammen. »Sorry«, murmele ich. Der Mann vor mir trägt Kapuze und eine breite Sonnenbrille, unter der er grimmig dreinschaut.

»Pass doch auf!«

Wo kommt der auf einmal her?

»Entschuldigung«, sage ich noch einmal.

Er lächelt, und sein Gesicht bekommt einen freundlicheren Ausdruck. »Schön anzusehen, was?«, sagt er und deutet zum Meer.

Ich bemerke, wie Noah lachend eines der Kinder in die Wellen schubst. Wie Odina am Strand steht und darauf wartet, sie aufzufangen. Ich hab mir noch nie in meinem Leben mehr gewünscht, jemand anders zu sein, als in diesem Moment.

»Ja, schön anzusehen. Sehr schön«, sage ich lahm, aber als ich mich umdrehe, ist der Typ schon wieder verschwunden.

Als Avery sich im Wasser auf dem Surfbrett neben Isabella erhebt, die beiden so nahe aneinander die Welle reiten, dass sie sich die Hand geben können, halte ich es nicht mehr aus. Auf so etwas kann einen keine App der Welt vorbereiten. Stürme im Herzen sind nicht vorhersehbar. Sie zelebrieren etwas, das aussieht wie eine Ode. Eine Ode an Josie. Und eigentlich gehöre ich dazu. Aber ich habe mich selbst abgeschnitten und schaffe es nicht, mich wieder ins Bild zu fügen.

Fehlt nur noch, dass Parker auftaucht.

II

Dreizehn Jahre zuvor

»Was ist das?«

Ich betrachtete mit hochgezogenen Augenbrauen das Teil, das Parker unterm Arm trug. So ein Ding hatte ich noch nie gesehen.

»Ein Surfskateboard.«

»Wahnsinn«, kreischte ich aufgeregt. »Ich hab gehört, dass es die Dinger jetzt gibt, aber noch nie eins gesehen. Leg es mal ab, damit ich es mir richtig anschauen kann.«

Parker gehorchte und stellte sich dann mit verschränkten Armen daneben.

»Warum siehst du so aus, als würde es dich beißen, sobald du draufsteigst?«

Er sagte nichts, er zog nur seine Mundwinkel seltsam nach unten.

»Parker? Sag schon.«

Ich stellte einen Fuß vorsichtig auf das Brett. »Wie cool ist das bitte?«

»Hätte auch ein normales Board gereicht.«

»Was?«

»So eines wie deines hätte mir auch gereicht.«

»Machst du Witze? Hast du dir diese Missgeburt von Skateboard schon mal angeschaut? Ich wette, wenn ich den Metallica-Aufkleber abziehe, fällt das Teil auseinander. Aber deines …«

Ich pfiff anerkennend. Aber Parker sah zur Seite.

»Warte mal …«, sagte ich langsam. »Du findest dein nigelnagelneues, megageiles Ultrabrett von einem Skateboard doch nicht etwa scheiße, weil es nigelnagelneu und megageil ist …«

Er antwortete nicht. Stattdessen schaute er zu Boden.

»Parker, ich will nicht, dass diese Unterschiede jemals zwischen uns stehen. Es spielt keine Rolle, wie reich du bist. Wie erfolgreich du bist. Und wie arm ich bin oder wie herausragend ich später mal sein werde, wenn ich Pro bin, klar? Das steht nicht zwischen uns!«

Parker sagte immer noch nichts.

»Das steht nicht zwischen uns!«, wiederholte ich lauter.

Und endlich hob er den Kopf.

»Parker, es ist nicht normal, sich nicht über so ein Board zu freuen. Es ist nicht normal, dass du dir solche Gedanken machst. Niemand würde auch nur zwei Sekunden über so einen Gerechtigkeitsunsinn nachdenken, okay?«

Was ich nicht sagte, war: Es ist verdammt süß, dass du dir solche Gedanken machst.

»Aber es ist nicht gerecht, Lee.«

»Hör mal, nur weil ich etwas nicht haben kann, bedeutet das nicht, dass ich es dir nicht gönne, okay? Der Tag, an dem ich aufhöre, mich für dich zu freuen, wird das Ende unserer Freundschaft markieren.«

»Das war jetzt aber sehr hochtrabend!«, sagte er und schüttelte sich lachend die Haare aus dem Gesicht.

»Heißt auch nicht, dass du mir das Ding nicht hin und wieder leihen musst.«

»Ich würde es dir schenken«, sagte er und strahlte mich an. Aber etwas in mir versteifte sich. Vielleicht weil ich von klein auf eingebläut bekommen hatte, dass es im Leben nichts geschenkt gab, vielleicht auch, weil ich zementieren wollte, was ich Parker eben vor den Latz geknallt hatte.

»Ich will nichts geschenkt. Schlag mir das nicht noch einmal vor. Das ist so, als würdest du mich nicht ernst nehmen! Ich will mir das alles selbst erarbeiten. Jeden Sieg und …«

»Lee, du musst dich deswegen nicht prügeln, ich glaube es dir auch so, und ich hab's verstanden.«

Erst jetzt bemerkte ich, dass ich die Hand gehoben und zur Faust geballt hatte.

»Ups, sorry. Also, du rich kid, kannst du mit deinem neuen Spielzeug überhaupt umgehen?«, neckte ich Parker und zwinkerte, damit er nicht schon wieder unnötige Gewissensbisse bekam.

»Wenn du es mir zeigst, ganz bestimmt«, erwiderte er. Und endlich bekam sein Gesicht das Strahlen zurück, als hätte man die Sonne angeknipst.

Ich war froh darüber und erklärte eifrig: »Ich glaube, man kann viel bessere Moves damit machen, radikaler, weißt du. Weil das Brett die Wellen viel besser imitiert als ein normales Skateboard.«

Später packte Parker die Sandwiches aus. Perfekte Sandwiches waren das. Solche mit selbst gemachter Remoulade und dicken Hähnchenscheiben, mit frischen Tomaten und gutem Käse, nicht dem billigen Scheiblettenzeugs, das wir im Kühlschrank hatten. Damals dachte ich noch, es sei seine Mutter, die diese Dinger für ihn schmierte. In Wahrheit war es die Haushälterin. Aber Parker war gut darin, diese vielen kleinen Unterschiede nicht vor mir auszubreiten und mir das Gefühl zu geben, anders zu sein als er.

»Freust du dich aufs Surfen im Sommer?«

Ich zuckte mit den Achseln. »Weiß nicht.«

Ich konnte Parker nicht erzählen, dass ich die Hälfte von Josies Geld für den Ausweis bereits ausgegeben hatte. Nicht für ein Surfboard, nicht für einen Wetsuit und auch nicht für den Surfkurs hatte sparen können. Im Winter hatte Mom mehrere Wochen lang nicht arbeiten können, und man hatte uns den Strom abgestellt.

»Du hast kein Geld?«

Ich schüttelte den Kopf. »Nicht so schlimm, ich finde eine Lösung.«

Parker biss in sein Sandwich und kaute genüsslich. Mit vollem Mund sagte er: »Du könntest Geld dafür nehmen, den rich kids beizubringen, wie man cool skatet.«

»Du bringst mich da auf eine Idee.«

• • •

Andy runzelte die Stirn. »Du willst das echt durchziehen, Kiddo?«

»Will ich, Boss«, erklärte ich und deutete dann auf seine Stirn. »Das macht Falten, Andy.«

»Die Tatsache, dass du hier arbeiten wirst?«

»Nimm mich mal ein bisschen ernst, Bro!«

»Wie denn, wenn du schon wieder so sprichst? Ich glaube, wir fangen mit den Kartons an. Auspacken, aufbügeln.«

»Bügeln? Come on, davon hast du aber gestern nichts gesagt.«

»So nennt man das, wenn man Kleidung auf einen Bügel hängt, Lee.«

Ich atmete erleichtert aus. »Pass auf, ich werde der Checker unter deinen Auspackern und Bügeleisen. Du wirst das nicht bereuen und mich in Nullkommanichts zur Seniorchefin machen.«

»Zur Seniorchefin?«

»Wie man das halt nennt, wenn man was zu sagen hat.«

»Lee Baker, wenn ich dich hier bei irgendetwas Illegalem erwische, wenn du Ausweise einkassierst, Leute beleidigst oder wenn du etwas …« Er verkniff es sich, aber ich wusste auch so, was er hatte sagen wollen. Wenn du etwas mitgehen lässt …

Ich presste die Lippen aufeinander und ging auf die Frau zu, die mit einem hässlichen weißen Miniaturhund in einer Handtasche gerade den Surfshop betreten hatte.

»Gnädige Frau, kann ich Ihnen helfen? Das ist ja ein ganz reizendes Hündchen.«

Auch ihre Stirn legte sich in Falten, sie wandte sich ab und ging auf Andy zu.

Was hatte ich jetzt wieder falsch gemacht?

»Auspacken und aufbügeln«, zischte Andy. Ich zuckte mit den Achseln. Der würde schon noch sehen, was ich so konnte. Wundern würde der sich.

• • •

Josie lag bäuchlings auf ihrem Brett und ließ sich von den seichten Wellen schaukeln. Babywaves, die zum Surfen nicht zu gebrauchen waren. Die anderen hockten schon im Crab & Bones, aber wir beide hatten einfach keine Lust, das Meer zu verlassen.

»Hab gehört, auf Sullivan Island wollen sie einen Wellenbrecher bauen, dann ist es vorbei mit der guten Welle da. So ein Mist. Da kann ich mich ja gleich auf einen Schaukelstuhl setzen. Aber auch egal, wenn das im Laden so weitergeht, schmeißt der Alte mich raus.«

Josie sah zu mir auf. »Was hat das mit den Wellen zu tun?«

»Na, wenn ich nicht genug Geld verdiene, kann ich nicht am

Surfcamp teilnehmen, dann brauche ich auch keine guten Wellen mehr, weil ich es nie richtig lernen werde.«

Josie nickte langsam. »Ich würde es dir bezahlen. Aber im Moment komme ich noch nicht an meine Kohle ran, ich muss da dringend was abzweigen. Für den Notfall. Ich weiß nur noch nicht, wie.«

»Für welchen Notfall?«

»Weißt du, du hast Bedingungen, um am Camp teilzunehmen«, sagte sie.

»Du meinst Geld?«

Josie nickte. »Und ich habe auch welche. Ich darf den Sommer hier verbringen, wenn ich mich für den Rest des Jahres anständig verhalte. Wenn ich tue, was meine Mutter von mir will. Nämlich in jedem fucking Film mitzuspielen, den man mir anbietet.«

»Das klingt, als würde man dich zwingen«, erwiderte ich und starrte sie an. »Als wäre deine Mutter deine Zuhälterin oder so.« Ich schob ein Lachen hinterher, weil ich mir ausnahmsweise wirklich unsicher war, ob ich das so sagen konnte. Aber Josie schien nicht beleidigt, nicht amüsiert.

»Es ist tatsächlich ein bisschen wie Prostitution. Nein sagen ist nicht. Wenn ich Nein sage, nimmt sie mir weg, was mir am Wichtigsten ist.«

Ich sah auf meine Hände. Ich hatte sie über dem Brett instinktiv zu Fäusten geballt. »Aber das geht nicht, Josie. Dann musst du da raus!«

Sie lachte auf, wobei ihr Mund schmal wurde. »Und wo soll ich hin? Zu dir in den Trailerpark?«

Ich hatte ihr ebendas vorschlagen wollen und war froh, dass ihr Kommentar mich von der Lächerlichkeit dieses Vorschlags abhielt.

»Es ist ja nicht so, dass ich mit jemandem schlafen müsste.«

Der Satz schien nicht ganz vollständig. Es klang, als wollte sie »noch nicht« hinzufügen. »Ich habe Spaß, ich drehe ja auch gern

Filme. Es ist nur manchmal anstrengend, immer so zu tun, als wäre man jemand anders.«

Mein Teenager-Ich hatte darauf keine Antwort parat. Josies Gesicht veränderte sich. Einen Augenblick lang hatte ich das Gefühl, sie hätte sich eine Maske übergezogen, so sehr glättete sich etwas in ihren Zügen.

»Und dafür brauchst du einen Notfallplan?«

Die Antwort blieb Josie mir schuldig.

»Was war im Shop los? Erzähl mal«, sagte sie, und ich brauchte einen Moment, um zu checken, wonach sie sich erkundigte.

»Er wird mich rauswerfen, ich vergeige es einfach ständig. Da kommt so eine Alte rein und fragt mich, ob der Anzug passt. Ich so: ›Nee, drei Nummern größer wäre schon nicht schlecht.‹ Und dann geht sie beleidigt. Ganz ehrlich, hätte ich ihr sagen sollen, der sieht spitze aus? Scheuert doch überall, wenn man den nicht in der richtigen Größe kauft.« Ich stöhnte und ließ den Kopf auf das Leihboard sinken.

Josie lachte, dieses Mal war es echt. »Das ist ja auch der falsche Ansatz.«

»Der falsche Bauchansatz vielleicht«, brummte ich.

»Du musst ihnen eine Geschichte verkaufen. Die Leute wollen kein Produkt, sie wollen ein Gefühl. Wenn sich jemand einen Film von mir ansieht, will er auch nicht, dass ich nachher erzähle, wie erbärmlich mein Leben ist. Dass ich das nur ertrage, indem ich mich volldröhne. Nein, die wollen die Story, den Glamour.«

»Ich weiß nicht, ob man Hollywood jetzt so eins zu eins ins Point Break übertragen kann«, gab ich zu bedenken.

»Wenn du dir Klamotten kaufst …«

»Ich kaufe mir keine Klamotten. Ich werde diesen Bikini auch noch tragen, wenn er in Fetzen hängt.« Ich lächelte, es geriet schief.

Aber Josie fuhr ohnehin fort: »Wenn *ich* mir Klamotten kaufe, dann doch nicht, damit ich nicht nackt herumlaufen muss, sondern damit ich mir vorstellen kann, wie ich mich darin fühle. So ist das mit allen …« Sie sah auf meinen Bikini und dann mit hochgezogener Augenbraue wieder in mein Gesicht, »mit fast allen Menschen.«

»Okay, verstehe, aber wie stelle ich das an?«

Josie grinste. »Wenn dich das nächste Mal jemand fragt, ob etwas passt, dann sagst du: ›Ich sehe Sie eher in dem neuen Wetsuit von Roxy. Ich hatte neulich eine Kundin, die ihn gekauft hat und die jetzt für die North American Superproliga 1 surft. Sie kam sogar noch mal zurück in den Laden und hat sich bedankt, weil der Anzug ihr zu einer wesentlich besseren Wassergleitfähigkeit verholfen hat.‹«

»Das ist bullshit, und eine American Superproliga 1 gibt es nicht.«

»Das ist ja der Punkt, es ist bullshit! Aber es klingt geil.«

Darüber musste ich nachdenken. »Du meinst, keiner will die Wahrheit, sondern es reicht, dass es gut klingt?«

Josie schlug mit der flachen Hand aufs Wasser. »Jetzt hast du es begriffen.«

Und tatsächlich: Josies Prinzip funktionierte. Ich erzählte Geschichten, von denen mir selbst schwindelig wurde. Aus einem simplen Longboard wurde »das letzte Brett dieser Art, das produziert wurde«, aus Badeanzügen »das Modell, das Ihnen einfach mal so fünf Kilo wegzaubert«. Ich erfand abstruse Storys zu Zinkpasten, die angeblich aphrodisierende Wirkung hatten, verkaufte Surfschuhe, die vermeintlich zu einer besseren Durchblutung und herausragender Leistungssteigerung führten.

Nach zwei Wochen durfte ich ab und zu an die Kasse, und wieder eine Woche später hatte Andy mir klargemacht, dass er mich sofort feuern würde, sollte ich jemals wieder zu einer Frau unter dreißig »Ma'am« sagen. Aber er hatte begriffen, dass die Leute auf mich standen, wenn ich mit meinem losen Mundwerk losplapperte und mich nicht verstellte. Dass sie es mochten, wenn ich Geschichten zum Besten gab. Ich war ein Surfergirl in einem Surferladen. Und ich war unterhaltsam. Zum Dank dafür durfte ich am Camp teilnehmen. Und mehr noch: Andy hatte endlich mein Potenzial erkannt und mich zu seinem persönlichen Schützling gemacht. Ich war im Surferhimmel.

In vielerlei Hinsicht war Josies Rat an diesem Nachmittag die beste Schule für Hawaii. Für die Zeit vor dem Unfall und auch für die danach. Denn Verkaufen blieb nun einmal Verkaufen. Ob es Surfklamotten waren oder Touri-Ausflüge. Die Leute kauften nicht das Produkt, sie kauften die Geschichte. Alle wollten das Gefühl, nicht die Wahrheit.

• • •

Als eine Reparatur an der Brücke zum Festland die gesamte Inselbevölkerung inklusive der Touristen einschloss, bat Andy mich schließlich, ihm mit den Anfängern zu helfen. Und so fing ich an, kleine Mädchen und Jungs in die Wellen zu schubsen und ihnen das, was ich schon beherrschte, beizubringen. Meine Tage waren gut gefüllt mit kurzen Treffen mit den Mädels, meiner Teilnahme am Surfcamp, den Schichten im Point Break und den Unterrichtsstunden für kleine kooks. Es war, als hätte sich der Endless Summer in eine einzige Welle verwandelt, die viel zu schnell brach.

Ende August ebbte der Touristenstrom schneller ab als sonst, weil die Fliegenplage so unerträglich wurde, dass man sich kaum noch draußen bewegen wollte. Die Mädchen waren noch da, und Averys Vater hatte über die Terrasse in der Waterfront Avenue ein Fliegennetz gespannt, sodass wir draußen sitzen konnten.

»Ich komme mir vor wie ein Vogel in einem riesigen Käfig«,

sagte Josie, als sie eines Nachmittags mit den Füßen auf dem Geländer ihre Limonade schlurfte und bei jedem Schluck einen kritischen Blick ins Glas warf. Zu häufig hatten wir in den letzten Tagen unfreiwillige Fleischbeilagen zu uns genommen.

»Mit dem Unterschied, dass du nicht fliegen kannst«, konterte Avery.

»Ich würde echt alles dafür geben. Frei wie ein Vogel, was gäbe es Schöneres.«

»Genug Futter ist auf jeden Fall in der Luft«, erklärte Odina und verscheuchte eine Stechmücke, die es durch das Netz geschafft hatte.

Josie machte Flatterbewegungen mit ihren Armen, stand auf und stieg auf die Brüstung des Geländers. »Was meint ihr, wenn ich von hier springe und überlebe, mein Gesicht aber Matsch ist, bekomme ich dann noch eine Rolle?«

»Als Chucky vielleicht, wenn sie dich gut zusammenflicken.« Isa lachte. Aber ich spürte, wie in mir eine unbestimmte Wut auf Josie aufkam.

»Laber doch nicht immer so einen Müll«, fuhr ich sie an. »Erst neulich der Mist mit der Unsterblichkeit. Fuck, Josie, du bist scheiße reich und hast selbst gesagt, dass du nicht in einem Trailerpark leben willst. Was willst du denn? Du kannst dir kaufen, was du möchtest, während ich mir die Surfmagazine aus dem Müll der Ferienhäuser klaue. Ich kann dein Gejammer echt nicht mehr hören. Komm da runter, mach das Gitter wieder fest und halt einfach mal dein verwöhntes Maul.«

Ich erwartete irgendetwas Boshaftes, fast schon, dass sie aus Provokation erst recht aufs Geländer stieg, aber sie stieg herunter und sagte tatsächlich: »Sorry.«

»Lee hat es nicht so gemeint«, erklärte Odina, unser Harmonienerd.

»Doch, hab ich. Ich kann's nicht mehr hören.«

»Ich bin ja auch bald weg«, sagte Josie und sah an mir vorbei. »Ich fliege kommenden Freitag.«

»Du fliegst also«, gluckste Isa.

»Ich fliege«, wiederholte Josie, und es klang ein winziges Lachen mit.

»Ich werde dich nicht vermissen«, knurrte ich, musste dann aber auch grinsen.

»Ich dich auch nicht«, erwiderte Josie.

»Wenn ich von hier verschwunden bin, bist du endlich wieder die beste Surferin der Insel«, stichelte Josie.

»Baby, dazu musst du nicht verschwinden. Ich bin die beste Surferin weit und breit. Im Gegensatz zu dir kann ich fliegen, nur über Wellen, aber ich kann fliegen.«

»Das kannst du wirklich«, erklärte Odina warm.

»Aber der Off the Lip will mir nicht gelingen«, warf ich ein und dachte an die vielen missglückten Versuche, das Manöver hinzubekommen, bei dem man einen Turn gegen den brechenden, oberen Teil der Welle fuhr. »Ich wollte ihn eigentlich bis zum ersten Wettkampf der Regionals draufhaben.«

»Das ist doch ganz egal, Lee! Es ist ein kleiner, regionaler Wettbewerb, niemand hier auf der Insel bekommt das hin!«

»Wir könnten kommen und dich anfeuern!«, schlug Isa vor.

»Schade, dass ich da schon weg bin!«, sagte Avery mit einer Grimasse.

»Ich leider auch«, kam es von Josie.

»Ich wäre wahnsinnig gern dabei!«, rief Odina und klatschte in die Hände.

»Auf gar keinen Fall!«, widersprach ich. »Damit ihr zuseht, wie ich mich blamiere?«

»Wenn ich nicht teilnehme«, kam es trocken von Josie. »Wer soll dir denn Konkurrenz machen?«

12

Kosten One-Way-Flug Charleston – O'ahu
Billigflug nach Hawaii
Josie Blythe wirklich tot?
Avery Winter aktuelle Fotos
Odina Bianchi und Noah Hobbs
Schnellste Flugverbindung Charleston O'ahu
Josie Blythe + Palawan + Unfall
Flughafenkürzel
Flug CHS – HNL
Josie Blythe Todesursache
Busverbindung Charleston San Francisco
Fuck warum ist alles so teuer?
Hat Avery Winter ein Kind?
Hat Odina Bianchi ein Kind?
Wer ist schuld an Josie Blythes Tod?
Seasons + Isabella White + Harbour Bridge + Kind?

Fuck, fuck, fuck … ich schiebe den Laptop weg, bevor ich auch noch »Wie komme ich schnell an Geld?« in die Suchmaschine eingebe und damit zweifelhafte Antworten heraufbeschwöre. Dann greife ich nach meinem Handy.

Ich: Qualle, wie viel Geld hab ich noch?

Qualle antwortet prompt.

Qualle: Bin ich Bank, oder was?

Qualle: *die Bank

Weil da auf einmal so viele Gefühle sind, die sich nach oben drücken, wo sie nicht hingehören, habe ich ganze Arbeit in Parkers Bude geleistet. Meine wenigen Habseligkeiten liegen hier verstreut, als würde ich eine Schnitzeljagd mit ihnen veranstalten. Zufrieden schaue ich auf die Klamotten am Boden, das Ladekabel, das ich kunstvoll um das Treppengeländer geschwungen habe. Die benutzten Gläser und Tassen, Popcornreste, Teller und den angerissenen Pack Milch.

Die Plum-Krimis liegen auch noch immer am Boden, als warteten sie darauf, festgetreten zu werden. Das und der Fleck, den das Wasserglas auf dem Couchtisch hinterlassen hat, macht mich verwirrend glücklich. Als ob Chaos ein Painkiller gegen Einsamkeit wäre.

Draußen tobt der Ozean. Ich höre es am Scheppern von umfallenden Mülltonnen in der Nachbarschaft, ein Hund bellt, und da ist dieses stetige dumpfe Rauschen. Ich hatte vergessen, dass die Stürme hier anders klingen als auf Hawaii. Mächtiger, größer, beherrschender. Es ist so verlockend, diesem Schauspiel zuzuschauen, dass ich mich nach Stunden der Einigelung das erste Mal aufrappele und an die große Glasscheibe gehe, die hinaus aufs Meer zeigt.

Es ist dämmrig, aber man kann die Ausmaße der Wellen gut erkennen. Heilige Scheiße, ganz schön was los. Die Wassermassen türmen sich zu Wolkenkratzern und brechen in schaumigen Tunneln, als hätte man sie entzweigesprengt. Hoffentlich sind Avery, Odina und Isa … Ich kneife die Augen zusammen. Es hilft ja jetzt nichts, an die Mädchen zu denken. Gerade als ich mich abwenden will, sehe ich etwas aus den Wellen spitzen. Jemanden. Instinktiv weiche ich von der Scheibe zurück. Es ist ein Mann, der da draußen bei diesen unwirtlichen Bedingungen surft. Aber er kämpft nicht mit den Wellen, er beherrscht sie. Ich halte die Luft an, wann immer er aus meinem Blickfeld verschwindet, aber er taucht jedes Mal wieder auf.

»Respekt«, murmele ich.

Der Wind bläst durch die Blätter der Life Oaks. Die Stühle werden kratzend über die Veranda gezogen. Ein Windspiel klimpert, unterbrochen vom Heulen einer Sirene weiter entfernt an einem anderen Ort der Insel. Jeder Böe folgt Stille. Ein unablässiger Rhythmus. Ich kenne diese Art von Sturm, meist sind sie harmlose Vorboten von Hurrikans, von wilden, unberechenbaren, wunderschönen Naturgewalten, die Harbour Bridge im Herbst heimsuchen. Ich scanne die Schaumkronen nach dem Surfer ab. Und bin sofort erleichtert, als ich ihn wieder sehe. Mir steht der Mund offen, während ich jede seiner Bewegungen verfolge.

Es sieht nicht menschlich aus, so perfekt surft er. Der Mann erhebt sich zwischen den brechenden Wellen, als wäre er nicht von dieser Welt. Mühelos, völlig schwerelos, magisch. Er ist kein Fremdkörper im Wasser, er schmiegt sich in die Natur, als wäre er ein Teil von ihr. Wie ein Delfin, nur graziler. Er ist groß, das sehe ich selbst aus der Entfernung. Sein Anzug ist pechschwarz, und die Haare kleben ihm nass an Stirn und Hals. Er gleitet durch die Welle, und es wirkt, als tanzte die Welle mit ihm, um ihm, als wären sie eins. Eine Symbiose aus rauer Schönheit und Eleganz. Es hat etwas unheimlich Erotisches. So erotisch, dass ich vergesse zu atmen.

Keine Ahnung, wie lange ich dastehe und mir sehnsüchtig wünsche, ich wäre das da draußen. Bis ich irgendwann bemerke, dass der Surfer das Meer verlassen hat. Und jetzt erst hole ich Luft, pumpe sie in meine angespannte Lunge. Nur um sofort wieder keuchend auszuatmen.

Der Surfer ist Parker.

13

Panik. Ich schaue mich um, und das Chaos ist jetzt kein Painkiller mehr, sondern ein Problem. Ich habe mich in Parkers Haus eingezeckt, und es ist absolut keine Entschuldigung, dass wir früher hier als Kinder gespielt haben. Parker hat mir vor zehn Jahren eindeutig klargemacht, dass er mich nicht will. Er hat mir unmissverständlich zu verstehen gegeben, was und wer ihm wichtig ist und wer nicht. Zehn Jahre, in denen wir keinen Ton miteinander gesprochen, uns nicht gesehen und nicht gehört haben. Er wollte mich damals nicht mehr. Er wird mich auch jetzt nicht wollen.

Auf keinen Fall darf er mich hier entdecken. Ich will nicht mit ihm sprechen, in seine Augen sehen und genau das wiedererkennen, was ich darin vor zehn Jahren gelesen habe. Eine erneute Ablehnung ertrage ich nicht. Ich atme schnell und heftig, während Parker draußen schon nicht mehr zu sehen ist und vermutlich auf direktem Weg zum Haus ist.

Niemals bekomme ich die Bude in wenigen Minuten in den perfekten Originalzustand zurück. Wenn kein Wunder geschieht, stehen Parker und ich uns in wenigen Minuten gegenüber. Vielleicht sind es auch nur noch Sekunden. Scheiße, scheiße, scheiße.

Ich überlege, wenigstens die Klamotten ... Nein, das hilft jetzt alles nichts. Mit einem letzten Blick auf meine Habseligkeiten stelle ich fest, dass Parker unmöglich wissen kann, dass ich es bin. Dass er vielleicht einfach glauben wird, jemand sei eingebrochen. Wichtig ist nur, dass er mich nicht sieht.

Ich haste die Treppe nach oben und kauere mich im Flur hinter die breite Kommode.

Der Schlüssel dreht sich im Türschloss. Und dann höre ich Schritte, begleitet vom Heulen des Windes. Die Tür schließt sich. Und die Anspannung, die sich über das Haus legt, ist spürbar. Als könnte man ihr die Hand schütteln. Parker räuspert sich.

Ich warte darauf, dass er etwas sagt. Dass er in den Raum hineinruft, ein lautes »Hallo«, und dann die Drohung, die Polizei zu rufen. Aber nichts passiert. Schritte, die innehalten. Jetzt muss er die Socken sehen. Blau, Loch im linken großen Zeh. Und die Jacke, die ich während des Flugs getragen habe und achtlos im Flur habe fallen lassen.

Ich wage es, lautlos in Richtung Treppe zu krabbeln. Vielleicht kann ich schnell nach draußen verschwinden, wenn er in der Küche ist. Aber was mache ich dann mit meinen Sachen? Ohne Laptop und meinen Rucksack mit dem Pass?

Eine Stufe weiter unten könnte ich womöglich einen Blick auf Parker riskieren, aber ich wage es nicht.

Schritte, die wieder schneller werden.

Er wird sein Handy zücken. *911, Parker Johnson, bei mir wurde eingebrochen.*

Eins, zwei, drei. Ich halte die Luft an. Jetzt müsste er in der Küche angekommen sein. Dort steht der Laptop, aufgeklappt, aber mit Sperrbildschirm. Nichts passiert. Alles ist still.

Vielleicht denkt er – zu Recht –, ein richtiger Einbrecher würde seinen Laptop nicht mitbringen.

Etwas quietscht über den Boden. Ein Stuhl wahrscheinlich. Aber ich höre kein weiteres Geräusch, kein Klacken auf der Tastatur.

Und dann, ich bin mir nicht sicher, ob ich es mir einbilde, ob es doch nur der Sturm ist, der jault und heult. Dann höre ich ein Geräusch, das wie ein Lachen klingt.

Stille, dann noch einmal. Parker lacht eindeutig.

Was mache ich denn jetzt? Runtergehen und Hallo sagen? Warten, dass er hochkommt? Mich schlafen legen und in der Früh verschwinden? Nichts davon fühlt sich richtig an. Was schon daran liegt, dass ich in sein Haus eingedrungen bin. Ausgerechnet ich. Nach all der Zeit. Ausgerechnet hier.

Ich liege still und atme flach. Warte, dass er noch einmal lacht oder etwas sagt. Eine Ewigkeit später schabt der Stuhl wieder. Schritte, die sich entfernen. Ins Wohnzimmer. Der Fernseher geht an. Jetzt wird er das Popcorn bemerken, das ich in die Ritzen seiner Couch gebröselt habe. Und auf den Boden. Und für einen total abgespacten Moment stelle ich mir vor, dass er auf dem Bildschirm unsere Geschichte sehen kann. Parker und Lee, eine Romcom, na gut, eher eine Ugly-Cry-Sick-Lit-Sad-Story oder so.

Ich stelle mir hier oben am Treppenabsatz vor, wie Parker auf diesen Bildschirm schaut und uns sieht. Wie wir in der Woche unseres Kennenlernens in dem abgefuckten Haus sitzen, dass jetzt so strahlend und schön ist. Und irgendwie ist es seltsam, dass ich mich damals so gut gefühlt habe und jetzt so schlecht. Als hätte das Haus sein Innerstes nach außen gekehrt und ich genau das Gegenteil getan.

In der Zeit, in der Parker noch der Junge war, der im Meer versuchte, den ständig aufbrandenden Wellen seiner Trauer um Mae-Ann davonzusurfen, und ich noch das Mädchen, das ihn in allem, was er tat, bedingungslos unterstützen wollte. Weil er mein bester Freund war, meine Familie, mein Bruder, bis er es auf einmal nicht mehr war. Bis er mehr war und irgendwann nichts mehr davon. Kein Freund, kein Bruder, kein Geliebter, nur noch ein Konkurrent.

Der Gedanke ist unfassbar traurig.

Bevor ich eine Dummheit begehe – on top of all den Dummheiten, die hinter mir liegen – schleiche ich mich in Mae-Anns Zimmer. Dort verstecke ich mich hinter der Tür. In der Hocke kauernd, bemühe ich mich, ganz flach zu atmen. Ich höre, wie Parker unten von Zimmer zu Zimmer geht. Ob er nach dem vermeintlichen Einbrecher sucht? Und dann … klar, kommt er die Treppe hoch. Vor der Tür zu Mae-Anns Zimmer werden seine Schritte langsamer, und ich halte vorsichtshalber die Luft an. Verdammte Axt, was für eine saublöde Idee, sich ausgerechnet bei Parker einzunisten. Was hab ich mir nur dabei gedacht? Draußen im Flur ist es jetzt still, mein Herz rast. Was, wenn er jetzt reinkommt und mich sieht? Was soll ich dann sagen?

Aber es dauert endlose Sekunden oder Minuten, bis seine Füße wieder in Bewegung geraten, und noch einmal so lange, bis ich höre, wie im Bad Wasser läuft.

Parker duscht nebenan. Nackt. Natürlich nackt. Das wäre der Moment, mich aus dem Haus zu schleichen. Aber ich kann nicht. Ohne zu wissen, was mich davon abhält, bleibe ich an Ort und Stelle. Bis es zu spät ist, weil der Hahn zugedreht wird und ich wieder Schritte höre. Ich strecke mich ein wenig, ohne meine Position zu verlassen, sodass ich einen Blick durchs Schlüsselloch erhasche. Und fast das Gleichgewicht verliere. Denn da ist sein nackter Oberkörper und nur ein Handtuch um die Hüften. Parker, mein Parker. Nachdem seine Tritte verklungen sind, lasse ich mich rückwärts auf den Hintern fallen und starre an die Wand. Minutenlang konzentriere ich mich auf einen feinen Haarriss im Putz, um auf keinen Fall an früher zu denken. Es ist viel zu still in diesem Haus, jetzt, da mein Herz sich wieder beruhigt hat. Keine lärmenden Mitbewohner, nicht der Dampf von Zigaretten oder Joints, keine rollenden Flaschen, prügelnden Besoffenen und nicht einmal das allgegenwärtige Patschen von nackten Füßen auf dem Boden. Ich hab auf einmal Heimweh nach Chaos. Heimweh nach O'ahu, nach Qualle, nach meinem Halbleben. Draußen wird es dunkel. Ich rappele mich auf, lege mich auf das Bett. Aber bleibe wach.

Und halte es dann nicht mehr aus. Der Klang des Fernsehers im Untergeschoss ist dumpf. Irgendeine Show oder eine Soap. Wenn ich es schaffe, mich mit dem Hintern langsam Stufe für Stufe nach unten zu setzen, dann könnte ich einen Blick auf ihn erhaschen. Nicht nur auf seinen nackten Oberkörper, sondern auch auf sein Gesicht. Nur kurz schauen, wie Parker jetzt aus der Nähe aussieht. Bestimmt ist er längst eingeschlafen. Er schläft immer sofort auf dem Sofa ein, wenn die Glotze läuft. *Klar, Lee, weil du das so genau weißt, du hast ihn ja zehn Jahre nicht gesehen.*

Ich warte noch eine Viertelstunde, bis ich es wage, vorsichtig aufzustehen und auf Zehenspitzen nach unten zu gehen.

Er liegt auf der Couch. Ich sehe seine Haare, noch hell vom Sommer. Er trägt sie kürzer als früher, ordentlicher. Mein Herz wummert gegen meine Rippen. Aber ich taste mich weiter vor. Bis ich mehr sehe als nur seine stets leicht gerunzelte, nachdenkliche Stirn. Selbst im Schlaf.

Ich weiß nicht, was ich erwartet habe. Nach all der Zeit Parkers Gesicht zu sehen, zieht mir wie bei einer Unterströmung gleich den Boden unter den Füßen weg.

Seine Oberlippe hat noch immer diesen sanften Schwung, der bei geschlossenem Mund leicht überheblich wirkt, aber Parker so sympathisch macht, wenn er lacht. Seine Wangen sind glatt, kein einziger Stoppel. Immer noch nichts geworden mit dem heiß ersehnten Bartwuchs. Der Wunsch, mit meinen Fingern über seine Haut zu streichen, ist so riesig, dass ich das Gefühl habe, meinem Arm dringend eine andere Aufgabe geben zu müssen, um ihm nicht nachzugeben.

Warum starre ich noch immer auf seine Lippen?

Seine Atemzüge sind tief, die Brust … o Gott, die blanke, nackte Brust hebt und senkt sich kaum merklich. Ich schließe kurz die Augen, bevor ich meinen Blick an Parkers schlankem Bauch vorbeischweifen lasse. Da ist die kleine Narbe direkt über dem Nabel. Eine weiße, dünne Spur, kaum mehr sichtbar. Sie stammt aus dem letzten Heat – der abschließenden Zeiteinheit – des Wettbewerbs auf Bulls Island. Als Parkers Brett ihn so ungünstig erwischt hat, dass er einen breiten Cut erlitten hat. Es war der gleiche Wettbewerb, bei dem Parker seinen ersten Sponsorenvertrag gewann und wir drei Wochen lang nicht miteinander gesprochen haben. Ich schlucke, wegen der Erinnerung, aber auch beim Anblick seiner tief sitzenden schwarzen Shorts. Enge Shorts, unter denen sich alles nur allzu deutlich abzeichnet. Schnell weiterschauen. Zu Parkers Beinen, das eine angewinkelt, das andere gestreckt. Als wäre er auch im Schlaf stets bereits, aufzuspringen, einen Eins-a-Pop-up hinzulegen. Ich muss lächeln. Er bewegt sich leicht, und ich schrecke zurück, aber ich bringe es nicht fertig, wieder nach oben zu gehen.

Das da ist Parker, der Mensch, den ich nach meiner Mutter am meisten auf dieser Welt geliebt habe. Der Mensch, den ich am meisten vermisst habe. Der Mensch, der mich mehr verletzt hat als jeder andere. Aber ich verspüre keine Wut, nicht einmal Traurigkeit. Nur eine gigantische Sehnsucht danach, ihn zu umarmen. Und bei dem Gedanken lache ich fast heiser auf. Umarmen.

Natürlich. Ausgerechnet. Ich.

Ich habe so oft darüber nachgedacht, was Parker, der Perfektionist, zu mir und meinem verkrüppelten Körper sagen würde. Nie, nicht ein einziges Mal, war seine Reaktion in meinen Überlegungen nicht blankes Entsetzen. Mit der rechten Hand reibe ich über meinen Stumpf und spüre, wie heiße Tränen meine Augen zu fluten drohen.

Rückwärts entferne ich mich von Parker, ohne den Blick von ihm abzuwenden. Und lasse mich auf den Sessel gegenüber fallen.

Über den Bildschirm flackert eine Folge *Friends*. Parkers liebste Episode ist die, in der Phoebe erkältet ist und plötzlich wirklich singen kann. Meine die mit dem verbummelten Telefonkuli, über den sich Monika und Rachel streiten.

»So werden wir beide irgendwann sein!«, hat Parker gesagt, wenn ich mich darüber amüsiert habe.

Wir werden nie wegen Telefonkulis streiten, Parker, dachte ich damals schon. Haben wir dann auch nicht. Wir haben darum gestritten, wer Profisurfer werden würde. Und Parker dachte, das könne nur er sein. Ein Telefonkuli scheint mir ein viel besserer Grund zu sein.

Ich sehe vom Sessel zu ihm hinüber, dann wieder auf den Bildschirm zu *Friends* und denke über Freundschaften nach. Über Freundinnen, die ich wiedergesehen habe, und die eine, die ich nun nie mehr sehen werde.

14

Ich schrecke hoch und will aufspringen, nach Qualle rufen, ihm sagen, dass er das Bad frei machen soll, aber ich bin nicht zu Hause. Ich sitze auf einem Sessel, und über meinen Beinen liegt eine Decke, die ich da nicht hingelegt habe.

Parker!

Ich schaue mich um. Die Shutters sind teilweise geschlossen, aber sie wackeln nicht, offenbar hat sich das Wetter etwas beruhigt.

Was mache ich jetzt? Nach ihm rufen?

Ich drehe mich um und sehe durch die breite Fensterfront nach draußen. Erst denke ich, dass Vögel vorbeifliegen, dann erkenne ich, dass es Blätter sind, und erinnere mich, dass es hier auf Harbour Bridge so etwas wie Herbst gibt. Anders als auf Hawaii, wo es nur zwei Jahreszeiten gibt. *Kau,* den Sommer, und *hooilo,* den Winter. Wobei zwischen Winter und Sommer nur ein paar lächerliche Grad Unterschied herrschen.

Ich schnuppere. Riecht das hier etwa nach Kaffee? Ich strampele die Decke von meinen Beinen und strecke mich. Tatsächlich steht auf dem Esstisch eine Kanne Kaffee neben meinem aufgeklappten Laptop. Ich lächele, und dann zuckt ein Gedanke durch meinen Kopf, der das Lächeln ausknipst wie ein Lichtschalter. Parker hat meinen Arm gesehen. Meinen nicht mehr vorhandenen Arm. Er hat mich zugedeckt und mir jetzt Kaffee gekocht und sogar Zucker danebengestellt, weil er weiß, dass ich mir die blöden zwei Löffel darin nie abgewöhnen konnte. Zehn Jahre, alte Gewohnheiten, mein fehlender Arm. Mein Gesicht brennt. Ich schiebe die Kanne weg und stoße dabei gegen den Laptop. Der Bildschirm flackert auf.

Word. Eine weiße Seite. Nicht ganz weiß. Der Cursor zuckt. Hinter einem Satz, den jemand getippt hat. Parker.

Guten Morgen, Lee. Fühl dich wie zu Hause.

Ich springe auf, als hätte ich mich an diesem Satz verbrannt. Meine Finger zucken. Wollen etwas antworten. Mühelos könnte ich eine ganze Seite tippen.

Ach ja?

Warum das plötzlich?

Hast du vergessen, dass du mir das letzte Mal, als wir uns gesehen haben, so ungefähr das genaue Gegenteil gesagt hast?

Woher der Sinneswandel, Parker?

Ich dachte, du wolltest mich nie wiedersehen.

Wie war das: »Verschwinde Lee, hau ab nach Hawaii.«

Es gibt kein Uns. Es gibt kein Wir.

Meine Finger zucken jetzt nicht mehr, sie zittern. Und dann tippe ich etwas ganz anderes.

Aloha, Parker. Lange nicht gesehen.

Mein Blick fällt auf einen Schlüsselanhänger aus Filz. Daran befinden sich drei Schlüssel. Zwei große, ein kleiner und ein kleines Kästchen mit zwei Tasten. Eine Mini-Fernbedienung.

Auf dem Filz steht in geschwungener Schrift: (Don't) get lost. Jetzt muss ich lachen. Es ist ein Spruch, der zu Macey und Burt passen würde, und bei dem Gedanken, dass man solche Filzanhänger womöglich im Crab & Bones kaufen kann, flutet mich ein warmes Gefühl. Vielleicht liegt es auch daran, dass Parker mir einen Schlüssel zu seinem Haus gegeben hat und … nein, ich schüttele mich. Darauf falle ich nicht mehr rein. Auf diese Freundlichkeiten, die einem später, wenn man dann unweigerlich doch enttäuscht wird, nur umso spitzer in die Seite stechen.

Ich nehme den Schlüssel und verlasse das Haus.

Als ich draußen stehe, habe ich keine Ahnung, was ich nun machen soll. Eigentlich bin ich hier, um mit meinen ehemaligen Freundinnen zu reden.

Vielleicht statte ich Andy einen Besuch ab. Ja, das ist eine hervorragende Idee. Der Surfshop. Josies Versprechen. Wenn sie es gehalten hat, dann besteht die Chance, dass Andy etwas weiß und er in den letzten beiden Jahren Kontakt zu ihr hatte. Ein Roller. Ein Unfall. Palawan. Ich schüttele mich.

• • •

»Holy Moly!«, sage ich und stoße einen lauten Pfiff aus. »Andy, was ist passiert?«

Das Point Break ist nicht wiederzuerkennen. Wo ist Andys Chaos? Wie hat er es geschafft, dem Laden endlich Style einzuhauchen? Ich schaue mich um. Lange Reihen ordentlich aufgehängter Klamotten. Teurer Klamotten. Über meinem Kopf schweben Surfbretter. Und was ist das da in der Ecke? Eine Palme. Jetzt kann ich mir das laute Lachen wirklich nicht mehr verkneifen.

»Andy? Wo steckst du? Haben dich Außerirdische entführt und dir eine Gehirnwäsche verpasst?«

Ich kann mir Andy hier so wenig vorstellen wie Qualle in einer Gucci-Filiale auf der 5th Avenue. Ich merke, dass etwas nicht stimmt, als ich die Pokale entdecke. Ich kenne die Dinger, jeden einzelnen von ihnen. Ich weiß, dass Andy sie nicht gewonnen hat. Dass Andy sie hier nicht ausstellen würde. Ebenso wenig wie Andy, wenn man auch nur eine Sekunde länger darüber nachdenkt, wohl kaum diese überteuerten Rucksäcke und Kunstdrucke verkaufen würde.

»Kann ich Ihnen helfen?«

Aus dem Augenwinkel sehe ich, dass eine Frau auf mich zukommt. Dunkles, dichtes Haar … aber ich bin zu beschäftigt, die Namen auf den Trophäen über mir zu entziffern.

»Lee, bist du das?«

Ich wirbele herum. Und da steht sie. Noch einmal muss ich laut lachen. Aus Verlegenheit oder aus Schock, so genau kann ich das nicht sagen. Mein Mund steht offen, ich kann mich nicht bewegen. Mein Arm tut weh. Der, der nicht mehr da ist. Ich greife mit meiner Hand um den Stumpf.

Vor mir steht Dakota.

Meine Ex, Dakota.

»Lee?«, sagt sie jetzt wieder. Leise.

»Nein«, rufe ich.

»Lee!«, die Farbe weicht aus ihrem Gesicht. Sie kommt näher, und ich hab echt Angst, dass sie jetzt anfängt zu heulen.

»Wenn du weinst, schreie ich«, sage ich.

Dakota entfährt ein nervöses Kichern. »Was machst du hier?«

»Was machst du hier?«, gebe ich die Frage zurück. Fast ergänze ich: Das ist meine Insel.

Sie deutet hinter sich, auf den Tresen. Da steht ein Typ, und ich erkenne ihn sofort, auch wenn ich ihn bisher nur auf Fotos gesehen habe. Statt Andy verkauft hier Dakotas Bruder Tex den neuesten Shit von Billabong und Co.

In Dakotas dunklen Augen schimmern Tränen. Und in diesen Tränen das schlechte Gewissen. Dakota ist gut darin, das Falsche zu tun und sich angemessen schlecht zu fühlen.

»Du arbeitest ernsthaft hier auf Harbour Bridge?«, spucke ich ihr entgegen. Sie arbeitet nicht nur hier, begreife ich. Dieser ganze Laden trägt Dakotas Handschrift. Ihr Gefühl für Design und ihr guter Geschmack spiegeln sich in jedem Regal, in jedem sorgsam ausgewählten Bikini, selbst in den Postkarten hinter dem Verkaufstisch, den gerahmten Zeitungsartikeln und den Kissen auf dem Sofa mit blassblauen Blüten wider. Verdammt, ich kann sehen, wie sie mit ihren kleinen, schönen Händen all das hier arrangiert hat.

»Konntest du nicht irgendwo anders einen Laden aufmachen? In … in South Dakota. In North Dakota, von mir aus auch am Virginia Beach. Warum hier?« Jetzt brülle ich. Wie eine Löwin, die ihr verdammtes Revier markiert.

Sie sieht zur Seite. »Ich weiß auch nicht … ich wollte dir irgendwie nahe sein. Du hast so viel von diesem Ort erzählt, und du wolltest mich nicht wiedersehen. Und dann wurde der Laden neu verpachtet. Ich hatte es nicht geplant, aber dann schien es mir irgendwie logisch. Ich war auch heimatlos nach der Trennung, Lee.«

»Ach, heimatlos. Willst du wissen, was ich alles war?«

Will sie offenbar nicht, weil sie nicht antwortet. Aber ich schreie es ihr trotzdem entgegen: »Ich war mittellos, armlos, was noch alles?«

»Wie oft soll ich dir noch erklären, wie leid es mir tut.«

»Mmh«, gebe ich sarkastisch zurück und hole zum Rundumschlag aus. »Vielleicht so lange, bis mir mein Arm nachgewachsen ist?«

»Lee, ich weiß nicht, was ich sagen soll.«

»Dann sag nichts.«

»Wir müssen über uns reden«, seufzt Dakota, und bei mir brennt komplett die Sicherung durch.

»Weißt du, was passiert ist, als du das letzte Mal über uns reden wolltest?«, schreie ich. »Damit hat die ganze Scheiße doch erst angefangen!«

Tex, ihr oller Bruder, kommt hervor. Als müsste er seine Schwester schützen. Dabei weiß ich von Dakota, dass Tex ein ziemliches Hohlbrot ist, der sich eher hinter Dakota verstecken würde, als für sie einzustehen. Da passiert kurz etwas in mir. Dieses Gefühl, das immer hinter der Wut auf meine Ex-Freundin wabert. Weil man Liebe eben nicht ausknipsen kann wie eine von diesen fucking Einbauleuchten. Einbauleuchten, Andy. Warum hast du das eigentlich zugelassen?

»Wo ist Andy?«, verlange ich zu wissen und hasse es sehr, dass es albern aussieht, nur einen Arm in die Hüfte zu stemmen.

»Wer?«, Dakota sieht mich verwirrt an.

»Andy, der Besitzer des Point Break.«

»Der ist doch schon ewig tot!«, sagt Dakotas Bruder. Gut aussehend, aber mit dem Einfühlungsvermögen einer Dreißigmeterwelle.

Dakota geht einen Schritt auf mich zu, ich einen zurück.

»Tut mir leid, dass du das so erfährst. Der Vorbesitzer des Ladens hat vor einigen Jahren einen Herzinfarkt erlitten. Er wollte eigentlich … er wollte ein neues Leben beginnen. Irgendwo anders.«

»Wo wollte er denn hin?«, frage ich gedämpft. Fuck, wäre das schön gewesen, Andy wiederzusehen. Mir von dem alten Grantler ein paar Tipps geben zu lassen.

Ihr müsst miteinander reden. Das hätte er gesagt, oder?

»Nach Hawaii, Lee. Er hatte wohl ähnliche Träume wie du. Hat immer von dir geschwärmt. Deine Karriere verfolgt. Ihn hier zu treffen und über dich zu sprechen …«

Ich wünschte in diesem Moment, Dakota wäre mehr wie ihr Bruder. Nur Hülle und keine Fülle. Aber ich weiß nur zu gut, dass sie beides hat. Dass sie sowohl von außen schön ist als auch von innen.

»Halt die Klappe, Dakota. Du hast keine Ahnung, wer Andy war, und du hast kein Recht, kein verdammtes Recht, dich hier wie eine irre Stalkerin einzuzecken.«

»Ich bin keine Stalkerin, Lee! Du warst nicht hier. Ich hätte nicht gedacht, dass du zurückkommst.«

»Wieso? Weil die Einarmigen nach Las Vegas gehören?«, witzele ich schlecht, wie immer, wenn ich unsicher bin. Und stinkwütend.

»Häng das ab!«, sage ich noch, bevor ich den Laden verlasse, und deute auf das Foto an der Pinnwand hinter der Kasse. Mein Gesicht zwischen all den Postkarten aus internationalen Surfspots. Dakota zuckt zusammen. »Sofort.«

15

Die Begegnung mit Dakota wühlt mich zu sehr auf, als dass ich jetzt direkt zurück zu Parkers Haus laufen könnte. Also beschließe ich, mir irgendwo einen Kaffee zu kaufen oder gleich Schnaps. Da das Crab & Bones noch immer nicht infrage kommt und das Seasons aus offensichtlichen Gründen raus ist, entscheide ich mich, dem Southside Café noch einen Besuch abzustatten. Ich picke mir dort den hintersten Tisch heraus, was bedeutet, dass mein Rücken ungehindert der Sonnenstrahlung ausgesetzt ist, ich mich aber auch verstecken kann, ohne groß aufzufallen. Auch wenn es unwahrscheinlich ist, dass mir zweimal an einem Tag ein Geist aus der Vergangenheit über den Weg stolpert.

Das Café ist fast leer, vermutlich weil es so abartig heiß ist, aber gerade als ich mich entspannen will und die Kellnerin mir einen gepimpten Kaffee mit Pumpkin-Irgendwas vor die Nase stellt, höre ich Stimmen. Und eine davon erkenne ich sofort.

»Und dann sagt er so: ›O., ich weiß, du bist eine unabhängige Frau, aber das bedeutet doch nicht, dass ich nicht gerne …‹« Die Stimme wird leiser. Kurz darauf bricht Gekicher los, und ich ziehe hastig die Karte hoch, um sie mir vors Gesicht zu halten.

»Iiih, hör auf, wir reden hier von Noah. Hab mal ein bisschen Respekt vor meinen geschwisterlichen Gefühlen.«

Avery, das ist eindeutig Avery.

»Du musst einfach ausblenden, dass es dein Bruder ist, mit dem sich Odina durch die Betten wälzt, dann hat es wirklich mehr Unterhaltungswert.«

Ich linse über die Karte, weil ich dieser Stimme nicht ganz traue. Sie klingt so verdammt fröhlich. Kann das … Es ist … Isa.

Alle drei laufen in weniger als zehn Fuß Entfernung an mir vorbei. Und zum Glück hat die Karte ein Riesenformat. Mit dem Menü aus dem Waikane Store könnte ich noch nicht einmal meine Nasenspitze adäquat verdecken. Ich schaue zur Seite, aber da sitzt nur ein Typ mit einer tief in die Stirn gezogenen Schildkappe und hält sein Handy hoch. Einen Moment lang glaube ich, er hätte die Kamera direkt auf meine ehemaligen Freundinnen gerichtet, aber da bemerke ich, dass er sein Essen von oben fotografiert. Sein Blick schwenkt kurz zu mir und ich zucke zusammen. Eine unangenehme Gänsehaut breitet sich auf meiner Haut aus. Was mache ich hier eigentlich?

Isa, Avery und Odina haben sich zwei Tische weiter unter einen Sonnenschirm gesetzt, und ich kann ihr Gespräch nur noch fetzenhaft wahrnehmen. Es geht um Syrakus, Odinas Bruder Andrea wird erwähnt, sie warten auf irgendwas, irgendeine Schule, und dann höre ich meinen Namen. Odina sagt laut und deutlich Lee.

Ich huste, obwohl ich nur Luft holen will. Verdammte Hitze. Ich presse die Augenlider kurz zusammen und halte die Karte weiter krampfhaft vor mein Gesicht. Odina, die Einzige der drei, die mir halb zugewandt sitzt, macht eine wegwerfende Handbewegung. Schwer schluckend schaue ich zur Seite, sehe, dass der Kerl neben mir mich mustert, dann breit lächelt. Einen bescheuerten Anbaggerversuch kann ich jetzt wirklich nicht brauchen.

Aus der Ferne hat Odina sich kaum verändert. In jeder ihrer Bewegungen kann ich noch immer die unbändige Lebensfreude und ihre innere und äußere Kraft ablesen. Ich kann nicht wegsehen, betrachte ihre dunklen Haare, die runden Wangen, das Leuchten ihrer Augen.

Und schrecke zusammen, als die Kellnerin mich anstupst. »Darf's noch was sein?«, fragt sie.

»Äh … ein Basil Berry bitte«, sage ich, obwohl ich das klebrige Gesöff schon jahrelang nicht mehr getrunken habe.

Die Kellnerin verschwindet, und ich starre weiter auf meine Freundinnen von damals. Wünsche mir, besser hören zu können. Wünsche mir die Frau mit der Teenagertochter weg, die die Sicht versperrt und zwischendurch so laut über irgendein Problem mit einer gewissen Wendy diskutiert, dass ich gar nichts vom Tisch vor ihr hören kann.

Neben mir klickt etwas. Der Typ hält das Handy immer noch hoch und hat es dieses Mal eindeutig nicht auf seinen leeren Teller gerichtet.

Die Kellnerin kommt zurück und knallt eine Dose Basil Berry auf den Tisch. »Geben Sie mir bitte noch Ihre Handynummer?«

»Was? Wieso?«

»Für unseren Newsletter, damit wir Ihnen aktuelle Angebote zuschicken können.«

»Nicht nötig …«, wehre ich ab.

»Und Sie erhalten ein Getränk umsonst.« Die Kellnerin rückt in mein Sichtfeld.

Erst jetzt fällt mir ein, dass ich gar kein Geld dabeihabe.

»Okay, also gut.« Ich zucke mit den Schultern, ohne die Karte von der Nase zu nehmen, was sie sichtlich zu nerven scheint.

Ich nenne ihr schnell meine Handynummer, die sie sicherheitshalber laut wiederholt, und verkünde ihr dann, dass ich gegen bestimmte Inhaltsstoffe der neuen Rezeptur von Basil Berry allergisch bin, weshalb ich die ungeöffnete Dose zurückgeben möchte. Sie geht und murrt etwas vor sich hin. Das schlechte Gewissen, ihr kein Trinkgeld geben zu können, quält mich kurz. Als ich mich zu dem Kerl am Nachbartisch drehe und nachsehen will, ob er immer noch heimlich Fotos von meinen Freundinnen knipst, ist er weg.

Avery hat ihren rechten Arm um Isa gelegt, deren Schultern zucken. Weint sie? Sollte ich zu ihr gehen? Und dann? Links habe ich keinen Arm, den ich Avery von der anderen Seite umlegen könnte. Und ich habe Odinas Bewegung vor Augen. *Lee, was sollen wir schon mit der?*

Qualle würde sagen: *Aber sie haben dir doch geschrieben*. Aber der hat ja auch keine Ahnung, wie fehl am Platz man sich fühlen kann, wenn man an den Ort zurückkehrt, der einst Heimat war und jetzt mehr denn je nach verbrannter Erde schmeckt.

• • •

»Was machst du gerade? Bist du mit deinen Freundinnen zusammen?«, fragt mich Qualle durchs Telefon. Zurück in Parkers Haus, habe ich die Klimaanlage voll aufgedreht und eine Doku über die Antarktis angeschaltet. Aber das hilft alles nichts, meine Wangen glühen trotzdem wie Heizstäbe. Warum bin ich im Café nicht einfach an ihren Tisch gegangen? Hab mich hingesetzt, breitbeinig wie früher, und sie angegrinst? Warum nicht einen Spruch gemacht? Irgendetwas, das nach der Lee von früher geklungen hätte. Hier auf Harbour Bridge wird mir nur zu deutlich vor Augen gehalten, wie mutig ich einst war und wie feige mich die letzten Jahre gemacht haben.

»Also, was treibst du so?«, kracht Qualles Stimme durch meine Gedanken.

»Ich schaue dem Südpol beim Schmelzen zu. Und hatte heute ein Date mit Dakota.«

»Bist du auf Drogen?«

»Nein, es war ein Blind Date. Dakota lebt hier und hat einen Surfshop.«

»Du verarschst mich?«

»Nein.«

»Dann erläutere mir das jetzt mal genauer. Wie hast du dich dabei gefühlt?«

Qualle kriegt diese Stimme, die nicht zu ihm passt. Ich rolle mit den Augen.

»Erspar mir den Hobbypsychologen, Qualle.«

»Ich hab mal zwei Semester …«

»Erzähl lieber, ob du herausgefunden hast, was es mit der Postbox auf sich hat.«

»Ja, das …«, Qualle zögert. Es ist immer ein sehr schlechtes Zeichen, wenn Qualle zögert. »Ist komisch. Auf welchen Namen lautete die Box, hast du gesagt?«

»Elisabeth Warren.«

»Ich hab die Box gefunden, aber das war nicht der Name, auf den sie registriert war.«

»Auf welchen dann?«, frage ich. »Sue Fisher?«

»Es waren nur zwei Initialen, aber die passen nicht.«

»Welche denn? Mach es nicht so spannend, Qualle!«

»J. S.«

»J. S.«, wiederhole ich. Josie Sue? Nein, das ergibt keinen Sinn.

»Und wohin wird die Post geschickt, konntest du das herausfinden?«

»Ja, das ist auch weird, es ist ganz in deiner Nähe, Lee. Auf Haven Bridge.«

»Harbour …«, korrigiere ich und gebe es gleich wieder auf. »Wo genau, Qualle?«

»Also laut meiner Recherche ist das die Adresse von dem Käseblatt, das du abonniert hast.«

»Welches Käseblatt? Wovon redest du?«

»Na, der *Haven Chronicle*«, sagt Qualle, als wäre das das absolut Naheliegendste.

Ich schnappe nach Luft. »Die Postbox läuft auf das Redaktionsgebäude des *Harbour Chronicle*? Jetzt verstehe ich gar nichts mehr.«

»Mich darfst du nicht fragen. Ich hab sowieso keine Ahnung.«

»Wahrscheinlich hat sie die Box einfach ins Leere laufen lassen, die Spuren im Kreis geführt«, murmele ich.

»Was hast du gesagt?«

»Mmh, ich hab dich gefragt, ob du mit deinen drei Semestern BWL denn wenigstens herausgefunden hast, wie man über Nacht Geld vermehrt?«

»Selbst wenn ich herausfinden würde, wie man über Nacht deinen Kontostand verdoppelt, bliebe das ein ziemlich karger Betrag.«

»Ich will heim«, stöhne ich.

»Und wo ist das?«, fragt Qualle sanft. Verdammt, wenn der Kerl den Softie rausholt, fühle ich mich überfordert.

»Weiß nicht. Im Wasser.«

»Ich glaube, du solltest erst mal deine Dinge regeln. Und Wasser gibt's bei dir auch, oder?«

Ich brumme.

Qualle holt Luft. »Also …«, fährt er gedehnt fort, was nie ein besonders gutes Zeichen ist. »Was war da eigentlich los? Mit dir. Neulich. Als du Fox News geschaut hast.«

»Nichts. Ich war nur ein Fan. Nichts weiter.«

»*Urban Oath* war eine verdammt gute Serie«, sagt er. »Fast so gut wie *Friends*.«

»Jap.«

»Bringst du mir eigentlich was mit? Wenn du wiederkommst. Irgendwas zum Essen.«

»Ich kaufe dir eine Dose Old Bay Spice«, sage ich, und jetzt kommen mir tatsächlich schon wieder die Tränen. Wäre Josie noch am Leben, wenn sie bei Anjali Kapoor geblieben wäre und sich einfach damit begnügt hätte, Gewürze zu verpacken?

»Old Bay? Nie gehört.«

Ich pruste. Das kann auch nur von Qualle kommen. »Qualle, das ist eine der bekanntesten Firmen überhaupt. Das ist in etwa, als würdest du behaupten, nie von Kelly Slater gehört zu haben.«

»Das ist doch der Surferdude, der hier auch ein Haus hat?«, sagt er staubtrocken, muss dann aber doch lachen.

• • •

Parker taucht den ganzen restlichen Tag nicht auf. Und meine Nachricht auf dem Laptop ist die letzte, die dort neben dem Cursor geduldig darauf wartet, gelesen zu werden. Was er wohl macht? Ob er arbeitet? Er hat bestimmt Hunger, wenn er nach Hause kommt. Noch einmal durchforste ich den Kühlschrank, an dessen Inhalt sich nichts geändert hat. Und beschließe dann, einkaufen zu gehen und Parker all die Sachen zu besorgen, die er früher gern gegessen hat. Wenn der feine Herr mich schon bei sich wohnen lässt. Da ich mir zur Tarnung für unerwartete Begegnungen beim Einkaufen keine Speisekarte vor die Nase halten kann, setze ich eine Sonnenbrille und eine Cap von Parker auf, unter die ich meine Haare stopfe. Und es gibt mir ein seltsames Gefühl. Als hätte ich etwas Wichtiges übersehen und käme nicht darauf, was.

Es gibt jetzt einen Harris Teeter auf der Insel. Aber ich bin zu neugierig darauf, ob Red noch lebt oder auch wie Andy das Zeitliche gesegnet hat, als dass ich mich zu einem Besuch dort aufraffen könnte. Im Markt ist kein Red in Sicht, dafür die überschminkte Alte, die hier schon seit Jahrhunderten arbeitet. Sie sieht mich ein wenig seltsam an, als würde ich stinken oder so. Also ziehe ich demonstrativ das T-Shirt an meinem Stumpf zurück und schnüffele an meiner Achsel. Riecht akzeptabel. Ich schaue der Frau – wie hieß sie gleich, Cindy? – ins Gesicht und zucke dann mit beiden Schultern. Sie schaut peinlich berührt zur Seite. Bei Red gibt es keine Angestellten, die den Kunden die Waren in Plastiktüten packen. Also muss ich das selbst machen, und es ist verdammt schwer, es mit einer Hand hinzukriegen.

»Kann ich helfen?«, fragt Cindy.

Ich nicke widerwillig. Weil es sonst eine Ewigkeit dauern würde, bis ich Eier, Salat, Remoulade und Co. verstaut hätte.

»Keine Angst, ich nehme dir nicht mehr übel, dass du damals der halben Insel gefälschte Eintrittskarten fürs Festival verkauft hast.«

»Sie müssen mich verwechseln«, murmele ich und schaue an ihr vorbei zu den ganzen Surfer- und Sportmagazinen am Zeitungsständer neben der Kasse. Die Magazine sind noch immer die gleichen wie damals. Ausgaben von *Surf*, *WSSM*, *Tracks* und *Sports Illustrated,* die ich aus den Mülleimern der Ferienhäuser gefischt habe, um sie mit Parker zu inhalieren. Parker, der sie ebenso gut hätte kaufen können. Weil Parker sich schon immer alles kaufen konnte. Surfbretter, Surfmagazine ... und Skateboards. Unter den Sportzeitschriften befinden sich Tabloids, Klatschpresse, die sich mit Promis und solchen, die es werden wollen, beschäftigen. Ich kneife die Augen zusammen und entdecke auf dem Cover des OK!-Magazins ein Bild von Josie. Erst auf den zweiten Blick fällt mir auf, dass auch *Sun, Star* und *People* mit Josies Gesicht aufwarten. Allesamt sind es Bilder, die ich – obwohl Josies Gesicht jahrelang durch die Presse rauf und runter ging – noch nie gesehen habe. Und ich könnte schwören, mindestens eines davon wurde hier auf Harbour Bridge aufgenommen. Wie seltsam, dass sie ausgerechnet solche Fotos jetzt auspacken.

Achselzuckend nehme ich von Cynthia die Einkaufstüte entgegen und bedanke mich artig.

Es ist schwieriger auf dem Rad mit einer gefüllten Einkaufstüte am Lenker, deshalb dauert der Weg zurück doppelt so lang. Ich nehme die Querstraße unterhalb des Parks, weil sie leicht abschüssig auf die Waterfront Avenue führt, auch auf die Gefahr hin, Avery zu sehen, weil ich an der Nummer zehn vorbeifahren muss, um zu Parkers Haus zu gelangen. Doch dann habe ich schon Meilen vor der Waterfront Avenue 10 Grund, den Kopf einzuziehen. Denn der eingezäunte Basketballplatz vor dem Park ist nicht leer. Zwei Männer rennen darin herum und versuchen, sich einen Ball abzunehmen. Allerdings einen Fußball und keinen Basketball. Einer von ihnen lässt mein Herz schneller schlagen, dem anderen hat Josie seines gebrochen. Ich erkenne Odinas Bruder Andrea sofort. Die große Gestalt, die breiten Schultern, das dichte schwarze Haar. Neben ihm wirkt Parker immer noch schlaksig. Sie bemerken mich nicht, und ich wage es, ein wenig langsamer zu fahren und trotzdem die Balance zu wahren, um nicht vor Parkers Nase auf die Nase zu fallen.

Ich höre Andreas dunkles Lachen, und dann klopft Parker ihm auf die Schulter, als er den Ball an ihm vorbei in ein imaginäres Tor katapultiert, sodass der Zaun scheppert. Es fällt mir schwer, mich von den beiden zu lösen, aber als ich hinter mir ein Auto bemerke, lenke ich das Rad zurück an den Straßenrand und wende den Blick ab.

Der Wagen fährt auf meine Höhe, und ich warte darauf, überholt zu werden, aber nichts passiert. Durch die getönten Scheiben erkenne ich niemanden. Leider hab ich keine Hand frei, um dem Idioten, der jetzt im Schritttempo neben mir herfährt, den Mittelfinger zu zeigen. Ich fühle mich angestarrt, ohne zurückstarren zu können. Was soll die Scheiße? Ich beschleunige, so gut es geht, und biege, statt bis zum Strand zu fahren, ruckartig in die nächste Seitenstraße ein. Der Wagen ist so langsam, dass er mir folgen kann. Was er auch tut. Fuck, du Arschloch, was hast du vor?

Ich bleibe stehen, auch wenn das bedeutet, dass ich Mühe haben werde, wieder anzufahren. Der schwarze SUV bleibt auch stehen. Kein Nummernschild, wie ich bemerke.

Ich halte meinen Mittelfinger gestreckt zum Fenster. Warte auf eine Reaktion, die nicht kommt. Ich zögere. Der Wagen fährt an, und es sieht so aus, als hätte sich der Spuk erledigt. Ich sammele mich und hebe mich wieder auf den Sattel. Etwas wackelig auf den ersten paar Fuß merke ich zu spät, dass der Idiot in der nächsten Kurve offenbar auf mich wartet. Ich biege nach links, auch wenn ich in die andere Richtung muss. Das Auto folgt mir mit quietschenden Reifen.

Mein Blut pocht unheilvoll in meinen Ohren. Gleichzeitig empfinde ich neben der Angst eine diffuse Wut. Auch an der nächsten Kreuzung hängt der Wagen noch an meinen Fersen. Ich wage nicht, mich umzudrehen, um den Fahrer genauer zu betrachten, weil es so schon schwierig genug ist, das Rad im Gleichgewicht zu halten. An einem älteren Strandhaus mit grünen Fensterläden komme ich im knirschenden Kies zum Stehen. Mein Verfolger stoppt fast gleichzeitig. Ich lehne das Rad an das morsche Holz des Gartenzauns, bücke mich, hebe eine Handvoll Steine auf und renne auf den Wagen zu, dann werfe ich die Steinchen gegen die Heckscheibe des SUV.

»Hau ab, du Psycho!«, kreische ich.

Die Steine prallen vom Lack ab, und ich hoffe, sie hinterlassen wenigstens ein paar Kratzer. Der Wagen beschleunigt abrupt und verschwindet in einer Staubwolke. Mit zitternden Knien gehe ich zurück zum Rad und warte, bis mein Herzschlag sich wieder normalisiert hat. Obwohl mir auf dem restlichen Weg kein einziges Auto mehr begegnet, habe ich weiterhin das Gefühl, unter Beobachtung zu stehen.

• • •

Parkers Küche ist zwei Stunden später ein Schlachtfeld. Aber um Kriege zu gewinnen, muss man kämpfen. Und es hat gutgetan, um diese seltsame Verfolgungsaktion zu verdrängen. Ich denke lieber daran, wie sehr Dakota es gehasst hat, wenn ich versucht habe, etwas Essbares zuzubereiten. Weil mir selten etwas Anspruchsvolles gelungen ist. Weder etwas, das ästhetisch ihren Ansprüchen genügt hat, noch etwas, das lecker war. Parker war da einfacher zufriedenzustellen, und ich hoffe, das ist immer noch so.

Ich platziere die Graham Crackers, Parkers Lieblingssnack, neben den Sandwiches und dem Smoothie. Dann positioniere ich den Mixer, mit dem ich die grüne Pampe genau nach Anweisung der Internetseite zusammengepanscht habe, so vor der Wand, dass Parker die Spritzer am Putz zumindest nicht gleich bemerkt.

Es sieht ein wenig aus, als hätte sich jemand viel Mühe für ein Halloweendinner gegeben. Also gruselig. Und ich bin auch echt kurz davor, alles wieder abzuräumen und die Nachricht auf meinem Screen zu löschen. Aber da ist es schon zu spät. Ein Schlüssel dreht sich im Schloss, und ich haste die Treppe hinauf, um mich auf dem Absatz zu verstecken. Seine Schritte sind schwer. Ganz anders als beim letzten Mal, als er reinkam. Wenn ein Mensch müde gehen kann, dann wohl so.

Parker geht auf den Tisch zu und mustert ihn. Mit dem Zeigefinger hebt er eines der Sandwiches an, dann beugt er sich nach unten und … riecht daran. Glaubt er etwa, ich wolle ihn vergiften? Come on, Parker, das sind einfach nur Sandwiches. Aber er macht keine Anstalten zuzugreifen, sondern schaut auf den Bildschirm meines MacBook. Dann nimmt er sich doch eines der Sandwiches, als hätte ich geschrieben: *Nicht giftig* statt *Aloha, Parker.* Er beißt und kaut und hustet. Verdammt, er hustet. Zu viel Pfeffer? Oder war es keine gute Idee, die Graham Crackers auf den Käse zu krümeln und eine Ladung Barbecuesoße darüberzugeben? Vielleicht hätte ich es vorher probieren sollen. Doch dann lacht Parker. So laut und schallend, dass ich zusammenzucke. Oh Mann, ich hatte echt vergessen, wie gern ich Parkers Lache mag. Ich könnte aus meinem Versteck kommen und mit ihm lachen. Aber etwas hält mich zurück. Warum eigentlich? Weil das hier Spaß macht oder weil es einfacher ist, als Parker nach allem, was zwischen uns vorgefallen ist, nach allem, was zwischen uns nicht passiert und nicht gepasst hat, nach allem, was gut hätte passen können, direkt unter die Augen zu treten? Wir spielen Verstecken auf Erwachsenenart. Und ich weiß nicht, wie lange es noch Spaß macht. Wenn man als Kind zu lange unentdeckt im Versteck saß, wurde es irgendwann auch fad.

Parker isst auch noch das zweite Sandwich, und ich sehe, wie er seinen Mund verzieht, aber tapfer weiterkaut. Er trinkt auch den Smoothie in einem Zug leer. Und dann stellt er sich vor den Laptop.

Er tippt etwas. Und ich will wissen, was da steht. Sofort. Er schaut hoch, schüttelt den Kopf und löscht den Text wieder. Was? Das Ganze wiederholt er. Tippt. Löscht. Tippt. Löscht.

Ein ganzer Roman müsste da schon stehen, wenn er nicht immer wieder die Backspace-Taste betätigen würde. Fällt es ihm so schwer, mir zu sagen, dass ich endlich verschwinden soll? Nein, dann hätte er mir den Schlüssel nicht gegeben.

Sollte ich dennoch besser gehen? Aber wohin? Zu Avery in die Waterfront Avenue? Noch nicht. Erst den Jetlag überwinden. Und dann die Angst. Und danach noch die Scham. Wenn das vorbei ist, dann ... ist da immer noch dieses perfekte Gesamtbild, das die anderen dort am Wash-Out ergeben haben. Und Odinas Handbewegung im Café.

Unten tut sich etwas. Parker ist mit dem Tippen und Löschen fertig. Es werden Schubladen geöffnet. Und ein paar Minuten später die Haustür. Ich warte noch ein wenig, dann schleiche ich hinunter ins dunkle Wohnzimmer, das nur durch den Computerscreen beleuchtet wird.

Aloha, Lee Gene Baker.

Meine Hand wandert zu meinem Herzen. Als könnte man mit Druck von außen verhindern, dass der Druck innen sich in zu heftigen Herzschlägen äußert.

Nach meinem vollen Namen folgen ein paar leere Absätze. Als müsste Parker klarstellen, dass zwischen den Gruß und die nächsten Worte noch ganz viel mehr gehört.

Glaub nicht, ich hätte die grünen Spritzer an
der Wand nicht gesehen.

Jetzt lache ich. Komisch, dass wir irgendwie miteinander lachen, aber zeitversetzt. Allerdings vergeht es mir ohnehin bei seinem nächsten Satz.

Komm raus und surf mit mir.

Ich schließe den Laptop, ohne eine Antwort zu tippen.

So einfach ist das nicht, Parker. So einfach ist das wirklich nicht.

• • •

Am nächsten Morgen liegt die aktuelle Ausgabe von *Surf* auf dem Tisch neben dem aufgeklappten Laptop. Auf der Titelseite ist Bethany Hamilton zu sehen. Mit einem angebissenen Surfbrett und dem Lächeln einer Frau im Gesicht, die mit sich selbst im Reinen ist. Parker hat nichts geschrieben, nur drei Punkte getippt. Ziemlich anklagende Punkte. Kaffee hat er auch gekocht und eine Tasse mit der Hokaisu-Welle als Aufdruck vor die Kanne gestellt. Der Anblick macht mich unfassbar wütend.

Ich gehe zum Kühlschrank, hole die Remoulade und schmiere sie mitsamt einer Packung Baked Beans auf die verbliebenen Toastscheiben. Dann reiße ich die Titelseite von *Surf* ab und wickele die Sandwiches darin ein. Den Kaffee kippe ich in den Abfluss und nehme die Tasse mit in den Garten, fülle sie mit Erde und reiße dann aus Parkers Wohnzimmerpalme ein paar spitze Blätter heraus, die ich in die Tasse pflanze.

Ich hab dir doch gesagt, dass es nicht so einfach ist, Parker.

Den Tag verbringe ich damit, Parkers DVD-Sammlung zu durchstöbern. Ich schaue mir unzählige alte Surfervideos an. Grässliche Spielfilme mit schlecht inszenierten Surfszenen, aber auch die etwas besseren wie *Surfing Mavericks*, die man nicht unbedingt komplett vorspulen muss. Ich heule ein bisschen bei *Momentum Generation* und noch ein bisschen mehr bei *The Drifters*. Es ist wie Urlaub. Nur dass ich keinen Spaß habe. Urlaub, in dem man krank ist. Genau so fühlt sich mein Leben seit zwei Jahren, drei Monaten und siebzehn Tagen an.

Abends bin ich erschöpft vom Nichtstun. So erschöpft, dass ich es nicht erwarten kann, Parker kurz zu sehen und dann ins Bett zu fallen. Aber er kommt nicht.

Ich tippe auf den Bildschirm, direkt hinter die drei Pünktchen, ohne Absatz oder Leerzeichen.

> Du arbeitest zu viel und zu lange. Du solltest
> mal wieder was für dich machen. Hast du
> keine Freunde?

Am Morgen steht da:

> Das stimmt. Alles davon. Bist du hier, um es
> zu ändern?

16

Nach vier Tagen in Parkers Haus habe ich einiges über ihn herausgefunden. Er macht jeden Morgen sein Bett. Parker, der kleine Nerd. So akkurat, dass es unbändigen Spaß macht, mich einmal quer über Tagesdecke und Kissen zu werfen und einen kleinen einarmigen Lee-Gene-Baker-Abdruck zu hinterlassen.

Er benutzt diese widerlich schmeckende Extra-Whitening-Zahnpasta, und hier weicht er vom Muster ab, denn er schließt den Deckel nicht. Keine Ahnung, ob es ein Test ist. Aber ich drehe die Tube jeden Tag wieder zu.

Parker hat ein heimliches Faible für Lovestorys. Hinter seinen medizinischen Abhandlungen stehen *US-Today*-Bestseller aus der Kategorie Herzschmerz und Schmacht. Ich hatte wirklich nicht vor zu stöbern, öffne auch seine Schubladen nicht (ein klein wenig Anstand sollte man sich als Hausbesetzer bewahren, wenngleich mich das abgeschlossene Fach unter den DVDs schon interessieren würde), aber es sieht einfach verdächtig aus, wie tief das Regal in die Wand reicht und wie schwindelerregend weit vorn an der Kante die dicken Doktor-Wälzer stehen.

Cerveza Pacifico scheint sein Lieblingsbier zu sein und nimmt den gesamten unteren Bereich des Kühlschranks ein. Was ist bitte mit Trader Joe's Lager passiert? Ich könnte Parker fragen, aber wir reden ja nicht. Ich beobachte ihn beim Surfen. Und wir schreiben uns auf meinem Laptop. Jeder von uns wartet darauf, dass der andere den ersten Schritt macht. So war das schon immer.

Manchmal kommentiere ich in unserem inzwischen vierzehn Seiten langen Word-Dokument seinen Surf.

> Klebt am Bord, solider Stand und kommt aus der Barrel ohne Probleme, ist dabei aber etwas zu technisch.

Dann antwortet er Dinge wie:

> Sie ist mal durch die Barrel gepflügt – recht solide für eine Frau. Könnte sie wieder schaffen.

> Solide für eine Frau? Ich bitte dich!

> Worum?

Und genau darauf habe ich immer nur eine Antwort:

> Es ist nicht so einfach, Parker.

Ich weiß nicht, warum Parker so viele Magnete an seinem Kühlschrank hat. Ich bezweifle, dass er in seinem Leben wirklich schon an all diesen Orten gewesen ist. Ich nehme mir vor, bei eBay ein paar von verrückten Orten zu bestellen. Irgendetwas Entlegenes in Südamerika oder was mit einem komplett irren Namen wie

Averys Heimatstadt. Baden-Baden, was wie eine deutsche Version eines Sinatra-Hits klingt. Nur dass man Baden-Baden nicht so flüssig singen kann wie New York, New York. Vielleicht sollte ich auch einfach nur weiter seine Tomaten aus dem Kühlschrank räumen und sie in der Schale neben der Spüle platzieren.

Tomaten gehören nicht in den Kühlschrank.

Was weißt du von Tomaten?

Ich weiß, dass bei zu kalter Lagerung
Armverlust droht.

Tomaten haben Arme?

Aroma … Freud'scher Vertipper.

Ich könnte auch einfach fragen, ob ich hier wohnen darf oder ob das mit dem Schlüssel nicht wirklich so gemeint war. Dass es viel mehr heißen sollte: Get lost. Hau ab, Lee Gene Baker. Aber das Ding ist: Seit jenem ersten Tag in diesem Haus hier haben wir gewusst, was okay war und was nicht. Und wenn wir es nicht wussten, haben wir einfach direkt gefragt. *Ist das schön für dich? Darf ich dich küssen?* Ich presse die Augenlider fest aufeinander. Nicht jetzt. No-Bullshit Parker und No-Bullshit Lee. Scheiße, tut dieser Gedanke weh, dass das vorbei ist.

Weil er es kaputtgemacht hat, sagt eine Stimme in meinem Kopf. *Meine Stimme.* Nicht seine.

Wenn die Outer Banks die Leichenhalle des Atlantischen Ozeans sind, dann habe ich Harbour Bridge inzwischen zu meinem eigenen Mausoleum gemacht. Die letzten Tage habe ich damit verbracht, Handstände zu üben, die meist damit geendet haben, dass ich gegen irgendetwas in Parkers Bude gekracht bin. Ich habe mir maorische Zeichen auf den Stumpf gemalt, bis ich Nackenschmerzen bekommen habe. Sehr viel Zeit darauf verwendet, einen Schreibblock mit möglichen Satzanfängen für ein Gespräch mit Avery, Isabella und Odina vollzukritzeln, und Gespräche mit der Sarah-Mullin-Statue (weiß ich, weil ich das Ding gegoogelt habe) im Flur des Obergeschosses geführt. Sie antwortet nie das, was ich hören will.

An meinem fünften Tag in Parkers Haus höre ich, wie er sehr früh am Morgen telefoniert, bevor er zur Arbeit aufbricht. Ich will nicht lauschen, kann aber nicht anders, als die Ohren zu spitzen, als sich seine Stimme verändert, weicher wird und ich plötzlich panische Angst bekomme, er könnte mit einer Frau sprechen. Mit einer Kaitlin, Mackenzie oder am Ende mit Celeste Miller.

»Ich kann das gut verstehen. Mir ging's damals ähnlich«, sagt er in den Hörer. »Aber ich kann dir nur raten, nicht den gleichen Fehler zu machen wie ich. Sei ehrlich, von Anfang an.«

Fehler. Das Wort klingt, als hätte er es direkt an meinen Namen gehängt. Meint er mit Fehler mich? Lee *Fehler* Baker.

Parker geht beim Telefonieren auf und ab. Seine Schritte hallen auf dem glatten Boden wider.

»Ja, schon klar. Nein, Josie ist nicht Lee …«

Ich schnappe nach Luft. Er hat meinen Namen gesagt. Und Josies. Mit wem verdammt spricht er da? Über mich?

»Francesca …«, setzt Parker an und bricht ab. »Nein, Andrea, sie hat die Wahrheit verdient. Auch wenn ich nicht weiß, wie du hier weitermachen sollst oder kannst.«

Andrea! Erleichterung flutet all meine Zellen. Odinas Bruder. Natürlich, das ergibt Sinn.

Parker sagt jetzt: »Aber besteht daran wirklich Zweifel? Ich will dir deine Hoffnungen nicht nehmen, aber vielleicht ist es Zeit, dich endgültig zu lösen. Es führt ja zu nichts.«

Ich beuge mich so weit nach unten, wie es geht, weil ich unbedingt Parkers Gesichtsausdruck bei diesen Worten auffangen will. Aber er hat mir den Rücken zugewandt.

Redet er von Andrea und Josie? Oder von uns beiden?

»Ja, natürlich … aber Josie ist tot«, höre ich ihn sagen. Die harten Worte, die mir schwer in die Magengrube donnern, stehen in krassem Gegensatz zu Parkers sanfter Stimme.

Dann seufzt er leise. So leise, dass ich mir nicht sicher bin, ob das Geräusch von ihm stammt oder ob es mir selbst entschlüpft ist.

»Lee …« Da ist er wieder, mein Name aus seinem Mund. Ein Zögern und dann: »Nein, ich hab nichts von ihr gehört.«

Was? Er hat nichts von mir gehört? Gut, gelogen ist das nicht. Aber warum sagt er Andrea nicht, dass ich hier bin? Meinetwegen? Seinetwegen? Der Mädchen wegen?

Und dann liefert Parker die Antwort selbst. »Ich bin mir sicher, wenn Lee die Nachricht deiner Schwester bekommen hat, wird sie sich melden. Vielleicht braucht sie noch etwas Zeit.«

Ich sehe jetzt, wie Parker den Kopf schüttelt. Nicht ungeduldig, eher … traurig. »Wie meinst du das? Ihr habt keine Zeit?«

Der Rest entgeht mir, weil Parker in die Küche geht und den Kühlschrank öffnet.

Als er zurück ins Wohnzimmer kommt, höre ich noch, wie er sich mit Andrea für den nächsten Tag zum Fußballspielen verabredet, bevor er das Haus verlässt und zur Arbeit fährt.

• • •

Am Morgen des darauffolgenden Tages kommen plötzlich die Phantomschmerzen wieder. So stark, dass ich kurz davor bin, meinen Armstumpf in das Gefrierfach zu stecken. Aber ich hab das schon mal gemacht, in meinem Haus auf O'ahu habe ich einen halben Vormittag vor dem geöffneten Eisfach gesessen. Das Ergebnis waren Erfrierungen an der Schulter. Also ist das nicht wirklich eine Option. Das Schlimmste ist, dass diese unechten Schmerzen sich so echt anfühlen. In dunklen Momenten sehne ich sie sogar herbei, weil sie mir das Gefühl geben, noch da zu sein. Nur kommen sie eben nie, wenn man sie braucht. Und meistens sind sie, wenn ich sie spüre, ein guter Indikator, etwas zu verändern. Also raus aus dem Haus? Auch wenn das Wetter fast so mies und verzweifelt ist wie meine Laune? Wahrscheinlich liegt es daran, dass ich hier zu viel nachdenken kann. Weil es so viel ruhiger ist als in meinem Haus an der Pipeline. Weil hier nur Parker ist und nicht ein Dutzend anderer Menschen, die mir nichts bedeuten.

• • •

Ich schiebe das Fahrrad mit dem Board Rack aus dem Unterstand nach draußen auf die Straße und radele eine ganze Weile sinnlos herum, drücke mich extra nah an den Edelkarossen vorbei, die vorn am Seasons geparkt sind. Bis mir eine Idee kommt. Ich wende und fahre in nördlicher Richtung auf die Center Street zu. Wenig später werfe ich das Rad vor dem Point Break ins Gebüsch. Erst als ich die Treppen hochsteige, bemerke ich, dass der Parkplatz bis auf eine alte Corvette leer ist. Ich sehe einen Schatten dahinter vorbeihuschen, verenge die Augen, aber kann nichts weiter erkennen. Der Sportwagen parkt neben einem Schild mit der Aufschrift »Veterans parking only«. Ich hasse alles daran. Kein Behindertenparkplatz, aber einer für weiße Männer, die fürs Vaterland andere Männer, meistens keine weißen, abgeschlachtet haben.

Mein Blick fällt auf die Fenster des Point Break. Sie sind mit Brettern verbarrikadiert. Was …?

Ich habe das seltsame Gefühl, dass mich jemand vom Parkplatz aus beobachtet, drehe mich noch einmal um, sehe aber nur eine kurze Bewegung im Gebüsch, die vermutlich von einer Katze stammt.

Als ich mich wieder umdrehe, steht Dakota in der Tür des Point Break.

»Eine Corvette, war so klar.«

Wahrscheinlich waren es ihre Augen, die ich auf mir gespürt habe. Dakota ist so absurd schön, dass es völlig natürlich ist, dass sie sich gern mit auffälligen Autos, Rip-Curl-Bikinis, delikat bemalten Boards und schönen Menschen umgibt. Ich war nur ein kleiner Bug im System.

»Willst du zu mir?«, fragt sie.

»Nein, ich will einkaufen.« Das wäre der Moment, in dem man trotzig die Arme in die Seiten stemmt oder sie zumindest vor dem Körper verschränkt. Zweiarmige Menschen können sich nicht vorstellen, wie seltsam es ist, das mit nur einem Arm zu machen.

Dakota sieht sich um, überlegt, ob sie die Tür einfach abschließen kann. Aber ich kenne Dakota, und ihr nach wie vor schlechtes Gewissen mir gegenüber hält sie davon ab, mir den Eintritt zu verwehren.

»Was brauchst du denn?«

»Einen einarmigen Wetsuit.«

Sie stöhnt. Und dann streckt sie ihre Hand aus und berührt meine. Ganz kurz, aber mir entgeht nicht, wie sie dabei den Kopf hält. So seltsam zur Seite gedreht.

»Ich brauche ein Skateboard«, sage ich, weil etwas an diesem

Blick schwer zu ertragen ist, auch wenn ich das Gefühl nicht genau benennen kann. »Ein Surfskateboard.«

»Wir haben geschlossen wegen des Sturms.« Dakota berührt mich nicht mehr, aber ein winziger Teil von mir wünscht sich, sie würde es noch einmal tun.

»Welcher Sturm?«

»Hurrikan, Kategorie 3 bis 4, wenn wir Pech haben auch fünf. Ist dir nicht aufgefallen, dass schon alles verrammelt ist?«

»Kann ich trotzdem ein Surfskateboard bei dir kaufen?«

»Lee, ich …« Sie sieht sich um, an mir vorbei.

»Du schuldest mir was.«

»Ich schulde dir immerzu etwas, oder? Das glaubst du doch. Dass du mit mir umspringen kannst, wie du möchtest, weil du mich dafür verantwortlich machst?«

Sie macht eine wütende Handbewegung dorthin, wo ich keine Hand mehr habe. *Dafür.*

Wo ich eben noch klein beigeben wollte, wird jetzt alles in mir hart.

»Ja. Und deswegen will ich jetzt ein Surfskateboard. Ich hab noch knapp achtzig bucks.«

Sie schaut mir in die Augen. Nur kurz.

»Was willst du denn mit dem Ding?«

Ich zwinge sie, mich weiter anzusehen, zwinge ihr all die Härte und den Schmerz auf, die ich in den letzten beiden Jahren verspürt habe. »Es ist ein Geschenk, für Parker.«

Ihre Augen weiten sich. Der Ausdruck darin macht sie noch hübscher. Wie ein Reh. Verwundbar, zart. Dabei sind das reine Äußerlichkeiten. Dakota ist nicht zart.

»Komm mit.« Sie öffnet die Tür und drückt sich gegen den Rahmen, damit ich an ihr vorbei ins Innere gehen kann. Auch beim zweiten Mal verfehlt der Laden nicht seine Wirkung auf mich. Sofort suche ich nach meinem Bild an der Pinnwand hinter dem Tresen, und eine nostalgische Anwandlung in mir wünscht sich, sie hätte mein Foto hängen lassen.

»Du hast gesagt, ich sollte es abnehmen«, erklärt sie leise.

Ich nicke.

In den letzten beiden Jahren und auch davor habe ich so vieles gesagt, was ich nicht wirklich so gemeint habe. Als ich Dakota fortgeschickt habe und ihr die alleinige Schuld an allem gegeben habe, war ich davon überzeugt, sie würde bleiben. Nur dass sie es nicht gespürt hat. Und ich befürchte, dass sie insgeheim erleichtert war, von mir das Go bekommen zu haben.

Sie geht mir voraus, an den Umkleidekabinen mit grünen Vorhängen vorbei durch eine Werkstatt, in der ein Longboard zum Schleifen auf einer Werkbank liegt, raus in einen kleinen Lagerraum. Als sie den Lichtschalter betätigt, funktioniert er nicht gleich. Sie bleibt überraschend stehen, sodass ich leicht gegen sie pralle. Ich rieche sie und will auf einmal alles ausblenden. Jede Gemeinheit zwischen uns auslöschen. Ich sehne mich nach Dakota. Danach, mit ihr auf einer Matratze auf unserer Terrasse zu liegen und von ihr umarmt zu werden. Nach ihren Lippen, die entgegen dem harten Ausdruck, der jetzt auf ihrem Mund liegt, so weich sein können. Was ist das hier? Ich bin doch wütend auf sie, oder nicht? Aber ich habe sie auch einmal geliebt. Sehr sogar. Ich weiß noch, wie es ist, durch ihre langen schwarzen Haare mit meinen Fingern zu fahren, kann noch nachfühlen, wie sich ihre Hüftknochen spitz durch das einzige, winzige Speckpölsterchen an ihrem Körper drücken. Und fuck, war es immer schön, sich hinter sie zu stellen und ihre festen kleinen Brüste mit meinen Fingern zu umschließen. All das ist hier in diesem kleinen Raum so präsent wie der Staub, der im Licht flirrt. Und so real wie der Zorn und die Hilflosigkeit, die noch immer zwischen uns stehen. Ich beuge mich nach vorn, ganz leicht. Dakota bewegt sich nicht. Sie blickt mir ins Gesicht, als gäbe es dort eine wichtige Botschaft zu entschlüsseln.

»Du bist noch da«, sagt sie scheinbar zusammenhanglos. Aber ich verstehe. So gut.

»Klar bin ich noch da. Du ja auch.«

Noch einmal rücke ich wenige Inch vor. Sie nicht. Dann gibt es ein kurzes zischendes Geräusch, und die Glühbirne im Lagerraum ist wieder erloschen. Etwas sirrt, vielleicht der durchgeglühte Draht des Lichts oder aber das, was hier zwischen uns wabert. Ich kann hören, wie Dakota in schnellem Rhythmus ein- und ausatmet, und wenig später ihren Atem direkt vor meinen Lippen spüren. Es vibriert. Sie lässt ihre Unterlippe durch die Zähne schnalzen. Das Geräusch ist mir so vertraut wie die Linie der Wangenknochen in ihrem Gesicht, die ich mühelos in der Luft nachzeichnen könnte.

Jetzt, jetzt werden sich ihre Lippen auf meine legen. Ich kann sie schon fühlen. Ich will das. Ein Teil von mir will das. Ich weiß nicht, welcher. Ich schließe die Augen, an der Dunkelheit ändert das nichts und doch alles. Es wird seltsam hell hinter meinen Augen. Ich öffne sie vorsichtig, und mein Gefühl hat mich getrogen. Dakotas Lippen sind so viel weiter weg als gedacht. Stattdessen leuchtet der Schein ihrer Handytaschenlampe über den Boden.

»Dahinten«, sagt sie, den Kopf abgewandt. »Da sind die Surfskates.« Ein winziger Hauch Heiserkeit, der einzige Beweis dafür, dass ich mir das hier nicht eingebildet habe. Auch wenn es vorbei ist.

Dakota sieht mich auch dann nicht an, als ich ihr mein Bargeld entgegenstrecke, das nicht reicht, um das Board zu bezahlen. Nicht, als sie dieses Geld mit spitzen Fingern entgegennimmt. Nicht, als wir den Laden verlassen und ich das Skateboard an mich drücke, als hätte ich es eben zur Welt gebracht.

Meine Beine sind schwach, die Arme pochen. Ist Dakota froh, dass ich das Board vor meinem Körper halte, als Abstandshalter zwischen uns? Oder bereut sie diesen Moment, in dem wir uns fast geküsst haben?

Alter.

Wann hab ich das letzte Mal so viel nachgedacht?

Wäre ich zu Hause, wäre das nicht passiert.

Dakota. Und. Parker.

Da doch lieber eine nasse Couch und einen Haufen Betrunkener auf dem Küchenboden. Was gäbe ich jetzt für einen dummen Spruch von Qualle. Ich wäre sogar lieber im Tourbus von Pearl Travel, um Geschichten über meinen Fake-Haiangriff zu erzählen. Alles ist besser als das hier. Das Schweigen mit Dakota. Der Nichtkuss mit ihr. Das Umherschleichen mit Parker.

Und warum? Warum passiert mir das alles? Ich schaue auf das Skateboard in meinem Arm, auf die Muster in meiner Haut und denke unweigerlich an meinen Vater, an die Fahrt auf dieser geschlängelten Straße ins Nirgendwo. Etwas in mir rastet aus. Klickt sich aus wie die Glühbirne im Lagerraum. Es dauert kaum eine Sekunde, in der mein Blick auf das Fahrrad im Gebüsch fällt und dann auf das Veteranenparkschild. Es wackelt leicht im Wind, ich renne darauf zu, an Dakota vorbei, die mir stumm wie ein Fisch nachstarrt, die schönen Lippen, die mich nicht geküsst haben, leicht geöffnet. Und dann hole ich aus und donnere das Surfskateboard mit voller Wucht gegen die Aufschrift »Veterans parking only.«

Der Schlag tut weh, auf eine Art, wie es Phantomschmerzen nicht können. Noch einmal hole ich aus. Das Metall der Achsen klirrt auf dem Metall des Schildes, hallt nach. Fast wie ein Glockenschlag. Mit dem nächsten Hieb verformt sich das Material des Bretts, mit dem darauffolgenden die Carver-Achse. Einen Augenblick lang bilde ich mir ein, dass eine raue Stimme, die definitiv nicht Dakota gehört, hinter mir lacht. So durchgeknallt bin ich also.

Ich dresche weiter auf das Schild ein, bis sich die Schrift hinter dem »a« in »Veterans« biegt und bis Dakota meinen Arm festhält.

»Lee, was hast du nur angestellt!«, sagt sie erschrocken.

Ich hasse sie in diesem Moment sehr. Es ist der gleiche Tonfall, und es sind die exakt gleichen Worte, die sie mir damals entgegengeschleudert hat, als sie mich im Krankenhaus gesehen hat. Die Augen hatten die Bettdecke gescannt und sofort gesehen, was da fehlte. Was hast du nur angestellt? Als hätte ich mir den Arm höchstselbst mit einem Skateboard amputiert.

17

Zwölf Jahre zuvor

»Wir müssen über deinen Vater reden«, sagte meine Mutter. Einfach so, während ich lieblos in meinem Matheheft herumkrakelte.

»Über meinen Vater? Du meinst den Typen, von dem du dich bisher geweigert hast zu sprechen?« Erst jetzt sah ich, was sie die ganze Zeit machte, während ich lustlos mit meinen Hausaufgaben kämpfte. Vor uns auf dem Tisch lagen verschiedene Medikamentenpackungen. Bevacizumab und Capecitabin, las ich. Die anderen Bezeichnungen waren noch unaussprechlicher.

»Ja. Ich sollte dir ein paar Dinge über ihn erzählen. Damit du … damit du …«

Sie brach ab, und ich schaute sie genauer an. Die feinen Linien um ihren schmalen Mund. Hatte sie wieder abgenommen? Ich kannte das Shirt, das sie trug und das eigentlich um die Brust herum spannte. Vielleicht war es eingegangen.

»Sag mir erst mal, was das hier wird«, sagte ich und wollte nach dem Beipackzettel greifen, der aus einer der Verpackungen herausschaute. Mom zog ihn weg. Sie sortierte verschiedene Pillen in eine Box. Sie war mit den Wochentagen beschriftet. Ich hatte das Ding hier noch nie gesehen.

»Mom, was machst du da? Ist das irgendein seltsamer neuer Job?«

Letztes Jahr hatte sie im Winter, wenn es hier auf Harbour Bridge wenig Arbeit gab, für irgendeinen Typen aus der Rehaklinik Hanfkekse gebacken. Angeblich zu therapeutischen Zwecken. Allerdings sah der Kerl mehr nach Dealer als nach Therapeut aus.

»Ist das für Summerstone?«

Keine Antwort.

»Mom!«

»Dein Vater stammt aus Hawaii, von Maui. Das ist die zweitgrößte Insel des Archipels. Ich hab ihn kennengelernt, als ich eine Zeit lang als Flugbegleiterin für United gearbeitet habe.«

Ich wusste nicht einmal, dass meine Mutter jemals ein Flugzeug betreten hatte.

»Geht es dir gut?«, fragte ich und deutete auf die Schachteln. Sie sah hoch und lächelte mich an.

»Ja, du hast recht, das ist ein Job für Summerstone. Ich sortiere Tabletten für die Patienten dort.«

Aus irgendeinem Grund erleichterte mich das enorm. »Also, mein Vater.«

»Ja … dein Vater. Keanu … Er stammt aus einer sehr traditionsreichen Familie. Seine Vorfahren kommen aus Polynesien und Japan. Er … er war ein unglaublich schöner Mann, Lee. Ich war sehr verliebt und dumm. Dachte, dass so etwas für immer hält. Aber ich war nicht gemacht für dieses Leben …«

»Für welches Leben? Das auf fucking Hawaii?«

Ich konnte nicht glauben, was sie da sagte. Warum sie damit jetzt herausrückte. Noch einmal beäugte ich die Tabletten.

»Dir geht es wirklich gut?«

»Ja«, jetzt lachte sie laut. Eine Spur zu laut. »Er ist ein gefragter Tätowierer im Osten der Insel. Keiner, wie man sie hier kennt, sondern ein traditioneller Maori. Du bist in Kahuku in einem Krankenhaus geboren worden, und ich war dann noch eine Weile mit dir dort, aber es war besser zu gehen.«

Wie oft hatte ich sie gefragt, wer mein Vater war. Ob er aus Haiti kam oder aus Mexiko, ob er Asiate war oder Native American. Woher ich meine dunkle Haut hatte und die leicht schräg stehenden Augen. Warum ich mich im Spiegel immer fragte, woher diese Mischung aus relativ hellen Haaren, dem dunklen Teint und den ungewöhnlichen Gesichtszügen kam. Ob sich ein seltsamer, wilder Charakter im Aussehen niederschlug oder ich einfach nur eine gewaltige Genportion von meinem unbekannten Vater abbekommen hatte. Wo bin ich geboren? Wo kommt mein Vater her? Wie heißt er? Hat er dich verlassen oder du ihn? Warum habe ich keine Verwandten? Wo leben meine Großeltern väterlicherseits? Nie hatte ich eine Antwort erhalten. Oder nie eine Antwort, die mich zufriedenstellte. *In einem Krankenhaus. Nicht von hier. Er heißt Keanu. Nein, nicht Reeves. Wir haben uns getrennt. Weil meine Eltern früh verstorben sind. Ich weiß es nicht.*

»Wie heißt er? Mit vollem Namen?«

»Keanu Lee.«

»Lee? Wie ich?«

»Ja …« Sie stöhnte kurz auf und hielt sich den Bauch. Aber dieses Mal würde ich mich nicht von meinen Fragen abbringen lassen.

»Hat er dich verlassen oder du ihn?«

»Er war mit einer anderen Frau verheiratet.«

Ich starrte sie an.

»Mom!«

Sie senkte den Blick. »Mom …« *Ich war noch eine Weile mit dir dort,* hatte sie gesagt. Ich, nicht wir. Kurz zögerte ich, nicht wissend, ob ich bereit war für ihre Antwort. Dann holte ich tief Luft. »Weiß er von mir?«

Sie schüttelte langsam den Kopf. »Nein.«

Ich sprang auf. Mit einer einzigen Bewegung wischte ich die Pillen und Packungen vom Tisch, sodass sie wie kleine Smarties auf den Boden kullerten.

Mom schimpfte nicht, sie sah mich nur traurig an. »Willst du noch irgendetwas wissen? Du kannst mich alles fragen, Lee.«

»Was sollte ich wissen wollen? Er weiß nichts von mir, mehr muss ich doch nicht wissen, oder?«

»Wo willst du hin?«

»Ans Meer.«

• • •

»Mach dir nichts draus, schlimmer als meine Eltern können deine nicht sein.«

Josie stellte eine riesige Schüssel mit Seafood vor mir auf den Tisch. Macey beschäftigte sich gerade mit ihrer Tafel, auf die sie ein breites Männergesicht mit Schnurrbart malte und »Slim Shady« darunterkritzelte.

»Das hat Avery auch schon gesagt.«

»Siehst du!«

»Aber es stimmt nicht, weißt du. Avery hat vielleicht ihre Probleme mit ihrer deutschen Mom, aber sie weiß wenigstens, wo sie herkommt.«

»Du weißt es jetzt auch.«

»Aber ich werde ihn vermutlich nie kennenlernen.«

»Warum nicht? War Hawaii nicht sowieso dein Plan? Für mich klingt das ziemlich nach Schicksal.« Josie griff mit den Fingern nach den frittierten Calamari. »Bedien dich, ich kann das nicht allein essen. Wenn meine Mutter wüsste, was ich hier so in mich reinschaufele, würde die After-Summer-Diät noch krasser ausfallen.«

»Bei uns gibt es nur eine After-Kontostand-Diät«, erwiderte ich.

»Na dann, hau rein.«

Eine Weile mampften wir zufrieden vor uns hin. Nur unterbrochen von Macey, die in die Küche brüllte und uns wenig später selbst gemachten Eistee auf den Tisch stellte. »Aufs Haus, neue Rezeptur, ihr müsst testen. Dann kann ich den Tee nachher Iced Josie nennen.« Sie grinste breit und zupfte ihren Hoodie zurecht.

Josies lächelte eisig zurück, dann meinte sie an mich gewandt: »Weißt du, was ich an dir mag? Dass du so was nie sagen würdest.«

»Ich hab auch kein Restaurant«, erklärte ich.

»Du kannst dir nicht vorstellen, wie viele Menschen was von mir wollen. Vor allem Geld. Oder Aufmerksamkeit.« Sie deutete in die Richtung, in die Macey verschwunden war. »Iced Josie, am Arsch. Soll sie ihn doch Hot Burt nennen.«

Wir mussten lachen. Josie leckte sich das Frittierfett von den Fingern.

»Von mir will niemand was, am wenigsten Geld«, sagte ich.

»Du bist frei«, Josies Stimme wurde ein wenig leiser.

»Aber arm wie eine Kirchenmaus.«

»Das kannst du ändern.«

»Du auch, du könntest auch frei sein, das hab ich dir schon mal gesagt. Wenn du willst, helfe ich dir dabei.«

Josie zuckte mit den Achseln. »Vielleicht komme ich drauf zurück.«

»Cool.«

»Wenn du noch Hunger hast, hole ich einfach noch eine Portion. Dann musst du nachher vor den anderen nicht lügen, wenn du sagst, du wärst satt.«

• • •

Meine erste Teilnahme an den Regionals war ein gigantisches Desaster. Auf dem Rückweg vom Wettbewerb sprachen Andy und ich meilenweit kein Wort. Ich hörte trotzdem, was er gern gesagt hätte. Ich zählte die vorbeiziehenden Palmen und schmollte. Andys Schweigen war schlimmer, als angeschrien zu werden. Schweigen war immer schlimmer.

»Sag es halt einfach«, brummte ich vom Rücksitz. »Sag: ›Du wolltest zu viel, Lee.‹ Oder: ›Ich hab mich in dir getäuscht, Lee.‹ Ich nehme auch: ›Du bist noch nicht so weit, Lee.‹«

Andy schaute in den Innenspiegel, sodass ich seine Augen sehen konnte. »Das nächste Mal machst du es besser, Baker.«

Ich schnaubte. Laut und wütend. Stinkig auf mich selbst. Dann erst bemerkte ich, dass wir gar nicht auf dem Weg nach Harbour Bridge waren, sondern Andy vor der Brücke abgebogen sein musste.

»Wo fahren wir hin?«

»Ich zeig dir jetzt was«, sagte er.

Einige Minuten später erreichten wir den großen, völlig zugeparkten Parkplatz des Surfspots von Pawleys Island. Natürlich wusste ich, was heute hier los war. Aber ich hatte keine Ahnung, was ich da sollte.

»Soll ich mich als Junge ausgeben und die Wet Feet Boys Competition mitsurfen, oder was?«

»Steig aus«, befahl Andy. »Dein Board brauchst du heute nicht mehr.«

Brummend kletterte ich umständlich und absichtlich langsam aus dem Auto.

Andy ging voraus und suchte uns einen Platz, von dem aus wir den Wettbewerb beobachten konnten, der bereits in vollem Gange war.

»Schau zu«, befahl er und sagte dann eine halbe Stunde lang nichts mehr. Ab und an deutete er auf einen Surfer. Jemanden, der sich besser bewegte als ich, jemanden, der den Zeitpunkt zum Pop-up perfekt erwischt hatte.

Zunächst genervt beobachtete ich die Jugendlichen, die sich in die Wellen warfen. Sah sie endlos paddeln, aufstehen und fallen. Sah gute Manöver und schlechte Manöver. Beobachtete zufriedene Trainer nach gelungenen Heats und brüllende Eltern, die ihre Kinder zusammenstauchten. Und dann sah ich ihn.

Im letzten Heat trat Parker an. Er ging mit seiner Gruppe ins Wasser. Ich wusste natürlich, wonach die fünf Judges die Surfer bewerteten. Für jede erfolgreich gesurfte Welle gab es Punkte, und es zählten Kriterien wie Engagement und Innovation, Schwierigkeitsgrad der Manöver sowie Speed, Kraft und Flow. Da Parker nun nur noch gegen einen einzelnen Surfer im direkten Wettstreit antrat, musste er sich in den vorherigen Heats wirklich verdammt gut geschlagen haben. Anders als ich …

Parker kam als Erster im Take-off-Bereich an, was ihm Vorrang gab. Mit seinem Priority Status durfte er sich die erste Welle schnappen. Ich hielt den Atem an, und meine Hände verkrampften sich. Mit einem Mal hatte ich meinen eigenen Misserfolg völlig vergessen.

»Was siehst du?«, flüsterte Andy.

»Perfektion«, flüsterte ich zurück.

»Falsch«, erwiderte er.

»Eleganz«, hauchte ich, als Parker sich mit seinem Brett in einer gleißenden Bewegung übers Wasser schob. Es wirkte, als schwebte er über dem Wasser.

»Falsch«, brummte Andy.

»Ach Andy, halt doch die Klappe.«

»Was hat er, was du nicht hast?«, quälte Andy mich weiter. Ich wollte das hier gar nicht analysieren, ich wollte einfach nur zuschauen und genießen.

»Fuck, sag's mir halt und lass mich in Frieden.«

Aber Andy sagte nichts, ich schaute kurz zu ihm, so kurz wie möglich, weil ich keine Sekunde von Parkers Surf verpassen wollte.

Er grinste doch tatsächlich.

»Konzentration, Baker. Konzentration ist der Key. Dem Jungen fehlt ein wenig die Leidenschaft, aber er ist völlig fokussiert.«

Er hatte recht. Anders als ich bei meinen missglückten Versuchen, bei denen ich immerzu schon an die nächste Welle dachte, Punkte im Kopf überschlug und überlegte, wie ich etwas gutmachen konnte, war Parker ganz bei sich und seiner Welle.

»Das muss ich auch lernen. Konzentration.« Ich sah Andy ins Gesicht. »Wie lerne ich Konzentration?«

Und Andy fing an zu lachen. »Das, Baker, musst du selbst herausfinden. Oder du fragst Johnson.« Er deutete auf Parker.

»Da kannste deinen Kaugummi drauf schlucken«, erwiderte ich und machte mich auf zur Wasserkante. Es gab keine Zeit zu verlieren. Parker musste mir Konzentration beibringen.

• • •

Parker wartete an eine der Holzstützen des Point Break gelehnt. Sein Gesicht glühte schon von Weitem rot über den Teenagerpickeln. Es sah aus wie eine Nachbildung der Marsoberfläche. Er zog einen Cracker nach dem anderen aus der Tasche und stopfte sie sich in den Mund.

»Kein Grund, wie eine Tomate zu leuchten, Johnson. Ich will nicht von dir lernen, wie man surft, das kann ich selber. Selbst«, korrigierte ich mich schnell. »Ich will, dass du mir Konzentration beibringst.«

»Und wie soll ich das anstellen?«, fragte er, von einem aufs andere Bein tretend. Und zermalmte dann noch einen Graham Cracker.

»Das ist dein Problem. Du zeigst mir Konzentration, ich dir Leidenschaft. Das ist der Deal.«

Parker wurde schon wieder rot. Das musste aufhören, so würde das nichts werden.

»Calm down, Parker, ich hab nicht vor, mit dir zu kopulieren.«

»Deal«, erklärte Parker und schüttelte ungläubig den Kopf.

Ich bombardierte Parker den Rest des Vormittags abwechselnd mit dummen Sprüchen und Fremdwörtern und brachte ihn so zum Lachen. Er musste ja nicht wissen, dass die Eckbank in unserem Trailer nur noch zusammenhielt, weil sie mit Wörterbüchern unterbaut war und dass meine Mutter penibel darauf achtete, dass man mir den Trailerpark nicht anhörte.

• • •

Am nächsten Morgen am Pier hatte Parker einen riesigen vollgestopften Rucksack dabei, wollte aber noch nicht damit herausrücken, was sich darin befand. Er faselte zehn Minuten lang etwas, was ich absolut nicht kapierte. Dann fing er an, sein Gesicht mit Sonnencreme einzuschmieren. Sun Bum, seine Lieblingssorte, die nach Kokosnuss roch.

»Das Brett ist ein Körperteil«, erklärte er schließlich.

»Ein Körperteil? Und welches?«

Parker stöhnte verhalten. »Immer das, das dir gerade fehlt.«

»Mir fehlt aber kein Körperteil.«

Nur ein Elternteil, von dem ich jetzt erst erfahren habe, dachte ich, schluckte die Bemerkung aber hinunter.

»Dann ist das Brett die Einstellung, die dir fehlt. Du musst mit ihm eins werden, du darfst gar nicht mehr nachdenken, ob es noch da ist, wie du stehen musst oder ob du es in die richtige Richtung gelenkt hast. Ihr müsst eine Einheit werden. Und am besten lernst du das, indem du Yoga machst.«

»Yoga?«

Parker presste etwas heraus, was ich nicht verstand.

»Ist das Teil der Geschichte vom Internat? Weil du geflogen bist? Hat man dich in ein Yoga-Erziehungscamp gesteckt?«, witzelte ich.

»So ähnlich«, brummte Parker.

»Und jetzt?«

»Jetzt bringe ich dir Asanas bei. Und bevor du fragst, das ist keine Frucht.«

Es sah wirklich seltsam aus, wie Parker daraufhin zwei Yogamatten aus seinem Rucksack zog und sie auf dem taunassen Pierboden ausbreitete. Mit offenem Mund schaute ich zu, wie er seine schlaksigen Gliedmaßen auf einer davon zu einem perfekten Lotussitz verschränkte.

»Jetzt du«, sagte er und deutete auf die zweite Matte.

»Ich komme mir blöd vor«, sagte ich, ohne mich zu setzen.

»Es ist niemand da außer mir.«

»Dann komme ich mir dir gegenüber blöd vor.«

»Musst du nicht, da ist ein gewaltiges Missverhältnis zwischen der Länge meiner Beine und dem Rest des Körpers. Ich sehe aus wie eine zu lange Version von mir selbst. Du dagegen …« Er schaute hoch und verstummte kurz. »Siehst normal aus.«

»Danke, ich schätze, das ist ein Kompliment.«

Leider war ich anders als beim Surfen im Yoga kein Naturtalent. Auch wenn Parker der geduldigste Lehrer der Welt war. Ich bekam meine Gliedmaßen, deren Proportionen doch deutlich passender waren als Parkers, nicht geordnet. Ich war in etwa so biegsam wie ein Surfbrett.

»Sind deine Knochen aus Wachs, was stimmt nicht mir dir?«, schimpfte ich.

Parker wirkte schon leicht verzweifelt. »Du kriegst das hin, du musst nur … schau, das Bein nach hinten, das andere …«

Mir rutschte der Arm weg und ich knallte auf den Ellbogen. »Das Bein, nicht den Arm, Lee.« Er gluckste.

»Ach scheiße …«

»Wir machen was ganz Einfaches. Pass auf.«

Ich dachte ja gar nicht daran.

»Lee, du willst doch surfen auf Hawaii!«

»Surfen, nicht Yoga! Ich werde meiner Mutter nie verzeihen, dass sie nicht mit mir auf Hawaii geblieben ist. Ich meine, denk mal nach, wie tragisch das ist. Ich war schon da! Ich hätte nur bleiben müssen. Als Sechsjährige schon surfen können, am Rell Sunn teilnehmen und gewinnen. Niemand würde mich dann zum Yoga …«

»Lee!«

»Was?«

»Halt einfach die Klappe, man kann sich nicht konzentrieren, wenn man pausenlos labert.«

»Oh. Okay.«

»So, Sonnengruß, da kann nichts schiefgehen.«

Hatte der eine Ahnung. Sogar Parker musste staunen, wie ich selbst diese einfache Übung versauen konnte.

Seufzend setzte ich mich in einen krummen Schneidersitz.

»Es geht nicht ums Gutaussehen, Lee«, sagte er tröstend. »Yoga ist kein kompetitiver Sport.«

»Ich will nicht mal gut aussehen. Nur mich nicht verletzen. Ist es normal, dass man immer nach links kippt, wenn man den Sonnengruß machen will?«

»Nein …«, musste er zugeben. »Ich weiß auch nicht, auf dem Brett hast du so eine gute Balance …« Er rieb sich die Stirn.

»Noch mal?«, stöhnte ich.

»Noch mal«, erwiderte Parker lächelnd und immer noch verfickt fokussiert.

Parker machte es vor. Ich versuchte es nachzuahmen, aber irgendwann war es mir einfach zu blöd, und ich erfand eigene Figuren. Krabbelte unter Parker durch, wenn er seinen Rücken bog, hüpfte auf einem Bein über den Steg, wenn er mir irgendeine Position mit Tiernamen erklären wollte.

»Ich bleib beim Surfen. Du kannst von mir aus World Yoga Champion werden.«

Parker verharrte in einer Schlangenmenschpose. »Wir werden einfach beide Pros.«

Ich betrachtete ihn, sein immer ein wenig zu ernstes Gesicht, die sommerhellen Haare und die dunkleren Augenbrauen. Parker hatte eine schöne, gerade Nase und große Augen mit langen Wimpern, wenn man sich die Pickel wegdachte, war er fast schon hübsch. Und wenn ich ihn anschaute, hatte ich ständig das Bedürfnis, ihn zum Lachen zu bringen.

»Versprich mir, dass wir immer Freunde bleiben und nie Konkurrenten werden, okay?«

Parker nickte eifrig. »Wir konkurrieren ja gar nicht. Du bist eine Frau, ich bin ein Mann …«

»Wäre mir jetzt gar nicht aufgefallen«, sagte ich grinsend und deutete auf seine verrutschte Hose, die ihm ohnehin längst zu kurz war. »Wenn die Länge deines Oberkörpers sich an deine Beine anpasst und dein Gesicht irgendwann ein bisschen Kontur kriegt, könntest du so in zehn Jahren als Mann durchgehen.«

»Ich hab da schon ziemlich viel Haare«, behauptete Parker, auf seine glatte Oberlippe deutend. Und wurde rot. Klar. »Nächstes Jahr hab ich einen Vollbart.«

Er sagte das mit so überzeugender, hoffnungsvoller Stimme, dass ich das Lachen in meiner Kehle schluckte. »Ach Parker, du bist einzigartig, mit Flaum und ohne.«

»Warum?«

»Weil du der einzige Typ weit und breit bist, der sich verbiegen kann, ohne sich zu verbiegen. Deshalb.«

Und dann beugte ich mich vor und küsste ihn. Nicht auf die Stirn, auf den Mund. Es war ein ganz und gar brüderlicher, freundschaftlicher Kuss. Parker war Familie. Rot wurde er trotzdem schon wieder.

• • •

Am Wochenende darauf verlor ich gegen Amy Ryder die Juniors am Myrtle Beach. Aber ich hatte es bis in den letzten Heat geschafft. Und Parker verlor gegen B.B. Hastings beim selben Wettbewerb in der Kategorie für männliche Teilnehmer. Ich war dem Key nicht näher gekommen, und Parker hatte sich von seinem entfernt, weil er mitten im letzten Durchgang einen Lachanfall bekommen hatte, als er mich am Strand den Sonnengruß hatte machen sehen.

Andy tobte. Parker strahlte. Der verlorene Heat ging ihm am Arsch vorbei.

Mein Key, so viel war mir jetzt klar, hatte nichts mit Konzentration zu tun. Schon gar nicht mit Yoga. Mein Key war Parker. Das würde ich ihm ums Verrecken nicht erzählen, no way, aber wann immer ich nicht wusste, wie ich mit meiner Nervosität umgehen sollte, dachte ich an Parker auf seinem Brett und wurde ruhig. Ich hatte mir keine eigene Konzentration angeeignet, ich hatte mir nur seine geliehen.

• • •

Der Sommer hatte die letzten Jahre dem Surfen und den Mädchen gehört. Jetzt gehörte er auch Parker. Wenn wir nicht surften, skateten wir, wenn wir nicht skateten oder surften, saß ich mit den Mädels in der Waterfront Avenue oder im Crab & Bones. Auch wenn all das bedeutete, dass ich kreativ sein musste, um Geld zu verdienen, weil die Zeit es nicht hergab, dass ich auch noch mehrere Schichten im Point Break schob. Ich tat, so viel ich tun musste, um das Surfcamp und Andys Fahrerei zu kompensieren, während zu Hause alles den Bach runterging. Moms Job für das Summerstone schien nicht viel abzuwerfen und auch nicht sonderlich viel Zeit in Anspruch zu nehmen. Sie war mehr zu Hause als je zuvor, und ich ging ihr aus dem Weg. Ich wusste, dass es keine Fortsetzung unseres Gesprächs über meinen Vater geben würde. Warum auch? Ins Forest Hill Retreat kam ich nur noch zum Schlafen und zum Essen. Ich wich Moms Blicken aus ihren knochigen Augenhöhlen aus. Tagelang ernährten wir uns von Tütensuppe und blanken Nudeln. Aber irgendeinen Weg gab es immer. Obwohl ich ihr nicht verzeihen konnte, dass sie nicht früher mit der Wahrheit über meinen Vater herausgerückt war, fühlte ich mich verantwortlich. Ich startete Sammelaktionen an der Kirche, durchforstete die Abfälle nach dem Gästewechsel in den Villen und verdingte mich manchmal als illegale Putzkraft für die zahlreichen Ferienhäuser auf der

Insel. Ich entwickelte ein ausgeklügeltes Rabattcouponsystem und wusste doch, dass all das keine Lösungen für den Herbst waren, wenn die Touristen abgezogen waren.

Eines frühen Abends im August traf ich mich mit Parker vor Red's Market. Kurz vor Ladenschluss wurde Cynthia manchmal großzügig und schenkte mir übrig gebliebene Waren von der Backtheke oder abgelaufene Packungen aus ihren Regalen.

»Du hast keine Ahnung, was die draußen in den großen Supermärkten alles wegwerfen. Ich wollte neulich ein paar abgelaufene Sachen kaufen, aber ich musste zuschauen, wie sie das Zeug vor meiner Nase in den Container geworfen haben. Was für eine Verschwendung. Das war frisches Obst«, meinte Parker.

»Wirklich?«

»Ja, wenn ich es dir sage. Die Schickimicki-Leute, die bei Whole Foods, Safeway oder Vons einkaufen, wollen kein Obst vom Vortag. Es ist krank.«

»Und dann?«

Er zuckte mit den Achseln. »Wird es vernichtet.«

»Scheiße. Ich und Mom hatten schon Monate kein frisches Obst mehr. Wir könnten es holen«, schlug ich vor.

»Was?«

»Das Obst aus den Containern.«

»Keine Chance, das ganze Areal ist videoüberwacht.«

Ich runzelte die Stirn. »Und das weißt du, weil …?«

Er seufzte. »Ich bin doch in diesem Debattierklub, und da haben wir …«

Ich hob die Hand. »Ihr habt UN gespielt oder so.«

»Greenpeace«, sagte Parker knapp.

Unschwer vorzustellen, wie Parker mit seiner ruhigen, gelassenen Stimme seinen Mitschülern erklärte, was in diesem Land alles schieflief.

»Greenpeace, klar«, murmelte ich. Die Mädchen in meiner Klasse wollten auch nicht die Umwelt retten, sondern höchstens noch den Abschlussball.

»Dann holen wir die Sachen eben, bevor sie in der Tonne landen«, schlug ich vor.

Und weil Parker damit angefangen hatte, musste er das mit mir gemeinsam durchziehen. Von diesem Tag an starteten wir unsere Diebestouren durch die High-Class-Supermärkte rund um Harbour Bridge. Am Anfang waren wir noch schrecklich nervös. Fingen an, einen Apfel aus dem Sortierwagen zu nehmen und ihn in die Hosentasche zu stecken, oder wagten es gerade so, mal eine Verpackungsschale mit klein geschnittener Ananas im Rucksack verschwinden zu lassen. Später wurden wir dreister. Irgendwann kam Parker auf die Idee mit den dunklen T-Shirts. Angezogen wie die studentischen Aushilfen, schoben wir Rollcontainer mit aussortierter Ware einfach lächelnd an der Kasse vorbei nach draußen. Dort nahmen wir dann, was wir tragen konnten, und packten es in unsere Rucksäcke. Was Mom und ich nicht essen konnten, verteilte ich im Forest Hill Retreat an die übrigen Bewohner.

Ich wollte nach dem zweiten Mal aufhören, aber Parker war nicht davon abzubringen, es ein weiteres Mal durchzuziehen. Er hatte das mit Greenpeace echt verinnerlicht.

Doch dieses Mal warteten sie auf uns. Parker und ich hatten den Verkaufsraum kaum verlassen und schoben den Rollwagen gerade durch den Windfang von Whole Foods, als zwei Securitys hinter uns auftauchten.

»Nicht so schnell!«, rief einer.

»Stehen bleiben!«

Ich hob die Hände, aber Parker fauchte mich an: »Sei nicht blöd und renn.« Er packte mich am Arm und zerrte mich hinter sich her, bis meine vor Schock ganz weichen Glieder endlich reagierten. Wir rannten, bis unsere Lungen brannten, rannten, bis hinter uns niemand mehr zu sehen war und wir im Schutz der Dunkelheit hinter einem Lagergebäude darauf warteten, ob unsere Verfolger aufgegeben hatten oder noch an uns dran waren.

»Du wolltest doch Leidenschaft, Baker, oder nicht?«, zischte Parker hysterisch lachend.

»Wollte ich, Johnson, wollte ich«, erwiderte ich atemlos.

Wir kauerten minutenlang hinter einem Container. Dicht an dicht. Parker legte mir eine Hand auf den Rücken. Sie war ziemlich warm und kribbelte durch meine Haut. Ich sollte das wahrscheinlich nicht fühlen. Aber ich sollte auch nicht so viel Cola trinken. Oder Lebensmittel aus Containern klauen. Es passierte trotzdem. Genauso wie es passierte, dass ich mich ein kleines bisschen an ihn lehnte und dabei dachte: *So kann sich das also anfühlen, wenn man sich geborgen fühlt bei einem anderen Menschen.*

• • •

Es war eine andere Geborgenheit als die, die ich mit den Mädchen empfand. Sie war tiefer, auch wenn die Freundschaft zu Isa, Odina, Avery und Josie mir viel bedeutete. Hätte ich mich entscheiden müssen, wäre es immer Parker gewesen. Dennoch liebte ich die Abende, an denen ich mit Odina *Race Driver* zockte, wir uns durch die von Andy auferlegten Fitnesseinheiten quälten oder ich so tat, als wäre ich der Yogapro schlechthin, und mich darüber amüsierte, wie Isa und Josie sich unter meinen Anweisungen verbogen. Nur um am Ende des Sommers aufzulösen, dass ich keine einzige der Posen draufhatte. Ich ließ mich von Mama Bianchi bemuttern und verdrängte den traurigen, unheilvollen Gedanken, dass es in meiner eigenen Familie einen unerwarteten, viel zu frühen Rollentausch gegeben hatte. Natürlich ahnte ich längst, dass meine Mutter schwer krank war, aber ausgesprochen hatte es keine von uns. Wir lebten beide mit der drohenden Gewissheit, dass sie sterben würde. Früher oder später. Vielleicht gelang es mir deshalb so gut, bei Odina zu Hause noch Kind zu sein. Als wir Odinas Geburtstag feierten, drohte der Sommer bereits damit, sich zu verabschieden, und dann war es so weit – ein letztes Mal saßen wir zu fünft auf der Terrasse der Waterfront Avenue 10.

Es herrschte Männerverbot. Noah war ins Haus verbannt worden, und mir hatten die Mädels ausdrücklich untersagt, Parker anzuschleppen. Avery, Isa und ich lümmelten auf den Terrassenmöbeln herum. Ich blätterte in einem Surfmagazin. »Parker hat mir erzählt, dass es 60 000 Dollar Preisgeld bei den Roxy Pros auf Fidschi gibt. Parker meinte auch, dass wir diese neuen Slalomboards unbedingt mal zusammen ausprobieren müssen.«

»Wozu brauchst du Parker? Du starrst ohnehin immer Odina auf den Hintern«, stellte Josie fest. Sie war in dieser fies-gefährlichen Stimmung, die sie am Ende des Sommers übermannte. Und ich konnte es verstehen. Isa, Odina und ich durften auf Harbour Bridge bleiben. Für Josie änderte sich wieder alles. Deshalb nahm ich ihr den blöden Spruch nicht übel.

»Sie hat ja auch einen schönen Hintern!«, gab ich zurück. »Parkers Arsch ist mir zu knochig.«

Isa lachte.

»Was habe ich?«, wollte Odina wissen, die mit Limonade beladen nach draußen kam.

»Dreh dich mal«, meinte Josie.

»Einen schönen Hintern hast du«, beeilte ich mich zu sagen.

Odina wackelte grinsend mit dem Po. »Das kannst du laut sagen!«

»LGBs Arsch dagegen ist genauso knochig wie der von Parker«, meinte Josie.

»Musst du immer so fies sein?« Avery hatte sich aufgesetzt und blitzte Josie an.

»Wieso fies?«

»Ja, wieso fies?«, half ich ihr und gluckste.

»Sie hat schon recht, LGB, ich meine, was soll das?«, blaffte Odina. »Den ganzen Sommer nervt mich das schon.«

»Aber das sind ihre Initialen! Lee Gina Baker«, Josie riss die Rehaugen auf und zuckte mit den Schultern. Ganz das harmlose Mädchen, nur dass wir ihr das schon lange nicht mehr abnahmen.

»Gene«, korrigierte ich, ohne von dem Artikel über texanische Surfspots aufzusehen.

»Siehst du«, triumphierte Josie. »Ihr habt alle einen Stock im Arsch, Lee ist einfach die Coolste.«

»Können wir vielleicht an unserem letzten gemeinsamen Abend über etwas anderes sprechen als über unsere Hintern?«

»Aber klar doch«, rief Josie und zwinkerte mir zu. »LGB, was meinst du, schieben wir unsere knochigen Ärsche noch mal in die Wellen?«

»Aber so was von«, erwiderte ich.

Odina zuckte mit den Achseln, stellte die Limonade ab, und Avery hob theatralisch seufzend die Beine vom Geländer.

»Na, dann los.«

Gemeinsam rannten wir die Treppe hinunter zum Strand.

»Auf in die Wellen«, rief ich.

»Auf in die Freiheit«, kreischte Josie und griff im Lauf nach meiner Hand. Sie stolperte über ein Loch im Strand und zog mich mit zu Boden. Lachend bewarfen wir uns mit Sand.

Avery und Isa holten auf, aber Odina war die Erste, die sich ohne Zögern zu uns warf. Selbst die sonst so zurückhaltende Isa stürzte sich mit Gebrüll auf uns, und so wälzten wir uns alle im Sand, bis wir paniert waren wie Chicken Wings.

»Jetzt haben wir das Wasser wirklich dringend nötig.«

Wenn ich mit den Mädchen surfte, konzentrierte ich mich viel weniger auf mich als vielmehr auf sie. Es ging auch nicht um Performance und nie um Competition. Es war Soul Surfing pur. Wir versuchten uns an albernen Manövern, stürzten mehr, als wir standen, und lagen zwischendurch minutenlang auf unseren Brettern und unterhielten uns über Dinge, die wir später an Land schon wieder vergessen hatten. Soul Surfing eben.

Träge ließen wir den Abend auf der Terrasse ausklingen.

»Geräusch des Jahres?«, rief Avery aus der Hängematte, die ihr Bruder Noah über die Terrasse gespannt hatte.

»Auf jeden Fall das Geklapper von Lees Skateboard.«

»Unwort des Sommers?«, fragte ich.

»Jake«, stöhnte Isa und kassierte einen bösen Blick aus der Hängematte.

»LGB«, meinte Odina mit fester Stimme. Sie fixierte Josie. Während es mir gleichgültig war, störte sich Odina offensichtlich immer noch daran, dass Josie mir diesen Spitznamen verpasst hatte. »Ich finde das wirklich unmöglich von dir, Josie!«

Josie lachte und hob die Handflächen. »Du nimmst das Leben ja auch möglichst ernst, komm mal runter, Bee!«

»Wisst ihr, was viel schlimmer wäre, als einen dämlichen Spitznamen verpasst zu bekommen?«, wandte ich mich an Odina.

»Nein«, brummte sie.

»Viel schlimmer wäre, wenn wir uns irgendwann nichts mehr zu sagen hätten.«

18

Der Plan ist, Parker ganz feige auf dem Bildschirm meines MacBook zu schreiben, dass ich weg bin. Thank u very much, ich mach ’nen Abflug. Allerdings hat dieser Plan einen entscheidenden Denkfehler. Denn dann müsste ich das MacBook ja dalassen. Außerdem habe ich nicht einmal die Kohle für einen Abflug, weil ich mein letztes Geld in ein Skateboard für Parker investiert habe, dass ich danach an einem Schild zertrümmert hab. Ich Vollhonk.

Als ich die Tür mit seinem Schlüssel öffne (for the final time – wie ich mir schwöre), beschließe ich, dass es nicht schaden kann, zunächst zu duschen. Diese Begegnung mit Dakota hat etwas mit mir angestellt. Ich fühle mich seltsam dreckig. Als hätte sie mich mit ihrer subtilen Zurückweisung beschmiert.

Ich schleiche mich ins Bad, aber es gibt gar keinen Grund zu schleichen, denn Parker ist nicht da. Lange stehe ich unter der Dusche und rubbele mit dem Schwamm über meine Haut, dass es sich irgendwann so anfühlt, als würde ich meinen Körper mit Schmirgelpapier bearbeiten. Als ich den Wasserhahn zudrehe, lausche ich ein paar Sekunden, aber ich kann niemanden hören, also trockne ich mich ab und verlasse das Bad splitterfasernackt.

Noch bevor ich das Zimmer, in dem ich seit Tagen schlafe, erreicht habe, weiß ich, dass etwas anders ist. Zu spät bemerke ich, dass Licht an ist, das den Flur ausleuchtet wie eine verdammte Flugzeughalle. Draußen hatte sich der Himmel dramatisch mit dichten Wolken verdunkelt. Als hätte man für heute die Vorhänge einer Bühne zugezogen. Und das finde ich auch nur konsequent. Der Dreiakter aus Begegnung mit Dakota, Southside Café und Showdown auf dem Point-Break-Parkplatz war ja nun wirklich nicht broadwaytauglich. Und mitten im hell erleuchteten Flur steht Parker. In voller Größe. In einem gelb-schwarzen Fußballtrikot und mit dreckverschmierten Beinen.

Er sieht mich an. Er ist etwa vier Fuß entfernt, vielleicht auch fünf. Weil ich zwar seit Tagen ein Dach mit ihm teile und einen MacBook-Screen, aber eben noch keinen einzigen Blick. Er sieht aus, als würde er sich große Sorgen um mich machen. Warum sieht er mich so an? Warum muss ich ihn so anstarren? Warum tun wir nicht einfach weiterhin beide so, als wären wir Geister. Ich ein nackter, er ein angezogener. *Aloha, Parker,* will ich sagen. Aber das Aloha bleibt mir im Hals stecken und sein Name sowieso. Hab ich vorhin im Point Break noch gedacht, Dakota wäre schön, so weiß ich gar nicht, was ich über Parker sagen soll. Er ist auch schön. Aber nicht so … er ist anders schön. Dieser melancholische Zug ist nicht neu, die Linien um seinen Mund schon.

Sag was, Parker. Du musst doch etwas sagen.

Er muss doch irgendwie … reagieren, oder?

Aber weil er noch immer nichts sagt, spreche schließlich ich.

»Ich ziehe aus«, verkünde ich.

»Vielleicht ziehst du dich erst mal an«, sagt er.

Seine Stimme … Dieses Gesicht … Seine Miene verrät nichts.

»Das Ausziehen musst du auf später verschieben«, sagt er dunkel, fast schon so, als spräche er mit einem Kind. »Lee, da draußen braut sich ein Jahrhundertsturm zusammen.«

Lee. Er hat Lee gesagt. Er hat meinen Namen gesagt. Woran nichts besonders ist. Woran alles speziell ist. Da liegt so viel in *Lee*. Mehr noch als neulich am Telefon, als er mit Andrea über mich gesprochen hat. Par-ker. Parker. Ich muss schnell etwas anderes sagen, bevor mir sein Name rausrutscht, in Silben getrennt, und er mich für völlig bekloppt hält.

»Was?«, pampe ich. Pampen kann ich besonders gut in emotionalen Ausnahmezuständen. Ich hoffe, Parker hat das vergessen und durchschaut mich nicht gleich.

»Wie *was*? Ein Sturm, ich meinte, da braut sich was zusammen«, sagt er. Es freut mich, dass er irritiert klingt.

»Nein, was starrst du mich so an, ist das dein Arztblick?«

Parker tut so, als müsste er über eine Brille linsen. Parker trägt aber gar keine Brille, er hat Adleraugen über einer Stupsnase. Zumindest war das mal so. Die Stupsnase ist noch da.

Er nickt und betrachtet mich von oben bis unten, lässt den Blick dann sinken, als wäre er ihm zu schwer geworden. »Schätze schon, dass das mein Arztblick ist«, sagt er. Dann murmelt er noch etwas, das wie »Anderes als Arzt« oder so klingt.

»Muss man ja nicht Medizin studiert haben, um zu sehen, was mir fehlt.«

Jetzt schnellen seine Augen ruckartig nach oben. »Ich sehe nicht, was dir fehlen sollte.« Laut klingt das. Lauter als alles andere zuvor.

Ich zucke mit dem Stumpf. »Soll das ein makabrer Witz sein, Parker? Ich hab dich gar nicht witzig in Erinnerung.«

Nach seinem Namen zittert meine Stimme. Hoffe sehr, dass er es nicht hört.

Parker holt Luft und nimmt sich etwas Zeit, bis er weiterspricht. Ganz der Onkel Doktor. Ich weiß nicht, ob ich lachen oder weinen will. Ein wenig von beidem.

Dann sagt er: »Ich sehe zwei intakte Kniescheiben, zwei so perfekte Brüste, dass auch eine reichen würde, weil zwei schon fast eine Unverschämtheit sind. Ich sehe sehr viel nackte Haut. Ich sehe, soweit ich das als Arzt in dieser Art von Ferndiagnose beurteilen kann, einen gesunden Körper.«

»Du hast meinen intakten Kieferknochen vergessen«, fauche ich. Mehr Hauskatze als Luchs.

»Richtig, nicht zu unterschätzen.« Er tippt sich mit dem Zeigefinger an die Wange. Was für eine Klischeegeste.

»Wie nennt man das bei euch Ärzten, ist das eine Anamnese?«

»Nein, ich dachte nur, es wäre an der Zeit, endlich anzuerkennen, dass du seit einigen Tagen in meinem Haus gastierst. Auch wenn wir beide so tun, als wäre das nicht so.«

Es ist schön, dass er »gastiert« gesagt hat, denke ich. In meinen Ohren rauscht das Blut, es klingt, als würde es wie starker Wind durch meinen Gehörgang pfeifen.

»Genau genommen hab ich mich eingezeckt.«

»Weißt du, dass ich das immer am liebsten an dir mochte?«

»Meine parasitäre Lebensweise?«

Er lacht. »Nein, dass du sagst, was du denkst.«

Ich bin noch immer splitterfasernackt, aber ich denke ja gar nicht daran, etwas daran zu ändern. Aus purem Trotz. Oder weil … weil das, was an mir am nacktesten ist, sich ohnehin nicht bedecken lässt. Egal, wie viele lange Ärmel ich lose darüber baumeln lasse. Man sieht immer, dass mir der linke Arm fehlt. Ärmel, Einzahl wie Plural. Klar, wie viele Prozent der Menschheit laufen auch nur mit einem davon herum. Keine Not also für die anderen … extra noch einen Singular für den Begriff zu finden.

Ich bin nackt und es macht mir nichts aus, wenn ich meinen

fehlenden Arm ausblende. Fast muss ich laut lachen. Etwas Fehlendes ausblenden. Ha. Ha.

Parker schaut mich unverhohlen an. Wahrscheinlich lässt ihn als Arzt mein nackter Körper kalt, weil er schon so viele gesehen hat. Ich meine, Odina wird auch nicht beim Anblick einer Salami-Schinken-Pizza das Wasser im Mund zusammenlaufen. Oder mein Körper stößt ihn ab. Natürlich stößt er ihn ab.

»Du hast eine Gänsehaut«, stellt Parker fest.

Jetzt muss ich doch kurz dem Impuls widerstehen, meine aufgerichteten Nippel zu bedecken. Etwas kracht, und ich frage mich verwirrt, ob es einer meiner Knochen ist, der vor innerlicher Anspannung einfach in Einzelteile geborsten ist.

»Stört es dich, dass ich nackt bin?«, frage ich schließlich provozierend.

»Vielleicht hättest du mich erst mal fragen sollen, ob es mich stört, dass du hier einziehst. Und dich jeden Tag über mein frisch gemachtes Bett rekelst, mein Bier trinkst und meine Zahnpasta zuschraubst.«

Ich grinse. Es ist ihm aufgefallen.

»Du trinkst es ja selbst nicht. Und mir scheint nicht, dass ich beim Rekeln über deine Bettdecke in Konkurrenz zu anderen Frauen trete. Es waren ja bisher keine da. Ah, und Parker, Zahnpasta trocknet aus, wenn man sie nicht zudreht.«

Er kommt einen Schritt näher.

»Interessante Buchauswahl hast du.«

Noch ein Schritt, einer, der sich fast wie eine Berührung anfühlt.

»Du hast mich inspiriert.«

»Warum hast du die restlichen Plum-Krimis nicht gelesen?«

»Du warst weg.«

»Du hast mich weggeschickt, Parker. Du warst es, der Angst vor mir hatte. Der mich nicht wollte.«

Ich warte auf einen Widerspruch. Weil ich schon zehn Jahre darauf warte, dass er seine Worte zurücknimmt. Aber es passiert nichts. Er bleibt stumm wie damals. Es flackert kurz in seinem Blick. Dabei bin ich es, die den Stich noch immer spürt. Nach all den Jahren noch.

Ich höre ein Geräusch und bin mir nicht sicher, ob es direkt aus mir kommt. Wie das Zischen einer Büchse, die man besser nicht geöffnet hätte.

»Lee.« Noch einmal mein Name.

Par-ker. Unausgesprochen. Da-ko-ta. Eine Silbe, zwei, drei. Auf einmal scheint es, als wäre diese Insel zu klein für all die Silben. Für diese drei Namen. Für Parker, Dakota und mich. Die Begegnung mit Dakota war schon zu viel. Parker direkt vor mir zu haben ist fast zu schwer, um es auszuhalten. Denn es mischen sich hier Welten, die bisher sauber getrennt waren. Dakota gehört nach Hawaii. Parker nach Harbour Bridge. Und ich … nirgendwohin.

Ich habe das dringende Bedürfnis, ganz schnell etwas zu sagen. Als könnte man Worte auf eine Waage packen und damit verhindern, dass sie in die falsche Richtung kippt. In den Abgrund, in dem all das lauert, was zwischen Parker und mir steht. »Auf meinem Computer, da klingen wir wie zwei Menschen, die vor ein paar Wochen eine WG gegründet haben. Dabei ist das einfach völlig unmöglich. Ich weiß nicht, was ich gedacht habe. Du hast das alles ja längst klargestellt. Es passt nicht zusammen.«

Sofort verändert sich etwas in Parkers Gesicht. Wird hart und unzugänglich. Es ist verdammt irritierend, dass er so dicht vor meiner nackten Haut steht. Dass er sich nur minimal bewegen müsste, um mich anzufassen. Und ich ihn.

»Was willst du hier, Lee?«, fragt er leise, bevor es zu einer Berührung kommt.

»Weiß nicht so genau«, gebe ich ehrlich zu. »Ich war in der Gegend und dachte, ich schau mal vorbei.«

Parker lacht nicht. Seine Stirn zuckt.

»Ich zieh aus, wenn du willst. Ich kann immer noch Hoteltüren mit einem Kleiderbügel öffnen«, schlage ich vor. »Oder ich gehe wieder Spenden sammeln in der Kirche.«

Er sieht mich prüfend an.

»Du kannst so lange bleiben, wie du willst.« Eine Aussage wie von einer Computerstimme vom Band.

»Nein, danke, ich hab keine Lust auf Almosen.« Ich mustere ihn. »Oder willst du hier irgendetwas wiedergutmachen?«

»Ich habe nichts falsch gemacht, Lee«, sagt er monoton. Er sieht nicht aus, als würde er das selbst wirklich glauben.

»Ich wollte mich nicht aufdrängen.«

»Aber es ist jetzt ohnehin zu spät. Du kannst da nicht raus.« Er deutet zum Fenster und seufzt kaum hörbar. Durch die geöffnete Zimmertür hindurch sehe ich, wie Regen gegen das Fenster klatscht. Draußen ist nichts als eine dunkle Wand. Es ist urplötzlich Nacht geworden.

Erst jetzt realisiere ich, dass das Jaulen und Krachen, das Scheppern und Zischen nicht nur von draußen kommt. Dass da zwei Stürme toben. Einer vor der Tür und einer in meinem Innern.

• • •

Ich sehe, dass es Parker offensichtlich schwerfällt, mich anzusehen, wenn wir nicht sprechen. Sein Adamsapfel hüpft. Er schluckt und leckt sich dann über die Lippen. Er ist größer und breiter als früher, das Schlaksige ist nicht ganz verschwunden, aber sein Gang hat nichts Wackeliges mehr.

Ich will den Mund aufmachen, aber er ist schneller.

»Ich mache das Haus sturmsicher.«

»Ich ziehe mich an.«

Er nickt, und dann huscht ein Lächeln über sein Gesicht. »An, nicht aus, okay?«

»Okay«, höre ich mich sagen. Komischer Schauder, der mir da ungefragt über den Rücken läuft.

In einem T-Shirt und einer weiten Hose setze ich mich fünfzehn Minuten später auf die Couch. Meine Haare habe ich in einen Handtuchturban zu wickeln versucht, aber das Ende hat sich gelöst, und jetzt sieht es aus, als trüge ich eine seltsame Frotteeverschleierung. Ich schaue beschissen aus, und das interessiert mich normalerweise nicht sonderlich. Ich fühle mich auch beschissen, aber nicht beschissen genug, um mich in »meinem« Zimmer zu verkriechen. Also zappe ich mich durch die Sender und durch Parkers gesamtes Streamingangebot, bis ich schließlich *Friends* finde. Ich höre, wie Parker im Haus herumläuft, Shutters schließt und dann anfängt, irgendetwas in der Küche zu machen. Es riecht nach Mac and Cheese. Und nach Baked Beans mit Speck und Eiern.

Parker kommt zurück, mit sauberen Beinen und frischen Klamotten. Ich lege betont lässig die Beine auf den Tisch vor mir und sehe, dass er grinst. Er stellt einen reichlich gefüllten Teller vor mir ab.

»Was ist das für eine Pampe?«, knurre ich. Jetzt bloß nicht anmerken lassen, was das mit mir macht. Neben den Teller legt er nicht nur eine Gabel und ein Messer, sondern auch einen Löffel.

»Willst du mich füttern?« Hasse mich selbst ein bisschen.

»Ich denke, das kannst du gut selbst.«

»Mmpf«, brumme ich.

»War das ein ›Danke, Parker‹?«

»Nein«, erwidere ich. Schon wieder lacht er.

Ich beuge mich nach vorn, nehme die Gabel, auch wenn es mit dem Löffel tatsächlich etwas einfacher wäre, einhändig zu essen, und stelle mir den Teller auf den Schoß. Ob ich einfach absichtlich ein bisschen auf das Polster kleckern sollte, um Parker aus der Reserve zu locken? Früher hat Parker mich nie zurechtgewiesen, ich konnte sein, wie ich wollte. Ob er jetzt als Erwachsener »Lass das, Lee«, »Das macht man nicht«, »Kannst du dich einmal wie ein zivilisierter Mensch benehmen?« sagen wird? Ich warte fast darauf, damit ich mich daran reiben kann. Aber er kommentiert nichts.

Schweigend essen wir, auf dem Bildschirm hält Ross Phoebe, die eine Katze auf dem Arm hat, ein Vermisstenplakat entgegen. Ich schlucke schwer an meiner nächsten Portion Mac and Cheese mit Ei und Bacon. Verdammt. Josie.

Parker wirft mir einen Blick zu. Die Folge läuft weiter, das Plakat ist weg. Die Katze dann auch. Wie Josie.

»Was hast du jetzt vor?«, fragt er.

»Ich hab nichts vor, ich lebe in den Tag hinein.«

»Und der Tag hat dich nach Harbour Bridge gebracht?«

»Das war eher die Nacht«, murmele ich.

»Josie«, sagt er.

»Ja, Josie.«

Er nickt langsam. »Du hast die anderen noch nicht getroffen?«

Ich wiege den Kopf leicht hin und her. »Könnte sein.«

»Odina arbeitet als Krankenschwester, wenn du möchtest, dann …«

Mein Kopf schnellt hoch.

»Nicht im selben Krankenhaus wie ich, sie musste die Stelle wechseln, aber wenn du willst, kann ich dir ihre Nummer geben.«

»Krankenschwester?«, frage ich und übergehe den Rest. Die

Tatsache, dass Odina *meine* Nummer längst hat. »Sie wollte doch Ärztin werden! Medizin studieren so wie du. Und du wolltest eigentlich Surfer werden! Wie war das, Parker? Ich komme nicht mehr mit!«

Parker holt Luft und sagt dann einen mehr als erstaunlichen Satz. »Nicht jeder bekommt, was er will, und nicht jeder das, was er verdient.«

Ich starre ihn an. »Was ist passiert?«

Parker sieht zur Seite und lacht bitter auf. »Mein Vater hat mir ein Medizinstudium geschenkt, Wilson Odina ein Kind.«

»Ein Kind?«

»Jamie, süßer Kerl. Aber Odina hat schwere Zeiten hinter sich. Wilson, das Arschloch, wird inzwischen polizeilich gesucht, sie hat ihren Job verloren, ihre Eltern sind zurück nach Italien.«

Ich halte meine Hand hoch und deute mit der Käsegabel auf Parker. »Warte mal, von vorne.«

Und dann erzählt Parker. In dieser ruhigen Stimme, die ich immer so an ihm mochte. Einer Stimme, die kaum verrät, dass Parker auch laut werden kann. Und unangenehm. Dass aus diesem schönen, sanften Mund Worte kommen können, die einem tief ins Fleisch schneiden. Als er endet und ich über Odinas Leben im Bilde bin, als hätte ich die Kurzzusammenfassung ihrer Biografie gelesen, muss ich unmittelbar an Josie denken. Sehe sie vor mir, mit dem Männerpullover über dem Flatteroberteil.

»Was ist mit Andrea? Ist Odinas Bruder auch nach Italien zurück?« Ein wenig schäme ich mich, so zu tun, als hätte ich neulich nicht ihr Telefonat belauscht und sie auf dem Fußballplatz beobachtet.

Parkers Stirn zuckt. »Das wollte er eigentlich tatsächlich. Aber Andrea ist noch hier … er verschiebt seine Abreise von Woche zu Woche.«

Wir denken vermutlich beide an jenen denkwürdigen Abend im Sommer vor zehn Jahren.

»Aber er weiß … es?«

Parker nickt. »Er hat es natürlich gehört … aber er will es nicht wahrhaben. Er erfindet ständig neue Gründe, nicht gehen zu können. Er wartet darauf, dass sich doch noch etwas ändert.«

Ich verstehe Andrea. Genauso fühle ich mich, seit ich die Nachricht von Josies Tod erhalten habe. Und in diesem Moment wünschte ich, ich wäre mutiger und würde mich einfach trauen, bei Avery in der Waterfront Avenue an die Tür zu klopfen.

»Erzähl mir mehr«, sage ich stattdessen. »Erzähl mir von den anderen. Von Avery und Isa. Vor allem von Isa, die füllt ja schließlich keine Konzerthallen und Zeitungsspalten.«

Parker berichtet mir, wie es Isa ergangen ist. Kurz verliere ich dabei den Faden, als er etwas über ihren Nachbarn erzählt.

»Isa ist also erst ins Hotel ein- und jetzt wieder ausgestiegen?«

»Ja, sie macht endlich das, worauf sie wirklich Bock hat.«

»Sie hat eine Fernsehsendung, in der sie die Leute mit Geschichten über die Marsch langweilt?«

Parker lacht nicht. »Sie studiert Biologie, Lee.«

»Bist du denn … mit ihnen befreundet?« Fast hätte ich »mit meinen Freundinnen« gesagt.

»Ich habe Odina vor einigen Wochen geholfen, einen neuen Job zu finden, und zum Dank hat sie mich zu ihrer Einweihungsparty nach Mosslake eingeladen. Und Andrea und ich sind nach wie vor eng befreundet.«

Auch wenn Parker all das in einem neutralen Ton sagt, der keinen Vorwurf in sich trägt, stimmt er mich nachdenklich. Ich hab meine Freundinnen von mir abgeschnitten. Parker hat sich seine bewahrt. Wenn auch etwas selektiv. »Ihr seid noch Freunde«, wiederhole ich biestig. »Andrea hast du also nicht gesagt, er soll aus deinem Leben verschwinden?«

In Parkers Gesicht zuckt es. »Es gab keinen Grund dazu«, murmelt er.

»Hauptsache, alle sind glücklich mit dem, was sie tun. So wie du mit der Medizin.«

Parker sieht zu Boden. Hoppla.

»Oder?«, hake ich nach. »Oder?«

Parker tapeziert sich in Windeseile ein Lächeln übers Gesicht, das abblättern wird, so viel ist klar. Lange kann er das nicht halten. Und ich verstehe sofort. Es ist so viel leichter, über andere Menschen zu reden. Denn dann müssen wir uns nicht mit uns selbst beschäftigen.

Parker streckt die Hand zu meiner Wange. Was hat er vor?

»Da ist Käse, Lee«, sagt er, als er mein Zucken sieht. »Mehr wollte ich nicht …«

»Natürlich nicht«, gebe ich bissig zurück. »Was ist mit Avery? Haben sie und Jake endlich gecheckt, dass sie zusammengehören?«

»Haben sie.«

Parkers Blick ist jetzt fast bohrend. »Und du? Zu wem gehörst du?«

Ich beuge mich schnell vor, stelle die Käsenudeln so auf dem Tisch ab, dass es ein lautes Geräusch gibt, das meine Verlegenheit hoffentlich übertönt. Aber Parker sieht mich immer noch an.

»Kathy mochte ich nie«, sage ich stattdessen und deute auf den Bildschirm, wo Kathy vor Chandler kniet. Die Folge heißt »The one where Chandler crosses the line«.

Wie passend. Das hier ist meine red flag, meine Do-not-cross line. Ich will nicht über mein verkorkstes Leben sprechen. Mein verkorkstes Liebesleben schon gleich gar nicht. Also mache ich das Naheliegendste, ich lenke ab. »Was ist mit dir, Parker? Erzähl!«

»Es gibt nichts zu erzählen, Lee. Du siehst ja alles hier. Ich lebe den Traum. Ich bin Arzt und hab das Haus, das ich immer haben wollte, renoviert. Das, in dem ich mit … Mae-Ann hätte leben sollen.«

»Irgendwie klingt das, als wolltest du eigentlich etwas völlig anderes sagen«, erwidere ich.

»Wollte ich nicht. Ich wollte genau das sagen, was ich gesagt habe.«

»Parker, verrate mir bitte eins. Lässt du mich hier wohnen, weil du ein schlechtes Gewissen hast? Wegen damals?«

Verschwinde. Ich will dich nicht. Das mit uns war ein Riesenfehler. Ich schlucke.

Er schaut mich eine Weile an, dann weg. »Ja, schätze schon.«

»Soll ich besser … gehen? Also spätestens wenn das Wetter sich beruhigt hat?«

Noch so ein Blick. Aus diesen tiefen, traurigen Augen.

»Nein, bitte bleib.«

19

Elf Jahre zuvor

Im Herbst trafen Parker und ich uns häufig am alten Hafen und lungerten dort herum. Es war der perfekte Ort – nicht weit von der Johnson-Villa entfernt und auch vom Trailerpark schnell zu erreichen. Parker hatte einen Sixer Trader Joe's Lager dabei und ein fettes Buch über Nautik oder so.

»Was wird das?«, fragte ich.

»Bier, damit will ich dich bestechen.«

»Und das Buch?«

»Das ist der Grund der Bestechung. Ich muss einen Bootsführerschein machen.«

»What the fuck?«, rief ich und musste lachen. Nicht weil der Führerschein so lustig oder abgefahren gewesen wäre, sondern weil Parker ein Gesicht zog, als zwänge ihn jemand dazu, unentgeltlich die Toiletten des Crab & Bones zu schrubben.

Er zuckte mit den Achseln. »Ärzte fahren Boot, das ist so eine Art ungeschriebenes Gesetz.«

»Du bist aber kein Arzt, Parker.«

Parker seufzte. »Ich weiß, aber ich muss einer werden. Deshalb soll ich schon mal den Bootsführerschein machen.«

Er sah dabei sehr unglücklich aus.

»Warum lässt du es nicht einfach, wenn du keinen Bock drauf hast?«

»Ist die Voraussetzung für die Surfstunden.«

»Dein Vater ist ein Erpresserarsch.«

Er musste lachen. »Hilfst du mir?«

Parker rutschte näher. Ich spürte seinen Oberschenkel an meinem. Er blinzelte mich an.

»Du hast echt schöne Wimpern«, platzte ich heraus.

»Das fällt dir jetzt auf?«

»Ich hab mal gehört, Ärzte sind alle Narzissten in schön. Schön bist du, aber du musst noch am Narzissmus arbeiten.«

»Wie soll das gehen?«

»Damit du kein Klischee-Arzt wirst, musst du jedes Mal, wenn dein Vater dir so eine stereotype Scheiße aufzwingt wie einen Bootsführerschein, was total krass Gegensätzliches machen. Narzissmus nährt sich durch Egoismus. Du aber bist viel zu sehr Papa-Pazifist.«

»Jetzt komme ich nicht mehr mit …«, sagte Parker.

»Also: Wenn du willst, dass das Leben nach deinen Regeln läuft und nicht nach denen deines Vaters, du aber aufgrund seines abgefuckten Reichtums und deiner relativen Armut zwangsläufig ab und an das tun musst, was er verlangt, dann braucht es ein Gegengewicht.«

»Damit ich kein Klischee-Arsch werde«, stellte Parker klar.

»Genau. Du hast es verstanden.«

»Und was soll das sein? Das Gegengewicht?«

Ich dachte kurz nach. »Es muss drei Kriterien erfüllen: Dein Vater muss es scheiße finden, es muss illegal oder halblegal sein, und einer von uns beiden muss sich dabei lächerlich machen. Wichtig wäre auch, dass er es im Nachhinein erfährt.«

»Okay, wenn es halblegal oder illegal ist, findet es mein Vater ohnehin scheiße.«

Parker blätterte das Buch auf und reichte mir einen Bogen mit Fragen und Antwortmöglichkeiten.

Natürlich konnte der alte Streber längst fast alles. Nur mit den Schifffahrtszeichen kam er andauernd durcheinander. Wenn er nachdachte, kaute er ständig auf seiner Lippe herum.

»Was hältst du von Tattoos?«

Parker blinzelte kurz. Offenbar irritiert über den Themenwechsel.

»Ja, ähm ... ich habe keine Meinung zu Tattoos.«

»Das ist gut.«

»Wieso?« Er betrachtete mich von der Seite. »Du willst dir doch nicht etwa eins stechen lassen?«

»Nicht zwangsläufig.«

»Ah, okay«, er wirkte erleichtert. »Obwohl ich das natürlich unterstützen würde.«

»Würdest du?«

»Klar, ich unterstütze dich in all deinen Verrücktheiten.«

»Unseren.«

»Unseren?«

Parker riss die Augen auf und verstand endlich. »No way!«

»Oh doch.«

»Wer ist dir denn in die Welle gekracht? Bist du jetzt total durchgeknallt?« Parker hob drohend sein Buch hoch.

»Es ist halblegal – weil es zwar unser Körper ist, aber wir nicht alleinig darüber bestimmen dürfen, weil wir noch keine achtzehn sind. Dein Vater wird es hassen, und wenn das Motiv hässlich genug ist, dann blamieren wir uns auch.«

»Du meinst das nicht ernst!«

»So ernst, wie dein Vater es mit deinem bescheuerten Medizinstudium meint. Come on, du bist dann wenigstens der Coole unter den ganzen Weißkitteln, weil du eine Angelrute auf dem Arsch hast.«

»Lee!«

»Was? Von mir aus auch an einer anderen Stelle.«

Parker gab ein ungläubiges Schnauben von sich.

»Okay, okay. Dann eben ein Anker oder irgendwas anderes Seriöseres!«

• • •

Das Tattoostudio war heruntergekommen, stank im dunklen Innern nach einer Mischung aus Zigaretten und gedünsteten Zwiebeln. Es lag in einem zwielichtigen Gebiet von Charleston, in das man sich nachts besser nicht verirrte. Aber hier würde niemand nach unseren Ausweisen fragen.

»Wir sollten wieder gehen«, murmelte ich Parker zu, der schnurstracks auf einen Tisch zuging, auf dem ein Ordner lag. Er drückte mir das speckige, klebrige Leder in die Hand und sagte: »Jetzt sind wir hier, jetzt ziehen wir das durch.«

Der Ladenbesitzer hatte kein einziges sichtbares Tattoo auf seiner Haut. Dafür endlos viele Piercings.

»Vielleicht lieber ein Nasenring?«, raunte ich Parker zu, aber er schüttelte entschieden den Kopf. Ich kannte das schon, wann immer mich der Mut verließ, schlug er bei Parker Wurzeln.

Parker reichte dem Kerl selbstbewusst die Hand und meinte: »Ich zuerst.«

Die beiden verschwanden hinter einem schwarzen Vorhang, während ich hilflos die Mappe mit den Klarsichtfolien durchblätterte. Die meisten Tattoos waren nicht besonders spektakulär. Unendlichkeitszeichen, Kompasse, Kinderhände und chinesische Schriftzeichen. Aber dann sah ich etwas, das mir gefiel. Ich nahm das Bild aus der Hülle und lauschte, ob Parker schon Schmerzenslaute von sich gab. Aber ich hörte nur das Surren der Tätowiermaschine.

Eine Stunde später kam Parker mit blassem Gesicht hinter dem Vorhang hervor, sein Unterarm war mit Plastikfolie umwickelt, das Grinsen saß etwas schief, aber stolz auf seinen Lippen.

»Jetzt du!«, sagte er. Und wie hätte ich da ablehnen können, das war ja auf meinem Mist gewachsen.

»Soll ich mitkommen und dir die Hand halten?«, erkundigte er sich.

»Ja?«, sagte ich. »Aber nur, wenn du mich nie, nie, nie damit aufziehst. Wenn du es niemals erwähnen wirst.«

»Okay«, sagte er mit einem Schulterzucken.

»Zeigst du mir deine Tätowierung erst noch?«

»Nö, erst wenn du deine hast. Am Ende machst du mir sie noch nach.«

Und dann gingen wir beide durch den Vorhang. Vorsichtshalber griff ich schon mal nach Parkers Hand, ehe ich mich auf die Liege legte.

»Schau mir in die Augen, okay?«, sagte Parker. Und das tat ich. Ich sah in seine schönen, ehrlichen, vertrauten Augen und hielt mich an ihnen fest. *Verdammt,* dachte ich. *Verdammt, Parker, du bist wie eine von diesen Bojen in deinem Buch. Unverrückbar, unverzichtbar zur Orientierung.*

Es tat schweineweh. Und dauerte eine verfluchte Ewigkeit. Aber ich hielt Parkers Hand und ließ mir an der gleichen Stelle, an der Plastikfolie das neue Bild in seiner Haut verdeckte, ein Minisurfboard stechen, an dessen Leash ein P baumelte. Ich behauptete Parker gegenüber, dass es ein B werden sollte und der Tätowierer sich vertan hatte. Aber das stimmte ebenso wenig wie Parkers Behauptung, die Frau, die nun für immer auf der Innenseite seines Handgelenks auf einem Brett im Wasser saß, sei nicht ich, sondern irgendeine random Person.

Fast wäre das wirklich romantisch gewesen, wenn wir nicht so dämlich gewesen wären, nach Vollzug unserer Schnapsidee in der nicht weniger zwielichtigen Spelunke neben dem Tattoostudio Hochprozentiges zu trinken und uns später zurück auf Harbour Bridge in die Sonne zu fläzen.

Parkers Tätowierung entzündete sich, sein Dad erfuhr schneller als gewollt von unserer Aktion, und Parker lag zwei Tage lang mit hohem Fieber in einem Charlestoner Krankenhaus. Andy tobte, und ich verlor die letzten beiden Wettbewerbe der Saison absichtlich, weil es sich nur so gerecht anfühlte.

• • •

Im Sommer war die Sache mit dem Tattoo vergessen und Parker hatte seinen Bootsführerschein im ersten Anlauf bestanden. Die Mädchen waren zurück, die Wettbewerbe machten Pause.

Zu Beginn des Augusts herrschte absolute Flaute. Kein Wind, keine Wellen, gar nichts. Also gammelten wir vor der Surfhütte herum, und es gelang uns zum ersten Mal, Andys scheinbar unerschöpflichen Colavorrat leer zu trinken. Odina brütete über einem Mathebuch, Isa buddelte Löcher in den Sand und suchte nach Mikroben oder irgendeinem Kram, Avery hatte einen Block dabei, auf den sie Noten kritzelte und wieder durchstrich, Josie starrte aufs Meer hinaus, und ich hatte den sechsten Plum-Roman dabei. Mom bekam die Bücher von ihrer Kollegin geschenkt, wenn deren

Tochter sie gelesen hatte. Ich war ein bisschen hinterher. Inzwischen gab es bereits einen achten Roman.

Avery neben mir auf einem quietschbunten Strandhandtuch schaute in mein Buch. »Wenn wir alle Figuren aus deinen Stephanie-Plum-Krimis wären. Wer von uns wäre wer?

Ich sah auf und schaute in die Runde. »Das ist ja so was von klar. Stephanie bin natürlich ich.«

»Daran hat keiner gezweifelt«, lachte Avery.

»Odina, du wärst …« Ich musste kurz nachdenken, um nichts Falsches zu sagen. Aber Odina hatte meines Wissens keinen einzigen Evanovich-Roman gelesen, also war es relativ ungefährlich, ihr einen Charakter zuzuschreiben. »Connie Rosolli, du hast Mafiakontakte und bist die Büroleiterin von mir, also von Stephanie.«

Odina nickte zufrieden über ihrem Schulbuch, aber Avery verzog das Gesicht, bevor sie losprustete. »Du hast ihr den Oberlippenbart verschwiegen.«

»Was?«, protestierte Odina.

Ich winkte ab. »Man muss Kompromisse eingehen. Okay, lass mal sehen, Avery, du wärst Stephanies Freundin Mary Lou, und dein Ehemann Lenny wäre dann wohl Jake. Ja, das passt.«

»Hat die auch eine haarige Lippe?«, erkundigte sich Odina mürrisch.

»Nope. Isa, du bist Valerie, meine Schwester, die perfekte Tochter.«

Isa sammelte ungerührt ihre Proben. »Na danke. Weiß ich jetzt nicht, ob das ein Kompliment ist.«

»Frag deine Eltern«, erwiderte ich. »Die werden dir das bestätigen. Miss Tennisplatz.«

»Du hast ja keine Ahnung, wie miserabel ich Tennis spiele.«

»Dass du überhaupt Tennis spielst, sagt schon sehr viel aus.«

»Stimmt auch wieder.«

»Bleibt Josie.«

»Lula«, sagten Avery und ich gleichzeitig und grinsten.

»Lula ist eine Prostituierte«, erklärte Josie mit eisiger Miene.

»Aber nur ganz am Anfang, dann ist sie Archivarin. Ich hab sie praktisch von der Straße gerettet.«

»Aha …« Josie dachte eine Weile nach. »Archivarin klingt interessant. Vielleicht wäre ich wirklich gerne Archivarin.«

»Alternativ könntest du auch Rex sein, mein Mitbewohner. Allerdings ist er ein Hamster, der die meiste Zeit seines Lebens in einem Rad herumrennt oder in seiner Suppenkanne schläft.«

»Das trifft doch perfekt auf mein Leben zu«, sagte Josie ohne jegliche Ironie.

Wir lachten. Auch wenn es eigentlich nichts zum Lachen gab. »Liegt ja an uns allein, uns aus dem Hamsterrad zu befreien«, meinte Isa in die Runde.

»Na toll, jetzt kann ich kein einziges Plum-Buch mehr lesen, ohne euch in den Figuren zu sehen.«

»Ich freue mich besonders, dass du an mich denkst, wenn du von weiblichen Oberlippenbärten liest«, motzte Odina.

• • •

Parker und ich standen in der Küche seiner Eltern, und er zog eine Schnute.

»Findest du das nicht bescheuert?«

»Es war deine Idee, wie kann ich es also bescheuert finden?«

»Halt mal die Flasche.«

Vor uns auf dem Herd kochte ein Topf mit heißem Wasser, und Parker hob die Weinflasche nun widerstrebend über den Dampf, bis sich das Etikett löste.

»Vorsichtig jetzt.« Mit spitzen Fingern hielt ich das Emblem eines kalifornischen Luxusweingutes hoch und positionierte es an der markierten Stelle der billigen Dreidollarflasche aus Red's Market.

»Dad bringt mich um«, stöhnte Parker.

»Unsinn, er wird es gar nicht merken.«

»Lee, verdammt, wie soll ich ihm denn bitte erklären, dass die Etiketten von seinen Flaschen verschwunden sind?«

»Ach Parker, scheiß dir nicht in die Hosen. Das hier ist um einiges harmloser als ein Tattoo. Und dieses Mal machen wir Geld, statt welches auszugeben.«

»Aber wenn er das checkt, ich meine, das ist kriminell ... wenn die Leute, die uns die Flaschen abkaufen, uns anzeigen.«

»Halblegal, lächerlich, und dein Vater muss es hassen. Das war der Deal!«, erinnerte ich ihn.

»Und ganz ehrlich: Gibt es etwas Bekloppteres als diesen Tanzkurs? Das ist so was von Fünfzigerjahre. Was kommt als Nächstes?«

Parker murmelte etwas.

»Ich warne dich: Werd bloß nicht Kardiologe oder fang an, Tennis zu spielen.«

Parker streckte mir die Zunge raus. »Ich werde Surfer, Lee. Auf Hawaii. Ich kaufe mir ein Haus an der Pipeline.«

»Halt, das war mein Plan! Du kannst dann gern bei mir einziehen.«

»Das wäre das Beste überhaupt.«

Seine Hand legte sich auf einmal auf meine Hüfte. Ich erschrak kurz. Dann wurde der Druck fester, und ehe ich michs versah, hatte Parker mich an sich gezogen. Sein Körper war meinem so nah, dass ich seinen Atem spüren konnte. Und mein Herz vergaß fast, was es zu tun hatte, damit ich noch erleben konnte, was Parker vorhatte.

Ich wollte protestieren, aber irgendwie auch unbedingt dazu beitragen, dass das hier nicht aufhörte. Etwas in meinem Innern wusste ja schon längst, dass ich es wollte. Warum Menschen ihre Münder aufeinanderpressten und sich gegenseitig … Der Gedanke war so schnell wieder weg, wie er sich in meine Hirnwindungen verirrt hatte. Einfach weg. Stattdessen waren da Parkers Lippen, die so weich waren und so gut schmeckten, dass ich kurz aufhörte zu atmen. Ganz langsam drückten sie sich auf meinen Mund, und er hatte die Augen geschlossen. Blinzelte, machte sie noch einmal auf. Ich sah ihn von so nah wie nie zuvor. Und endlich checkten meine Lippen, was sie zu tun hatten. Und heilige Scheiße, fühlte sich das gut an. Warm und innig. Es hätte die Zunge gar nicht gebraucht. Obwohl ich die schnell auch richtig gut fand. An meinem Rücken wurde es heiß, aber das konnte auch der Wasserkessel sein. In meinem Innern glühte alles, das war nicht der Herd, das war Parker. *Erstaunlich,* dachte ich. *Ein bisschen feucht, aber erstaunlich.*

Und viel zu schnell vorüber. Es war ein guter Kuss, glaubte ich. Vergleiche hatte ich ja keine. Und dann musste ich dummerweise lachen.

Parker starrte mich an. »Sorry«, sagte er.

Leider sprudelte das Lachen aus mir heraus wie Kohlensäure aus einem Tank mit zu viel Druck. Ich lachte, dass mir die Tränen kamen. Diese Art Lachen, die niemand für ein Verlegenheitslachen halten konnte, auch wenn es exakt das war.

»Es tut mir leid, ich … das war ein Versehen.« Parker schnappte sich eine Weinflasche und lief raus. Während ich ihm nachsah, überkam mich ein Gefühl, das so groß und mächtig war, dass mir das Lachen endlich im Hals stecken blieb. Dort, wo es sowieso hätte bleiben sollen. Parker war mehr. Parker war nicht nur mein Bro und mein bester Kumpel. Er war Familie, aber nicht nur. Parker war der Typ, den ich küssen wollte. Der einzige Kerl, der, wenn ich ihn ansah, etwas in mir auslöste. Und das hatte nichts mit seinen Surfskills zu tun, sondern mit seinen Händen, mit seinem Lachen, mit seiner ruhigen Besonnenheit, die mich in den Wahnsinn trieb und gleichzeitig dafür sorgte, dass ich nicht verrückt wurde. Ich starrte nach draußen. Konnte das sein? Hatte ich mich nach all den Jahren in Parker verliebt?

Ich rannte ihm nach. »Parker, bleib!«

Er saß auf der Treppe und trank ein paar Schluck aus der Flasche. Er würdigte mich keines Blickes. War der Kuss für ihn so schrecklich gewesen, dass er ihn mit Alkohol betäuben musste? Ich betastete meine Lippen vorsichtig. Hatte ich Mundgeruch?

»Du hast gelacht«, sagte er leise.

»Hey«, erwiderte ich. »Ich wollte nicht lachen. Ich hätte nur nie gedacht, dass ich dich mal küsse.«

Okay, das war nicht unbedingt das, was ich hatte sagen wollen. Nicht so zumindest. Sondern unmissverständlicher. Mehr in die Richtung: Das war echt gut, auch wenn ich es nicht habe kommen sehen. Oder: So unerwartet wie big waves auf Harbour Bridge, aber genauso fantastisch. Ich ärgerte mich, dass der Vergleich mir erst jetzt einfiel. *So* hätte er es verstanden.

Parker prustete und nahm noch einmal einen großen Schluck aus der Flasche. War das jetzt die Billigversion oder die teure Sammleredition? Völlig egal.

»Kann ich auch mal?«, fragte ich.

Er reichte mir wortlos die Flasche. Ich blieb stehen, unschlüssig, ob ich mich jetzt neben ihn setzen sollte und wir weiterknutschen könnten. Oder besser nicht. Scheiße, genau so was passierte, wenn man es kompliziert machte und sich küsste.

»Wolltest du das denn … oder war das ein Versehen?«, fragte ich, als es wirklich zu still wurde. Ich nahm einen Schluck aus der

Flasche und verzog das Gesicht. Ekelhaft. Ich hoffte sehr, dass das die Billigversion war, nicht die teure.

Parker sah zu mir auf, seine sonst so klaren, leuchtenden Augen dunkel. »Lee, wie bitte soll man jemanden aus Versehen küssen?«

»Oh.«

Er lächelte schief.

»Also war das Absicht?«

»Hast du mich denn versehentlich zurückgeküsst oder war das ein Reflex?«

»Wenn man nicht aus Versehen küssen kann, dann wohl auch nicht aus Reflex«, erklärte ich. Es klang um einiges selbstsicherer, als ich mich fühlte.

»Hättest du mich denn geküsst, wenn ich nicht angefangen hätte?«

Es war eine Fangfrage, das war klar. Und ich tappte da rein, weil Fallen und Fettnäpfe für mich gemacht waren.

»Wahrscheinlich nicht«, gab ich zu.

»Oh.« Kaum merklich sackten Parkers Schultern herunter.

»Aber nicht deinetwegen … ich meine, nicht weil ich dich nicht küssen wollte. Sondern weil …«

Mir wollte nichts einfallen, was nicht kränkend und bescheuert zugleich klang. »Ich meine, du weißt sicher, dass ich mit Jungs bisher nicht so viel anfangen konnte. Also auch wollte. Und dass ich Männer im Allgemeinen komisch finde.

Parker riss die Augen auf. »Das wusste ich nicht.«

»Na ja, ich meine, ich finde eben, dass die Körper von Männern …« Ich stotterte um mein Leben. »Sieh dir Odina an, und dann sag mir, dass … beispielsweise Andrea besser aussieht. Das wirst du nicht bestätigen können.«

»Ich bin ein Mann«, behauptete Parker. Ich musste schmunzeln, biss mir in die Backe, weil es nicht angebracht war, mich jetzt mit ihm über Männlichkeit zu unterhalten. Außerdem hatte Parker ziemlich männlich geküsst …

»Natürlich finde ich Odina schöner als Andrea«, sagte er.

»Siehst du, ich auch!«, erklärte ich. Froh, das klargestellt zu haben.

»Aber du bist eine Frau …« Auch darüber hätte ich gern gelacht. Eine Frau? Eine Surferin. Ja. Eine Tochter. Ja. Eine Freundin. Ja. Ein Mädchen. Irgendwie. Eine Frau? Noch nicht, oder? Ab wann durfte man sich als Frau definieren?

»Kann ich als … Frau nicht auch Odina schöner finden als Andrea?«

»Die Frage ist doch vielmehr«, fing Parker an und wurde dann leiser, »findest du Odina auch schöner als mich?«

Zum Glück zischte drinnen etwas laut und erlöste mich aus der Situation, die kaum unangenehmer werden konnte. Ich hatte nicht einmal ansatzweise erklären können, wie ich mich fühlte, und Parker hatte mich auf alle möglichen Arten missverstanden. Dabei wäre es ja eigentlich ganz einfach gewesen. Ich hätte mich auf diese verdammte Treppenstufe setzen und ihn einfach noch mal küssen sollen. Alter, wie blöd kannst du sein, Lee Baker?

Drinnen war das kochende Wasser über den Topf geschwappt und brannte sich in das Cerankochfeld.

Wir wischten es auf, aber die Spuren auf dem Herd blieben. Wie der Abdruck von Parkers Lippen auf meinem Herzen. Nicht wegzuwischen.

»Sie werden es gar nicht merken«, sagte ich.

»Lee!«

»Und jetzt?«, flüsterte ich.

»Jetzt … ich weiß nicht. Verkaufen wir die Weinflaschen und machen den Quatsch nie wieder?«

• • •

Es gab nur eine Person, mit der ich darüber sprechen konnte. Josie und ich trafen uns am Tag nach dem Kuss am Strand und schlenderten zum Pier.

»Ich weiß nicht, wie ich das mit Parker machen soll. Ich will, dass wir mehr sind als nur Freunde, aber ich hab auch schreckliche Angst davor.«

»Was soll schlimmstenfalls passieren?«

»Dass wir keine Freunde mehr sind!«, rief ich und rieb mir mit beiden Händen über das Gesicht.

»Ihr seid auch jetzt schon keine Freunde mehr«, erklärte Josie auf ihre unverwechselbar direkte Art. »Das ist dir klar, oder?«

»Nein«, behauptete ich stur. »Noch können wir ja so tun, als wäre nichts gewesen.«

Josie lachte kurz auf. »Liebes, das glaubst du doch selbst nicht!«

»Findest du ihn denn schön?«, wollte sie wissen, nachdem wir eine Weile schweigend nebeneinanderher gelaufen waren.

»Schon irgendwie. Klar. Aber auch komisch. Ich meine, gibt es etwas Komischeres als Männerkörper? Sie haben Brustwarzen, obwohl sie keine brauchen … zum Glück hat er keine Haare drum herum, auch wenn das natürlich noch kommen kann. Und dann steht da so ein Ding von ihnen weg …«

»Man nennt es Schwanz. Oder Penis. Glied …«

»Ich weiß, wie man es nennt. Verstehst du mich nicht? Frauenkörper haben so was Rundes, Weiches. Man will es anfassen.«

Josie spitzte ihre perfekten Lippen.

»Und fang jetzt nicht wieder mit dieser LGB-Sache an, ich bin nicht lesbisch, ich bin vielleicht auch nicht hetero, ehrlich gesagt ist das doch auch total egal. Oder nicht?«

»Schätze schon«, sagte Josie. »Wichtiger ist doch die Frage: Willst du Parker anfassen oder nicht?«

»Ja, doch … aber ich weiß nicht, wie. Und ob ich das dann so gut finde.«

»Geküsst hast du ihn ja schon«, stellte Josie fest.

»Ja.«

»Und das war gut?«

»Ja, aber Lippen sind auch universell. Die haben kein Geschlecht. Was ist mit dem Rest?«

Josie nickte langsam. Zum Glück lachte sie nicht.

»Natürlich kannst du dein erstes Mal nicht mit Parker verbringen. Du musst üben. Ich meine, du gehst ja auch nicht zum Triple Crown Surf Contest, wenn du vorher keine Regionals gesurft bist.«

»Na ja, also die Zulassungsvoraussetzungen sind ja auch völlig andere«, gab ich zu bedenken.

Josie winkte ab. »Du brauchst ein Testobjekt.«

»Ein Testobjekt?«

»Einen Kerl, mit dem du rummachst, Sex hast, um festzustellen, ob es dir taugt.«

Ich wusste wirklich nicht, ob es der beste oder dümmste Rat war, den ich je bekommen hatte. Aber einen Versuch war es wahrscheinlich wert.

»Okay«, sagte ich gedehnt. »Aber was mache ich so lange mit Parker? Ich meine, ich kann ja schlecht noch heute losziehen und mir … einen Typen anlachen. Davon abgesehen, dass ich nicht mal weiß, wie ich das anstellen soll. Könntest du …«

Josie schüttelte hastig den Kopf. »Nein, ich stehe für diese Testreihe nicht zur Verfügung. Das musst du allein hinbekommen.«

Wir hatten den Pier erreicht. Josie deutete vor sich auf eine Reihe Jungs, die sich mit Windsurfequipment abmühten. »Wenn du mich fragst, gibt es hier eine Menge gutes Testmaterial. Ich würde dir raten, drauf zu achten, dass er Touri ist. Den siehst du danach nie wieder.«

»Und wie mache ich das?«

»Du bist doch die, die immer einen Spruch auf den Lippen hat.«

»Schon, aber ich hab ja noch nie jemanden gefragt, ob er mit mir in die Kiste will.«

Josie betrachtete mich. Und dann zog sich ein breites Lächeln über ihr Gesicht. »Mach es genau so und du wirst dich vor Angeboten nicht retten können!«

»Ernsthaft?«

»Ja, ernsthaft. Aber …« Sie stockte kurz. »Du gehst nur so weit, wie du selbst willst, okay?«

»Okay.«

»Du hörst auf, wenn du nicht mehr willst.« Ich nickte, aber das reichte ihr offenbar nicht. »Okay?«

»Ja, okay.«

»Und du lässt dir die Sache noch durch den Kopf gehen, sagen wir, bis zum Ende der Ferien.«

»Aber was mache ich mit Parker?«

»Du tust einfach so, als wäre der Kuss nicht passiert. Und wenn du dann weißt, ob du mehr willst, dann sagst du ihm das.«

Es klang so simpel.

• • •

Statt simpel wurde es verkrampft. Wir hörten auf, halblegale, peinliche Pranks zu veranstalten, die Parkers Dad missbilligen würde. Ich sah weg, wenn Parkers Blick zu nachdenklich wurde, und er wich mir aus, wenn ich ihm versehentlich zu nah kam. Uns war die Leichtigkeit abhandengekommen, und sie wurde durch etwas Schweres, Undurchdringliches ersetzt. Von einem auf den anderen Tag hörten wir auf, miteinander abzuhängen. Parker traf sich jetzt häufiger mit Odinas Bruder Andrea und spielte Fußball. Ich lenkte mich mit den Mädchen und meinen Jobs ab und hatte Angst vor dem Ende des Sommers, wenn Avery und Josie abreisen würden.

Aber eines blieb. Parker und ich surften noch gemeinsam. Der Sommer neigte sich dem Ende zu, und die Wettbewerbssaison nahm Fahrt auf. Es gelang uns, uns übers Surfen normal zu unterhalten, während wir einfach aufhörten, unsere restlichen Gedanken zu teilen.

Wir saßen auf der Pritsche von Andys Pick-up an einem Wettbewerbsmorgen Ende August. Der Nordostwind blies uns kräftig um die Ohren. Zwischen uns hätte gut und gerne noch jemand Platz nehmen können – so viel Abstand hatten wir aufgebaut. Wir warteten beide auf unsere Startnummern, die Andy uns bringen wollte. Die Zeit zog sich endlos. Es war kaum auszuhalten. Minutenlang zermarterte ich mir den Kopf, was ich ihn fragen konnte, wie wir zu irgendeiner Form von Normalität zurückkehren konnten. Aber mir wollte genauso lang nichts einfallen. Aus einem Lautsprecher am Strand ertönte »Miserlou«, ein uralter instrumentaler Track, der bei keinem Contest fehlen durfte.

»Woran denkst du vor einem Wettbewerb?«, fragte ich schließlich.

Parker sah ruckartig hoch. »Daran, dass ich zu viel Kaffee getrunken habe und Angst hab, pissen zu müssen.«

Ich musste lachen. »Wow, Parker, das sind ernst zu nehmende Ängste.«

Er lächelte schief. Es war wunderschön, kaum auszuhalten, es anzuschauen. »Woran denkst du?«

Ich überlegte kurz. »Daran, dass ich keine Krankenversicherung habe.«

Parker lachte. Es war das beste Geräusch seit Langem.

»Was ist daran witzig?«

»Frag, wen du willst, aber niemand würde von Lee Baker denken, dass sie auch nur einen Gedanken an ihre Krankenversicherung verschwendet.«

»Ich bin eben vernünftig«, behauptete ich.

»Bist du nicht, reckless girl.«

»Stimmt, bin ich nicht«, sagte ich, massiv erleichtert, dass wir es schafften, mehrere Sätze am Stück zu reden, die nicht die Worte »Bottom Turn«, »Z-Position« oder »Line-up« beinhalteten. Ich rutschte ein wenig zu ihm. »Ich denke darüber nach, keine Krankenversicherung zu haben. Was erst relevant wird, wenn ich big waves surfe. Nicht hier, in den Babywellen. Was soll passieren? Dass mir ein Pelikan ins Knie zwickt?«

»Ich bin nicht überzeugt«, sagte Parker und schaute mich schief an.

»Was?«

»Ich bin nicht überzeugt«, wiederholte er.

»Ich bin auch nicht hier, um dich zu überzeugen, sondern um zu gewinnen.«

»Na, dann los!«

Zu meinem Bedauern hüpfte Parker von der Ladefläche und klopfte sich den Wetsuit ab, als hätte er neben mir Staub angesetzt.

»Eine Welle, Lee, es braucht nur die eine richtige Welle, um dich berühmt zu machen. Darauf wartest du doch, oder?«

Er lächelte. Sein süßes Parker-Lächeln. Wenn man ihn so anschaute, dann traute man es ihm einfach nicht zu, dass er so ein badass war, sobald er auf einem Surfboard stand. Sobald Parker Wasser berührte, wollte er es genauso wie ich.

Er sah raus auf die Wellen. »Die Riffs unter der Pipeline sind so hart wie eine Betondecke. Eine falsche Bewegung, und die schlitzen dich auf wie ein Filetiermesser.«

»Ja!«, sagte ich schwärmend. »Egal, wie viele Wettbewerbe wir hier gewinnen, das ist alles nicht von Bedeutung, wenn wir nicht dort waren. Solange wir die Pipeline nicht gesurft sind, sind wir Babys. Ich kann es nicht erwarten.«

Ich verlor gegen Celeste Miller im zweiten Heat, weil sie zwar vom Board fiel, aber den Schaum ihrer Welle mit sich zog und trotzdem noch einmal aufstand. Dagegen kam ich mit meinem schwachen Re-Entry nicht an. Ich war nicht so wütend wie gedacht. Viel wichtiger als der Wettbewerb war plötzlich, dass Parker und ich uns unterhalten hatten, ein bisschen wie früher, wie vor dem Kuss. Ich schaute auf die Wellen, in denen Parker um seinen Platz kämpfte. Seit wann war mir ein Gespräch mit Parker wichtiger als der Sieg?

Ich feuerte Parker an, schrie mit der Menge und verfolgte atemlos die Manöver der männlichen Surfer. Parker startete die entscheidende Runde mit einem Quality Bottom Turn, die Beine in perfekter Haltung, auf dem Peak der Welle drehte er den Oberkörper und warf die Arme in die Luft. Das Board unter seinen Füßen folgte ihm wie ein braves Hündchen, und einen Augenblick lang wirkte es, als tanzten die beiden miteinander. Parker und sein Brett waren verschmolzen in einer Choreografie, die man nie vollständig einstudieren konnte, die einzig dem Rhythmus des Meeres folgte. Er ritt die steep backside wave, griff mit der linken Hand ans Brett und lehnte sich dann tief gebückt nach vorn, um im steilen Part der Welle zu bleiben. Als er sich wieder erhob, wirkte es, als würde er fliegen.

Er gewann den Wettbewerb, und ich hüpfte begeistert zwischen den jubelnden Zuschauern auf und ab. Am liebsten hätte ich ihnen zugerufen: Das ist Parker, mein Freund! Als er an Land kam, kämpfte ich mich durch die Menge, um ihn als Erste zu beglückwünschen. Aber ich kam zu spät. Es war schon jemand da. Nicht irgendjemand, sondern Celeste Miller. Und sie sprang Parker an wie ein paarungsbereites Kaninchen. Ich blieb ruckartig stehen, zu entgeistert, um zu reagieren. Celeste schlang ihre langen braun gebrannten Beine um Parkers Mitte und steckte ihm vor dem frenetisch jubelnden Publikum ihre Zunge in den Hals.

»Heilige Scheiße«, sagte jemand. Dieser Jemand war wohl ich.

»Alter«, raunte eine vertraute Stimme neben mir. »Die geht ja ran.«

Es war Avery.

»Was machst du denn hier?«, fauchte ich sie an.

Sie sagte entschuldigend: »Ich weiß, du hasst es, wenn wir dir zuschauen. Aber wir dachten, wir könnten dich aus der Ferne anfeuern.«

»Mmpf«, machte ich.

»Bist du sauer?«, erkundigte sich Avery. Sie streckte mir eine Dose Basil Berry entgegen, die ich mit einem ärgerlichen Wink ablehnte.

»Ich bin stinksauer, aber nicht auf dich. Sondern auf die da!«

Ich deutete auf Celeste, die sich immer noch wie eine billige Beachbitch an Parker klammerte. Was sollte das eigentlich werden?

»Weil sie Parker küsst?«, fragte Ave.

Ich fuhr herum. »Nein, verdammt. Weil sie den verschissenen Heat gegen mich gewonnen hat.«

• • •

Bestimmt passierten in diesem Sommer noch wichtigere Dinge. Ich erinnere mich nur kaum. Die verbliebenen Wochen zentrierten sich nur um ein Thema. Um Parker Johnson und Celeste Miller. Um den verlorenen Heat und meine verlorene Liebe.

Diese Wochen waren fragmentiert, zufällig zusammengewürfelte Bilder aus einem Fotoalbum. Das verblichene gelbliche Papier des *Harbour Chronicle,* für den Odina Anzeigen erfand. Weil uns beide etwas einte: Wir wussten, wenn das Leben einen beschiss, dann musste man eben auch das Leben bescheißen. Das Orange der Verpackung von Reese's Peanut Butter Cups, von denen ich mich hauptsächlich in diesem Sommer ernährte. Das Blau-Rot-Gelb der Old-Bay-Seasoning-Dosen, die das Geheimnis um die Carolina Crab Cakes preisgegeben hatten. Da war das Grau des Starkregens, der den Trailer flutete. Das Grün-Weiß der Sonnenliege, die ich an Averys statt belagerte. Und das Braun des alten Geländers im Seasons, das wir zu Isas Leidwesen nur zu gern hinunterrutschten.

Nur eine weitere Szene aus diesem Sommer war mehr Videosequenz als Standbild. Die Sache mit dem Surfboard. Die vor dem Starkregen passiert sein musste, denn nachher hätte ich mit Sicherheit mein Geld nicht so hinausgeworfen. 189,99 Dollar für ein Surfbrett.

»Hast du da ein L draufgesprüht?«, wollte Avery wissen, als ich zum ersten Mal mit einem – meinem – eigenen Brett zum Unterricht kam und keines von Andys »Schulpferden« benutzen musste, wie Isa die Leihboards spöttisch nannte. Ich wollte mich rechtfertigen und sah es gleichzeitig einfach nicht ein.

»Du hast ein Board gekauft und sofort deine Signatur draufgesprüht? Findest du das nicht seltsam?« Isa runzelte die Stirn.

»Seltsam finde ich, was du hier anzudeuten versuchst«, konterte ich.

Odina schritt ein, legte ihre Hand auf Isas Arm.

Isa lächelte. »Ich bin nur überrascht, dass du mit einem brandneuen Brett hier auftauchst.«

»Es ist nicht mehr neu!« Jetzt verteidigte ich mich also doch. Ich hasste Isa so sehr in diesem Moment. Genug, um das Brett unter den Arm zu packen und aufs Wasser zuzurennen. Avery nahm die Verfolgung auf, aber sie war zu langsam. Ich sprang ins Wasser, zog mich aufs Brett und paddelte nach draußen. Ohne zu wissen, was ich eigentlich wollte. Wollte ich flüchten? Surfen? Meine Wut ertränken?

Dann sah ich die Klippen, und es war zugleich das Dümmste wie auch das Logischste, was ich tun konnte. Ich steuerte auf die Wellenbrecher zu und hörte Avery hinter mir irgendetwas schreien.

Ich tauchte durch die Welle, drückte das Brett runter und spürte das vertraute Schäumen der Gischt, die Macht der Rip Current unter mir, sah, wie die Felsen näher kamen. Und dann nahm ich die erstbeste Welle, ritt sie so nah an den Felsen, wie nur irgend möglich. Wartete darauf, dass daraus ein Adrenalinstoß erwuchs, wartete vergeblich. Immer und immer wieder forderte ich das Schicksal heraus, wagte mich näher und näher, drehte im letzten Moment ab, ließ der Strömung freie Hand über mich und das Board.

Sie konnten mich alle mal. Ich war Lee Baker, und ich würde die Pipeline surfen.

Verdammte Isa, reiches Schnöselkind. Verfluchte Odina. Verficktes Surfcamp.

Noch näher. Etwas Pures, Wildes erwachte in mir. Ich fühlte mich unsterblich. Noch näher.

Bis ich irgendwann Andy erkannte. Mit kräftigen Schlägen kam er auf mich zugepaddelt. »Es reicht«, sagte er und griff nach meinem Arm.

»Es reicht noch lange nicht«, erwiderte ich.

»Wenn du dich umbringst, wird die Welt nicht erfahren, was für eine Ausnahmesurferin aus Lee Baker werden wird.«

Ich schniefte.

»Du glaubst, die Welt ist ungerecht zu dir?«, sagte Andy. »Du hast noch überhaupt keine Ahnung, wie ungerecht sie wirklich ist. Finde dich damit ab.«

Ich würdigte ihn keines Blickes, stieg aus dem Wasser und marschierte zum Parkplatz. Das Brett schleifte ich hinter mir her. Und es war endlich genug, es reichte, als ich sah, wie sich breite Neonstreifen über den Asphalt zogen. Dann warf ich das Shortboard ins Gebüsch und machte mich auf den Heimweg.

Tage später war das Board wieder da. Repariert lehnte es vor unserem Trailer. Wenn Avery glaubte, ich würde mich dafür bedanken, hatte sie sich schwer geschnitten.

...

Dann war es so weit, der Sommer war offiziell zu Ende. Avery war abgereist, Odinas Geburtstag gebührend gefeiert, und die Wehmut des Spätsommers drohte über uns hereinzubrechen. Aber die Windsurfer waren noch da. Nicht zufällig hatte ich mich mit der rational denkenden Isa am Pier verabredet. Denn wenn Parker sich mit Celeste vergnügte, gab es wirklich absolut keinen Grund mehr, das Unterfangen »Testsex« nicht endlich anzugehen. Leider war Isa in dieser Hinsicht so planlos wie ich selbst. Ich machte ein paar vage Andeutungen, während wir die Beine über die Brüstung baumeln ließen und den Jungs bei ihren ungeschickten Versuchen zuschauten. Es war zu hoffen, dass sie sich in anderen Dingen besser anstellten …

»Ich würde gerne was Neues machen. Was Cooles. Was Erwachsenes«, sagte ich und überlegte, welcher der Typen da unten sich am besten als Testobjekt eignete. »Hawaii wäre cool. Wer weiß, vielleicht spüre ich meinen Erzeuger dort eines Tages auf.«

»Ich war noch nie auf Hawaii«, erklärte Isa träumerisch.

Der Typ mit dem rasierten Schädel gefiel mir. Weil er Parker nicht ähnlichsah. Weil er fünf Jahre älter wirkte und absolut nichts Feminines an sich hatte. Wenn ich mit dem Sex hatte und es mir gefiel, dann …

»Ich hatte noch nie Sex!«, sagte ich geradeheraus.

Isa schien davon einigermaßen überrascht.

»Du etwa?«

Isas hochroter Kopf verriet mir nicht nur, dass sie genauso wenig Erfahrung hatte wie ich, er erinnerte mich auch auf fatale Weise an Parker.

»Aber wir können das ändern! Das mit dem Sex. Heute noch.«

Als ich merkte, dass sie mich missverstand, stellte ich eilig klar: »Keine Angst, ich will keinen Sex mit dir. Ich stehe mehr auf Odina. Du bist mager, da kann ich mich selbst anfassen. Odina ist heiß … Egal. Ich werde erst mal mit einem Kerl anfangen.«

Nach einigem Hin und Her und minutenlangem Abchecken der Windsurfer hatten wir uns auf den Glatzköpfigen und einen Typen mit einer albernen Halskette geeinigt. Ich benutzte Josies Worte, um Isas letzte Bedenken zu zerstreuen, und fand mich selbst ein wenig fies, sie in meine Mission reinzuziehen.

»Das sind Touristen, die sehen wir nie wieder.« Und: »Du machst einfach nur das, worauf du Bock hast. Nicht mehr und nicht weniger.«

Und dann standen wir unten vor den Windsurfboys, und ich quatschte drauflos. Solange ich redete, musste ich nicht an Parker denken. Nicht an Celeste. Nicht an meine Unsicherheit. Nicht an die Frage, ob das hier wirklich das war, was ich wollte, oder ob ich mich selbst betrog.

Die Jungs luden uns in ihr Ferienhaus ein, wo wir uns am Pool auf Liegestühle und herausgetragene Sofas fläzten. Der Glatzköpfige hieß Miles und war entgegen seinem Aussehen viel weniger Typ Aufreißer, als ich gehofft hatte. Er war ziemlich höflich und fragte ständig, ob ich etwas trinken wollte oder ob wir zusammen im Pool schwimmen wollten. Weil ich schlecht direkt sagen konnte: Lass es uns hinter uns bringen, ich möchte heute Sex haben, musste ich dieses Balzspiel wohl oder übel mitmachen, auch wenn Small Talk gar nicht mein Ding war. Die Villa war abartig schön und erinnerte mich ebenfalls an Parker. Es half nichts, ich musste Parker und den Kuss im Haus seiner Eltern endlich loswerden.

Ein Blick zu Isa verriet mir, dass es ihr gut ging. Sie knutschte mit dem Halskettentyp, Ryan. Die beiden machten Anstalten, den Poolbereich zu verlassen und in Ryans Zimmer zu gehen. »Bist du dir sicher?«, raunte ich ihr zu. »Wir können auch noch abhauen.«

Isa kicherte, und Miles kam in diesem Moment mit einem Cocktail zurück.

»Sag mal, wollen wir nicht auch einfach in dein Zimmer gehen?«, sagte ich und versuchte dabei, Isas Kichern zu imitieren.

»Oh … okay«, erklärte Miles.

In Miles Zimmer verschwendete er endlich keine Zeit mehr. Wir setzten uns auf sein Bett, und dann waren seine Finger überall. Sein Mund saugte und leckte an meinem Hals, und ich fand es eher lustig als schön. Was sollte dieses Gesabber?

»Alles okay? Also wir müssen das nicht …?«

»Alles gut … ich genieße nur … Ich will mit dir schlafen.«

Ich weiß nicht, was mich mehr erstaunte, dass Miles Augen daraufhin ganz neblig wurden und er sich mit der Zunge über die

Lippen fuhr oder dass er nicht durchschaute, was mein eigentlicher Plan war. Ich wollte eigentlich nicht wirklich mit ihm schlafen, sondern nur etwas hinter mich bringen.

»Du kannst jederzeit sagen, wenn dir was nicht gefällt«, stellte er fest.

Wow, dachte ich. So läuft das also. »Äh, danke.« In keiner der Zeitschriften, die ich in Vorbereitung auf dieses Event gelesen hatte, war es darum gegangen, was mir gefallen könnte. Es ging immer darum, wie man Männern Freude bereiten konnte. Ich wusste theoretisch, wie Oralsex ablaufen sollte. Aber was genau das mit meinem eigenen Körper machen sollte, blieb mir schleierhaft. *Du kannst sagen, wenn dir was nicht gefällt* … Aber wie sagte ich, was mir gefällt? Woher wusste ich das?

Miles war jetzt nackt. Mein zeitschriftengeschulter Blick verriet mir, dass er nicht beschnitten war.

Er schaute an sich hinunter, auf den Penis, der so grotesk nach oben stand, dass ich mich nur mit Mühe vom Lachen abhalten konnte. Was waren Männerkörper aber auch seltsam.

»Ich hoffe, es macht dir nichts aus«, sagte er, und ich hatte keine Ahnung, wovon er redete.

»Nein, alles gut«, antwortete ich.

Er nickte erleichtert. »Sag ich auch immer. Aber vielleicht lasse ich es nächsten Winter machen.«

Ich lächelte, um zu überspielen, dass ich jetzt erst begriffen hatte, dass es ihm um die Beschneidung ging. Weil Miles mich so erwartungsvoll ansah, zog ich mein T-Shirt aus und hob wenig später das Becken wie in der Zeitschriftenanleitung, damit Miles mir die Shorts abstreifen konnte. Er streichelte dann kurz über meine Bikinihose und das war so ziemlich das Erste, was mir wirklich gefiel. Ich überlegte, ihm das zu sagen, aber ehe ich mich dazu entschließen konnte, hatte er sich weiter nach oben gearbeitet, zu meinen kleinen Brüsten. Er knetete sie mit einer Vehemenz, dass ich mich an die Pizzateige bei den Bianchis erinnert fühlte.

»Ist das gut?«, fragte er.

»Das vorher war besser«, erwiderte ich ehrlich. Er sah mich ratlos aus seinen wirklich schönen blauen Augen an. Denen die langen Wimpern fehlten, die Parkers Augen …

Ich ließ meine Hand sinken und rieb mir selbst über die Bikinihose. »Das.«

Miles stöhnte. »Du bist so unfassbar heiß.«

»Danke«, erwiderte ich, weil ich nicht wusste, was ich sonst sagen sollte.

Miles rieb also wieder über meine Hose, und er übertrieb es ein bisschen dabei. Aber alles in allem fühlte es sich gut an. Ich spürte, dass ich ein wenig feucht wurde. Er merkte es auch und ließ einen Finger in mein Höschen gleiten. Auch das fand ich gut.

Leider musste ich daraufhin feststellen, dass Miles es zu gut fand, um weiterzumachen.

»Sorry«, sagte er. »Wenn ich jetzt nicht aufhöre, komme ich.«

Wenn du jetzt aufhörst, komme *ich* nicht, dachte ich. Aber das Ziel war ja ein anderes, also hielt ich den Mund.

Beine spreizen, Verhütung ansprechen, sich entspannen, bloß nicht verkrampfen, erinnerte ich die Zeitschriftenworte. Und fragte mich schon wieder, ob es für Jungs wohl auch solche Anleitungen gab.

Miles hatte ein Kondom, und es gelang ihm beim zweiten Versuch, es überzustülpen. Dann ging alles ziemlich schnell. Alles, was er von da an tat, war mit zwei Worten zu beschreiben: Druck und Schnelligkeit. Als würde man in ein Eis reinbeißen, statt es zu schlecken.

Es war seltsam. Es tat ein wenig weh. Es war nicht schön, wie das Reiben über meinem Höschen oder seine Finger an meiner feuchten Vulva. Ich fragte mich, wie es mit Parker wäre. Ich konnte es mir einfach nicht vorstellen. Und ich wollte auch gar nicht. Das war nichts, was ich mit Parker teilen wollte. Vielleicht sollte ich Sex mit einer Frau haben. Mit einer schönen, sinnlichen, runden Frau.

Aber was, wenn das dann auch so war? Nur langsamer und ohne Schwanz?

Was, wenn die Sache, von der die Leute redeten, als gäbe es nichts Wichtigeres auf der Welt, irgendwie scheiße war und die meisten gaben es nur nicht zu? Wäre das nicht … schrecklich? Oder wäre das gut, weil man sich dann auf wirklich schöne Dinge konzentrieren konnte? Surfen zum Beispiel?

Miles sackte auf mir zusammen, und ich tätschelte instinktiv seinen Rücken. In mir gurgelte ein seltsames Lachen. Und die Gewissheit, dass ich einen Fehler begangen hatte, legte sich darüber. Die schmerzliche Erkenntnis, dass es mit Parker sehr wohl anders gewesen wäre. Und dass ich mein erstes Mal an Miles verschwendet hatte. An einen *Wind*surfer. *Heilige Scheiße, Lee, wie blöd bist du.*

Isa sah kaum glücklicher aus, als wir uns etwas später draußen auf dem Gehweg vor der Villa wiedertrafen und ich ihr eine selbst gedrehte Zigarette anbot.

»Ich frage mich ernsthaft, ob ich das wirklich häufiger machen sollte«, gestand ich ihr.

Und Isa sagte den vermutlich schlauesten Satz ever. »Das nächste Mal fliegen wir nach Hawaii.«

20

Wir sitzen schweigend vor dem Fernseher, während draußen der Sturm die Welt in Fetzen reißt. Jeder von uns scheint in seiner eigenen Vergangenheitsblase festzuhängen. Ein Longboard für deine Gedanken, Parker.

»Ist das ein traditionelles hawaiianisches Tattoo?«, fragt Parker in die Stille hinein. Zu meiner Überraschung berührt er meine Haut. So zart, so sanft, so unglaublich konzentriert. Er fährt die Wellen und Spiralen nach, die sich mit winzigen Haifischzähnen abwechseln und in einem einzigartigen Muster um meinen Unterarm schlingen.

»Maori«, sage ich und folge seinem Blick. »Hat mein Vater gemacht.«

Er nickt langsam. »Ich hab dir nie erzählt, warum ich vom Internat geflogen bin«, sagt er schließlich.

»Willst du es denn erzählen?«

Er schweigt eine Weile. Ein bisschen zu lang.

»Ich hab meine Laken zusammengeknotet und aus dem Fenster gehängt.«

Ich suche nach irgendeinem amüsierten Zucken in Parkers Gesicht, aber da ist nichts.

»Um zu fliehen?«

»Eine Art Flucht wäre das auch gewesen.«

Ruckartig setze ich mich auf. »Parker!«

»Es gab da diesen Absatz, knapp über dem Fenster darunter, ich hab mich draufgestellt, die Schlinge um meinen Hals gelegt und wollte springen.«

Ich kann nicht glauben, was Parker da erzählt. Warum er es jetzt erzählt und früher nie mit einem Wort erwähnt hat.

»Ich wollte nicht sterben.«

»Das klingt aber … anders.«

Sollte ich jetzt nach seiner Hand greifen? Fuck, was sage ich jetzt nur?

»Ich wollte mich nur aus dieser Situation befreien. Weißt du, was ich mich seitdem immer und immer wieder frage?«

Ich schüttele den Kopf, aber Parker scheint wirklich eine Antwort von mir zu wollen.

»Ob Mae-Ann es auch deswegen getan hat? Um sich zu befreien?«

»Nein. Ich frage mich, ob ich es geschafft hätte.«

»Irgendwie schon, oder? Ich meine, du hast dieses Internat gehasst, du bist geflogen, du bist nach Harbour Bridge gekommen, hast die umwerfende Lee Gene Baker kennengelernt …«

Parker lächelt ein wenig.

»Hast du es dir danach noch einmal gewünscht? Zu sterben?«

»Ja.«

»Wann?«

»Als du gegangen bist. Das hat sich angefühlt wie sterben …«

Ich will sagen, dass er mich zuerst weggeschickt hat, aber es ist nicht der richtige Zeitpunkt dafür.

»Und befreien möchte ich mich eigentlich jeden Tag.«

»Wovon? Von deinem Leben als Tennis spielender, Golfcart fahrender Kardiochirurg?«

»Ja«, sagt er schlicht.

»Schon mal was davon gehört, dass man kündigen kann? Oder du gehst einfach nicht mehr hin. So wie ich. Wenn ich zurückkomme nach O'ahu, hat sich das mit meiner Stelle als Tourguide mit Sicherheit erledigt.«

»Wenn du zurückkommst …«, wiederholt er meine Worte langsam.

»Vielleicht mache ich eine Surfschule auf, und du …« Um ein Haar hätte ich gesagt: Und du wirst mein Partner.

Reiß dich mal zusammen, Lee.

Parker schaut mich interessiert an.

»Und du nimmst dann Stunden bei mir«, sage ich hastig, was ich auch nicht sagen wollte.

»Blöd nur, dass du ja nicht mehr surfst«, kontert Parker. Und da hat er wohl recht. Ich beiße mir auf die Lippe, aber leider bringt das die Worte auch nicht mehr dahin zurück, wo sie hergekommen sind.

Hastig suche ich nach einem Ablenkungsmanöver und deute schließlich auf den Bildschirm. Phoebe ist jetzt meine letzte Rettung.

»Mochtest du die Folge immer so gern, weil du Phoebes Stimme sexy findest, das Rauchige?«

»Nein, ich glaube nicht. Weiß nicht mehr …«

»Ich hab eine piepsige Stimme.«

Er verzieht den Mund, sodass das Grinsen erst auf den zweiten Blick erkennbar ist. »Ich fand dich auch nie sexy.«

»Parker, du Arsch!«

Ich werfe ein Kissen nach ihm. Er wirft zurück, und ich will es mit der linken Hand greifen. Warum passiert das immer wieder? Kurz zucke ich. Parker sieht es. Er sieht einfach alles. Aber er hört nicht auf, sondern feuert das nächste Kissen auf mich.

»Was? Gibst du schon auf, oder was?«

Wir bewerfen uns eine Weile spielerisch. Parker zieht an der Decke, auf der ich sitze, sodass ich von der Couch rutsche. Und ich halte mich mit Mühe davon ab, seine Füße zu kitzeln, wie früher, wenn er auf dem Brett lag und ich hinter ihm hergepaddelt bin, um ihn zu ärgern.

Vergiss nicht, was er zu dir gesagt hat, Lee. *Verschwinde aus meinem Leben.*

»Warum fandest du mich nie sexy?«, frage ich, während ich ein pralles längliches Kissen in Parkers Richtung werfe und ihn mitten im Gesicht treffe. Er fängt es und versteckt sich dahinter.

»Willst du das wirklich wissen?«

»Ja!«

»Wenn du mir versprichst, mich nicht falsch zu verstehen.«

»Ich hab dich noch nie falsch verstanden«, murmele ich.

»Du warst kantig und eckig, du hattest kaum Brüste, und ich war ein Durchschnittsteenager, der auf Kurven stand. Auf Ärsche und Titten.«

Ich pruste. »Wie soll ich das falsch verstehen? Das ist ja ziemlich deutlich. Ich stehe auch auf Ärsche und Titten. Also ist das total okay, dass ich nicht deinem Beuteschema entsprochen habe. Hast du deswegen gesagt, ich soll verschwinden?«

Parker lässt das Kissen sinken und sieht mich ernst an. »Ich hab gesagt, ich fand dich nicht sexy. Aber, Lee, für mich warst du immer die schönste Frau der Welt.«

Warum ist nie ein Kissen in greifbarer Nähe, wenn man eines braucht, um sich dahinter zu verstecken?

»Ist klar«, sage ich.

Er krabbelt näher. »Wirst du gerade rot?«, fragt er.

»Ich werde nie rot. Du bist die Bloody Mary unter uns.«

Parker lässt seine Hand sinken, und ich sehe die Innenseite seines Handgelenks. Es trifft mich wie ein Schlag. Das Tattoo, das Mädchen auf dem Surfbrett. Es ist immer noch da. Und sie hat ein Detail an sich, das mir jetzt, hier, so viele Jahre später, zum ersten Mal auffällt.

»Man sieht ihre Arme nicht«, platze ich heraus.

Parker versteht sofort. »Nein, man sieht sie nicht.«

»Am schlimmsten ist, dass das Tattoo weg ist«, höre ich mich sagen und beiße mir sofort auf die Lippen. Das ist so ziemlich der letzte Satz, den ich vor Parker laut aussprechen wollte. Warum nicht gleich: *Ich liebe dich immer noch. Und hab nie verwunden, dass du mich nicht mehr wolltest.*

Er lächelt. »Es war also doch ein P für Parker.«

»Es war immer ein P für Parker.«

»Wusstest du eigentlich, dass ich mir etwas ganz anderes tätowieren lassen wollte?«

»Einen Angelhaken auf dem Arsch?«

»Eine Schildkröte«, sagt er.

Und ich verschlucke mich. Ausgerechnet eine Schildkröte. Ich denke an meinen Vater. An diesen Tag, an dem ich mir den rechten Arm habe tätowieren lassen, von dem Mann mit dem massigen Kiefer, der aussah, als könnte er damit Knochen zermalmen. Wie viel kleiner er in Wirklichkeit war, als ich mir Keanu Lee vorgestellt hatte. Ich erinnere mich nur zu gut an die raue Intelligenz in seinen Augen, die den Rest seiner Erscheinung Lügen strafte.

»Ich wollte mir auch eine Schildkröte tätowieren lassen. Sie sind Teil der Maori-Zeichen. Du erinnerst dich vielleicht, dass mein Erzeuger polynesischer Abstammung ist, und er ist traditioneller Tätowierer auf Hawaii. Ich hab mich als Josie vorgestellt … bei meinem ersten Besuch dort.«

»Er hat dich nicht erkannt?«

Ich schüttele den Kopf. »Nein. Ich dachte, er könnte es mir ansehen oder so. Ich habe seinen Teint, die Stellung der Augen, aber das war's dann auch. Ich hab es ziemlich lange rausgeschoben, unser erstes Treffen. Dabei war er ja auch ein Grund für meinen Weggang nach Hawaii.«

Parker hält meinem Blick stand, der eindeutig sagt: So wie du.

»Erst sieben Jahre nachdem ich nach O'ahu gezogen bin, hab ich ihn aufgesucht. Als ich dann vor ihm stand, schien es mir völlig abwegig, dass er wirklich mein Vater war. Ich hab mir eine abstruse Geschichte ausgedacht und gesagt, dass ich einen polynesischen Sleeve haben möchte, der sich über meinen Oberarm zieht.«

»Das tut doch höllisch weh, oder? Das macht man mit einem Hammer, nicht wahr?«

»Vielleicht wollte ich ein bisschen äußeren Schmerz gegen inneren Schmerz eintauschen. Er hat mir die Wellen gestochen.« Ich hebe meinen Arm. »Das Auf und Ab des Lebens. Haifischzähne, für Stärke und Durchsetzungskraft. Korus, Spiralen, die für Neubeginn standen. Aber keine Schildkröte, wie er sie selbst auf seinem Bizeps trug.«

»Warum nicht?«

Ich schaue an Parker vorbei, sammele mich. »Er hat gesagt, ich soll in ein paar Jahren wiederkommen, dann würde er sie mir vielleicht stechen.«

»Wofür steht die Schildkröte in der Maori-Kultur?«, will Parker wissen.

»Frieden, Fruchtbarkeit und ein langes Leben. Für all das, was der Ozean gibt«, sage ich und ergänze nach einer kurzen Pause, »und nimmt.«

»Ich bin sehr glücklich, dass es keine Schildkröte geworden ist.«

»Tja, Johnson, sieht so aus, als würden wir beide nicht alt werden. So ganz ohne Schildkröte auf dem Arm.«

Parkers Finger sind nur noch wenige Zentimeter von meiner Hand entfernt.

»Darf ich?«

Ich nicke. Und dann berührt er die Stelle. Sehr, sehr langsam. Es kitzelt. Er spurt die Linien und Kreise nach. Arbeitet sich langsam nach oben, jede Linie, die mein Vater mir in die Haut geritzt hat, als könnte er die längst verheilte Wunde darunter spüren. Mein Herzschlag beschleunigt sich.

Oben an meiner Schulter angekommen, hält er inne. Ich bewege mich nicht, keinen Millimeter. Der Wind trommelt gegen die verrammelten Fenster, spielt den Soundtrack für das, was ich fühle, erstarrt unter dem Prickeln meiner Haut.

Der Tattooärmel endet exakt dort, wo auf der anderen Seite der Stumpf beginnt. Aber Parker hört nicht auf. Er malt mir mit seinen Fingern etwas auf die Schulter. Ich erkenne es zunächst nicht. Erst als er das Ganze wiederholt, bemerke ich, dass es eine winzige Schildkröte ist.

»Du brauchst keine Schildkröte, die auf dich aufpasst«, sagt er und schluckt.

»Ich weiß, das kann ich ganz gut selbst.«

Parker nickt. Sein Kopf ist so nah. Und er riecht wie früher. Warum riecht er immer noch wie früher? Wie geht das? Ich schließe kurz die Augen. Für eine Millisekunde gebe ich mich einer völlig verrückten Fantasie hin. Parker könnte mich jetzt küssen. Und ich ihn. Ich spüre seinen Atem auf meinen Lippen. Und ich weiß, ich werde mich jetzt nicht wehren. Ich werde zulassen, dass sich die Vergangenheit und die Gegenwart mischt. Nur ein einziges Mal. Ein einziges egoistisches Mal.

Parker sagt etwas, aber seine Worte gehen in einem gigantischen Knall unter. Ich reiße die Augen auf und schieße hoch, pralle mit der Stirn gegen Parkers Kopf. Es tut höllisch weh.

»Autsch«, sagt er.

»Aua«, sage ich gleichzeitig. »Was war das?«

»Ich hab keine Ahnung, lass uns nachsehen.«

• • •

Parker ist draußen. Ich stehe vor dem Fenster und schaue hoch in den tiefschwarzen Himmel, der so gewaltig von Blitzen durchzuckt wird, die den gesamten Horizont und das Innere des Hauses erhellen, dass ich jedes Mal zusammenfahre.

Der Wind jault und peitscht Regen und Gischt an Parkers Fensterfront. Vermutlich ist das gesamte Haus längst unterspült. Ich denke an Avery, die nur wenige Häuser weiter vermutlich den gleichen Naturgewalten ausgesetzt ist. Denke an Odina, die ich anrufen könnte, weil ich ihre Handynummer habe. Und an Isa, die vom Seasons aus zusehen kann, wie sich die Balken des Piers im Sturm biegen.

Ich schiebe die Glastür auf, um nach Parker zu rufen, aber der Wind, der sich sofort dagegendrückt, ist so stark, dass ich zurückweichen muss. Eine Böe lässt die Verglasung klirren, der Rahmen bebt.

»Parker? Ist alles in Ordnung?«, brülle ich gegen den Sturm.

Ich kann keine Antwort hören. Seine Taschenlampe blinkt unter mir, bis ein Blitz wieder die Nacht zum Tag macht. Ich sehe in der Sekunde die rote Fahne mit der »No swimming«-Aufschrift am Strand in Fetzen am Mast schlagen.

»Parker?«, brülle ich noch einmal, schalte die Taschenlampe an meinem Handy an und leuchte zum Fenster hinaus.

Wortfetzen kommen bei mir an, die ich durch den Wind nicht verstehe. Ich muss das Fenster wieder schließen, um hier drinnen nicht alles zu überschwemmen.

Die Haustür öffnet sich und schlägt sofort krachend wieder ins Schloss. Parkers Schritte schmatzen in den durchnässten Stiefeln.

»Verdammt, die Treppe ist schon bis zur Hälfte geflutet. Der Knall kam von einer der Palmen, die ist einfach umgeknickt wie ein Strohhalm«, sagt Parker. »Das wird eine harte Nacht. Bleibt zu hoffen, dass das Dach hält und das Wasser nicht weiter so schnell ansteigt.«

Ich strecke die Hand nach ihm aus. »Du bist komplett durchweicht.«

Er zuckt mit den Achseln.

»Ich mach dir was Warmes zu trinken.«

»Das ist nicht nötig«

Parker schüttelt sich.

»Zieh du dich aus, ich kümmere mich um den Rest.«

Er schaut mich fragend an.

»Oh … ich meinte …«

»Ich hab es schon verstanden, Lee.«

Warum kann ich nicht genug davon bekommen, dass er meinen Namen sagt? So warm und weich. Warum setzt das in meinem Hirn sofort irgendeinen Botenstoff frei, der »zu Hause« schreit.

Ich öffne sämtliche Schubladen in der Küche, bis ich einen alten Schokoladennikolaus finde. Er ist vom letzten Jahr, aber für einen Kakao sollte es reichen. Ich bröckele ihn klein, übergieße die Schokolade mit warmer Milch und unterdrücke dabei den Gedanken an meine Mom, die mir das immer gemacht hat, wenn ich krank war.

Parker sitzt auf dem Sofa und nimmt mir die Tasse dankend ab.

»Eigentlich dürfte ich gar nicht hier sein«, sagt er.

»Ha, das Haus gehört dir also doch nicht«, erwidere ich und lasse mich neben ihn fallen.

»Ich müsste in meiner Dienstwohnung in Charleston sein, Bereitschaft.«

»Warum bist du dann hier?«, frage ich, ziehe die Beine hoch auf die Couch, nehme Parker die Tasse aus der Hand und trinke einen Schluck daraus. Nur um mir dann bewusst zu werden, wie vertraut und unangemessen das ist.

»Weil *du* hier bist.«

»Ich brauche kein Kindermädchen«, sage ich trotzig.

»Aber vielleicht brauche ich eins«, sagt er leise.

»Hast du Angst vor dem Sturm?«

»Nein, nicht vor dem Sturm. Aber seit ich weiß, dass du da bist, habe ich ständig Angst, du könntest wieder verschwinden.«

Ich werde auch wieder gehen, spätestens dann, wenn du mich wieder fortschickst.

»Ich bin nicht gerne Arzt, Lee. Jede tote Patientin erinnert mich an Mae-Ann.«

Das Geständnis überrascht mich. Dass er es so unumwunden zugibt.

»Immer noch?«

»Ja, das war nie anders.«

»Warum hast du es denn gemacht? Medizin studiert? Warum hast du nie gegen deinen Vater aufbegehrt?«

»Das wollte ich. Aber dann ist er gestorben.«

»Was?« Ich schaue überrascht hoch.

»Er hatte einen Herzinfarkt, kurz nachdem ich ihm gesagt habe, dass er das mit dem Studium vergessen kann.«

»Das tut mir leid.«

»Ja, mir auch. Der Zeitpunkt war … miserabel. Danach habe ich mich verpflichtet gefühlt, es doch durchzuziehen. Meine Mutter wollte, dass ich Rods & Reels weiterführe. Aber ich wollte, wenn ich schon etwas machen musste, was nicht meinem Lebenstraum entsprach, wenigstens nicht weiter zum Fischsterben beitragen mit einem Laden für Anglerbedarf. Also hab ich es mit Medizin versucht und gedacht, es könnte mich glücklich machen, Leben zu retten.«

»Hat es dann aber nicht?«

»Das Wissenschaftliche daran lag mir immer. Auch die handwerkliche Seite als Chirurg. Das war mein Ding. Aber nicht die menschliche. Ich bin zu weich, jeder verlorene Patient verfolgt mich.«

Wären wir noch Parker und Lee von 2005, dann könnte ich jetzt sagen: Dann kündige und komm mit mir nach O‘ahu. Aber wir sind nicht mehr Parker und Lee von früher. Wir sitzen hier nur zusammen einen Sturm aus. Und wie das da draußen so aussieht, werde ich mit ihm hier auch noch sitzen, bis die letzte Folge der HBO-Scheiße über Josie ausgestrahlt ist. Wann genau startet das Streaming?

»Wo ist mein Handy?«

Parker deutet auf das Fensterbrett. Ich stehe auf, aber das Display ist schwarz.

»Hast du ein Ladekabel?«

Parker zeigt auf eine Steckdose neben der Tür zur Veranda. »Schau mal, ob es geht. Der Kontakt war in letzter Zeit wackelig.«

Ich stecke das Handy ein, das Kabel scheint zu funktionieren.

Dann starre ich hinaus auf das tobende Meer, die sporadisch von Blitzen durchzuckten Wolkenberge.

»Klingt, als würde die Welt untergehen.«

»Seltsam, dass du das sagst«, höre ich Parker hinter mir. »An dem Morgen, an dem ich deine Sachen hier im Haus gesehen habe, dachte ich, der Himmel würde endlich aufreißen.«

»Warum sagst du so was?«, erwidere ich gereizt, ohne mich umzudrehen.

»Weil es wahr ist. Es ist schön, dass du hier bist.«

»Ich bin nicht deinetwegen hier. Sondern Josies wegen.«

Parker sagt nichts.

»Sie ist tot, Lee.«

Die gleichen Worte, die er am Telefon zu Andrea gesagt hat.

»Vielleicht … vielleicht auch nicht.«

»Man hat sie identifiziert, verdammt, ihre Mutter war dort. Ich glaube, ihr müsst damit abschließen. Alle.«

Auf einmal scheint mir, als wären wir nicht mehr nur zu zweit. Als wäre der Raum gefüllt mit all den Figuren unserer Vergangenheit. Mit Isabella, Josie, Odina, Avery, Jake, Dakota, Qualle, meiner Mutter, Mama Bianchi, Andrea … sie alle sind mit uns hier in diesem Sturm, der in Wahrheit schon zehn Jahre andauert.

Am liebsten würde ich die Tür aufreißen, um Luft zu holen. Aber jetzt nach draußen zu gehen wäre reiner Selbstmord. Und plötzlich klingelt mein Handy. Ich lasse es am Ladekabel hängen und gehe ran. Anonyme Nummer.

»Hallo?«

Eine Frauenstimme sagt etwas, aber ich verstehe es nicht. Der Wind jault zu laut. Parker hinter mir schreit unvermittelt auf.

»Handy weg!«, brüllt Parker, als hätte er den Verstand verloren.

Ich verstehe nicht, was er meint, presse den Hörer fester an mein Ohr.

»Bist du das, Lee?«

Ich kenne diese Stimme. Oder? Kann das sein? Ist das …

»Josie?«

Keine Antwort.

Blitze zucken wie Peitschenhiebe über den Himmel. Und auf einmal zerreißt ein ohrenbetäubendes Dröhnen die Luft. Meine Hand bitzelt und kribbelt. Ich schüttele sie irritiert, das Handy fällt zu Boden. Das Haus versinkt abrupt in völliger Dunkelheit.

»Fuck, Lee, bist du okay?«

Parker hält die Arme seltsam, als müsste er mich auffangen. Lächerliche Vorstellung … see hhh r läch e r l …

Da ist mein Gesicht auf dem *Harbour Chronicle*. Nein, nicht darauf, eher dahinter, ich schaue durch die Zeitung durch, und auf der anderen Seite ist Qualle. Der grinst und sagt: »Haven Chronicle! Respekt. Ich dachte immer, du schaffst es nur aufs Titelbild der *Surf*.« Dann ziehe ich meinen Kopf zurück, will raus aus der Zeitung, stecke aber im Wellenbrecher fest und höre Odinas Stimme, die vorliest: »Bei einem tragischen Unfall kam Lee Gene Baker ums Leben, ein Blitzeinschlag in die philippinische Oberleitung hat dazu geführt, dass sie … okay … okay?«

»Bist du okay? Sag doch was, Lee!« Das ist nicht Odinas Stimme. Es klingt wie Parker. Aber was will der auf O'ahu, hat Qualle ihn reingelassen? Mein Blick verschwimmt, wird dann klar.

»Du bist Arzt«, sage ich.

Er lacht. Es klingt erleichtert. »Hätte nicht gedacht, dass ich das mal so gerne höre.«

»Gern geschehen.« Ich liege auf dem Sofa, und der Fernseher ist schwarz, auch wenn ich das Gefühl habe, als hätten sich Chandler und Monicas Gesichter eingebrannt. Seltsam.

»Was ist passiert?«

»Blitzschlag.«

»Ist das … eine Art Metapher?«

Parker lacht noch einmal. Mein Gott, ist er schön, wenn er lacht.

»Du bist an dein Handy gegangen, Lee, während es am Strom hing und der Blitz in unser Haus eingeschlagen hat. Das Ladekabel hatte einen kleinen Riss. Es tut mir so leid.«

Er sagt »unser Haus«. Aber vielleicht hab ich mich verhört.

»Ich hab einen Blitzschlag überlebt?«

»So in der Art.«

»Können wir zu Red und Lotto spielen?«

Er lacht wieder, und ich sehe auch ein paar kleine Tränen in seinen Augen. Denke sofort an unsere erste Begegnung. Hier in diesem Haus.

»In Thailand baut man den guten Geistern wirklich Häuser. Wusstest du das? Hab ich bei HBO gesehen, als Dakota noch HBO hatte …«

»Du fantasierst, Lee.«

»Nein, ich musste an Mae-Ann denken.«

»Mae-Ann ist tot und kein Geist.«

»Vielleicht bin ich dein Geist. Dein Hausgeist.«

Parker brummt etwas.

»Soll ich dich zum Lachen bringen?«

»Lee, ich würde dich gern untersuchen. Mir deine Hand genauer ansehen und deinen Herzschlag abhören.«

»Du bist ja auch Arzt«, stelle ich fest und überlege, ob ich das schon einmal gesagt habe.

»Hat Mackenzie eigentlich was dagegen, dass ich hier bin?«, frage ich Parker, weil ich das Gefühl habe, dieses Thema unbedingt zeitnah klären zu müssen. Ich kann hier nicht wohnen und mit Parker Doktorspielchen spielen, wenn seine Freundin etwas dagegen hat.

»Wer?«, fragt Parker verwirrt.

»Mackenzie?«

Er runzelt die Stirn.

»Kaitlin?«

»Du meinst Mahtab.«

»Oh …« Eine Mahtab hatte ich nicht auf dem Schirm. »Mahtab klingt gefährlich interessant.«

»Mahtab *ist* interessant«, stellt er fest, und die Feststellung schmerzt so, als hätte er mir einen seiner ollen Kühlschrankmagnete mitten ins Herz gesteckt.

Er lächelt schief. »Aber Mahtab ist nicht hier.«

»Oh …«, sage ich und möchte mich ohrfeigen, dass ich ein »gefährlich« vor »interessant« gesetzt habe.

»Und sie kommt auch nicht wieder.«

Ich verkneife mir ein drittes »Oh«, weil es langsam albern wird. Passt auch gar nicht zu mir. Was ist eigentlich mit dem Hund?

»Ist es ein Golden Retriever, Parker? Oder ein dicker Labrador, der Kugeln vom Weihnachtsbaum frisst?«

»Wovon sprichst du?«

»Von Mahtabs Hund«, schluchze ich.

»Weinst du?«

»Natürlich nicht.«

»Wegen eines nicht vorhandenen Hundes?«

Ich schüttele den Kopf. »Wegen Mahtab.«

»Das ist seltsam«, sagt Parker langsam. »Mahtab hat nicht geweint, als ich mit ihr Schluss gemacht habe.«

»Schluss?«, heule ich.

Er nickt bedächtig, und dann legt er mir seine Hand auf die Brust. Also nicht wirklich auf die Brust, eher aufs Herz. Es ist mehr eine Arztgeste als eine romantische.

»Sie meinte, sie hätte immer gewusst, dass es da jemanden gibt, den ich nicht vergessen kann.«

»Mackenzie?«, sage ich.

»Wer soll das sein, Lee?« Parker sieht so aus, als kapierte er wirklich gar nichts.

»Sag mal, hast du gerade tausend Volt abgekriegt oder ich?«

»Tausend Volt, dass du immer so übertreiben musst.«

»Also, was ist mit Mackenzie?«

»Keine Mackenzie, nur eine Lee.«

»Noch eine?«

»Es gibt nur eine. Gab immer nur eine.«

Ich nicke und bin plötzlich schrecklich müde. »Ich glaube, ich mache die Augen zu. Das Zimmer dreht sich. Hast du mir heimlich was in den Kakao gegeben?«

Parker sagt etwas davon, dass ich den Kakao gemacht hätte. Was natürlich völliger Quatsch ist, weil den Kakao ja immer Mom macht.

21

Als ich aufwache, ist es immer noch dunkel, und der Sturm wütet unvermindert. Ich habe von Josie geträumt, die mich angerufen hat. Von Parker, der mit einer Angelrute Blitze jagen wollte, und von Dakota, die mich zwingen wollte, vor Parker topless zu surfen. Ich schüttele mich irritiert. Und fühle mich plötzlich wieder klar im Kopf.

»Hey«, sagt Parker.

»Hey«, erwidere ich.

»Wie geht's dir?«

»Ich weiß nicht, sag du es mir. Hab ich einen Kater?«

Ich richte mich auf. »Wegen des Handykabels, oder? Wow, ich bin so etwas wie eine Katze mit zwanzig Leben.«

»Selbst Katzen haben nur sieben.«

»Wie viele hab ich denn?«

»Das hier, nur das eine hier.«

»Auf keinen Fall. Ich hab mehrere. Und im nächsten mache ich alles besser.«

Parker lächelt.

»Ich hab Hunger.«

»Es ist ein Uhr nachts.«

»Heißt das, dass ich um diese Uhrzeit keinen Hunger haben darf?«

»Nein, aber kochen kann ich dir leider nichts, der Strom ist weg.«

»Bianchis Pizza? Liefern die noch?«, scherze ich.

Ich schaue an Parker vorbei, auf den Tisch, auf dem er ein paar dicke Kerzenstumpen angezündet hat. Und kann dann den Blick nicht mehr abwenden. Ausgerechnet. *Parker, mach die Kerzen aus, du fackelst die Bude ab.*

Ich blinzele. Parker hat es gesehen und starrt auch auf die Kerzen. In meinen Fingern prickelt etwas, das nichts, wirklich gar nichts mit einem Stromschlag zu tun hat.

»Parker«, flüstere ich. Aber er steht auf und geht zum Kühlschrank. Er holt alle möglichen Sachen heraus.

»Kühlschranktapas«, sagt er, als er mir einen Teller mit Käse-Trauben-Sticks, Weißbrot, Frischkäsecrackern, Gurkenscheiben und Radieschen serviert. Daneben stellte er zwei Flaschen der schlechten Biersorte, die er trinkt.

»Ab morgen kaufe ich wieder Trader Joe's.« Er sieht mich an. »Ohne dich hat es einfach nicht mehr geschmeckt.«

»Da fehlt was«, erkläre ich, um die unangenehme Stille, die dieser Aussage folgt, zu überspielen. Ich hole seine gesamte Sammlung an Soßen aus dem Kühlschrank. Als ich die Flügeltür wieder schließe, rufe ich Parker zu: »Diese Magnete an deinem Kühlschrank. Kaufst du die auf dem Flohmarkt?«

»Lee, das sind Orte, an denen ich war«, erklärt er ruhig.

Ich blicke auf die Magnete. »Du warst in …« Ich will einen russisch anmutenden Namen aussprechen, als ich ein winzig kleines Surfboard entdecke, auf dem »Lanikai Beach« steht.

»Du warst auf Hawaii?«

»Ja«, sagt er knapp.

»Und warum …« *… hast du mich da nicht besucht?* Aber die Frage kann ich mir echt schenken. Er wollte mich schließlich nicht mehr.

»Es ist das Surfermekka«, stellt Parker fest.

Das stimmt. Keine große Sache. In etwa so ungewöhnlich wie ein Skifahrer, der nach Aspen fährt. Und dennoch. Auf einmal sehne ich mich sehr danach, allein zu sein.

»Ich glaube, ich hab doch keinen Hunger mehr … ich gehe jetzt ins Bett.«

Auf halbem Weg die Treppe hoch drehe ich mich noch einmal um.

»Sag mal, Parker, willst du eigentlich gar nicht wissen, was mit meinem Arm passiert ist?«

»Willst du es denn erzählen?«, fragt er, während er sich einen Cracker in den Mund stopft.

»Klar, ist eine super Story. Weißt du, ich rede gelegentlich mit dem Arm. Ich frag ihn, wie es so ist, im Bauch eines Hais zu landen. Manchmal spreche ich auch mit dem Hai, ich hab ihn Bruce getauft und …«

Ein Blitz zuckt, und ich sehe Parkers Gesicht ein paar Sekunden lang hell erleuchtet. Es ist vor Wut regelrecht entstellt. Das stimmt nicht wirklich, weil nichts sein schönes Gesicht entstellen könnte, aber er wirkt wie eine düstere Variante von sich. Mit seinen markant hervortretenden Wangenknochen, die eigentlich sonst in der jugendlichen Weiche seines Gesichts verschwinden. Es ist letztlich die klirrende Kälte in seinen Augen, die mich innehalten lässt.

»Was?« Gut, dass es ein so kurzes Wort ist, denn schon jetzt zittere ich dabei.

Er sagt kühl: »Wirst du mir jetzt die Wahrheit verraten?«

Ich presse die Lippen aufeinander. Verdammt. Ich bin es nicht gewohnt, dass andere Menschen mich so schnell durchschauen, dass sie hinter diese drei, vier Lagen Füllmaterial und Schutzschicht blicken können und mein nacktes Ich sehen. Ich bin lieber eine Marvel-Superheldin als the girl next door. Und fühle mich, als hätte Parker mit einem einzigen Blick meine Maske heruntergerissen. Jetzt bin ich auf einmal nur Lee Gene Baker, nicht mehr Shark Girl. Ich schäme mich plötzlich. An Parker prallen meine Sprüche ab. Parker ist eben Parker.

Ich will nicht, dass er mich so anschaut. Als ich die Treppe hochgehe, höre ich seine Worte, und jedes einzelne schneidet mir ins Herz. Weil sie so wahr sind.

»Weißt du, Lee, du kannst andere damit beeindrucken, oder du kannst einen auf cool machen, auf lässig, auf unbeeindruckt. Such es dir aus. Aber nicht mit mir. Mir brauchst du nicht zu erzählen, dass dein Arm jetzt Fischfutter ist. Mir brauchst du keine Märchen auftischen. Ich dachte, das weißt du.«

• • •

Ich liege schlaflos in Mae-Anns Bett und lausche dem Sturm. Dem Tosen des Regens, dem Donnern der Böen und dem Klappern von umstürzenden Gegenständen. Bis ich hochschrecke, weil das laute Krachen selbst für diese heftige Wetterturbulenz zu nah ist. Glas birst. Und dann brüllt Parker: »Lee! Lee!«

»Was ist los?«, rufe ich zurück und springe aus dem Bett, bin in wenigen Sekunden am Treppenabsatz.

»Pass auf, hier ist alles voller Scherben.«

Parkers Taschenlampe leuchtet erst mich an, schweift dann durch den Raum, sodass das ganze Ausmaß der Zerstörung zutage tritt. Die Fensterfront seitlich zu den Nachbarhäusern hinaus ist teilweise geborsten. Riesige Löcher mit gezackten Rändern klaffen im Glas.

»War das der Sturm?«, frage ich verwirrt.

»Wenn das Meer neuerdings mit Steinen um sich wirft, dann schon«, sagt Parker und richtet den Schein der Lampe auf den Boden. Dort liegen, umgeben von nassen Glassplittern, drei faustgroße Steine, die mit Seiten eines Zeitschriftenmagazins umwickelt sind.

»Fuck«, keuche ich. »Was bedeutet das?«

»Das ist eine ernst zu nehmende Drohung. Gegen uns, fürchte ich.«

Uns. Da war es wieder. Gegen uns. Unser Haus.

Ich gehe auf blanken Zehenspitzen vorsichtig nach unten und hebe einen der Steine hoch. Erschrocken lasse ich ihn wieder fallen, weil mir Josies Gesicht verzerrt und in Fetzen gerissen entgegenblickt.

»Wohl eher gegen mich«, murmele ich und denke an den Verfolger im schwarzen SUV. Ob ich Parker davon erzählen soll? Auf den anderen beiden Steinen ist auch überall Josies Gesicht. »Gott, Parker, das ist …«

»Ich weiß.« Er tritt näher, und ich lasse zu, dass er seinen Arm um mich legt. Ich schaue zu ihm hoch.

»Ich versteh das nicht. Das ergibt doch keinen Sinn … Josie ist tot.«

Parker leckt sich kurz über die Lippen. »Oder du hast recht und sie … ist es nicht. Es gab neulich schon so einen Zwischenfall, aber ich hab mir nichts dabei gedacht …«

»Was für ein Zwischenfall?«

»Jemand hat das Heck meines Wagens zerkratzt.«

»Oh … ich … hab …«

Er sieht mich fragend an.

»Mir ist jemand gefolgt, vor ein paar Tagen, bei Red's. Vom Parkplatz aus, einige Straßen weit, und ich hab vor Wut das Auto mit Steinchen beworfen. Keine Ahnung, ob das was hiermit zu tun hat.«

»Warum hast du mir das nicht erzählt?«, braust Parker auf.

Ich zucke zusammen. »Warum sollte ich?«

»Weil es vielleicht nicht unerheblich ist, dass du verfolgt wirst.«

»Ach? Interessiert dich das neuerdings?«

»Es hat mich nie *nicht* interessiert, Lee!«

»Stell dir vor, es gab die ein oder andere bedrohliche Situation in den letzten ...«, ich koste den Moment etwas aus, »zehn Jahren, ohne dass es deiner Hilfe bedurft hat.«

Der Wind heult, und eine Böe fegt ins Zimmer, zusammen mit einem Regenschwall, der durch das klaffende Loch im Glas ins Zimmer prasselt, sodass wir beide instinktiv zurückspringen.

»Fuck!«, zischt Parker und tritt in eine Scherbe. Mein Mitleid hält sich gerade in Grenzen.

»Ja! Fuck!«, schreie ich. »Spiel dich nicht so auf!«

»Du spielst dich doch auf. Kommst hierher, wirbelst alles durcheinander und ...«

Parker hält inne. Aber der Schaden ist schon angerichtet.

»Ich hab gesagt, ich hau ab. Wenn du willst, auf der Stelle.«

Parker streckt seinen Arm nach mir aus.

»Ich mache mir doch nur Sorgen um dich. Nicht erst, seit jemand mit Steinen nach uns wirft.«

»Mmpf«, knurre ich. »Hast du dir wehgetan?« Ich deute auf seinen Fuß.

»Nein, nicht schlimm. Lass uns das Fenster abdichten, sonst sitzen wir bald komplett im Nassen.«

Ich nicke.

»Hilfst du mir?«

Ich nicke noch einmal.

Ich kehre die Scherben zusammen, so gut es geht, während Parker unter Einsatz seines Lebens ein paar Bretter und dicke Folie aus seiner überfluteten Garage zerrt und sie mir im Anschluss bis auf die Knochen durchnässt stolz präsentiert. Parker spannt die Folie über das zersplitterte Fenster, die ich mit Klebestreifen befestige. Gemeinsam nageln wir das Fenster mit den Bohlen dicht.

Er geht so selbstverständlich damit um, dass ich manche Arbeiten nicht erledigen kann, weil ich nur einen Arm und eine Hand zur Verfügung habe, dass ich es selbst fast vergesse. Und darüber auch unser kurzer Streit verpufft.

»Zumindest kann da keiner mehr einen Stein reinwerfen«, sage ich mit einer ordentlichen Portion Galgenhumor, als wir fertig sind.

»Ich würde dich gern hier wegbringen, es ist nicht sicher hier. Aber …« Er zögert kurz. »Das Boot ist weg.«

»Welches Boot?«

»Als ich die Bretter geholt habe, habe ich es bemerkt. Genau genommen ist es eine kleine … Jacht.«

Er sagt das letzte Wort, als wäre es etwas, wofür er sich bei mir entschuldigen müsste. Bettwanzen, vergifteter Kakao, Seeschlangen, denen er mich zum Fraß vorwerfen will.

Parker lächelt verlegen. »Du weißt schon – ich bin Arzt geworden, und ich habe ein Boot.«

»Ich möchte das nicht weiter kommentieren«, sage ich.

Parker lächelt schief.

»Kann das Boot sich durch den Sturm gelöst haben?«

Er schüttelt den Kopf. »Deshalb habe ich es ja hierhergeholt und nicht am Hafen gelassen, wo es eigentlich vertäut ist. So wie ich es befestigt habe, ist es unmöglich, dass es sich allein durch den Wind gelöst hat. Außerdem sind da Schnitte an den Seilen.«

»Du hast nachgesehen?«

»Ja, als ich vorhin die Bretter aus der Garage geholt habe.« Parker schaut nachdenklich nach draußen. »Das Boot ist weg, das Haus steht zwei Fuß hoch unter Wasser, und vor morgen Mittag wird vermutlich niemand kommen, um uns zu evakuieren oder das da zu reparieren. Ich schätze, es gibt auf Harbour Bridge schlimmere Schäden als ein eingeworfenes Fenster. Fürs Erste müssen wir uns selbst helfen. Aber du musst dir keine Sorgen machen, ich passe auf dich auf.«

Jetzt muss ich tatsächlich laut lachen. »Parker, ich bin erwachsen!« Ich verkneife mir, erneut zu betonen, dass es ihn die letzten zehn Jahre auch nicht interessiert hat, wer auf mich aufgepasst hat.

»Ich hab kein gutes Gefühl, wenn du da oben allein schläfst. Vielleicht wäre es besser, wenn wir zusammenbleiben, falls wieder was passiert.«

»Wie meinst du das? Zusammenbleiben?«

»In einem Raum. Mae-Anns Zimmer liegt über dem eingeworfenen Fenster, mein Schlafzimmer zeigt zum Meer. Mit dem überfluteten Strand ist es unmöglich, da ein Fenster einzuwerfen. Außerdem könnten wir im Notfall von meinem Zimmer über die Terrasse absteigen.«

»Ich soll mit dir in einem Zimmer schlafen? In *deinem* Zimmer?« Mein Herz setzt kurz aus. Vor dummer Freude. Dabei geht es hier nur um meinen Schutz. Um nichts anderes.

»Ich schlafe auch auf dem Boden«, beeilt Parker sich zu sagen.

»Ich wusste immer, dass du der Typ Millionär-Jachtkapitän-Arzt bist, der sich zur Not auch mit den einfachen Dingen zufriedengibt.« Ich überspiele meine Verlegenheit ein wenig mit dem Seitenhieb. »Eine Jacht, Parker, du alter Snob.«

22

Elf Jahre zuvor

Nachdem ich wusste, dass Sex nicht der neue Mittelpunkt meines Lebens werden würde, konnte ich mit Parker wieder etwas befreiter umgehen. Zumindest bildete ich mir ein, dass mir das gelang. Ich gab mir viel Mühe, völlig unbefangen zu sein. Und ich gab mir noch mehr Mühe, darauf zu achten, dass Parker mich als unbefangen wahrnahm.

Wenn gerade keine Wettbewerbe stattfanden, wir nicht an Regentagen in Parkers Zimmer *Friends*-Folgen suchteten, dann trafen wir uns zum Trainieren. Oft mit Andy, manchmal begleitet von Odina und ihrem Bruder Andrea. Woran ich nicht unschuldig war. Irgendwie fühlte sich alles sicherer an, wenn wir nicht nur zu zweit waren. Wir stemmten Gewichte im Maybank Tennis Center, wo Isa früher den Schläger geschwungen hatte und Andy eine kleine Affäre mit Tamzin, der hübschen Rezeptionistin, unterhielt. Parker wäre da auch so reingekommen, seinem Vater gehörte fucking Rods & Reels, und deren Jahresumsatz übertraf vermutlich das Bruttoinlandsprodukt von Deutschland oder so.

Wenn Andy keine Zeit hatte oder das Center von Bonzen wie Parker überschwemmt wurde, worauf Parker, der Inkognitobonze, keine Lust hatte, ließen wir uns andere Trainingseinheiten einfallen. Immer wieder bläute ich mir ein, dass es mir egal war, sollte Parker das, was ich mit Miles getan hatte, mit Celeste machen. Aber es war schwierig, ihm nicht zu zeigen, dass ich seit dem letzten Sommer mehr in ihm sah, als ich wollte. Dabei wollte ich mich nur noch auf Dinge konzentrieren, die mir Freude bereiteten, und hatte mir vorgenommen, mir ein eigenes Surfboard zu bauen. Tagelang stand ich im Surfschuppen am Strand und schuftete. Meine Hände waren rau und rissig, aber ich wollte nicht aufgeben, bevor ich nicht wenigstens ein Ergebnis vorweisen konnte. Vor mir auf dem Tisch lag Andys zerfledderte Ausgabe von *How to build a surfboard*. Meine bunten Leggins waren weiß vor Staub, ebenso das schwarze Spaghettiträgertop. Meine Arme sahen aus, als hätte ich sie gekalkt. Es wäre besser gewesen, ich hätte tatsächlich auf Andy gehört und mir so ein Atemschutzteil besorgt statt einer OP-Maske, die nicht wirklich viel abhielt.

Zwischen den Holzbock und das Brett hatte ich Moms alte grüne Aerobicmatte gelegt, damit mir das Brett beim Schleifen nicht wegrutschte, was es irgendwie trotzdem tat.

Wenigstens hatte ich in puncto Lautstärke auf Andy gehört und trug Ohrenschützer. Ich bemerkte Parker schon, als er über die Türschwelle trat, tat aber so, als fiele er mir erst auf, als er sich direkt vor mir aufbaute.

»Was machst du hier?«, fragte ich, ohne die Schützer abzunehmen. Parker nahm sie mir von den Ohren. Die unerwartete Berührung seiner Fingerspitzen an meinem Hals ließ mich heftig zusammenzucken.

»Ich hab dich gesucht, weil ich mit dir reden möchte.«

Ich wollte die Ohrenschützer wieder aufsetzen, aber Parker

hielt sie von mir weg. Er war zu groß, als dass ich eine Chance gehabt hätte.

»Du kannst jederzeit mit mir reden. Wir sehen uns ständig.«

»Du gehst mir aus dem Weg. Du tust zwar so, als wäre alles in Ordnung. Aber das ist nicht der Fall.«

Ich runzelte fragend die Stirn, dabei verstand ich sehr gut, was er sagte.

»Immer wenn du nicht mit mir reden willst, nimmst du die nächstbeste Welle und verschwindest. Das nervt mich!«

»Es liegt nicht an dir«, behauptete ich. Genau genommen lag es natürlich an ihm. Daran, dass ich ihn nicht anschauen konnte, ohne mir zu wünschen, da wäre mehr. Mir zu wünschen, ich könnte mehr sein. Mir zu wünschen, ich hätte keine verfickte Angst vor dem Mehr.

»Woran denn dann?«

»Anders als du konzentriere ich mich auf die Dinge, die wirklich wichtig sind.«

»Ich kann dir nicht folgen!«

»Ich habe beschlossen, mein Leben dem Surfen zu widmen.«

Parker musterte mich. Ich hasste das, es war, als könnte er mir direkt in den Kopf schauen.

Er holte Luft. »Lee, ich muss dich das jetzt fragen: Wenn du mich ansiehst, was siehst du dann?«

»Einen Surfer, Dude«, erwiderte ich.

»Was noch?«, hakte er nach und trat einen Schritt näher, warf achtlos – völlig untypisch für ihn – meine Ohrenschützer auf den Boden.

»Meinen besten Freund.«

»Was noch?« Wieder ein Schritt näher. Einen weiteren konnte er nicht machen, ohne mich umzuwerfen.

Ich legte den Kopf schief. »Ich sehe, dass du zum Friseur musst.«

Aber es gelang mir nicht länger, so zu tun, als würde mich dieses Spiel unberührt lassen. Denn Parker war nicht mehr nur der Surferboy, der beste Freund, der Kerl mit den schlaksigen Proportionen. Parker war Nachhausekommen und Abenteuerexpedition zugleich. Und ich hatte keine Ahnung, wie ich damit umgehen sollte.

»Ich hatte Sex«, platzte ich heraus.

»Was?« Parker blinzelte.

»Vor ein paar Wochen, mit Isa.«

»Mit Isa?« Parker spuckte die Worte zusammen mit ein paar Speicheltröpfchen aus.

»Nicht direkt, also Isa war auch dabei. In einem anderen Zimmer. Mit einem anderen Typen.«

Parkers Augen wurden immer größer.

»Weißt du, ich fand es nicht besonders gut.«

»Oh.«

»Und du?«

»Was?«

»Wie war es bei dir mit Celeste?«, fragte ich ihn direkt. Und verdammt, tat das weh, es anzusprechen.

»Hä?«

»Wie der Sex mit Celeste war.« Es gelang mir nicht, so cool zu klingen, wie ich wollte.

»Welche Celeste?« Parker starrte mich an.

Und da wusste ich, dass Parker auf mich gewartet hatte.

Viele Dinge hatte ich zufällig über Parker erfahren, einfach nur weil ich ihn angesehen hatte. Ganz zu Beginn unserer Freundschaft hatte der alte Tiefstapler mir gesagt, sein Vater besäße einen Anglerladen, und nur weil ich ihn mit seinem Rods-&-Reels-Shirt

aufgezogen hatte, hatte ich erfahren, dass es nicht irgendein kleiner Anglerladen war, sondern eine millionenschwere Kette. Ich wusste über Parker, dass er seinen eigenen Ehrgeiz hasste, wenn er nach einem gewonnenen Wettbewerb schmollend im Auto saß. Ich wusste, dass er ein Problem hatte, Nein zu sagen, und es immer allen recht machen wollte, weil er sich das Gesicht auf Anweisung seines Vaters rasiert hatte. Dabei hatte Parker auf seinen Bartwuchs lange gewartet. Ich wusste, dass Parker, wenn er nicht schlafen konnte, die Angewohnheit hatte, Unmengen an Wasser zu trinken und dann erst recht nicht schlafen zu können, weil er ständig auf die Toilette musste.

Und jetzt wusste ich, dass Parker mit keiner anderen Frau geschlafen hatte. Ach Parker.

In den letzten Wochen hatte ich Parker zu wenig angeschaut, ihn nur heimlich von der Seite betrachtet. Nie etwas Neues über ihn gelernt. Aus Angst. Wovor eigentlich? Jetzt, da er vor mir stand, wusste ich es nicht mehr. Was sollte schiefgehen, wenn wir beide wollten, was keiner so richtig aussprechen konnte?

»Du hast also gedacht, du möchtest mir etwas voraushaben?«, fragte Parker plötzlich. In einer so völlig anderen Stimme, dass es mir vorkam, als wären wir nicht länger zu zweit, als wäre da ein Dritter im Raum. Ein Elefant, der sich zwischen uns stellte. Er funkelte mich an. Parker war wie ein schlafender Vulkan. Eine Ewigkeit lang schlummerten heftige Gefühle in ihm, so als wären sie gar nicht vorhanden. Bis sie dann urplötzlich hervorbrachen und er so viel Emotionsmagma spuckte, dass einem schwindelig werden konnte.

»Machst du das, um mir wehzutun?« Er schrie nicht, war aber auch nicht weit davon entfernt. »Erst küssen wir uns, dann lachst du, dann bist du seltsam, gehst mir aus dem Weg und jetzt … jetzt …« Er verstummte.

»Ernsthaft, Parker? Bist du jetzt stinkig, weil du noch Jungfrau bist und ich nicht, oder was? Du kriegst die Competition nicht aus dem Hirn, oder?«

Parkers Ausbruch war bereits verraucht. Aber ich war jetzt wütend. Parker sah irgendwie zerstört aus. Es war das Einzige, was mich wirklich an ihm nervte. Diese ständigen Konkurrenzgedanken.

»Nein«, sagte er jetzt viel leiser. »Ich dachte nur, dass du und ich …«

»Was?«, blaffte ich.

»Dass du und ich das zusammen erleben.«

Dieser Satz schnitt mir tief ins Herz, weil er exakt das beschrieb, was ich nach meinem ersten Mal mit Miles gefühlt hatte. Den dringenden Wunsch, es rückgängig zu machen, um es mit Parker gemeinsam erleben zu dürfen.

»Es tut mir leid, schätze ich«, pampte ich.

Parker atmete tief durch. Einen Moment lang standen wir beide nur da und starrten irgendwohin, während unsere Blicke sich immer wieder für Nanosekunden begegneten. Vielleicht wartete Parker darauf, dass ich noch etwas sagte. Vielleicht wartete ich darauf, dass er ging. Und wollte doch, dass er blieb.

»Es ist Unsinn, dass dir das leidtut, als hätte ich einen Anspruch darauf. Ich hab mich wohl einfach in uns getäuscht.«

Nein, hast du nicht, wollte ich rufen, aber ich konnte nicht. Es ging einfach nicht.

Parker bückte sich, hob die Ohrenschützer auf. Ich erwartete, dass er sie mir zuwerfen würde, aber er legte sie behutsam auf den Tisch.

»Mir tut es leid, Lee.«

Das war Parker. Dafür liebte ich ihn. Liebte ich ihn … ja, liebte ihn. Er gehört zu diesen sehr wenigen Menschen auf der Welt, die einen Fehler einsahen, ihre Worte reflektierten und sich umgehend entschuldigen konnten.

Dann war ich es, die tief Luft holte, um die Worte sprechen zu können, die so notwendig waren. »Ich … weiß zwar jetzt immer noch nicht, ob ich Männer oder Frauen besser finde. Aber ich weiß, dass ich dich am besten finde.«

Parker schluckte.

»Kannst du dazu was sagen?«

Er lächelte, zog eine Grimasse, sah weg, sah mich wieder an. »Ich … weiß nicht, was. Ich meine, das ist der Satz, auf den ich schon sehr, sehr lange gewartet habe. Wow … ich … Lee.«

Ich schaute auf den Boden, das war ein bisschen overemotional. Zu viel.

»Darf ich dich jetzt küssen? Ich würde nämlich gern.«

»Mach endlich«, erwiderte ich. »Aber ich bin staubig.«

»Das ist mir so was von egal.«

Parker legte seine Hände zärtlich an meine Wangen und küsste mich. Und dieses Mal war ich erstaunt, wie selbstverständlich es sich anfühlte. Als wären seine Lippen das Negativ zu meinen, auf die positivste Art. Parkers Körper drückte sich gegen den meinen, und doch war da kein Druck im Sinne von Bedrängnis, wie ich ihn mit Miles empfunden hatte. Keine Hektik lag in seinen Berührungen. Dann schwanden alle Gedanken, weil es nichts mehr gab außer unsere Münder. Als ich spürte, dass Parker sich langsam von mir löste, war mir, als müsste ich ihn und seine Lippen, diesen köstlichen Geschmack, festhalten. Ich stöhnte. Und Parker gluckste leise.

»Noch mal«, sagte ich. Und das taten wir dann auch.

Das Surfbrett wurde nie fertig, ich hab nie eines gebaut. Und es auch später nicht wieder versucht. Zu sehr wäre es ein Verrat an diesem Nachmittag gewesen, der einer der schönsten meines Lebens war.

• • •

Danach wurde nicht alles anders. Wir fingen nicht an, Händchen zu halten oder uns schmalzige, austauschbare Kosenamen zu verpassen. Ein wenig awkward waren wir noch in unserem körperlichen Umgang. Als wäre es gleichzeitig seltsam, sich plötzlich zu berühren, und ebenso komisch, es nicht zu tun. Wir hatten ja nicht aufgehört, Freunde zu sein, nur weil wir jetzt knutschten. Auch wenn es viel zu knutschen gab. Aber wenn wir jetzt irgendwo saßen, auf der Pritsche von Andys Truck, auf einem Surfbrett, im Point Break oder am Pier, dann gab es keine Lücke mehr zwischen uns. Wir hatten die zwischen Freundschaft und Liebe geschlossen. Ich stellte mir tausend Fragen, die mir sicher keine Mädchenzeitschrift beantworten konnte. Durfte ich noch lautstark fluchen, wenn ich sauer auf Parker war, weil er mir eine Welle weggeschnappt hatte? Konnte ich noch vor ihm rülpsen, wenn eine Cola-Kohlensäurewolke in meiner Kehle steckte? War es okay, ihn noch Johnson zu nennen? Und: Wie schnell mussten wir jetzt mehr tun als nur knutschen? Gab es eine sexuelle Timeline? Eine Art Girlfriend-Code, den ich jetzt zu befolgen hatte?

Zum Glück war Parker besser als jede *InTouch*, denn Parker war eben Parker.

»Dich zu küssen ist fast besser als surfen«, erklärte ich ihm, als er mich eines Morgens am Point Break fragte, wie es für mich sei, dass wir jetzt mehr waren als nur Freunde. »Und Surfen ist eigentlich schon die Sahnehaube auf dem Kuchen. Die Kirsche auf der Sahnehaube.«

Parker musste lachen. »Du meinst, die Geschmacksexplosion

der Kirsche im Mund, nachdem man sie von der Sahnehaube gesaugt hat.«

Ich holte Luft. »Die Kirsche, die man von der Sahnehaube genascht hat, nachdem man einen Orgasmus hatte.«

Parker verstummte und sah von unserem Platz vor der Hütte raus aufs Wasser. »Hattest du schon mal einen?«

»Parker«, ich verdrehte die Augen. »Das ist, als würdest du mich fragen, ob ich heute gefrühstückt habe.«

»Äh, nein, ich finde nicht, dass man die Pampe, die du morgens in dich reinschaufelst, damit vergleichen kann.«

»Klar kann man das. Ich mache mir Frühstück, ich besorge es mir selbst.« Ich zuckte mit den Achseln. Es sah wesentlich cooler aus, als ich mich fühlte.

»Ich meinte auch eher …«, stotterte Parker, » … also ob … du dir das Frühstück immer selbst machen musstest?«

»Wer bist du, Parker Johnson? Ein französischer Edelheini aus dem dreizehnten Jahrhundert? War da Frühstücken so was wie eine Metapher fürs Ficken?«

Jetzt prustete Parker plötzlich los. Sein Lachen war einfach das schönste Geräusch der Welt.

Und ich stimmte ein.

»Lee!«, keuchte er. »Du bist unvergleichlich.«

»'türlich bin ich das«, erwiderte ich und strahlte. Parker wischte sich die Lachtränen aus den Augen.

»Du nimmst die Dinge in den Mund …« Er schüttelte sich wie ein nasser Hund.

Ich zuckte scheinbar gelassen mit den Schultern. »Nicht alle.«

»Nicht?«

»Nein.«

»Kann ich dich was fragen?«

»Du kannst mich alles fragen«, sagte ich und lächelte ihn an.

»Hast du schon mal mit einer Frau …«

Ich schüttelte den Kopf. »Wäre das ein Problem für dich?«

»Nein.« Ein Ruck ging durch seinen Körper. »Natürlich nicht. Wieso sollte es?«

»Vielleicht weil du heimlich in mich verliebt bist«, witzelte ich und grinste.

Aber Parker bekam keinen weiteren Lachanfall. »Nicht heimlich, Lee.«

»Die Sache mit dem anderen Mann, also dem Typen, mit dem ich geschlafen hab, das war nur zur Übung.«

»Zur Übung?«

»Ja, damit das mit uns … funktioniert.«

Parkers Augen waren rund und groß.

»Erhöht das den Druck?«, fragte ich leise.

Parker blies die Backen auf. »Bin kurz vorm Platzen.«

Jetzt musste ich lachen. »Siehst du, das liebe ich an dir.«

»Meine dicken Backen?« Parker sprach, als hätte er sich einen ganzen Bagel in den Mund gesteckt.

»Deine Situationskomik.«

»Wenn du das ausprobieren willst, mit einer Frau, dann ist das für mich okay.«

»Ich glaube, erst mal nicht.«

Er tastete nach meiner Hand im Sand und drückte sie.

»Ich würde es gern mit dir ausprobieren«, flüsterte ich. Parker reagierte zunächst nicht, sodass ich fürchtete, er hätte es nicht gehört.

»Bist du dir sicher? Wir müssen nicht … Knutschen ist ja schon die Sahnehaube.«

»Ich würde gern«, sagte ich, und dieses Mal meinte ich es wirklich so. Ich fühlte mich sicher mit Parker, und ich wollte mehr als Küsse und vorsichtige, tastende Berührungen.

• • •

»Parker, pack die Kerzen ein. Du brennst die Bude noch nieder.«

Parker hantierte mit den klobigen weißen Stümpfen und schaute etwas ratlos drein. Es war rührend, aber auch einschüchternd, dass er in Andys ranzigem Surfschuppen für Romantik sorgen wollte.

»Ich hab keine Ahnung, wie man das macht. Sag du es mir, du hast mehr Erfahrung«, sagte er Hilfe suchend.

»Ich glaub nicht, dass die einmalige Übung als Erfahrung durchgeht«, sagte ich und fügte leise hinzu: »Außerdem bist du nicht irgendwer. Ich bin genauso nervös wie du.«

Parker rang sich ein kleines Lächeln ab. »Du hast geübt, ich hab Kondome. Und Kerzen. Eigentlich kann ja nichts schiefgehen, oder?«

Es klang ein wenig so, als wollten wir in einen Wettbewerb starten. Als ob es hier Gewinner gäbe und Verlierer möglich wären. Es klang falsch. Dabei war es doch das Richtige, oder?

»Komm einfach her.« Ich bedeutete ihm, sich neben mich auf die Couch zu setzen, die sauber und einladend wirkte, weil Andy sie vor ein paar Wochen erst gekauft hatte, um ab und an seine Abende mit Tamzin hier verbringen zu können. Wir vermuteten alle, dass sein Apartment im Norden der Insel ein ziemliches Loch sein musste. Dafürsprachen der Zustand seiner Buchhaltung und der Surfhütte und das Chaos in seinem Wagen.

Wir fingen an uns zu küssen, und uns da zu berühren, wo wir uns inzwischen sicher miteinander waren. Er streichelte meine Brüste über dem Bikini. Ich legte meine Hand auf seinen Oberschenkel, von wo aus ich wagte, sie höher wandern zu lassen als sonst.

Es war wie immer schön, mit Parker zu knutschen.

Ich fühlte mich wohl und sicher. Bis zu dem Zeitpunkt, an dem Parker meinen Bikini öffnete. Ich war so oft vor ihm nackt in den Neo geschlüpft und er vor mir. Aber nie mit der Absicht, nackt zu bleiben. Ich musste mich nur daran gewöhnen, redete ich mir ein.

Parker war dann auch nackt. Und natürlich sah das anders aus als sonst. Ich hatte seinen steifen Penis bisher nur unter dem Stoff ertastet oder die Beule bemerkt, wenn wir rummachten. Nie hatte ich ihn in seiner ganzen Nacktheit gesehen. Ich schluckte. Fand ihn schön. Fand ihn seltsam. Fand ihn einschüchternd. Fand, ich müsste mich jetzt mal zusammenreißen.

Ich ließ mich nach hinten auf das Sofa fallen, und Parker küsste mich wieder in die Wohlfühlzone zurück.

»Bist du so weit?«, fragte er irgendwann. Ich nickte.

Wie konnte man bereit sein? Für etwas so Wichtiges. Einen Moment lang krawallte wieder die Reue durch mein Inneres. Warum nur war dieser Moment nicht für uns beide der erste seiner Art?

Aber als Parkers warmer Körper sich zaghaft auf meinen legte, hätte ich am liebsten gesagt: Bleib, nicht weiter. Bleib einfach so, ich habe Angst, das hier könnte alles verderben. Es war zum Verrücktwerden. Parker zitterte leicht, und ich lächelte ihm Mut zu, der mir selbst fehlte.

Er konnte mühelos in mich eindringen. Er stöhnte lauter dabei, als ich es erwartete. Es klang, als gefiele es ihm. Und das wiederum gefiel mir. Aber er machte nicht einfach weiter, er verharrte, um den Augenblick zu genießen. Er blinzelte mich verliebt an. Und auf einmal war alles falsch. Das hier war falsch. Diese Choreografie, dieses Eindringen in meinen Körper war so wahnsinnig seltsam.

Parker merkte die Veränderung.

»Wie fühlt sich das für dich an?«, erkundigte er sich, stützte sich neben meinem Kopf auf.

»Komisch«, gab ich zögerlich zu.

Es tat nicht weh, aber es war auch nicht … schön. Das war es mit Miles auch nicht gewesen, und doch störte es mich mit Parker viel mehr. Es war einfach falsch. Klinisch, abgesprochen, nicht aus Leidenschaft entstanden. Es war durch und durch nicht so, wie es zwischen Parker und mir sein sollte.

Parker bewegte sich ganz vorsichtig. »So besser?«

Ich antwortete nicht, sah auf seine Schultern, auf sein Schlüsselbein, den Halsansatz, um nicht in sein Gesicht blicken zu müssen.

»Soll ich aufhören?«, fragte Parker.

»Ich weiß nicht.«

»Du musst es nur sagen.« Sein Körper zitterte.

»Ist es schön für dich?«

Parker seufzte leise. »Ja, aber ich merke, dass es nicht schön für dich ist. Und dann finde ich es auch nicht mehr so schön.«

»Das … wollte ich nicht.«

»Ich höre auf, okay?«, sagte er.

»Nein, dann zählt es ja nicht«, murmelte ich.

»Wie meinst du das?«

»Kannst du … raus aus mir, damit wir das klären können? Ich kann nicht ernsthaft mit dir sprechen, wenn ein Teil von dir in mir steckt.

»Oh, ja, klar, natürlich, sofort.«

Parkers Gesicht glühte. Ich musste wegsehen. Es war einfach schrecklich peinlich. Er rutschte aus mir, und ich versuchte, mir die Erleichterung nicht anmerken zu lassen.

»Es tut mir leid«, sagte er.

»Muss es nicht. Mir tut es leid.«

Ich verschränkte eilig die Hände vor der Brust. Parker legte sich neben mich.

»Muss es auch nicht«, murmelte er.

»Hatten wir jetzt Sex?«

»Schätze schon …«

»Aber wir haben es nicht fertig gemacht.«

»Das meintest du mit ›es zählt nicht‹?«

»Ja …«

»Es ist kein Heat, den man zu Ende surft, Lee.«

»Ich weiß.«

Stille, dann Parker: »Findest du mich hässlich?«

»Nein! Natürlich nicht. Ich finde dich wunderschön. Findest du mich hässlich?«

Parkers Stimme nahm einen verzweifelten Klang an. »Hat man nicht gemerkt, dass ich dich alles andere als hässlich finde?«

Ich zuckte mit den Schultern, weil mir nicht klar war, was er damit sagen wollte. Woran sollte ich das gemerkt haben?

Er schob einen Arm unter meinen Kopf. »Es ist nicht wie surfen«, sagte er.

»Nein, ich schätze, surfen können wir besser.«

Wir mussten beide leise lachen.

»Vielleicht ist es wie Yoga«, überlegte ich. »Entweder man kann es oder man kann es nicht.«

»Glaube ich nicht«, meinte Parker. »Es ist bestimmt mehr wie Bodysurfen. Man muss sich erst dran gewöhnen, sich nur auf seinen Körper zu verlassen. Wir können es ja einfach wieder versuchen, ein anderes Mal.«

»Vielleicht einfach … irgendwie … spontan?«

»Mit mehr Leidenschaft und weniger Konzentration?«

»Das klingt gut.«

Schweigend lagen wir nebeneinander. Von draußen hörten wir die Wellen, die an Land schwappten.

Ich wollte ihm sagen, dass ich ihn liebte. Ihn wirklich über alles liebte, aber dieses abgedroschene Wort nicht benutzen.

»Parker?«

»Ja?«

»Ich würde mich immer gegen Hawaii und für dich entscheiden.«

Ich drehte mich, sodass ich in sein Gesicht sehen konnte.

Er lächelte, und es sah ein kleines bisschen traurig aus. »Ich weiß«, sagte er.

• • •

In den Wochen darauf taten wir das, was wir konnten. Wir surften und trainierten wie die Verrückten für die anstehenden Wettbewerbe. Meine Nervosität legte sich dadurch nur bedingt.

Der Wettbewerb auf Bulls Island war gekommen, und es war mit Abstand der wichtigste in einer langen Serie von Regionals.

»Lee, wo bleibst du? Was machst du denn da?«, brüllte Parker. Andy fluchte hinter ihm. Aber ich konnte einfach nicht aufstehen. Völlig unmöglich, den Verschlag mit den Spinnweben im hintersten Teil der Surfhütte auf Bulls Island zu verlassen. Vor wenigen Minuten hatte ich die Teilnehmerlisten gesehen und daraufhin spontanen Durchfall bekommen.

»Ich kacke«, rief ich. »Lasst mich in Ruhe.«

»Komm raus da.«

»Ich kann nicht. Ich kann einfach nicht. Sie sollen ohne mich anfangen.«

»Das ist jetzt nicht dein Ernst«, stöhnte Parker.

»Man nennt das Angstsch-«

»Ich will nicht wissen, wie du das nennst. Komm raus, sonst findet der erste Heat ohne dich statt und der letzte dann auch.«

»Verdammt, kann man hier nicht mal in Ruhe auf dem Klo hocken.«

»Willst du nach Hawaii oder willst du später mal Toiletten in einem abgefuckten Diner auf James Island putzen?«

»Hawaii …«, stöhnte ich. »Ich komme ja schon.«

»Händewaschen nicht vergessen«, brüllte Andy. »Und Lee?«

»Ja?«

»Du musst keine Angst haben, du bist besser als sie alle zusammen.«

»Besser als Parker?«

Keine Antwort. Dann: »Besser als Parker.«

»Ich hab das Zögern gehört, ich glaub dir kein Wort, Coach!«

Draußen lehnte Parker an der Wand.

»Es ist unverschämt, wie gut du aussiehst«, sagte ich. Parker wackelte mit den Augenbrauen.

Ich stöhnte. »Vergiss, was ich gesagt habe. Du bist nicht Gott, du bist auch nur ein Typ in einem Wetsuit. Nicht mehr und nicht weniger.«

»Ein unverschämt gut aussehender Typ in einem Wetsuit.«

»Stimmt«, sagte ich und tippte mir im Vorbeigehen grinsend an die Stirn. »Du musst eigentlich nur mit dem Hintern wackeln, dann hast du sie in der Tasche.«

Parker lachte. Etwas gequält – vermutlich war er doch nervöser, als er zugeben wollte.

Die ersten Heats, in denen wir gegen andere Surfer unserer Altersklasse und unseres Geschlechts antraten, liefen gut, aber nicht spektakulär. Ich gewann etwas an Selbstsicherheit, wusste aber auch, dass ich etwas liefern musste, was mich von den anderen abhob. Nicht nur wegen der Punkte, sondern weil der Wettbewerb auf Bulls Island viele potenzielle Sponsoren anzog.

In meiner Pause konnte ich Parker zusehen, der bei den Jungs antrat. Er zeigte solide Leistungen, konnte sich aber nicht vor den anderen Surfern hervortun. Ich stellte mich so nah wie möglich an die Wasserkante und winkte ihm zu. »Go Parker, go Parker«, murmelte ich. Die Fahne zeigte Parker seinen Priority Status an. Der letzte Heat begann, und Parker bekam die erste Welle. Eine gute Welle, in die er sich hineindrehte, die er aber unterschätzte. Einen Augenblick lang glaubte ich, er würde fallen, aber dann wendete er das Brett so geschickt, dass er die Welle sekundenlang rückwärts surfte, nur um sich dann ebenso ruckartig wie elegant wieder nach vorn zu drehen. Er schüttelte sich, und das Haar fiel ihm ins Gesicht.

»Yes!«, rief ich und reckte die Faust in die Luft. »So geht das!«

Parker war einfach ein Ass mit dem Shortboard. Kaum hatte sein Gegner seine Vorstellung zu Ende gebracht, paddelte Parker die nächste Welle an.

Ich war unfassbar stolz auf ihn. Das war nicht mehr der Junge, der weinend in einem leeren Haus gesessen hatte. Parker war jetzt ein Surfer und strahlte im Wasser alles aus, was ihn einmal ausmachen würde. Ich konnte das so gut sehen. Den unbedingten Willen, die Kraft, aber auch seine Besonnenheit, die ihm half, sich zu nichts hinreißen zu lassen. Außer mit mir, dachte ich erschrocken. Ich war es, die Parker zu Aktionen anstachelte, die nicht zu seinem Naturell passten.

»Das war der Wahnsinn!« Ich stürzte auf ihn zu, sobald er das Wasser verlassen hatte, und sprang in seine Arme.

Parker ließ das Surfboard sinken und strahlte. »Ich glaube, mein Dad war da und hat zugesehen.«

»Parker, du blutest ja«, ich bemerkte den breiten Cut, der sich direkt über den Nabel zog. Und ich war froh über die Ablenkung. Parkers Dad war nicht da gewesen. Er war nie da. Edward Johnson hätte sich eher die Hand abgeschnitten und einen Angelhaken dran befestigt, als seinen Sohn anzufeuern. Trotzdem behauptete Parker nach jedem Wettbewerb, seinen Vater gesehen zu haben. Ich hatte gelernt, nicht zu widersprechen.

»Das ist nichts«, sagte Parker und drückte meine Hand ungewohnt brüsk weg.

»Ich bin so gespannt, wer den Deal mit Quicksilver bekommt.«

Parker sah auf einmal so komisch zur Seite.

»Was?«

»Nichts.«

»Ich bin nicht überzeugt«, sagte ich in Parkers Manier.

»Es ist doch kein großer Deal, sie sponsern nur die Boards und geben ein bisschen Taschengeld.«

»Aber das Prestige …« Ich legte den Kopf schief. »Warte mal, was willst du damit sagen?«

»Ich muss jetzt los.« Er bückte sich, um sein Brett aufzuheben. Aber ich hielt ihn am Arm fest.

»Was weißt du über den Deal?«

Er musterte mich einen Moment, schob sich eine Strähne aus der Stirn. »Er ist weg, Lee. Der Deal ist vergeben. Der Gewinner steht fest.«

»Wer?«, keuchte ich.

Parker antwortete nicht.

»Sag es! Ich will es hören! Wen hat Quicksilver sich ausgesucht?«

»Ich hab ihn bekommen«, kam es tonlos aus Parkers Mund.

»Du?« Ich starrte ihn an, suchte nach irgendeinem Hinweis darauf, dass Parker hier den übelsten Prank unserer Freundschaftsgeschichte abzog, aber da war nichts. Nur ein seltsames Bedauern.

Das ist nicht fair! Das ist einfach nicht fair. Du brauchst ihn nicht mal! Du bist fucking rich, das ist nicht fair! Dein Vater ist fucking Rods & Reels. Ich lebe in einem Trailerpark und kenne meinen Vater nicht. Das ist nicht fair!

All das sprach ich nicht aus. Denn ich freute mich für Parker. Ich litt nur für mich. Ich würde diese neidvollen Gedanken nicht in Worte fassen. Doch Parker bemerkte immer, was in mir vor sich ging.

»Ich weiß, dass es nicht fair ist. Ich hab ihnen gesagt, sie sollen ihn dir geben, aber sie wollen …«

»Kein Mädchen!«, vervollständigte ich seinen Satz.

Er schüttelte den Kopf. »Ich hab mich nicht mal drauf beworben, Lee. Sie haben mich einfach ausgewählt.«

»Natürlich, das ist super«, sagte ich lahm.

»Ich hab ihnen gesagt, dass ich das Sponsoring nicht dringend brauche, dass sie sich bei den Mädchen umsehen sollen.«

»Aber?«

»Aber deswegen wollen sie dich trotzdem nicht.« Er schaute zu Boden.

»Nimm keine Rücksicht auf meine Gefühle. Los, ich will es wissen!«

»Du passt nicht in ihr Image.«

»Wow.«

»Deren Worte, nicht meine.«

»Aber du machst es nicht.«

Parker schwieg.

»Du hast abgesagt.«

»Wenn ich jetzt so einen wichtigen Deal habe und meinem Dad beweise, dass ich Pro …«

Ich hob die Hand. Mein Kopf schwirrte. »Warte, das glaub ich jetzt nicht. Du hast angenommen, weil du dir einbildest, deinen Dad dann überzeugen zu können, dich Pro werden zu lassen? Merkst du nicht, dass du hier verarscht wirst?«

Ein kalter Zug huschte über Parkers Gesicht. Mir war, als übertrüge er sich direkt auf meine Haut, verwandelte sich in eine kratzige Gänsehaut.

»Von wem, von dir?«

»Was?«

»Das ist nicht nur dein Traum, Lee, es ist auch meiner.«

Er hatte recht. Er hatte so was von recht.

»Du wirfst mir immer vor, ständig an die Competition zu denken. Du sagst doch immer, wir sollten keine Kompromisse füreinander eingehen.«

»Ja, aber ...«

»Jetzt ist es so, dass du einen Kompromiss eingehen musst, und dann ist es dir auf einmal nicht mehr egal. So ist es doch, oder?«

»Ja«, gab ich zu. »So ist es. Ich hatte große Hoffnungen für diesen Wettbewerb.«

»Ich auch«, sagte er. »Und du brichst gerade deine eigenen Regeln. Von wegen, dass die Konkurrenz unsere Freundschaft nicht zerstören soll. Listen to your own bullshit, Lee.«

Parkers ruhiger Ton stachelte meine Wut nur weiter an. Konnte der Kerl einmal laut werden? Ich wusste genau, wie recht er hatte.

Ich wandte mich ab und stapfte davon. Wir sprachen drei Wochen kein Wort miteinander. Ich verlor den nächsten Wettbewerb, den darauffolgenden auch, und auch den letzten. Aber es war mir egal, ich litt mehr unter meinem plötzlichen Ausbruch von Rivalität. Ich schämte mich wahnsinnig dafür, Parker etwas missgönnt zu haben. Ich beobachtete Parker bei den Wettbewerben und sah, dass ihm unser Streit offenbar nichts ausmachte. Parker funktionierte. Parker gewann. Parker ritt die Wellen wie ein Gott. Keine gebrochene Sterbliche. Parker war der Held in dieser Geschichte. Wie immer. Parker, die Maschine.

• • •

Auf dem Schild am Pier war die aktuelle Gezeitenlage vermerkt. Ich starrte darauf und versuchte mir nicht anmerken zu lassen, wie sehr ich es bereute, Avery, Isa, Josie und Odina eingeweiht zu haben. Avery war erst vor ein paar Tagen aus ihrer heilen Welt in Minnesota angereist. Josie heute und sie sah aus, als käme sie direkt von einem Filmset am Sunset Boulevard. Sie trug einen riesigen Sonnenhut, ihre Haare waren lang und glänzend. Ihre dunkle Sonnenbrille und das hautenge rote Kleid wirkten hier am Pier so deplatziert wie ein McDonald's-Sparmenü an unserem Stammtisch im Crab & Bones.

High tide 7:40 pm, Low tide 1:13 pm.

Ich ignorierte die guten Vorschläge, die auf mich einprasselten, während Avery eine Picknickdecke auspackte und Odina kleine Döschen mit italienischen Leckereien darauf abstellte.

»Du könntest dich bei Parker entschuldigen«, sagte Avery.

»Du könntest eine romantische Nacht in einem Hotel mit ihm verbringen« war Josies Beitrag.

Isa stieß ihr in die Seite.

Josie zuckte mit den Achseln. »Was? Hast du Angst, sie könnte das Seasons in Beschlag nehmen?«

»Unsinn«, brummte Isa.

Ich sah Josie an. »Isa hat im Gegensatz zu dir gecheckt, dass ich mir noch nicht mal das Sunshine Motel leisten kann.«

Josie verzog angewidert das Gesicht. »Die Absteige, in der deine Mutter arbeitet? Da würde ich nie im Leben absteigen.«

»Das ist der Unterschied zwischen uns. Du schminkst dich in einem Trailer am Set, ich lebe in einem. Und zwar auch dann, wenn Wasser zur Decke reinkommt.«

»Dass du immer so übertreiben musst.« Josie machte eine Schmolllippe.

»Du könntest dich dennoch entschuldigen!« Odina, das Harmoniemonster.

»Nein.«

»Warum nicht?« Odina reichte mir eine Dose mit kleinen Tomaten-Paprika-Spießen. Ich nahm drei auf einmal.

»Ich weiß nicht, wie das geht. Und Parker kann es besser.«

Avery musste lachen. »Du entschuldigst dich nicht, weil Parker es besser kann?«

»Ja?!«

Odina schüttelte den Kopf. Ich bediente mich reichlich und stopfte mir den Mund voll. Das waren die anderen ohnehin von mir gewohnt.

Sie berieten sich, und ich fand es ein klein wenig rührend, wie sehr sie an der Lösung meines Problems interessiert waren.

»Willst du nichts dazu sagen?«, fragte Odina irgendwann.

»Nein«, erwiderte ich und biss in das letzte verbliebene Stück Pizzabrot. Wer wusste schon, wann ich das nächste Mal etwas zu essen bekam. Das Geld zu Hause war knapper denn je, seit meine Mutter so schlimme Schmerzen hatte, dass ich Wilson Gonzalez' Dealertaschen regelmäßiger füllte als Red's Supermarktkasse.

»Salzwasser ist das Heilmittel für alles: Schweiß, Tränen oder das Meer«, deklamierte Isa.

»Hast du das von Andy? Ist das ein Buzzy-Trent-Zitat?«, motzte ich.

»Nein, das ist von Karen Blixen.«

»Nie gehört.«

»Dänische Schriftstellerin. Meine Großmutter mütterlicherseits kommt aus Kopenhagen.«

»Was ist jetzt? Heulst du weiter oder gehen wir surfen?« Josie war aufgestanden.

»Surfen ist fliegen, wer fliegt mit?«, erklärte Avery mit verschmitzter Miene. »Ist von Lee Baker«, ergänzte sie.

»Nie gehört«, erwiderte ich. Und musste ein klitzekleines bisschen grinsen.

• • •

In diesem Sommer gingen Josie und Isa zu einem Filmcasting. Mir war neu, dass Isa jetzt auch Filmstar werden wollte. Es wunderte mich aber nicht sonderlich, ganz ehrlich, Parker nahm neuerdings mittwochs Tennisstunden im Maybank Center. Was wusste ich schon von Kreisen, in denen Geld keine Rolle spielte und nur Prestige zählte? Sollten Isa und Josie mal machen. Irgendetwas allerdings musste bei diesem Casting passiert sein. Denn danach war nichts mehr, wie es vorher war. Und ich hatte eine Vermutung. Schließlich hatte ich inzwischen gelernt, was Konkurrenz aus Freundschaft macht. Ich hakte nicht nach, weil das nicht meine Art war. Aber die eisige Stimmung zwischen Isa und Josie, Isas ständige Ausreden, warum sie nichts mit uns unternehmen konnte, sorgten schließlich dafür, dass ich über meinen Schatten sprang und den Bus zum Maybank Tennis Center nahm.

»Wenn Segeln die teuerste Art ist, dritter Klasse zu reisen, was ist dann das, was du hier treibst?«

Parker zog eine grobmaschige Matte hinter sich her über den roten Platz. Es staubte unerträglich. Sein Tennislehrer entfloh mit einem wortlosen Gruß in Richtung der Umkleidekabinen, wohl erleichtert, diesen Brutkasten mit achtzig Prozent Luftfeuchtigkeit verlassen zu können.

»Die qualvollste Art, sich nach dem schnöseligsten Sport der

Welt umzubringen?«, schlug ich vor. »Bei solchen Temperaturen ziehen sich sogar echte Charlestonians in klimatisierte Räume zurück oder ... ich geb dir einen Tipp, sie fahren raus auf eine Insel, ich glaube, sie heißt Harbour Bridge, da kann man dann ...«

»Bist du hier, um rumzupöbeln?«, unterbrach Parker mich. Nicht unfreundlich, aber auch ohne mich anzusehen. Die Kreise, die er jetzt drehte, wurden kleiner.

»Nein, eigentlich bin ich gekommen, um mich zu entschuldigen.«

»Ah, klar, logisch. Klingt voll so.«

Ich zuckte mit den Achseln. »Ich kann es eben nicht so gut wie du.«

»Was? Surfen?«

Grinste er etwa?

»Grinst du etwa?«

»Nein.«

Parker lief vor mir davon zur anderen Seite des Platzes und glättete dort seine Spuren im Sand. Ich streckte die Hand aus und hielt Parker an seinem verschwitzten Shirt fest. »Kannst du bitte mal stehen bleiben?« Ich hielt den Gedanken nicht aus, der sich in mir festzusetzen drohte. Dass man uns, dass ich uns, wir uns mit wenigen Worten ebenso auslöschen konnten wie der Abzieher die Spuren im roten Sand.

»Ich hab keinen Back-up-Plan wie du, Parker, ich kann nicht zu meiner Mom sagen: ›Hey, wenn das mit dem Surfen nichts wird, dann studiere ich eben in Harvard.‹ Ich bin nicht schlau, Parker. Und nicht reich. Und du bist beides. Ich brauche das Surfen. Ich brauche spätestens nächstes Jahr eine Sponsorship.«

Parker hielt inne und sah mich einigermaßen erstaunt an.

»Ich hab dir schon gesagt, dass ich für dich zurückgetreten wäre.«

»Nein!«, schrie ich. »Du verstehst es nicht. Ich will keinen geschenkten Sieg! Ich will nur das Recht, ein bisschen neidisch zu sein und es dir trotzdem zu gönnen.«

Parker ließ den Abzieher sinken, wischte sich den Schweiß von der Stirn.

»Ich kann ihn dir nicht schenken. Ich brauche ihn selbst.«

»Ja!«, rief ich. »Ja, genau. Und ich hatte so gehofft, dass du das sagst. Ich weiß das jetzt wieder. Und du bist mir so viel wichtiger als Erfolg. Ich hab dir schon mal gesagt, dass ich mich für dich und gegen Hawaii entscheiden würde.«

»Das sah nicht so aus, neulich.«

»Es …«, ich biss mir auf die Lippe. »Es …«

»Komm, spuck es aus, es tut nicht weh«, sagte Parker, drehte mir den Rücken zu und hängte die Matte auf, stemmte die Hände in die Seiten und betrachtete mich, die das »Tut mir leid« nicht über die Lippen brachte.

»Du bist doch sonst so gesprächig.«

Parker bückte sich. Ich sah nicht, was er tat, ich kam auch gar nicht auf die Idee, was als Nächstes folgen könnte. Ich spielte ja auch kein Tennis. Aber ehe ich reagieren konnte oder verstand, woher das surrende Geräusch kam, hatten sich die Düsen der Bewässerungsanlage schon geöffnet, und ich stand inmitten eines dicken Wasserstrahls. Ich hörte Parker lachen.

»Du Arsch!«

»Was hast du gesagt?«, rief er. »›Entschuldigung, Parker‹?«

»Du Arsch, hab ich gesagt!«

Ich hätte dem Strahl ausweichen können, aber ich dachte nicht daran. Das eiskalte Wasser war verdammt angenehm. Parker ging auf mich zu.

»Dir ist wohl zu heiß«, schrie ich. »Das geht aufs Hirn.«

»Was hast du gesagt? ›Parker, du bist heiß‹?«

Jetzt musste ich lachen. Der Wasserstrahl erwischte Parker, und er schüttelte sich wie ein Hund. Nur noch ein paar Meter entfernt. Dann stand er vor mir.

»Es tut mir leid, dass du so heiß bist«, sagte ich und spürte, wie mein Lächeln ins Unsichere verrutschte.

Parker schüttelte den Kopf, dann legte er seine klatschnassen Hände an mein klatschnasses Gesicht. »Reicht nicht.«

»Es tut mir leid, dass ich ein Arsch war. Bin«, keuchte ich.

Er nickte, und dann küsste er mich, wie ich noch nie von ihm geküsst worden war. So wild und fest und dieses Mal sehr wohl mit Druck und Bedrängung. Aber auf die aller-, allerbeste Art. Er krallte seine Hände in meinen Po, zog mich so fest an sich, dass ich seinen Unterleib spüren konnte. War das eine Erektion? Ich wollte meine Brüste an ihm reiben. Es war … weird. Und wild. Und komplett ungeplant. Parker schob einfach seine Hände unter mein durchnässtes Shirt. Kurz trennte uns der Wasserstrahl, der von links nach rechts über den Platz zuckte und dessen Zischen sich mit meinem mischte. Parker rieb meine Brustwarzen und presste sein Glied so fest gegen mich, dass an seiner Härte kein Zweifel mehr bestehen konnte.

»Parker!«, stöhnte ich.

Seine Lippen waren überall. An meinem Hals, an meinem Ohr, ehe er den Kopf senkte, mir das Shirt über den Kopf zog und völlig ungeniert inmitten des verlassenen Platzes meinen Bikini nach unten schob und meine Brustwarze in seinen Mund nahm. Er knabberte an meiner Haut, ließ seine Lippen kreisen. Er sollte mich verschlingen, nie wieder aufhören, dieses Kribbeln zu verursachen, das auf Höhe des Herzens begann und sich bis tief in mein Innerstes zog. Ich spürte, wie meine Beine weich wurden und sich köstliche Feuchtigkeit zwischen meinen Schamlippen ausbreitete, die nichts mit dem Wasser der Anlage zu tun hatte. Ich stöhnte, weil es nicht genug war. Ich wollte seine Zunge in meinem Mund, an meiner Brust … ich konnte mir sogar vorstellen, nein, ich wollte es mir vorstellen, sie zwischen meinen Beinen zu spüren. Ich wollte alles geben, mich ihm geben und wusste nicht, wo ich anfangen sollte. Bei dem Ziehen in meinem Schoß? Oder dem Beben meiner Hände? Ich wollte ihn anfassen und gleichzeitig mich, ich wollte, dass es schnell ging und doch ewig dauerte. In mir war reinster Widerspruch, nur in einem war ich mir völlig klar. Ich wollte mit Parker schlafen. Richtig. Jetzt. Genau hier.

»Parker!«

Seine Lider flatterten, er sah mich an. Ganz kurz, wie auf frischer Tat ertappt.

»Wir sind allein.«

»Lee, ich weiß nicht …«

»Aber ich weiß es«, flüsterte ich und dann ließ ich meine Hand in seine Hose gleiten. Es war sehr einfach, verdammt, vielleicht war Tennis doch der bessere Sport, bei solchen Hosen. Wie lange es wohl gedauert hätte bei einem Wetsuit?

Sein Schwanz war so hart, dass ich kurz erschrak und zurückzuckte. Aber da war Parkers Hand, die meine sanft, nicht drängend festhielt und mir zeigte, was ich tun sollte, ehe er sie wegzog und es ganz mir überließ. Langsam bewegte ich meine Finger an seinem Schaft auf- und abwärts, fuhr mit dem Daumen über die Spitze, die sich leicht klebrig anfühlte. Es war aufregend. So verdammt aufregend. Parker stöhnte, warf den Kopf zurück, und das machte mich mutig. Ich steigerte die Bewegung, schneller und noch ein wenig schneller, und in einem kurzen Moment, in dem er die Lider aufschlug, nahm ich meine andere Hand und ließ sie zwischen meine Beine gleiten. Parker sah zu, riss die Augen weit auf und ich sah darin, was ich selbst fühlte.

»Wir können hier nicht weitermachen.«

»Es ist illegal, wir könnten uns blamieren, dein Vater wird es hassen«, flüsterte ich.

»Lee, wenn du nicht aufhörst, ist das Match hier zu Ende, bevor es richtig angefangen hat.«

»Ach ja?«, flüsterte ich.

»Komm mit!« Er nahm meine Hand in seiner Hose, zog sie aber nicht sofort heraus, sondern ließ sie noch einmal kräftig von oben nach unten gleiten, ehe er sie festhielt. Dann griff er nach meiner anderen Hand, aber auch hier nicht, ohne selbst über meine geschwollenen Schamlippen zu streicheln und seinen Zeigefinger ganz kurz in meine feuchte Vulva zu tauchen.

»Schluss jetzt«, sagte er rau. »Komm mit.«

Wir liefen durch den Wasserstrahl hindurch zu den Umkleiden. Parker sah kurz über die Schulter, dann öffnete er eine Tür, die mit »Gentlemen« gekennzeichnet war. Wir stolperten hinein, er schloss die Tür und verkeilte sie mit einem Besen, der glücklicherweise an der Wand lehnte. Einen Moment lang kehrte die Schüchternheit zurück. Der Raum war kahl, links und rechts blaue Spinde, an denen Schlüssel baumelten, in der Mitte eine breite weiße Bank. Auf dem Boden stand eine einzelne weiß-rote Sporttasche, die ich als Parkers erkannte.

Parker fing an, sich die nassen Klamotten herunterzureißen, und ich tat es ihm nach. Er sah mich dabei unentwegt an. Und ich ihn. Ich wollte alles sehen, ich wollte alles spüren. Ein Rausch hatte mich ergriffen. Jener Art, die ich sonst nur beim Surfen verspürte.

»Setz dich«, sagte er. »Bitte.«

Ich ließ mich vollkommen nackt auf der Bank nieder.

»Du sagst, wenn es nicht mehr schön ist. Dann hören wir sofort auf.«

Ich schüttelte den Kopf. »Wir hören heute nicht auf.«

Es war nicht mutig, es kostete keine Überwindung, es war das

Natürlichste der Welt, dass ich meine Beine weit für Parker öffnete. Die Angst war verflogen. Das hier war Parker, der Mensch, dem ich am allermeisten vertraute.

Aber Parker dachte noch gar nicht daran, in mich einzudringen. Er kniete sich vor mich auf den Boden, legte seine Hand auf meinen Bauch und drückte mich sanft nach hinten. »Geht das so?«

»Ja«, keuchte ich. Dann wanderte seine Hand langsam über meinen Bauchnabel nach unten, seine Finger teilten meine Schamlippen, umkreisten meine Klit, ehe er einen Finger in mich tauchte und dabei mit der anderen Handfläche meine empfindlichsten Punkte massierte.

»Mehr«, stöhnte ich. Parker wusste nicht sofort, was ich meinte. »Mehr … Finger.«

Die Grenzen zwischen unseren Körpern verschwammen gänzlich.

»Ich will spüren, wie du kommst«, sagte er. Dieser Satz, o fuck, dieser Satz. Er stachelte meine Lust um ein Vielfaches an. Vielleicht bekam ich gerade eine Ahnung davon, dass es ganz egal war, ob der Körper männlich oder weiblich war. Zumindest für mich. Weil der Mensch zählte, mit dem man intime Berührungen teilte.

»Sag mir Bescheid, bevor du so weit bist, Lee. Sag es mir.«

»O-okay …«, stotterte ich und tastete mit der Hand nach Parkers Kopf. Drückte ihn nach unten, bis er erstaunt und zunächst vorsichtig seine Hand löste und stattdessen die Zunge über meine Klitoris tanzen ließ. Ich erschrak selbst kurz über meine plötzliche Schamlosigkeit. Alles in mir und um mich herum war erfüllt von dem Sehnen, das sich ausbreitete und dunkler wurde. Wie das Meer, das sich von Sekunde zu Sekunde von einem hellen, ruhigen Blau in dunkle Wellen aus Lust verwandelte. Sich in einer purpurnen Flut zu ergießen drohte. Ich wusste, ich war kurz davor, mich völlig zu verlieren in einem Höhepunkt, der nicht schwarz oder weiß war. Sondern satt und leuchtend.

»Ich ... Parker ... ich glaube ...«

Und er verstand. Er hob den Kopf, ließ die Finger aus mir gleiten. Ich stützte mich auf die Ellbogen, sah, dass er in der Tasche am Boden etwas suchte und ein Kondom hervorholte.

»Willst du?«

Die Haare hingen ihm nass, klebrig, schwer ins Gesicht. Er blinzelte mit seinen langen Wimpern.

»Ja, ja, ja«, stöhnte ich.

Ich atmete schwer, meine Brust hob und senkte sich schnell, der abrupte Abriss unserer Bewegungen sorgte nicht für Abkühlung. Im Gegenteil, ich wollte mehr. Immer mehr.

»Möchtest du? Ich glaube, ich ... ich kann nicht, ich bin zu ... heiß.« Parker lächelte schief und streckte mir das Päckchen entgegen.

Ich nickte. Erstaunlicherweise gelang es mir beim ersten Versuch, es zu öffnen. Parker richtete sich auf. Er war schlank, fast sehnig, athletisch, nicht muskulös. Ich nahm mir die Zeit, ihn ein wenig zu betrachten, während ich mit der einen Hand seine Erektion festhielt. Dann stülpte ich vorsichtig und zärtlich mit der anderen das Kondom über.

»Das allein ist ... so ... so«, sagte Parker.

»Psst«, machte ich. Dann rutschte ich auf der Bank ein wenig, bis ich glaubte, eine gute Position zu haben. Parker beugte sich über mich, küsste meinen Hals, küsste meine Brust. Ich spürte, wie die Spitze seines Glieds meine Öffnung berührte und sich langsam, Zentimeter für Zentimeter, in mich schob. Ich sah nach unten, fasziniert davon, wie anders es sich dieses Mal anfühlte. Konzentration und Leidenschaft. Und dann reckte ich ihm mein Becken entgegen.

»Kannst du das mit der Hand vielleicht noch mal machen?«, hauchte ich.

Er nickte. »Ja, alles, was dir gefällt, Lee.«

Dieses Mal war es nicht seltsam, dass sich ein Teil von ihm in mir befand. Es fühlte sich so an, als gehörte er dorthin. Er war behutsam, aber nicht zu sehr.

»Ja«, keuchte ich. Parker wurde mutiger, stieß tiefer und fester in mich. Was uns an Rhythmus fehlte, machte die aufgestaute Leidenschaft wett. Ich wusste nicht, was besser war, die Art, wie sein Schwanz in mir an meine innersten Grenzen stieß und mich dehnte, oder seine Hand, deren köstlichem Druck ich mich entgegenstreckte.

»Ja«, erwiderte Parker.

»Jetzt«, hauchte ich, und Parker verharrte sofort. Während ich innerlich auf die beste Art explodierte. Ohne zu wissen, was das ausgelöst hatte. Seine Hand, sein Schwanz, beides. Alles vermischte sich rauschartig, es war so anders, diese Lust durch jemand anderen zu spüren, statt sie sich selbst zu bereiten. So viel erfüllender und größer. So einnehmend, dass Parkers Höhepunkt wie ein Nebenfluss an mir vorbeirauschte. Zu beschäftigt war ich mit der Sensation meines eigenen Körpers. Ich öffnete die Augen und sah direkt in Parkers. Ich musste lächeln. »Siehst du, man braucht keine Kerzen dafür.«

Er beugte sich nach unten und küsste mich. »Und keinen Masterplan.«

»Kein Yoga.«

»Kein Wettbewerb.«

»Nur dich und mich.«

»Und einen staubigen Tennisplatz.«

»Es war …«, fing ich an und brach ab, weil mir kein Wort einfallen wollte, das nicht zu banal war.

»Ja, das war es«, sagte Parker. Er streichelte mir über den Bauch, malte Kreise um meinen Nabel.

»Woher wusstest du das alles? Wie und wo du mich anfasst? Hast du …«

Er nickte. »Ich hab mich informiert.«

»Pornos geschaut? Wäre nicht schlimm, ich meine, bei dem Ergebnis …«

»Gelesen. Es war ein Buch mit …« Er lächelte. »Mit Bildern.«

»Du wirst ja gar nicht rot! Was ist los?«

»Das Blut ist noch an anderer Stelle«, erklärte er und küsste mich.

Ach Parker. Konnte ein Mensch perfekter sein?

• • •

»Du musst noch unterschreiben«, sagte Josie und streckte mir ein paar Tage später auf der Terrasse in der Waterfront Avenue eine Liste entgegen.

»Und wofür?« Ich erhob mich träge aus der Hängematte.

»Na, für die Petition, die Avery ins Leben gerufen hat. Damit Surfen olympisch wird.«

»Darf ich als spätere erste Gewinnerin unterschreiben oder gibt es da ein rechtliches Problem?«

Josie tippte sich an die Stirn. »Glaubst du das wirklich?«

»Avery?«, rief ich.

Avery hob den Kopf. Sie war gerade dabei, ihr Board zu wachsen.

»Wirst du mal Rockstar?«

»Klar!«

»Und ich, werde ich Surfpro?«

»Klar«, rief sie noch einmal.

Ich sah Josie an und zuckte mit den Achseln. Sie reichte mir das Blatt.

»Ihr dürft mich alle besuchen, in meinem Beachhouse am North Shore.«

Josie atmete durch und streckte mir den Kuli entgegen.

Ich setzte ein »Lee Baker« unter die anderen Namen, wollte gerade die Adresse des Forest Hill Retreat einsetzen, als ich etwas sehr klein Geschriebenes unter der Liste entdeckte. »Was ist das?«

Meine Mutter hatte panische Angst vor Kleingedrucktem und hatte mir früh eingeschärft, dass ich das immer lesen musste. Insbesondere dann, wenn man mir sagte, dass es keine Notwendigkeit dafür gab.

»Ah, der *Harbour Chronicle* unterstützt uns, will aber auch was dafür haben, dass er uns Unterschriften bringt, für die Petition wirbt und die Druckkosten der Blätter bezahlt. Deshalb schließt man automatisch ein Probeabo für den Chronicle ab. Ist aber nach einem Monat kündbar und bis dahin kostenlos.«

»Seltsame Masche«, kommentierte ich. »Aber von mir aus. Ich setzte eine unleserliche Unterschrift hinter meinen Namen und trug die Adresse meiner Highschool ein.

»Pass auf …«

Ich setzte noch die Namen und die korrekte Anschrift unserer Nachbarn darunter, deren Boxer ständig vor unsere Haustür kackte, die Daten meiner Englischlehrerin und unterschrieb für sie alle.

Josie beobachtete, wie ich die letzte Unterschrift setzte. Sie grinste breit und murmelte etwas, das wie »Gute Idee« klang. Dann nahm sie mir die Liste und den Kuli ab und setzte selbst noch einen weiteren Namen auf die Liste, den sie mit einer vermutlich fiktiven Adresse in Baltimore vervollständigte und eine unleserliche Signatur dahinter platzierte.

Sie sah mich ernst an, tippte auf die Liste und sagte: »Wenn es darauf ankommt, Lee, kannst du die Klappe halten?«

»'türlich«, erwiderte ich etwas überrumpelt.

»Und mir versprechen, dass du nicht alles glaubst, was du hörst oder siehst?«

»Eh nicht«, erwiderte ich.

»Wenn es um Leben und Tod geht, kannst du dann schweigen?«, bohrte sie weiter.

»Was ist das für eine bescheuerte Frage? Für wen hältst du mich?«

»Die Frage wird sein, für wen man *mich* hält«, sagte sie kryptisch.

23

Parker liegt neben mir. Das Bett ist groß, und man kann mit vernünftigem Abstand nebeneinander verharren, ohne sich zu berühren. Ich komme mir trotzdem vor wie in einer Romance, in der die Protagonisten auf einer einsamen Insel gestrandet sind und es nur ein einziges Bett gibt. Mit dem Unterschied, dass die teure Statue im Flur, die ich wegen der geöffneten Tür gut im Blick habe, nicht dazu passen will. Vielleicht auch nicht ganz die Tatsache, dass die einsame Insel gerade untergeht, wenn man dem Tosen des Windes und dem Knarzen der Wände Glauben schenken kann.

»Bist du wach?«, frage ich in die Geräuschkulisse des Sturms hinein. Am unheimlichsten ist das unregelmäßige laute Flattern der Folie, die wir unten angebracht haben.

Die Bettdecke raschelt. Parker dreht sich zu mir.

»Zitterst du?«, fragt er.

»Nein«, behaupte ich.

»Du kannst es ruhig zugeben, das ganze Bett wackelt ja.«

»*Ich* kann auch auf dem Boden schlafen.«

»Unsinn. Seit wann hast du Angst vor Stürmen?«

»Seit ich mich nicht mehr mit beiden Händen dagegenstemmen kann.«

»Lee!«

»Ich hatte schon immer Angst vor Stürmen.«

»Aber …«

»Aber ich konnte nicht zulassen, dass du mich für einen Schisser hältst.«

»*Dich* für einen Schisser halten?« Er lacht leise. »Das ist abwegiger, als zu glauben, aus mir wäre je ein Prosurfer geworden.«

Ich will etwas erwidern, sagen, dass ich Parker damals für den talentiertesten Surfer gehalten habe, den es in seiner Altersgruppe gab. Aber irgendwie weiß ich, dass er das nicht hören möchte.

»Hast du eine Theorie, was den Stein betrifft?«, fragt er. »Wer könnte das gewesen sein?«

»Ich hab keine Ahnung. Wirklich nicht. Vielleicht nur ein dummer Streich, aber mir will dieser Typ nicht mehr aus dem Kopf, der mich in seinem SUV verfolgt hat. Wenn ich nur sein Gesicht gesehen hätte.«

»Wir gehen zur Polizei, sobald sich das Wetter beruhigt hat.«

»Und was sagen wir denen? Da war ein Typ, der die gleiche Straße entlanggefahren ist wie ich, und vielleicht hat der jetzt Steine geworfen?«

»So viele schwarze SUVs mit vollgetönten Scheiben gibt es auf der Insel nicht. Wir finden eine Lösung. Und wenn ich die ganze Gegend nach dem Schwein absuche.«

»Wir«, sage ich. »Wenn, dann suchen wir die Gegend nach dem Schwein ab.«

»Du bist erwachsen und so.«

»Exakt.«

Sein Arm streift meinen Kopf. »Sorry«, sagt er. Und ich muss kurz die Luft anhalten, weil es schwer zu ertragen ist, seinen Geruch einzuatmen. Er riecht noch immer wie früher. Der kokosnussige Duft nach Sun Bum, seiner Lieblingssonnencreme, hat sich in seine Haut gebrannt. Am liebsten würde ich an seinen Haaren schnüffeln und überprüfen, ob er auch noch das gleiche Shampoo benutzt wie früher. Parker, das alte Gewohnheitstier.

Meine Hand tastet sich ein bisschen über das Laken in seine Richtung. *Wie gut, dass er zu meiner rechten Seite liegt,* denke ich und ziehe die Hand sofort wieder zurück. Ich könnte so tun, als würde ich schlafen, und mich an ihn schmiegen. Ich kralle die Finger in meine Decke. Noch einmal raschelt es neben mir. Parker kommt näher. Ich kann die Wärme seines Körpers fühlen und habe den absurden Gedanken, er könne das Gleiche gedacht haben wie ich. Bitte. Bitte mach es einfach, Parker.

Dann spüre ich seine Finger in meiner Handfläche. Ganz sachte kribbeln seine Nägel über meine Haut. Und dann schließe ich fest und ruckartig meine Finger um seine. Damit sie es sich nicht anders überlegen können. Nicht wieder auf seine Seite des Bettes verschwinden.

»Auf einer Skala von eins bis zehn, wie seltsam ist es, dass wir hier liegen?«, fragt Parker nach einer Weile.

»Mit einer zerschlagenen Scheibe im Untergeschoss? Eine solide Acht, würde ich sagen.«

Parker lacht leise. Ich kann nicht genug davon bekommen, von seiner Art zu lachen. Der leisen und der lauten. Und am schönsten ist das Geräusch, wenn es meinetwegen aus seinem Mund kommt. Er rutscht noch ein wenig näher, sodass seine Beine jetzt auch meine berühren und ich meine darüberlegen und ihn festhalten kann. Ich sage nicht, dass das hier alles hätte normal sein können, wenn er mich nicht weggeschickt hätte.

Ich lasse zu, dass unsere Finger verschlungen sind wie unsere

Beine. Dass das eine Gänsehaut durch alle Poren meines Körpers jagt. Der Phantomschmerz ist sofort zur Stelle.

Der Arm ist weg und doch nicht. Ich spüre ihn, in den ungünstigsten Momenten. Nicht dann, wenn ich etwas greifen will, sondern dann, wenn ich eine völlig unbewusste Bewegung absolvieren will. Und dann, wenn es darum geht, mich mit Parker zu verknoten. Ich drehe mich ein klein wenig, sodass ich Parker den Rücken zuwende, und ziehe seine Hand mit mir. Er versteht die Bewegung und folgt mir. Sein Bauch ist an meinem Rücken.

Ich kann seinen Mund an meinem Hals fühlen. Es ist, als atmete er Küsse auf meine Haut, ohne sie mit den Lippen wirklich zu berühren. Die Härchen stellen sich auf, und mein Mund wird ganz trocken. Ich wage nicht, mich zu bewegen. Ich spüre, wie sich etwas in mir rührt, das lange geschlafen hat. Wie sich Wärme und Feuchtigkeit in meinem Schoß ausbreitet. Sich nach mehr sehnt. Nur die Tatsache, dass er an meinen Nacken pustet, erregt mich mehr als alles, was ich halbherzig in den letzten zwei Jahren an sexuellen Erfahrungen gemacht habe. Ohne weiter darüber nachzudenken, drücke ich meinen Hintern ein wenig gegen Parker. Täusche ich mich oder stöhnt er leise? Es ist manchmal ein wenig unangenehm, seitlich auf dem Stumpf zu liegen, aber um nichts in der Welt würde ich jetzt die Position wechseln. Parkers Finger winden sich aus meiner Hand und fahren Millimeter für Millimeter meinen Arm nach oben. So wie er die Spuren meiner Tätowierung nachgefahren ist, so wiederholt er es jetzt im Dunkeln. Malt Kreise und Pfeile, runde und eckige Muster, bis er an meiner Schulter angekommen ist, aber dieses Mal verweilt er nicht dort, er streicht an der Seite hinunter, bis er den Saum meines T-Shirts findet und an meiner Flanke entlang wieder nach oben fährt. Er schiebt seine Hand zu meinen Brüsten. Er stöhnt. Oder ich stöhne. Wir beide stöhnen. Das Shirt ist weit, weil es einfacher ist, weite Sachen anzuziehen als enge.

An meinem Hintern spüre ich, dass er hart wird. Ich drücke mich dagegen, reibe mich daran und höre, wie Parkers Atem schneller wird. Ich greife mit der Hand an meine Strandshorts und ziehe sie herunter. Parkers Liebkosungen werden nicht schneller, nicht hastiger dadurch. Er lässt sich quälend viel Zeit, bis er mit seinen Fingern endlich dort angekommen ist, wo ich den Bund weggeschoben habe, um Platz für ihn zu machen. Wie unterschätzt die Wirkung eines geteilten Bettes doch ist, schießt es mir durch den Kopf. Wie unterschätzt es ist, von jemandem gestreichelt zu werden, der einen einmal sehr, sehr gut gekannt hat. Ich denke an Parkers und meine ersten ungeschickten Versuche im Bett und daran, wie wir uns einen Sommer lang gegenseitig entdeckt haben. Parker hat sich alles gemerkt, jede Stelle, die mir Freude bereitete, als er sie mit seinen Fingern erforschte. Er weiß noch, wie sehr es meine Lust anstachelte, wenn er es langsam tat. Wie jetzt, wo er seinen Mittelfinger Millimeter für Millimeter über meine Klitoris wandern lässt, mit sanftem Druck, ihn dann zwischen meine Schamlippen schiebt und mich warm und feucht findet. Von hinten drückt sein harter Schwanz gegen meinen Po. Vorne tastet er mit dem Finger nach meiner Öffnung. Findet sie und lässt erst einen, dann den zweiten Finger langsam hineinschnappen, um sie effektreich wieder herauszuziehen. Ich keuche. Und ich will mehr. Aber Parker löst den Kontakt, und ich merke, wie er sich von der Hose befreit. Mit der Hand dirigiert er seinen Schwanz an meine Vulva, stößt ihn neckend gegen meinen klitschnassen Eingang.

»Weißt du, was viel schlimmer ist als ein eingeworfenes Fenster?«, flüstert er heiser in mein Ohr.

»Nein«, stöhne ich ungeduldig, weil es mir völlig egal ist. Was könnte jetzt noch schlimm sein?

»Ich habe keine Kondome im Haus, und wir können nicht raus und welche holen.«

»Nicht dein Ernst«, murre ich, kann es aber dennoch nicht lassen, mich gegen ihn zu drücken.

»Aber es soll nicht zu deinem Schaden sein«, sagt er.

»Aber …«

Seine Finger machen da weiter, wo sie aufgehört haben. Sie malen Kreise um meine Klit, reiben daran, und gleichzeitig ist da seine Erektion, die an meiner weichsten Stelle reibt.

Seine Lippen suchen meinen Hals, und er meidet mein Ohr, weil er weiß, dass ich das nicht so gut leiden kann. Stattdessen saugt er sanft an meinem Mundwinkel. Ich drehe mich, so gut es geht, ohne dass ich an irgendeiner anderen Stelle den Kontakt zu ihm verliere.

Seine Zunge taucht in meinen Mund, und seine Finger werden fordernder, die Bewegungen, mit denen er reibt und schnippt, zieht und kreist, fester. Immer fester. Die Welt verschwimmt in Farben, steuert auf das köstliche Violett zu, darauf, unter Parkers Fingern zu kommen. Dann entzieht er sich mir. Stöhnt laut. Ich taste nach seinem Schwanz, finde ihn und glaube allein des vertrauten Gefühls in meiner Hand wegen zum Höhepunkt zu gelangen. Aber Parker ist noch nicht fertig. Noch einmal fahren seine Finger über die Haut meiner empfindsamsten Stelle, und schließlich taucht er einen, zwei, drei in mich. Stößt zu, als wären es nicht seine Finger, sondern sein Glied, das in mich und aus mir gleitet. Erst als ich schon kurz davor bin, laut zu schreien, hört er wieder auf. Er kennt ihn noch, meinen point of no return. Wie kann es sein, dass er mich nach all den Jahren noch immer so gut kennt?

Jetzt. Jetzt. Jetzt schreie ich. Schreie das Wort, schreie seinen Namen, schreie die Lust, die in mir brodelt, an die Oberfläche. Ich komme lang und heftig. Komme, während Parker an meinen Lippen saugt, und habe das Gefühl, zu ertrinken vor Lust.

»Lee«, stöhnt er. Es klingt ein Fragezeichen nach, und ich nicke. Nicke gegen seine Lippen. Erschöpft und erfüllt, auch ohne dass Parker in mir gewesen ist. Er kommt an meinem Oberschenkel und es ist ihm ein wenig peinlich. Mir nicht. Parker ist einer dieser Menschen, mit denen mir nichts peinlich ist. Parker ist der Mensch für mich. Ich wusste das immer. Jetzt weiß ich es wieder.

24

Ich wache auf, und auch ohne das Abtasten der Bettseite neben mir weiß ich, dass Parker bereits aufgestanden ist. Etwas ist anders. Der Sturm ist verstummt.

Im Bad stütze ich mich kurz am Waschbecken ab und spritze mir Wasser ins Gesicht. Ich öffne die Fensterläden und schaue mit zerzausten Haaren hinaus auf die Waterfront Avenue. Es herrscht absolutes Chaos. Überall liegt Unrat herum, und die umgestürzte Palme aus der Nacht hat es sich auf dem Auto des Nachbarn gemütlich gemacht. Eine dreckige Wassermasse strömt die Straße hinunter. Alle anderen Häuser sind unterspült, auch die Villa von Parker. Im Schlafzimmer finde ich ein sauberes Paar Herrensocken, ziehe es an und bin erstaunt, wie flauschig sie sind.

Ich bin ein wenig unsicher, wie ich Parker nach dieser Nacht begegnen soll. Als ich die Treppe hinunterkomme, stellt sich die Frage nicht. Es ist ein Moment, in dem ich mir sehr wünsche, beide Arme in die Hüften stemmen zu können. Schon wieder.

Parker trägt einen Wetsuit und wartet, die Arme auf ein Longboard gestützt, mitten im Wohnzimmer auf mich.

»Guten Morgen und guten Surf«, sage ich.

Parker wackelt mit den Augenbrauen und schaut mich an.

»Nein.« Ich mache einen Schritt rückwärts. Nehme die erste Stufe. Und noch eine.

»Doch«, sagt Parker und legt das Board auf den Boden. »Komm runter. Es beißt nicht. Nicht so wie die Haie, die dir den Arm abgeknabbert haben.«

»Singular, es war nur ein Hai.«

Parker bleibt ungerührt.

»Fass es an und sag mir, dass du nichts dabei fühlst.«

Flucht oder Angriff? Ich entscheide mich spontan für Angriff, gehe möglichst cool die Treppe hinunter und stelle mich vor das Board. Ich zucke mit den Achseln, beuge mich nach unten und reibe kurz über das Brett.

»Polyurethanschaum, Polyesterharz oder auch Holzstringer und eine Laminierung aus Epoxidharz. Reine Chemie, macht nichts mit mir.«

»Stell dich drauf«, befiehlt er.

Ich gehorche und stelle mich drauf. Rolle die Augen.

»Ohne Socken, Lee. Seit wann trägst du überhaupt … meine Socken?«

»Sie sind verdammt bequem. Ich hatte keine Ahnung, wie bequem Socken sein können.«

»Fünfunddreißig Dollar das Paar, die dürfen auch angenehm zu tragen sein.«

»Fünfunddreißig?« Socken werden mein neues Lieblingsthema, wenn das bedeutet, dass wir nicht weiter übers Surfen sprechen müssen. »Sind die aus güldener Wolle, oder was?«

Auch mit Socken brennt das Board unter meinen Füßen.

»Ich kauf dir einen Zehnerpack, aber jetzt zieh sie bitte aus.«

Ich hole Luft. »Ich surfe nicht mehr, okay? Ich war seit zwei Jahren, drei Monaten und … und … soundso viel Tagen nicht mehr surfen.«

»Soundso viel?«, fragt er amüsiert.

Ich winke ab, selbst erstaunt, dass mir nicht einfällt, wie viele Tage es nun genau sind. »Und es werden weitere Tage dazukommen.«

»Warum?«

»Ist das nicht offensichtlich?«, frage ich angepisst.

»Nein.«

Ich schließe die Augen. Ich hatte vergessen, wie nervtötend Parker sein kann, wenn er will.

»Surfen oder Yoga, such es dir aus.« Er grinst und glaubt, gewonnen zu haben. Aber leider kennt er mich schlecht. Schlechter als vor zehn Jahren.

Jetzt bin ich es, die ihm ein breites, triumphierendes Lächeln schenkt.

»Na dann! Yoga!«

»Was?«

Ich schaue mich um, kann aber nirgends eine Matte entdecken, nehme mir also ein Kissen von der Couch und setze mich darauf. Mühelos mache ich aus dem Schneidersitz einen Lotussitz. Parker starrt mich an.

»Wer bist du und was hast du mit Lee Baker gemacht?«

Ich drehe mich zu ihm, stretche und dehne meinen Arm und den Kopf. »Weißt du noch: Du hast mal gesagt, das Brett sei ein Körperteil. Jenes, das mir fehlt. Und ich hab gesagt: Mir fehlt kein Körperteil.«

»Die Konzentration war es, die dir damals gefehlt hat.«

»Und jetzt fehlt mir ein Arm.«

»Irgendwas fehlt immer.« Parker sagt es mit einem Schulterzucken, das mich zum Lachen bringt.

»Irgendwas fehlt immer«, wiederhole ich seine Worte. Und denke: *Aber du, du fehlst mir jetzt nicht mehr.* Nur um mich gleich selbst zu korrigieren. Das, was da heute Nacht only-one-bed-mäßig passiert ist, muss nichts heißen. Gar nichts. Parker und ich haben früher ganz andere Sachen gemacht, und er hat trotzdem gesagt, ich solle aus seinem Leben verschwinden.

Ich rutsche vom Kissen, biege meinen Rücken und gehe in den Sonnengruß.

»Was tust du da?« Parker klingt so ungläubig, als wäre ich es gewesen, die das Fenster heute Nacht eingeworfen hat.

»Yoga.«

»Aber das kannst du doch gar nicht.«

»Es geht besser, seit ich keinen linken Arm mehr habe. Aber ich mach's noch heimlich. Qualle würde sich in den Wetsuit pinkeln vor Lachen, wenn er es wüsste.«

»Wer ist Qualle?«

»Mein durchgeknallter Mitbewohner, in meinem Haus an der Pipeline. Du weißt schon, North Shore O'ahu.«

»Wie lange wartest du schon darauf, diesen Satz zu sagen?«

»Lange«, muss ich zugeben. »Seit ich hier aus dem Auto eines Typen im Holzfällerhemd gestiegen bin, um genau zu sein.«

Parker muss schon wieder lachen.

»Und du? Willst du mitmachen?«

»Eigentlich muss ich in die Klinik. Eigentlich sollte ich die Polizei rufen. Aber die Straßen sind geflutet, und wir haben weder Mobilfunknetz noch Strom.«

»Wolltest du schwimmen?«

»Nein«, sagt er verwirrt.

»Na also«, ich bekomme langsam Freude an dem Ganzen. »Dann setz dich auf den Boden und mach Yoga mit mir.«

»Im Wetsuit?«

»Von mir aus auch nackt«, sage ich grinsend. Parker gehorcht und setzt sich zu mir auf den Boden.

Dann machen wir gemeinsam eine Abfolge von Sonnengrüßen.

»Ich glaube, ich hatte da eine Dysbalance zwischen meiner linken und rechten Körperhälfte. …« Ich halte inne. »Egal, jetzt passt es. Wahrscheinlich war meine linke Hälfte insgeheim sechs Prozent schwerer als meine rechte, und deshalb bin ich immer umgekippt.«

Damit Parker keine Fragen stellt, gehe ich in ein anderes Asana über. Parighasana, dann Dhanurasana und schließlich Prasarita Padottanasana. Jene Pose, die man auch die stehende Grätsche nennt und bei der ich durch meine breit auseinanderstehenden Beine hinter mich durch die Verandatür schaue. Parker hat die gleiche Pose eingenommen, und der erste Gedanke, der mir durch den Kopf schießt, ist: *Zum Glück hat Parker den Wetsuit nicht ausgezogen.* Dann kippe ich um wie ein nasser Sack. Und drei völlig perplexe Gesichter hinter der Scheibe sehen mir dabei zu.

25

Avery, Isa und Odina tragen Gummistiefel und Wetsuits. Avery hat aus unerfindlichen Gründen eine Taucherbrille auf der Stirn.

Isa schreit, Avery gibt einen angenehmeren Ton von sich, was vermutlich an ihrer Rockstarstimme liegt, und Odina reißt Augen und Mund bis zur maximalen Belastungsgrenze auf.

Parker sitzt auf dem Boden und lächelt schief. Ich wette, er hat sich auch gerade gedacht, dass das Ganze ziemlich peinlich hätte werden können, wenn man ihn nackt beim herabschauenden Hund erwischt hätte. Er ist recht schnell auf den Beinen und öffnet die Tür. Moment mal, wusste er etwa … hat er das arrangiert?

Ich schaue nach zehn Jahren das erste Mal in die Gesichter meiner Freundinnen. Und sie in meins. Mein heimliches Beobachten zählt nicht.

»Wo ist dein Arm?«, ruft Isa. Und presst sich sofort die Hand auf den Mund.

»Du kannst ja doch Yoga«, kommt es fast gleichzeitig von Avery. Odina stürmt einfach auf mich zu und drückt mich an ihre Brust.

Ich muss lachen. Weil ich so große Angst vor dieser Begegnung hatte. Und es noch so ist wie früher. Auch wenn der Spruch mit dem Arm eigentlich von mir kommen könnte. Langsam wage ich, Odinas Umarmung zu erwidern, und lege meine Hand auf ihren Rücken. Was sie dazu veranlasst, mich noch fester zu drücken.

»Du bist wirklich hier!«, flüstert sie. Einmal, dann noch mal und ein drittes Mal.

Die anderen umringen mich. Überall sind Arme, die mich halten, Finger, die mich berühren. Ich hasse das eigentlich, aber jetzt gerade fühlt es sich so an, als gäben mir meine drei Freundinnen von einst das, was mir seit über zwei Jahren fehlt. Einen Grund, am Leben zu sein.

»Wir haben uns Sorgen gemacht«, sagt Odina und löst langsam ihre Umarmung. Ich weiß instinktiv, dass sie eine hervorragende Mutter ist, weil sie immer jemand war, der sich um andere gesorgt hat. Weil sie, wie Mama Bianchi, einem das Gefühl geben kann, zu Hause zu sein. Und geborgen.

Avery wendet sich an Parker. »Es hieß, bei dir wäre eine Palme umgefallen, und wir haben dich nicht erreichen können. Dabei ist doch nur das Handynetz tot. Was ist mit deiner landline los?«

Ich schaue über Odinas Schulter zu Parker. Der offenbar auch nicht versteht.

»Der Strom ist doch weg.«

»Nein«, sagen Avery und Isa gleichzeitig.

»Hier schon.«

»Seltsam …« Parker sieht sich um, als würde ihm ein Blick durch den weiten Raum seiner Villa mehr verraten. Mir läuft ein Schauder über den Rücken.

»Jemand hat das Fenster eingeschlagen, mit Steinen, die mit Zeitungsfotos von Josie umwickelt waren.«

»Was?«

Isa und Avery wechseln Blicke, die ich nicht verstehe.

»Gab es bei euch auch solche Vorfälle?«, will Parker wissen.

»Nicht direkt«, sagt Avery ausweichend.

»Seit wann bist du hier?«, erkundigt sich Odina, und in diesem Moment klingt es schwer nach Ablenkungsmanöver.

»Noch nicht lange«, erwidere ich ausweichend, damit ich nicht erklären muss, warum ich meine ehemaligen Freundinnen so lange nicht aufgesucht habe.

»Ich freue mich wahnsinnig, dich zu sehen, Lee. Jetzt sind wir …« Isa schluckt. »Vollständig.«

Ich will gerade protestieren und etwas über Josie sagen, da tritt Parker vor. Er wendet sich an Odina. »Kann Lee ein paar Tage bei euch wohnen?« Sein Blick wandert von Odina zu Avery und dann zu Isa, und ich glaube mich verhört zu haben. Warum schaut er mich nicht an? Wieso klingt das verdammt noch mal nach einer abgekarteten Sache? Als hätte er das schon früher beschlossen.

Ich starre ihn an. Da ist es wieder. Das *Verschwinde. Verschwinde aus meinem Leben.*

Avery macht einen kleinen begeisterten Hüpfer und streckt ihre Hände nach mir aus. »Klar! Unbedingt! Ich würde mich freuen, wenn du mitkommst.«

Mein Arm baumelt an meiner Seite, ich mache keine Anstalten, ihre Hände zu greifen. Sie merkt es und lächelt verlegen.

»Zu mir kannst du auch«, schlägt Isa vor. »Ich hab ein ganzes Haus und bin doch sowieso meistens bei Preston drüben. Und bei mir steht auch kein Wasser im Keller.«

»Ich hab ein kleines Haus auf Mosslake, aber mein Bruder ist zurzeit auf Harbour Bridge, und wir sind solange bei Noah und Avery.«

Alle drei strahlen mich an. Und fangen wieder an durcheinanderzureden. Ich verstehe nur die Hälfte, bin ihre Geschwindigkeit nicht mehr gewohnt. Mit Qualle laufen die Gespräche deutlich temporeduzierter ab.

»Wie lange bleibst du denn?«

»Bist du gekommen, weil wir dich angerufen haben?«

»Oder wegen des Briefes?«

»Der Anzeigen im *Harbour Chronicle*?«

»Wir haben dir so viel zu erzählen. Diese Sache mit HBO, Josies E-Mails, die Anzeige in Thousand Oaks und dann noch Jesper, von Wilson gar nicht zu reden. Aber jetzt … ich meine, du hast es gehört, oder? Dass sie …« Odina stockt.

»Dass Josie tot ist«, sagt Isa.

Ich nicke. Es folgt ein kurzes, betretenes Schweigen, ehe eine Diskussion darüber beginnt, wo ich am besten unterkomme, während ich nicht aufhören kann, Parker anzuschauen, der nicht aufhören kann, an seinem Wetsuit herumzunesteln.

Parker? Ich forme seinen Namen mit meinen Lippen, fühle mich außerstande, ihn laut auszusprechen. Meine Beine sind taub und ich höre nur Fragmente dessen, was Avery, Isa und Odina zueinander sagen. »Bessere Variante … Sicherheitsrelevant … Aber der Platz … Keine Frage …«

»Lee?«

»Lee?«

»Hmm?« Ich schaue zu den dreien, in Averys Gesicht, das ein breiter Abdruck der Taucherbrille ziert, in Isas mit dem einladenden Lächeln, das mir ebenso fremd erscheint wie die kleinen Lachfältchen um ihre Augen. In Odinas rundes Gesicht mit den großen dunklen Augen, die ernst, aber unverändert warmherzig dreinschauen.

»Wir glauben«, sagt Odina und vergewissert sich mit einem Blick auf die anderen, »dass es aus Sicherheitsgründen am besten wäre, du kommst mit in die Waterfront Avenue 10. Und wir haben doch so viel zu bequatschen.«

»Das halte ich für eine gute Idee«, sagt Parker. »Zu deiner Sicherheit.«

»Und was ist mit dir?«, platze ich heraus.

»Ich kümmere mich darum, dass der Glaser kommt. Und die Polizei.«

Parker? Noch einmal ein stummes Fragezeichen in seine Richtung. Parker, sind wir okay?

26

Zehn Jahre zuvor

In unserem letzten gemeinsamen Sommer war ich mit Abstand am knappsten bei Kasse. Im April verscherbelte ich mein Skateboard für Lebensmittel und Opiate, die ich Wilson abkaufte. Im Mai war ich kurz davor, auch das Surfboard zu verhökern. Stattdessen fälschte ich mit Parkers Hilfe (und der Hilfe des Druckers im Büro von Rods & Reels) die Tickets für Harbour Gras, das Festival, das zum ersten Mal am Ende des Sommers stattfinden sollte. Im Mai nahm ich den letzten Zehner aus der Schatulle unter meinem Bett. Im Juni wand sich meine Mutter vor Schmerzen, und ich schlug das Fenster in Walgreens Pharmacy auf James Island ein, stahl drei Packungen Folfirinox, zwei Packungen Tylenol und vier Blister Tilidin aus einer offenen Schachtel im Büro. Da ich schon dabei war, auch zwei Zehnerpackungen Kondome.

Im Juli kam Josie. Und sie war die Einzige, mit der ich über meine ausweglose Situation sprechen konnte. Josie versank nicht in Mitleid, wie ich es von den anderen befürchtete. Nein, Josie ging die Dinge sehr viel pragmatischer und emotionsloser an.

»Ich kann dir helfen«, erklärte sie eines Mittags am Pier, als ich ihr meinen Einbruch beichtete.

»Wie denn? Dein Geld nehme ich nicht an.«

»Das weiß ich, deshalb biete ich es dir auch gar nicht erst an.«

»Was dann? Willst du jetzt für mich Medikamente klauen gehen?

»Das ist nicht nötig. Ich lebe in einer Klinik, Lee.«

Ich riss die Augen auf.

»Und hier wird mit allem Möglichen gedealt. Die meisten Schmerzmittel kann ich dir so einfach beschaffen.«

»Aber …«

»Mach dir keine Gedanken.« Sie lachte auf. »Ich regle das.«

Ich war zu müde, um zu widersprechen. Erzählte ihr auch besser nicht, dass ich seit Jahren mit den Dealern auf Summerstone im Bunde stand. Und Josie nahm mir den letzten Wind aus den Segeln, indem sie ihre Arme um mich schlang. Wir waren fast gleich groß, beide schlank, aber sie erschien mir so zerbrechlich wie Porzellan. Sie drückte ihren kleinen, dünnen Körper gegen den meinen, mit einer ungewohnten Intensität. Fast schon, als brauchte sie diese Umarmung, als wäre es ihre Mutter, die todkrank war. Als wäre ihr Leben the whole mess, und nicht meins. Ich erwiderte die Umarmung. Wenn sie das brauchte, musste ich nicht wissen, warum. Und sollte sie es mir sagen wollen, dann würde sie es tun. So einfach war das zwischen uns.

• • •

Einfacher war es nur noch mit Parker. Zumindest in der ersten Hälfte dieses denkwürdigen Jahres. Parker hatte in der umfangreichen Bibliothek seines Vaters ein altes *Kamasutra* ausgekramt. Das, was wir damit veranstalteten, war manchmal sexy, oft verdammt lustig und endete einmal mit einem Muskelfaserriss an einer Stelle, die ich nicht genauer bezeichnen konnte.

Wir hielten noch immer kein Händchen, ich rülpste, wenn mir danach war, und wenn die Mädchen in meiner Klasse, mit denen ich außer den spärlich besuchten Unterrichtsstunden nichts gemeinsam hatte, sich berieten, wie sie es handhabten, wenn sie ihre Tage hatten und bei ihren Freunden übernachteten, dann konnte ich mich nur wundern. Ich wäre nie auf die Idee gekommen, meine Tamponpackungen vor Parker zu verstecken oder ihm einen Blowjob anzubieten, weil ich vaginal verhindert war. Ich konnte Parker solche Geschichten erzählen, und dann lachten wir beide. Es war gut zwischen uns, nahezu perfekt. Zumindest so lange, bis die Wettbewerbe wieder begannen und mir damit eine neue Gelegenheit geboten wurde, endlich einen Sponsor zu finden. Meiner Mutter ging es zu Beginn des Jahres schon so schlecht, dass ich den Spagat zwischen Schule, dem ständigen Geldauftreiben und dem Surfen nicht mehr schaffte. Bauchspeicheldrüsenkrebs. Im Endstadium. Es war so schrecklich, wie es sich anhörte. Von einer der vielen Verpflichtungen in meinem Leben musste ich mich befreien, und ich entschied mich für die Schule, die ich vorzeitig schmiss. Im Unterschriftenfälschen war ich schon immer gut gewesen, und so beendete ich meine akademische Laufbahn drei Monate vor meinem achtzehnten Geburtstag. Was mich befreite, sorgte für zusätzlichen Druck. Jetzt, ohne Schulabschluss, musste ich noch zwingender Pro werden, noch dringlicher eine Sponsorship klarmachen, noch mehr trainieren und noch mehr Geld verdienen, um die Ausgaben zu tragen. Parker sah hilflos zu, denn ich hatte ihm ausdrücklich verboten, mir irgendwie finanziell zu helfen. Es standen schon die Wettbewerbe zwischen uns, mehr wollte ich nicht riskieren.

Jeden Sonntagabend saßen wir gemeinsam am alten Hafen

und sahen uns den Sonnenuntergang an. Manchmal teilten wir uns eine Zigarette und schauten stumm und glücklich aufs Meer. Es war im Mai, als Parker mir von Josie und Andrea erzählte.

»Wir bekommen das gut hin, mit unserer Freundschaft und dem Sex«, sagte ich und legte meine nackten Füße auf Parkers Oberschenkel ab. Er reichte mir sein Trader Joe's Lager, und ich nahm einen großen Schluck.

»Du bist immer noch mein bester Freund, nur mit Vorzügen.«

Parker nickte, aber er schien irgendwie abwesend.

»Woran denkst du?«

»An Andrea … ich wünschte, für ihn und Josie wäre es auch so einfach.«

»Andrea und Josie? Unsere Josie? Meine Josie? Josephine Blythe?«

»Wie viele Josies kennst du?«, sagte Parker leise lachend.

»Ich wollte sichergehen.«

»Hat sie euch nie davon erzählt?«

»Nein.«

»Dann ist es ihr wohl auch ernst.«

»Was soll das denn heißen?«, fragte ich und zog die Füße zurück.

»Er liebt sie, aber ich war mir nicht sicher, wie ernst es ihr mit ihm ist. Ich meine, sieh sie dir an. Es scheint kaum etwas zu geben, was sie nicht mit der Welt teilt.«

»Spielst du jetzt auf die Sache mit dem Nacktfoto an?«, erwiderte ich alarmiert.

Er zuckte mit den Schultern. »Na ja, Andrea ist mir wichtig, er ist mein Freund. Ich hab nicht das Gefühl, dass sie ihm guttut. Es ist ein ewiges Hin und Her. Sie spielt eine Rolle, sie spielt mit ihm.«

»Josie ist auch meine Freundin, und ich weiß nicht, ob sie ihm guttut. Ich weiß ja nicht mal, ob ich dir guttue, aber ich bin mir sicher, dass sie nicht mit ihm spielen würde.«

»Ich hoffe, du hast recht«, sagte Parker. Und ich dachte im Stillen: *Das hoffe ich auch.*

• • •

Je weiter die Regionals fortschritten, desto größer wurde die Angst, nicht zu genügen. Und desto seltsamer wurde Parker. Ich verstand nicht, warum er sich von mir zurückzog, kaum sprach, wenn wir zu den Wettbewerben fuhren, allein trainierte und mir nicht Bescheid gab, wenn er ins Maybank Center ging. Wir sahen uns selten in diesen Tagen, und wenn, dann redeten wir wenig. Und auch wenn ich mir sicher war, dass das seine Art war, den Druck auszuhalten, so verstand ich es von Woche zu Woche weniger. Denn unsere Leistungen waren beide gut. Wir hatten uns jeweils an die Spitze gekämpft. Er bei den Junioren, ich bei den Juniorinnen. Doch je länger wir beide gleich gut waren, desto mehr schien sich etwas zu verschieben.

Es trug nicht zur Entspannung bei, dass wir nun auch Reporter von Surfmagazinen bei den Wettbewerben sichteten. Andy machte uns mit Talentsuchern bekannt und flüsterte uns zu, welche Leute zu den Sponsoringteams der großen Sportmarken gehörten. Wir waren voll im Game. Parkers Mini-Sponsoring von Quicksilver war ausgelaufen, und so ging auch er ganz neu ins Rennen.

Und dann fuhren wir mit Andy nach Nags Head in North Carolina. Es war der Wettbewerb, der darüber entscheiden würde, ob Parker und ich ins Nationalteam aufgenommen werden würden.

Der Heat war gelaufen, und ich schaute mich nach Parker um. Sein Wettbewerb war früher zu Ende gegangen, die Siegerehrung bereits abgeschlossen. Er war nirgends zu sehen. Ich hatte keine Ahnung, wie er abgeschnitten hatte. Ich suchte das Gelände ab, drängte mich an den Fotografen und Presseleuten vorbei und warf einen kurzen Blick auf das verbliebene Publikum, das hauptsächlich aus Eltern bestand, die ihre Kinder bei den Meisterschaften im Boogieboarden anfeuerten. Schließlich entdeckte ich ihn abseits an einem Teil des Strandes, der von Seegras überschwemmt war. Parker saß alleine auf seinem Board und starrte auf den Ozean.

»Hey, wie ist es gelaufen?«, rief ich und ließ mich neben ihn fallen. Ich berührte ihn leicht an der Schulter, er zuckte weg.

»So schlimm?«

»Die Leute von Roxy waren da. Und mein Dad, glaube ich, auch.«

»Oh.«

Parker presste die Fäuste in den Sand. »Sie haben beide Wettbewerbe beobachtet.«

»Ja …«, sagte ich gedehnt. War das etwa das Problem? Dass ich meinen letzten Heat als Zweite bestritten hatte? War Parker etwa … eifersüchtig? In meinem Innern wurde etwas fest und hart. Wie ein Knoten aus Angst, wir könnten doch noch unversehens zu Konkurrenten werden.

»Wir sollten uns gegenseitig pushen, Parker. Nicht gegeneinander antreten«, sagte ich leise und wollte nach seiner Hand greifen. Aber er zog sie weg.

»Nein, Lee. Du musst anfangen, einen Konkurrenzgedanken zu festigen.«

»Aber … das will ich doch gar nicht.«

»Du musst«, sagte er mit fester Stimme und griff jetzt nach meiner Hand. Er drückte sie fest, fast grob.

Er wandte den Blick ab. »Ich will es mehr als du. Ich will meinem Dad nichts beweisen, ich will es aus eigener Kraft schaffen, einen Sponsor finden.«

Ich nickte. »Natürlich, das verstehe ich.« Und da begriff ich, dass Parker dabei war, uns zu opfern. Ich verstand es. Und das war vermutlich das Schmerzhafteste daran. Bevor ich gemerkt hatte, dass ich Parker mehr liebte als das Surfen, hätte ich dasselbe getan wie er.

»Es hat sich etwas verändert, oder?«

»Ja«, sagte er knapp. »Es hat sich etwas verändert.«

»Aber wir werden beide ins Team kommen, einen Sponsor finden, und damit ist der Weg in eine Profikarriere offen. Für uns beide.«

»Sicher«, sagte er.

»Und … wenn es mit der Profikarriere nicht klappt, bei einem von uns, dann studierst du eben Medizin, und ich werde Surflehrerin.«

Ich meinte das nicht wörtlich, natürlich nicht. Aber in diesem Moment erschien es mir wie eine glückliche Alternative.

»Lee, du solltest es ernst nehmen. Wo ist dein Ehrgeiz hin?«

»Aber ist das das Wichtigste?«, fragte ich vorsichtig. Ich musste einfach.

»Sag das noch mal!«, blaffte Parker.

»Kannst du an nichts anderes denken als ans Gewinnen?«

Er baute sich vor mir auf. »Du bist diejenige, die ihr Leben lang von Hawaii gesprochen hat!«

»Und du setzt uns aufs Spiel!«

Parker holte tief Luft, und am liebsten hätte ich ihm den Mund zugehalten, so sehr trafen mich seine Worte. »Es gibt doch gar kein richtiges Uns, Lee. Was sind wir in ein paar Jahren? Kindheitsfreunde, die höchstens einen flüchtigen Gedanken aneinander verschwenden.«

»Was redest du da?«

Ich verstand die Welt nicht mehr. Meine Welt. Die sich auf einmal zu schnell drehte, sodass mir schwindelig wurde. Ich verschränkte die Arme vor der Brust und krallte mir die Nägel in die Seiten. Parker hatte mir eine Betäubungsspritze ins Herz gerammt, dabei wollte ich gerne Wut spüren.

»Wenn du dich entscheiden müsstest, zwischen mir und Hawaii. Für wen würdest du dich dann entscheiden?«

»Das habe ich dir doch schon gesagt«, erklärte ich verwirrt. »Für dich.«

»Aber du hast mich nie gefragt, wofür ich mich entscheiden würde.«

Ich starrte ihn an. »Was?«

»Ich will meine Zeit nicht länger verschwenden.«

»Deine Zeit verschwenden?«

Er sah zur Seite, beinahe gelangweilt.

»Mit mir?« Es kam so leise aus meinem Mund, dass ich bezweifelte, er könnte es wirklich gehört haben.

Er antwortete nicht, aber das kurze Flackern in seinem Blick hatte ich gesehen. Parker wandte sich ab.

Erst viel später, als wir beide längst wieder bei Andy im Auto saßen – ich betäubt vor innerem Schmerz, keinen halben Meter von Parker entfernt –, fiel mir auf, dass ich ihn noch immer nicht nach seiner Platzierung gefragt hatte.

»Gratuliere, ihr beiden, fantastische Leistung«, dröhnte Andy und trommelte vergnügt zu »We don't need another hero« auf dem Lenkrad herum.

Parker hatte den Wettbewerb gewonnen. Und ich verstand die Welt nicht mehr.

• • •

Hatte Parker jetzt mit mir Schluss gemacht? Waren wir Geschichte? Ich war so verwirrt, dass ich in den folgenden Tagen nicht in der Lage war, ihn direkt darauf anzusprechen. Aber das musste ich auch nicht. Zu meinem grenzenlosen Erstaunen war Parker fast normal. Er küsste mich – zwar nur beiläufig, aber er küsste mich. Hin und wieder machte er sogar einen Scherz, und ansonsten trainierten wir beide bis zum Umfallen. Wir waren selten allein. Schließlich wollte ich auch Zeit mit den Mädchen verbringen. Und mit meiner Mutter, die zwar die meiste Zeit des Tages vollgedröhnt verschlief, aber die ich dennoch nicht ständig allein lassen wollte.

Odina kämpfte um jeden verbliebenen Faden unserer Freundschaft, die ebenfalls zu zerfasern drohte wie Parkers und meine Liebe. Ich rechnete ihr diese Versuche hoch an, Odina war ein Goldschatz. Und deshalb sagte ich nie Nein, wenn sie vorschlug, bei ihr Pizza zu essen, gemeinsam zu surfen oder im Gym des Seasons zu trainieren. Ich kompensierte über die Freundinnen meine Einsamkeit, die Angst um meine Mutter, um meine Zukunft, um Parker und mich. Und anders als in den Jahren zuvor hatte der Gedanke, mich nach Hawaii zu verpissen, noch nicht einmal einen Placeboeffekt. Im Gegenteil, es war, als würde er mich innerlich vergiften. Sowohl die Vorstellung zu gehen als auch die Möglichkeit zu bleiben. Das Wörterbuch kannte einen Begriff dafür. Hawaii wurde zu meiner ersten Nocebo-Erfahrung. Allein die Erwartung einer negativen Folge – der Verlust von Parker, der Verlust von Heimat, der Verlust meiner Familie und Freunde – hatte Auswirkungen auf meine Psyche und meinen Körper.

Der abschließende Wettbewerb für die Qualis des Nationalteams stand bevor, und er fand in Florida statt – nur drei Tage vor dem Harbour Gras-Festival, das das Ende unseres letzten gemeinsamen Sommers markierte und auf dessen Besuch zu fünft Odina seit Wochen vehement pochte. Weil ich mir einen Flug nicht leisten konnte, fuhr ich mit dem Greyhound runter nach Florida und glaubte bis zur letzten Minute, auch Parker würde einsteigen. Aber ich suchte ihn vergeblich an der Haltestelle in Charleston. Stattdessen packte Andy mein Board und ein weiteres, das er mir aus dem Surfshop lieh, in den Laderaum des Busses.

»Wo ist Parker?«

»Heute morgen geflogen. Mit seinem Dad.«

»Du verarschst mich? Wieso sagt er mir das nicht? Mit seinem Dad?«

»Ich hab keine Ahnung, Lee. Wie ich euch Mädchen immer sage: Redet doch einfach mal miteinander. Aber konzentrier dich zuerst auf den Wettbewerb. Auf dein Ziel. Das ist Hawaii, nicht Parker. Auf lange Sicht. In Ordnung?«

Ich nickte mechanisch. Konnte nicht glauben, dass Parker mich hier stehen ließ.

»Ich kümmere mich um Esme, du musst dir keine Sorgen um deine Mom machen.«

Ich nickte wieder. Konnte nicht glauben, dass ich so kurz vor dem Platzen oder der Erfüllung meines Lebenstraums stand.

Ponce Inlet, Florida, meinte es wider Erwarten gut mit mir. Der Strand war bekannt für seine proletenhaft großen Wellen und war sowohl bei Ebbe als auch bei Flut gut surfbar. Durch den großen Wellenbrecher konnten einem hier waghalsige Rechtsmanöver gelingen, aber man konnte auch durchaus Pech haben und kaum eine anständige Welle stehen können. Das war die Herausforderung. Zudem hatte ich keinen Heimvorteil, aber das Glück auf meiner Seite. In zweierlei Hinsicht. Parker lief mir nicht über den Weg, und so schaffte ich es tatsächlich, mich auf Andys Mantras zu konzentrieren und das Problem mit Parker auf später zu verschieben.

Es lief fantastisch. Mir glückte auf dem Shortboard der perfekte Snap, als ich auf der Lippe einer Welle die Richtung wechselte. Im zweiten Heat stach ich die Konkurrentin mühelos aus, und auch als ich ein weiteres Mal rauspaddelte, zeigte sich der Inlet von seiner besten Seite. Es herrschte Flut, das Wasser spülte über die Sandbank, und ich wusste, dies war der Tag, an dem ich beweisen konnte, dass ein Trailerparkmädchen, das von niemandem außer ihrem Surflehrer gepusht wurde, es schaffen konnte. Bis nach ganz oben. Ich flog den ganzen Wettbewerb über durch die Wellen. Ohne zu denken, völlig fokussiert. Wahrscheinlich bin ich nie besser gesurft als an diesem Tag in Ponce Inlet. Ich kam nur aus dem Wasser, um Sonnencreme aufzutragen, sprang wieder hinein und surfte sogar zwischen den Heats an einem etwas abgelegeneren Platz außerhalb der Wettkampfarea.

Am Ende des Tages saß ich erschöpft am Strand. Irgendjemand hatte mir ein Bier gebracht, an dem ich nippte, als ich plötzlich meinen Namen hörte.

»Lee? Lee Gene Baker?«

»Ja?«

Ich setzte die Dose an, drehte mich um und sah einen Mann … sah noch einen Mann dahinter. Parker. Der andere Mann, deutlich älter als ich, mit einer Cap von Roxy und wettergegerbter Haut unter einem blonden Pony, lächelte mich gewinnend an. Ich rieb die Hand an meinem Oberschenkel ab und sprang auf.

»Sam Alexander, Roxy Surf Team«, stellte er sich vor. Er hatte einen kurzen, festen Händedruck.

»Ich gratuliere ganz herzlich. Wenn Sie wollen, sind Sie das neue Gesicht von …«

Ich sah Parker. Seine Umrisse im Augenwinkel. Aber nicht seine Miene. Dreh dich um. Fuck, Parker, ich muss dich sehen. Ich muss sehen, dass wir okay sind, sonst mache ich das nicht.

»Nicht Parker?«

Der Mann sah mich fragend an. »Parker Johnson? Was ist mit ihm?«

Ich deutete hinter mich. Auf Parker mit seinem Shortboard unterm Arm. Die Haare hingen ihm in die Stirn. Der Griff um sein Brett so hart, dass die Knöchel weiß hervorstanden.

»Was soll mit ihm sein?«

»Er bekommt die Sponsorship nicht?«

»Nein, wir wollen es Ihnen anbieten.« Er strahlte mich an. Aber ich konnte nicht lächeln. Es war völlig unmöglich. Ich starrte an dem Typen vorbei, weil ich nur Parker sehen wollte. *Versprich mir, dass wir nie Konkurrenten sein werden.*

Ich entschuldigte mich mit hastigen Worten bei dem Roxy-Scout und bat ihn, kurz zu warten. »Parker!«, rief ich. »Parker.«

Er war im Begriff, sich umzudrehen, entschied sich in letzter Sekunde dagegen. Fucking fuck. Was soll das? »Alter, willst du gerade abhauen?«

»Nein«, sagte er. Und zum ersten Mal seit einer Ewigkeit wurde er rot. Er log. Natürlich hatte er abhauen wollen. Feige Sau.

»Rede endlich mit mir!«

Was war hier eigentlich los? Lag es daran, dass Parker immer auf der Sonnenseite gelebt hatte und ich im Schatten? Dass er in den letzten Wochen einen winzigen Eindruck davon bekommen hatte, wie sich das anfühlte? Reichte das aus, um ihn von mir zu entfremden?

»Was gibt es zu reden? Die Dinge sind doch klar.«

Er zeigte mit dem Finger auf Sam Alexander, was an sich schon unverschämt war. Ich verstand ihn nicht. Diesen Menschen, der so perfekt war. So gut. So mein.

»Ich hab die Sponsorship, Parker.«

»Ach, wer hätte das gedacht.«

»Ich sag es ab. Für uns.«

Sein Mund zuckte. Verächtlich?

»Wozu?«

»Deinetwegen?«

Er hob die Augenbrauen. Dieses Gesicht kannte ich nicht. Das war nicht mein Parker. Das war ein von Neid zerfressener Mensch, der mir völlig fremd war.

»Verstehe«, sagte ich langsam. »Du willst mich nicht.«

»Ganz genau.« Immerhin hatte er so viel Schamgefühl im Leib, mich dabei nicht anzusehen.

»Weil ich ... gewonnen habe und du nicht?«

Parker machte eine wegwerfende Handbewegung.

»Das war's also?«

»Das war's«, erwiderte er. »Wir beide, Lee, das war keine gute Idee. Von Anfang an nicht.«

»Aber ... ich meine, Andrea und Josie, das ist auch nicht leicht. Und trotzdem ...«

»Wir sind nicht Andrea und Josie. Wir haben keine Zukunft. Wir sind ... uns gibt es nicht.«

»Parker ...«

»Du hast mal gesagt, der Tag, an dem du aufhörst, dich für mich zu freuen, wird das Ende unserer Freundschaft markieren. Es ist so weit, Lee. Ich freue mich nicht mehr für dich.«

»Das glaube ich nicht«, sagte ich. Meine Hände hatten angefangen zu zittern. Aber Parkers Stimme blieb kalt. »Du hast doch jetzt, was du wolltest. Geh nach Hawaii und«, er zögerte, sodass das Gewicht seiner Worte Zeit hatte, sich schwer wie Blei auf meine Seele zu legen, » ... verschwinde. Verschwinde aus meinem Leben.«

27

Die Mädchen helfen, meine Sachen zusammenzupacken. Und zu jeder meiner Habseligkeiten fällt ihnen irgendeine Anekdote ein. Sie bemühen sich so sehr, die Jahre, die wie meterhohe Wellen zwischen uns stehen, mit Geschichten zu überbrücken. Aber es funktioniert nicht richtig, denn Avery, Isa und Odina sind zusammengewachsen, während ich anderswo Wurzeln geschlagen habe. Das spüre ich so deutlich, dass es eine andere Art Phantomschmerz in mir auslöst. Als wären verlorene Freundschaften auch eine Art Amputation. Parker verschwindet im Haus und hinterlässt sofort eine Lücke in meinem Herzen. Wie dumm kann man sein, Lee, zweimal den gleichen Fehler zu machen?

Aber Avery, Isa und Odina lassen mir gar keine Zeit, bescheuerten Herzschmerzgedanken nachzuhängen.

Die Waterfront Avenue 10 ist eine Baustelle. Und die perfekte Metapher für unsere Freundschaft. Ich kenne mich nicht mehr aus in dem Haus, das mir einst so vertraut war, und ich kenne die Frauen nicht mehr, die aus den Mädchen von damals geworden sind.

»Es ist alles noch ein bisschen improvisiert«, sagt Avery entschuldigend, nachdem wir meine wenigen Sachen im Flur abgestellt haben. »Du kannst das Gästezimmer haben. Odina ist momentan auch hier, aber wir haben Jamies Sachen schon in Noahs Zimmer gebracht.« Dann fügt sie erklärend dazu: »Jamie ist ihr Sohn.«

»Noah und Odina … ich werde damit noch nicht ganz fertig«, sage ich.

»Frag mich mal«, stöhnt Avery und grinst schief.

»Was ist mit mir?«

Der dunkelhaarige, schlaksige Junge, den ich beim Surfen schon gesehen habe, kommt auf Socken den Gang entlanggeschlittert. Er deutet auf mich. »Wusstest du, dass unser Haus O'ahu heißt, wie die Insel auf Hawaii, von der du kommst. Mom sagt, du bist Profisurferin.«

Ich versuche mich an einem Lächeln. »Ich war es. Jetzt nicht mehr.«

»Du musst uns erzählen, wie du das geschafft hast«, verkündet er ungerührt und schaut den Gang entlang, wo ein Mädchen mit wallendem rotem Haar und heller Haut auftaucht.

»Das ist Hailey, Isas Nichte«, erklärt Avery.

»Wir werden auch Pros! Sagt unser Trainer!«, ruft sie.

»Trainerin«, korrigiert Odina.

Hailey und Jamie werfen sich bedeutungsvolle Blicke zu.

Ich muss lachen. »Wer trainiert sie denn?«

»Dakota Yasuda, Andys Nachfolgerin.«

Ich schlucke. Dakota also.

»Kennst du sie?«, will Isa wissen.

»Flüchtig«, behaupte ich.

»Mom hat erzählt, du hast immer gesagt: Surfen ist wie Fliegen«, sagt Jamie. Ich bin erstaunt, wie viel Odina über mich gesprochen hat. Und schäme mich, dass ich meinen Freunden auf Hawaii nie von den Mädchen erzählt habe. Dass Qualle kaum mehr als den Namen von Odina kennt.

»Ja, stimmt, das habe ich tatsächlich immer gesagt.«

»Kommst du uns mal besuchen, wenn unser Haus wieder sauber ist?«

»Wieder sauber?«

Avery räuspert sich. »Ja, leider gab es einen Zwischenfall. Jemand hat ein Graffito an Odinas Hauswand gesprayt.«

»Graffito ist vielleicht nicht der richtige Ausdruck für so eine Schweinerei«, höre ich Noah sagen, der aus dem Wohnzimmer zu uns tritt. Noah mit dem raspelkurzen braunen Haar und dem erstaunlich muskulösen Body, der mit Odina …

»Komm doch erst mal rein«, sagt Avery.

»›Mörderin‹ steht dort«, erklärt Odina. »Stell dir das vor, ›Mörderin‹. Als ob ich …«

Sie schüttelt den Kopf, und Avery macht eine beschwichtigende Geste, die ich nicht ganz verstehe.

»Außerdem hat jemand die Reifen an meinem SL aufgestochen.«

»Du hast einen SL?«

»Es war immer mein Traumauto«, sagt Isa, als könnte ich das anzweifeln. »Aber ich werd's verkaufen. Es ist nicht so praktisch, wenn man raus in die Marsch fahren will, ein Surfboard passt auch nicht rein, und außerdem …«

»Fährt sie viel lieber mit meinem verdreckten Pick-up«, sagt ein Mann, den ich bislang nicht bemerkt habe. Er kommt mir vage bekannt vor, wie er da mit einem Holzfällerhemd auf einem Barhocker am Küchentresen sitzt.

»Das ist Preston!«

»Ah, die Frau, die keinen Fisch mag«, erinnert sich Preston. Er reicht mir die Hand, ich strecke ihm meine entgegen. »Du darfst aber auch gerne weiter ›Bro‹ zu mir sagen.«

»Du bist der Kerl, der mich mit nach Harbour Bridge genommen hat.«

»Ganz genau.«

»Er ist *mein* Kerl«, erklärt Isa und grinst auf eine Art, die ich an ihr noch nie gesehen habe.

»Wow, ich hab hier echt was verpasst!«, stelle ich fest, und alle lachen.

»Jake kennst du ja«, sagt Avery und deutet auf den Mann, der sich von der Couch erhebt und auf mich zukommt.

»Wie könnte ich dich vergessen«, murmele ich.

»Hey, Lee, schön, dich wiederzusehen.«

»Hast du endlich kapiert, dass Avery das Beste ist, das dir passieren kann?«, sage ich, als wüsste ich das nicht längst aus der Klatschpresse.

»Hab ich«, sagt Jake und strahlt Avery an.

»Parker hat mir schon ein bisschen was erzählt, aber ganz ehrlich, ich fühle mich trotzdem so, als hätte ich die letzten vier Staffeln *Friends* verpasst und bräuchte dringend eine Zusammenfassung«, erkläre ich erschöpft.

»Die sollst du haben«, erwidert Avery. Und ehe ich michs versehe, sitze ich auf dem Sofa, umringt von meinen alten Freundinnen, deren Freunden, Kindern und Nichten. Und es fühlt sich auf verstörende Weise vertraut an. Wie die Großfamilie, die ich nie hatte. Odina kocht Kaffee, für den man ganz bestimmt ein angeborenes Enzym braucht, um ihn verdauen zu können; Jake kümmert sich um das Essen, was er definitiv früher nicht getan hätte. Preston stellt klar, dass er nicht nur aussieht wie der Typ aus der Fixer-Upper-Sendung, sondern der Fixer-Upper-Guru himself ist, und Noah ist so verknallt in Odina, dass man nur vom Zusehen auch Schmetterlinge im Bauch bekommt. Parker ist nicht da. Aber sonst fehlt nichts. Sonst ist alles abartig perfekt.

»Wusstest du, dass ich jahrelang Enthaarungscreme für meine Oberlippe benutzt habe, weil du mir diesen Flo ins Ohr gesetzt hast?«, sagt Odina und zwinkert mir zu.

»Ich konnte nie mehr eine Frau auf einem Roller sehen, ohne zu denken, du wärst es, Odi«, sage ich in einem Anfall von Zärtlichkeit.

»Betty ist leider tot, ich fahre jetzt einen Schaltwagen.«

»Solange du nicht so miserabel fährst wie Avery«, gluckst Isa.

»Oh, ist der verbeulte Dodge da draußen deiner?«

Jake muss sich offenbar schwer zusammenreißen, um nicht laut zu lachen.

»Hahaha«, macht Avery und verzieht das Gesicht.

»Wir dürfen das nicht auf die leichte Schulter nehmen«, brummt Noah. »Jemand, der Reifen zersticht und Häuser beschmiert, ist womöglich auch zu mehr fähig.«

»Jetzt sind wir ja hier«, beschwichtigt Odina.

»Es kostet mich nur einen einzigen Anruf«, wirft Jake ein, und ich begreife, dass diese Diskussion offenbar nicht zum ersten Mal stattfindet.

»Wisst ihr noch, wie Josie diesen Mondkalender geführt hat und unsere Zyklen darin eingetragen hat«, wechselt Odina das Thema und kassiert einen verärgerten Blick von Jake.

»Das war strange!«

»Josie …«

»Es ist nicht vorstellbar, dass sie tot ist, oder?«

»Nein, ist es nicht.«

Einen Augenblick lang schweigen wir. Dann hellt sich Averys Miene ein wenig auf, und sie sagt an Odina gewandt: »Erzähl Lee mal die Geschichte von der Madonna, der ihr bei euren Fahrversuchen an der Kirche ein neues Outfit verpasst habt.«

Wir lachen und tauschen Anekdoten aus, halten inne und erklären uns immer wieder, wie fassungslos uns Josies Tod macht.

»Was für einen Einfluss wir aufeinander hatten, ist schon erstaunlich, findet ihr nicht?«, sagt Avery irgendwann.

»Wir waren Freundinnen«, sage ich mit einem dicken Kloß im Hals. Und denke an die eine, die nicht wiederkommen wird.

»Aber irgendwie auch mehr. Role Models, Konkurrentinnen, Familienersatz, Kameradinnen«, meint Isa. Sie betrachtet mich von der Seite. »Vielleicht wäre alles anders ausgegangen, wenn Josie mit Lee und nicht mit mir zu dem Casting gegangen wäre.«

»Wie meinst du das?«, frage ich. Nach kurzem Zögern, in dem Jake, Preston und Noah rücksichtsvoll den Raum verlassen, erzählt Isa. Von dem Casting, von ihrer Weigerung, Wellington anzuzeigen, und ihrem Streit mit Josie deswegen.

»Ich … weiß nicht, was ich sagen soll, Isa«, erkläre ich, nachdem sie geendet hat.

»Ist schon gut, Lee. Ich hab lang mit niemandem darüber gesprochen. Erst als Avery dieses Jahr zurückkam und Preston dann da war, hab ich die Kraft gefunden und ihn angezeigt.«

»Das ist gut«. Ich wünschte, mir würde etwas anderes einfallen, irgendein lockerer Spruch, aber da ist nichts, weil es zu diesem schrecklichen sexuellen Übergriff nichts Passendes zu sagen gibt.

Erst nach einer ganzen Weile, die wir stumm beisammengesessen haben, bemerke ich Odinas Blick, sehe, wie Isa anfängt, an ihren Fingernägeln zu knibbeln, und Avery mich erwartungsvoll mustert.

»Lee, meinst du …«, beginnt Odina vorsichtig. »Also, fühlst du dich bereit, uns zu erzählen, was damals passiert ist?«

Ich sehe instinktiv auf meinen Arm, und Schweiß bricht mir aus.

»Mit Josie«, sagt Isa sanft.

»Oh.«

»Andrea hat uns erzählt, dass du es warst, die ihr zur Flucht verholfen hat. Wir haben den ganzen Sommer über Nachforschungen angestellt. Auch wenn das alles jetzt gewissermaßen keine Rolle mehr spielt. Jetzt, da sie … da sie tot ist, würden wir gerne wissen, was passiert ist.«

»Äh, ja, klar. Natürlich«, stottere ich. Ich schaue von der einen zur anderen. Und begreife, dass sie offenbar wirklich keine Ahnung haben, was an jenem Abend geschehen ist.

»Andrea hat nie was erzählt?«, frage ich. »Nur dass ich ihr zur Flucht verholfen habe?«

Odina schüttelt den Kopf.

»Und Josie auch nicht?«

Daraufhin ernte ich nur fragende Gesichter. Ich begreife, dass ich das Puzzleteil sein muss, auf das sie gewartet haben.

»Es war alles mehr oder weniger Zufall. Ich hatte das nicht geplant. Ebenso wenig wie ich Teil von Josies Plan war. Meine Abreise nach Hawaii stand ja bevor und ich … ich war wegen Mom mit Wilson verabredet.«

Ich fange Odinas überraschten Gesichtsausdruck auf und schaue sie direkt an. »Harbour Gras war mein Abschied vom alten Leben. Ich wollte mich noch mit Parker aussprechen, bevor ich nach Hawaii aufbrechen wollte, noch ein wenig Zeit mit euch verbringen. Und … ich brauchte einen Vorrat an Schmerzmitteln für meine Mom. Wilson war der Dealer.«

Odina murmelt etwas.

»Alles lief eigentlich nach Plan, bis …«, ich suche Augenkontakt zu Avery. »Bis du auf dem Festival gefragt hast: ›Wo ist eigentlich Josie?‹«

28

Zehn Jahre zuvor

Alle suchten Josie. Eine Zeit lang tat ich, als würde auch ich das Gelände nach ihr durchkämmen. Die Besuchermassen lösten sich langsam auf, verteilten sich großzügiger über das Gelände, die Pyrotechnik war ausgebrannt, die Livemusik verklungen. Aus den Boxen dröhnte »Dixie« und »Bonnie Blue Flag«, und ich schlängelte mich durch die dünner werdende Menschenmenge. Ich hielt die Augen offen und dachte an etwas ganz anderes. Josie würde schon wieder auftauchen. Meine Mom aber würde sterben. Sie sollte das so schmerzfrei wie möglich tun. Dafür war ich hier, nicht wegen Josies Drama Nummer zwei an diesem Tag.

Wilson hatte sich mit mir an den Toilettenhäuschen verabredet, ich war zu spät, aber war mir sicher, er würde warten. Die Menge an Opiaten, die ich ihm abkaufen würde, verschlang einen nicht unerheblichen Teil meiner Einnahmen aus dem Verkauf der gefälschten Eintrittskarten für Harbour Gras. Wilson würde da sein und mir den Stoff verticken, das ließ der Geier sich nicht entgehen. Es war sein Vorschlag gewesen, sich hier zu treffen. An einer Stelle, an der man, wenn man wusste, wie, auch ohne Ticket aufs Gelände kam. Aber Wilson war nirgends zu sehen. Ich spähte hinter die Kabinen, leuchtete mit meiner Taschenlampe den Zaun ab, aber bis auf ein paar verstreute Festivalbesucher war niemand hier. Dieser Teil der Sanitäranlagen lag weit abseits der Bühne, es war dunkel, nur die Lichterketten an den Bäumen leuchteten noch einen kleinen Bereich aus.

Ich schaute auf die Armbanduhr, die ich nur Wilsons wegen heute trug und die eigentlich Mom gehörte. In meinem Magen zog sich alles zusammen, wenn ich daran dachte, wie sie jetzt im Trailer liegen und sich vor Schmerzen krümmen musste. Ich trat unruhig auf der Stelle. Wo blieb der Scheißer nur? Moms Schmerzen waren in den letzten Tagen so unerträglich geworden, dass die Wirkung des Morphiums selbst in sehr hohen Dosen nur noch wenige Stunden anhielt. Wilson sollte mir das vielfach potentere Fentanyl besorgen, das meiner Mutter Linderung versprach. Der Typ war ein Vollidiot, keine Ahnung, was Odina an ihm fand. Außer der Tatsache, dass er ein zuverlässiger Drogenkurier war, hatte ich nichts Positives an ihm feststellen können.

Ich nahm mir eine selbst gedrehte, halb verschrumpelte Zigarette aus der Hosentasche und wollte sie gerade anstecken, als Mom erneut in meine Gedanken kroch. Und der Krebs. Und das Gerücht, Zigaretten würden Krebs erregen. Ich warf die Zigarette auf den Boden, trat darauf, damit auch kein anderer Krebs davon bekommen konnte, und beschloss, einen weiteren Rundgang zu machen und nach Wilson Ausschau zu halten.

Da entdeckte ich sie.

Eine Frau drückte sich am Zaun entlang.

Im schwachen Schein der Lichterketten beobachtete ich die Frau. Sie war klein und trug einen weiten Männerpulli, dessen Kapuze sie sich über den Kopf gezogen hatte. Darunter schaute der

Kragen eines weißen Tops hervor. Ich kannte sie. Ganz Harbour Bridge suchte nach ihr, und mir lief sie direkt in die Arme.

»Josie!«

Sie sah sich panisch um, als würde hier hinten zwischen den langen Reihen der Toilettenkabinen jemand auf sie lauern. An ihrem Hals baumelte keine Blumenkette mehr.

»Wo hast du gesteckt?«, rief ich.

Ihr Blick schweifte und zuckte umher, schien keine Sekunde lang innehalten zu können. Sie packte mich grob am Arm.

»Was ist das für ein Pulli?«

Sie winkte ab, sah sich kurz um und starrte mir dann wieder mit diesem irren Blick in die Augen.

»Du bist die Einzige, die mir jetzt noch helfen kann.«

»Easy, Blythe, was ist denn passiert?«

»Schnell. Ich erklär es dir später.« Ihre Fingernägel bohrten sich in meine Haut, dann öffnete sie die Tür zu einer Toilettenkabine. Ein Schwall bestialischen Uringestanks drang mir in die Nase.

»What the fuck!« Aber Josie hatte mich längst ins versiffte Innere des Plastikhäuschens geschoben.

Kaum war die Tür hinter uns zugefallen, öffnete sie den Deckel der Toilette vor uns und …

»Alter, was machst du da?«, schrie ich.

… steckte ihr Handy in die Pampe aus Exkrementen und Klopapier. Sie drückte den Deckel zu. Insgeheim hatte ich noch vage gehofft, das wäre eine Art Performance. Jetzt aber bekam ich Angst. In dem fahlen Licht der verdreckten Festivaltoilette schimmerte Josies Gesicht fahl.

»Sind hier Kameras versteckt? Ist das irgendeine Freakshow oder so?«

»Lee, es geht um nichts weniger als mein Leben, okay.«

»Ooookay.« Das war ein bisschen überdramatisch. Josie eben. Mir ging es auch um das Leben meiner Mom.

»Mein Fahrer ist nicht aufgetaucht, ich kann jetzt nicht raus zum Leuchtturm. Wenn Wellington und meine Mutter von den Plänen erfahren haben, dann … dann …«

»Was dann?«, fragte ich, ohne sie zu verstehen.

»Lee, kannst du mich irgendwo verstecken, wo mich niemand suchen wird?«

Ich starrte sie eine Weile an. Und dann nickte ich langsam.

»Zieh deine Sachen aus«, befahl ich. »Wir tauschen unsere Klamotten.«

Josie fragte nicht weiter nach, sie entledigte sich rasch des Pullovers. Und als sie den dunkelroten Stoff mit dem Nike-Logo in meine Hände drückte, fragte ich mich kurz, ob ich ebenjenen Pulli nicht schon an Odinas Bruder Andrea gesehen hatte. Doch Josie legte ein Tempo vor, das weitere Fragen verbot. Sie hatte in Windeseile auch das weiße Top und die Shorts mitsamt Gürtel ausgezogen. Währenddessen wischte sie sich immer wieder mit dem Handrücken über den Mund, sodass ihr roter Lippenstift sich löste und einen verschmierten Streifen auf ihrem Arm hinterließ.

»Was ist denn jetzt?«, sagte sie mit vorgeschobenem Kinn.

Sie stand nur in Unterwäsche vor mir. Ich zuckte mit den Schultern und fing dann auch eilig an, mich auszuziehen. Josie streckte die Hand aus, als wäre es ihr Vorschlag gewesen, die Kleider zu tauschen. Ihre Finger zitterten. Ich griff danach und drückte sie fest.

»Hör mal, ich hab keine Ahnung, was hier abgeht, aber du kannst dich auf mich verlassen, okay?«

»Okay«, jetzt war es ihre Stimme, die bebte.

»Vertraust du mir?«

»Ich vertraue dir.«

»Und jetzt schneid mir die Haare ab«, sagte sie und reichte mir eine Bastelschere. Ich starrte sie an. An den bestialischen Gestank der Toilette hatte ich mich noch immer nicht gewöhnt, machte den Fehler, zu tief einzuatmen. Ich schauderte und konzentrierte mich auf Josie.

Sie war so dünn, dass meine Shorts an ihr ein wenig abstanden. Mein T-Shirt hing an ihr herunter und sah genauso beschissen aus wie an mir. Josie war der Typ Mensch, der Scheiße zu Gold machen konnte. Aber auch an ihr wurde der alte Fetzen nicht zu einem Designerstück. Irgendwie beruhigend. So menschlich.

»Alter, ich schneid dir ganz sicher nicht die Haare ab«, erklärte ich.

»Du musst. Je fremder ich aussehe, desto besser. Da draußen rennen Securitys rum, Lee. Du hast ja gar keine Ahnung … meine Mutter und Wellington werden mich nicht gehen lassen. Sie stecken mich in eine Anstalt, gegen die Summerstone der reinste Ferienpark ist.«

»Was?«

»Ich vertraue dir, du vertraust mir«, sagte sie. »Und jetzt schneid.«

»Okay, ich schneide, aber du erzählst mir währenddessen, was hier abgeht.«

»Kannst du sie so machen wie deine?«

»Meine sind halbseitig abrasiert, das geht nicht mit einer Schere.«

Josie setzte sich, ohne zu zögern, auf den Klodeckel, unter dem ihr Handy erstickte.

»Versuch es«, forderte sie mich auf und neigte den Kopf.

Josies blonde Mähne war das, was in Liebesromanen kitschig als seidiges Haar bezeichnet wurde. Es tat beinahe körperlich weh, die Schere anzusetzen. Aber sobald ich den ersten Schnitt gemacht hatte, ging es. In dichten Strähnen fielen ihre Haare herunter. Josie ließ sie nicht auf dem Boden liegen, sondern sammelte sie in ihren Händen.

»Also, erzähl, was geht hier ab?«

Josie seufzte kurz. »Ich kann das nicht mehr. Das alles. Ich will nicht mehr Josie Blythe sein.«

»Willst du stattdessen Lee Baker sein? Kann ich dir nicht empfehlen.«

»Ich will alles sein, nur nicht diese Person, die sie aus mir gemacht haben. Ich will nie wieder einen Film drehen, ich will nie wieder auf der Straße erkannt werden, ich will meine Mutter nie wiedersehen und Wellington noch weniger. Ich will, dass sie in der Hölle schmoren.«

Weinte sie jetzt etwa?

»Schneid weiter, wir müssen uns beeilen«, herrschte sie mich an. Sie weinte wirklich.

»Ist ja gut …«

»Meine Mutter weiß das, und sie hat Angst um die Kohle. Ich bin achtzehn, ich könnte das Bankkonto leer räumen und für den Rest meines Lebens davon zehren. Ich müsste nie wieder arbeiten. Ich könnte mir 'ne Bar in Thailand kaufen und den ganzen Tag Margaritas mixen. Ich könnte frei sein.«

»Und warum machst du es dann nicht? Oder soll ich dich nach Thailand paddeln? Kann man da surfen? Dann bin ich dabei.«

»Sie wird nicht zulassen, dass ich irgendetwas davon mache, Lee. Das ist ja der Punkt. Ihr Plan steht, aber ich werde ihr zuvorkommen.«

»Was ist denn der Plan deiner Mutter?«

Ich kam da echt nicht mit. Aber was hatte ich auch schon für eine Ahnung. Meine Mutter lag im Sterben. Geld hatte ich nie besessen. Nur den Traum von Freiheit, den teilten wir uns. Auch wenn meine Version von Freiheit mehr mit Surfbrettern zu tun hatte als mit Margaritas.

»Sie will mich für unmündig erklären lassen und sich selbst als Vormund einsetzen. Sie will mich zwingen, weiter zu drehen, und sie will mein Geld verwalten. Oder, das ist die Alternative, sie steckt mich in eine Irrenanstalt. In eine richtige, nicht in einen als Rehaklinik getarnten Schwarzmarkt für Opiate.«

»Josie, was laberst du da?«

»Sie wird dafür sorgen, dass ich noch nicht einmal mehr allein entscheiden darf, was ich anziehe oder wann ich aufs Klo gehe. Verstehst du?«

»Aber geht das so einfach?«

Josie schnaubte gehässig. »Einfach ist das nicht, aber sie hat genug Vorlauf gehabt. Beweise für meine Unzurechnungsfähigkeit gesammelt, Zeugen, die gegen mich aussagen werden. Menschen, die unter Eid erklären werden, dass ich völlig durchgeknallt bin und eine Gefahr für mich selbst darstelle.«

»Das ist doch bullshit!«

»Vielleicht, aber ich hab ihr in die Hände gespielt. Mit der Aktion, bei der ich mich am Strand nackt gemacht habe für die Journalisten, mit meinen Vorwürfen gegen Wellington, die sie als Fantasterei abgetan hat.«

»Welche Vorwürfe, Josie?«

Ich hielt die Schere fest, so fest, dass meine Finger schmerzten.

Sie winkte ab. »Es ist ja auch egal. Ich hab keine anderen Optionen mehr. Wenn ich frei sein will, muss ich verschwinden. So einfach ist das.«

Es klang logisch. Ich konnte es nachvollziehen. Auf gewisse Weise. »Und du brauchst mich dazu?«

»Ja«, sagte sie schlicht. »Schätze schon.«

»So, fertig«, erklärte ich. Ihre Haare waren viel heller als meine, ihre Haut sowieso, aber dennoch war sie kaum wiederzuerkennen. Nicht zum Positiven. »Sieht scheiße aus, wie erwartet.«

Josie nickte, als wäre genau das ihr Wunsch gewesen.

»Was machen wir jetzt? Hast du einen Plan?«

»Ich hab nie einen Plan, aber immer Ideen«, erwiderte ich.

»Das Handy muss hierbleiben«, sagte sie und deutete auf das billige Prepaidteil, das ich gerade einstecken wollte.

»Das geht nicht, meine Mutter …«

Josies Blick blieb hart.

»Ist gut, ich schreib ihr eine Nachricht, und dann versteck ich es hier irgendwo.«

Ich tippte zwei Nachrichten, eine davon an meine Mutter.

Josie stand auf, stopfte die gesammelten Haarsträhnen in die Toilette und sagte entschlossen: »Lass uns verschwinden.«

• • •

»Ein Boot?«

»Genau genommen ist es ein Katamaran«, erklärte ich.

Josie und ich waren durch den Zaun gekrabbelt, an der Stelle, an der ich auch aufs Festivalgelände gekommen war, weil ich schlecht mit meiner eigenen gefälschten Karte vor Cynthia Hulland am Eingang aufkreuzen konnte. Um das Gelände herum verlief eine Art Sicherheitszone mit einem zweiten Zaun. Aber auch das war kein Problem. An der angrenzenden Baustelle östlich des Geländes, wo es schon lange Pläne für ein Café gab, gelangten wir vom Platz.

»Hast du das in einem deiner Stephanie-Plum-Romane gelesen?«

»Nein, Stephanie fährt Auto. Das hier ist eine Lee-Baker-Idee.«

»Und wo soll dieses Boot sein?« Josie hatte Mühe, mit mir Schritt zu halten.

»Die Leute, die dieses Café bauen wollen, haben den alten Rettungskahn vom Hafen hierhergeholt. Wollen ihn als Deko aufstellen oder so.«

»Die Salvataggio?«

»Ganz genau. Parker hat mir davon erzählt, weil sie sich im Laden seines Vaters nach dem Besitzer erkundigt haben.«

»Und damit willst du uns jetzt zum Festland paddeln? Mit einem Dekoboot?«

»Ganz genau. Wenn die nach dir suchen, kannst du auf keinen Fall über die Brücke abhauen. Wir verschwinden nach Mount Pleasant, und dann sehen wir weiter.«

Josie erwiderte nichts, kroch aber folgsam hinter mir durchs Gebüsch.

Erst als wir mit vereinten Kräften den Katamaran aus einem Bauschuppen zogen, hakte sie nach.

»Und du weißt, wohin du paddeln musst, um uns aufs Festland zu bringen?«

»Grob«, knurrte ich.

»Kann da was schiefgehen?«

Josie war mir nie ängstlich erschienen. Vielleicht war das hier tatsächlich ein guter Moment, mit dem Angsthaben anzufangen. Auf einem Ruderboot bei Nacht um eine Insel herumzupaddeln, war vermutlich nicht die beste Idee meines Lebens. Ein wenig bereute ich die großkotzige Ansage, sie solle mir vertrauen. Aber jetzt war es zu spät.

»Kann immer was schiefgehen«, murmelte ich.

Josie zögerte, ehe sie ihren Fuß auf den alten roten Kahn setzte.

»Es ist ein Rettungsboot, oder?«, sagte sie.

»Ja«, erwiderte ich. Die ersten Meter schob ich den Katamaran mit Josie darauf in die Nacht hinein, dann sprang ich auf und ruderte kräftig gegen die Strömung an. Die Nacht hier draußen auf dem Meer war so dunkel, dass ich das Gefühl hatte, sie würde uns mit Haut und Haaren verschlucken.

Josie lachte kurz auf. »Lee Baker rettet mich mit einem Rettungsboot vor den bösen Schergen Hollywoods.«

Ich drehte mich zu ihr und versuchte ein Lächeln. Dabei war die Situation verdammt ernst. Wir konnten jederzeit gegen einen Felsen prallen, die Strömung konnte uns ins offene Meer hinausziehen, oder wir konnten so weit vom Kurs abkommen, dass wir die Orientierung verloren.

Und dann war da noch der Leuchtturm, der kein Licht mehr sandte, sondern als von der Insel abgetrennter Koloss eine weitere Gefahr darstellte. Ich wusste, dass es am besten war, ihn meerseitig zu umrunden, um die spitzen Felsen zwischen Leuchtturm und Küste zu meiden. Auch wenn Josie andere Pläne hatte.

»Odina wartet am Leuchtturm auf mich. Können wir da kurz halten?«

Kurz halten. Als ob das hier so etwas wie ein Taxi war, das mal eben rechts ranfahren konnte.

»Um dich von ihr zu verabschieden?«

»Auch.« Josie zögerte. »Sie hat etwas von mir. Sie hat mein Geld. Mein Fluchtbudget.«

Ich schüttelte den Kopf, auch wenn sie es nicht sehen konnte. »Das ist unmöglich. Wenn wir vor dem Leuchtturm an Land gehen, dann war's das. Die Strömung auf der westlichen Seite ist viel zu stark. Parker und ich haben das im letzten Jahr beim Training versucht, man kommt nicht dagegen an, es zieht einen raus. Du musst dich entscheiden. Entweder wir bringen dich über James Island an Land, oder du holst das Geld und versuchst es über die Brücke.«

»Das geht nicht«, keuchte Josie.

»Wieso hat Odina dein Geld? Warum hast du es nicht einfach bei dir?«

»Weil ich verhindern wollte, dass Wellingtons Leute es mir auf dem Festival abnehmen. Oder meine Mutter.«

»Verstehe«, sagte ich. Auch wenn ich nichts verstand.

»Odina hat es für mich verwahrt, und Wilson sollte mich eigentlich mit dem Lieferwagen zur vereinbarten Uhrzeit am Hinterausgang für die Angestellten abholen, aber er kam nicht. Stattdessen waren da auf einmal Wellingtons Leute.«

»Und weil Wilson nicht kam, bist du zu den Toiletten geflüchtet?«

Ausgerechnet. Ich wunderte mich. Schließlich war ich mit Wilson bei den Toiletten verabredet gewesen.

»Und jetzt ist alles durcheinander. Wie soll ich mich unter diesen Umständen mit Odina treffen?«

»Odina können wir doch später einfach anrufen.«

Ich verstand das Problem wirklich nicht. Es hatte doch kaum einer ein Kopfgeld auf Josie ausgesetzt. Oder? Sonst machte sie auf Summerstone doch auch, was sie wollte.

»Okay«, sagte sie leise und dann noch einmal für sich, »okay.«

Ich versuchte mich an einzelnen Landmarken zu orientieren, die ich ausmachen konnte. Noch konnte ich die erleuchteten Fenster der Villen an der Küste gut zuordnen und wusste dadurch ungefähr, wo wir waren. Ich hielt mich so eng am Strand wie möglich, ohne von den Wellen an Land gespült zu werden oder in einen Sog zu geraten. Wir hatten die Waterfront Avenue nach etwa einer Stunde hinter uns gelassen. Hier, wo Wash-Out in Harbour's End überging, fiel es nun deutlich schwerer, die Orientierung zu behalten. Draußen auf See blinkten die Lichter einer Gruppe von Trawlern. Treibnetzfischer, deren Boote zwei übereinanderliegende Rundumlichter führten. Das obere rot, das untere weiß. Sie lagen vor Anker, und einzig das Schwanken der Wellen ließ ihre Leuchten wie kleine Irrlichter flirren. Das wusste ich alles nur, weil ich mit Parker für diesen blöden Bootsführerschein gelernt hatte.

Ich atmete tief durch und schlug das Ruder kräftig ins Wasser. Bis hierhin hatte sich das Ganze wie ein Abenteuer angefühlt. Kaum aufregender, als Fake-Spenden zu sammeln, Hydranten aufzudrehen oder Eintrittskarten zu fälschen. So langsam wurde mir die Tragweite dieser Unternehmung bewusst.

»Soll ich dich mal ablösen?«, bot Josie an.

»Nein, ich mach das schon.«

Ich hätte gut eine Pause brauchen können, aber es war wichtig, voll konzentriert die Sicht zu halten. Wenn ich jetzt mit Josie die Position wechselte, konnte ich nicht garantieren, dass wir auf Kurs blieben. Von meiner Stirn rann der Schweiß. Anspannung mischte sich mit Anstrengung und schmeckte säuerlich auf meinen Lippen. Wir schaffen das, sagte ich mir still. Ich schaffe das. Sie vertraut mir. Ich darf sie nicht enttäuschen.

Im nächsten Moment klatschte mir eine Welle ins Gesicht. Hinter mir schrie Josie auf. Die Gischt lief mir in die Augen, und als ich das Paddel eintauchen wollte, stellte ich fest, dass das Boot leicht in Schieflage geraten war. Ehe ich mich zurechtfand, donnerte eine weitere Woge gegen die Salvataggio.

»Josie, alles okay?«

Sie antwortete nicht.

»Josie, bist du okay?«

Immer noch keine Antwort. Ich versuchte zu erkennen, ob sie noch hinter mir saß. Was, wenn sie über Bord gegangen war? Wenn sie hier im Dunkel irgendwo im schwarzen Wasser trieb?

»Josie?« Meine Stimme schraubte sich nach oben, folgte der Panik in mir.

Eine weitere Welle. Mir fiel es schwer, mich aufrecht zu halten. Ich war dankbar, dass die beiden Ruder des Katamarans eingehängt waren und ich sie nicht durch bloßes Loslassen verlieren konnte.

»Josie! Josie!«, schrie ich, sämtliche Vorsicht in den Wind schlagend, dass man meine Stimme an Land hören könnte.

Ein dumpfes Geräusch hinter mir. Noch einmal. Es klang, als schlüge etwas Schweres gegen den Rumpf des Katamarans.

Wir würden beide ertrinken. Jämmerlich untergehen. Niemand würde uns finden. Die Salvataggio würde aufs Meer raustreiben, die See uns schlucken. Ich kreischte ihren Namen. Wieder und wieder. Und dann berührte mich etwas am Arm. Ich zuckte heftig zusammen, wollte mich wegreißen, als wäre es ein Monster der Unterwelt, dass seine Tentakel nach mir streckte, nicht Josie, die nach mir griff.

»Alles okay, ich habe …«, hörte ich sie leise sagen. Der Wind brauste auf, schluckte die restlichen Worte, und ich umklammerte die beiden Ruder. Es gelang mir, sie ins Wasser zu tauchen und die nächste Welle zu überwinden. Das hier war Harbour's End, wenn wir diesen Teil der Insel hinter uns gebracht hatten, würde es ruhiger werden, da war ich mir sicher. Obwohl der Wind warm war und das Wasser kaum kälter als 77 Grad Fahrenheit, fröstelte ich. Was für eine verfickt dumme Idee war das hier. Die Salvataggio war ein Ruderkatamaran, kein hochseetüchtiges Gefährt. Und wir waren nur zwei Mädchen, keine erfahrenen Seemänner.

»Geht's dir gut?«, raunte ich Josie zu.

»Ja.« Es war mehr ein Flüstern als eine wirkliche Antwort. Die Erleichterung darüber, dass sie noch da und nicht über Bord gegangen war, gab mir neuen Mut.

»Hast du dich verletzt?«

»Den Kopf gestoßen, aber es geht schon.«

»Bei dir müsste ein Rettungsring liegen. Leg ihn dir um, aber mach das Seil nicht ab. Dann kannst du von der nächsten Welle nicht weggespült werden.«

Und die nächste Welle kam. Eine nach der anderen. Sie schwappten über uns wie ein endloses Gebirge aus Wasser und Gischt. Als wollten sie uns verhöhnen. Und es war ja auch wie ein schlechter Witz. Als Surferinnen war uns ruhiges Wasser verhasst, jetzt aber hätte ich meinen linken Arm für eine glatte Meeresoberfläche gegeben.

Die unberechenbarste Passage stand uns noch bevor. Die Stellen rund um den Leuchtturm waren tückisch, und ich wusste, dass wir ihn am besten nordöstlich umrunden und an der richtigen Stelle die Richtung ändern mussten, um so gefahrlos James Island an dessen östlichstem Punkt zu erreichen. Mit viel Glück und meinem gefährlichen Halbwissen würde uns das gelingen. Mit nur etwas Pech war das hier ein verfluchtes Himmelfahrtskommando. Doch dann, ganz allmählich, flachten die Wellen ab, und ich musste meine müden, schmerzenden Arme nicht mehr mit aller Kraft gegen die Wellen stemmen. Wir hatten Harbour's End überwunden. Ich atmete durch.

»Josie, bist du noch da?«

»Bin da«, antwortete sie. Ich wagte es jetzt, mich kurz zu ihr umzudrehen, erkannte schemenhaft ihre Umrisse.

»Bald haben wir es geschafft«, rief ich aufmunternd. »Du kannst mir vertrauen.«

Warum sagte ich das schon wieder? Vielleicht gingen wir auch einfach beide drauf. Es gab keinen Grund, mir zu vertrauen. Ich hatte das hier nicht drauf. Ich war nicht Stephanie Plum. Das Einzige, was an uns unsterblich war, war Josies Ruhm.

»Ich vertraue dir«, sagte sie. Ich schluckte. Und dann sah ich den Leuchtturm und die Tonnen, die die Untiefen um ihn herum markierten. Ich dankte Parker im Stillen für all das Wissen über Schifffahrtszeichen, das ich von ihm hatte.

Kraftraubende Minuten später hatten wir es geschafft. Nun waren wir im Fahrwasser, das uns auf James Island zutrieb, ganz ohne dass ich viel tun musste. Meine Arme brannten, mein Kopf pochte vor Anstrengung, aber ich hatte Josie von Harbour Bridge gebracht, und niemand hatte es bemerkt.

Sanfte Wellen spülten uns an das Ufer von James Island. Ich vertäute den Katamaran und sah dann zum ersten Mal, seit wir losgepaddelt waren, in Josies Gesicht.

»Scheiße! Du blutest!«, rief ich.

Sie wehrte ab. »Halb so wild.« Sie lächelte. »Du hast es tatsächlich geschafft, wir haben es geschafft.« Dann trat sie auf mich zu und schlang ihre Arme so plötzlich und kräftig um mich, dass mir kurz die Luft wegblieb. »Danke, Lee. Danke.«

»Na, bedank dich mal nicht zu früh.« Ich blieb steif unter der ungewohnten Umarmung.

»Was jetzt?«, flüsterte Josie.

»Du hast mal gesagt, du würdest nie in einer Absteige wohnen, in der meine Mutter Zimmermädchen ist, richtig?«

Josie zog eine entschuldigende Grimasse. »Ich hab so viel gesagt und nicht so gemeint«, sagte sie. Es klang erschöpft.

»Passt schon. Genau genommen hat mich das auf eine Idee gebracht. Wir quartieren dich im Sunshine Motel in Mount Pleasant ein, für heute Nacht oder länger. Dann sehen wir weiter.«

Josie zögerte. »Ich wollte mich eigentlich gar nicht weiter hier in der Nähe aufhalten. Ich nehme irgendeinen Greyhound ins Landesinnere. Du hast schon genug getan.«

Ich schüttelte entschieden den Kopf.

»Lass uns los. Wir könnten mit etwas Glück den Nachtbus

nach Mount Pleasant erwischen. Ich bin mir sicher, den hat keiner auf dem Schirm. Wer sollte dich auch auf James Island vermuten?«

• • •

Der Bus war bis auf einen alten Mann in der letzten Reihe leer. Glücklicherweise schenkte der Fahrer uns kaum einen Blick – so durchweicht und abgerissen, wie wir aussahen, hätte er uns sonst womöglich nicht mitgenommen.

Wir setzten uns direkt gegenüber der hinteren Ausstiegstür, und ich spürte jetzt, da die Anspannung ein wenig nachließ, jeden einzelnen Muskel in meinem Körper.

»Was war eigentlich zwischen dir und Avery los?«, fragte ich Josie, die sich in ihrem Sitz klein machte.

»Nicht so wichtig. Ging um Jake. Sie ist lächerlicherweise eifersüchtig. Auf mich. Dabei bin ich eigentlich der bemitleidenswerteste Mensch auf dieser Erde.«

Ich musste schnauben. »Du hast einfach gar keine Ahnung von dieser Erde. Vielleicht wäre es wirklich gut, du arbeitest mal ein paar Jahre in einer Fabrik, kommst mal runter. Wirst 'n Normalo oder so.«

Sie antwortete zunächst nicht. Sah an mir vorbei in die Nacht hinaus.

»Warum warst *du* eigentlich bei den Toilettenkabinen?«, wollte sie dann überraschend von mir wissen.

»Ich brauche Medikamente für meine Mutter. Mein Dealer kam nicht.«

»Dein Dealer?«

»Wilson Gonzalez, diese Niete«, seufzte ich.

Josie schob ihren Rücken an der Sitzlehne hoch. »Ist das dein Ernst?«

»Ja. Ich bin nicht stolz drauf, okay.«

»Aber, aber …«

»Was aber?«

»Dann hat er uns beide versetzt. Das spricht doch dafür, dass ihm etwas dazwischenkam. Oder jemand!« Sie riss die Augen auf. »Wellington«, keuchte sie. »Ich hab die beiden vor ein paar Tagen zusammen gesehen und dachte mir nichts dabei. Was, wenn Wilson sich von Wellington hat kaufen lassen? Dann kann ich Odina unmöglich kontaktieren. Dann ist das zu gefährlich. Für sie und für mich.« Josie packte meinen Arm. »Verstehst du, er sollte mich von der Insel bringen. Ich hab ihm einen ordentlichen Vorschuss gezahlt, damit der Pisser auch wirklich auftaucht und die Klappe hält, hab ihm einen fetten Batzen Geld versprochen.«

Ich schüttelte den Kopf. »Ich verstehe sowieso nicht, warum ausgerechnet diese Flachpfeife Wilson Teil deines Plans war. Nicht gerade vertrauenswürdig, der Dude.«

Josie senkte ihre Stimme so weit, dass ich Mühe hatte, sie zu verstehen. »Natürlich hab ich ihm nicht vertraut, aber ich wollte falsche Fährten streuen, ihm ein paar Lügen auftischen. Von wegen, ich sei auf dem Weg zu einer Tante in Kalifornien.«

»Zu Meryl Streep?«, fragte ich dümmlich nach. Weil Josies Patin die einzige Frau war, die mir beim Stichwort Tante einfiel.

»Natürlich nicht«, widersprach sie und musste kurz lachen.

»Wilson ist trotz der Aussicht auf zehntausend Dollar in bar nicht aufgetaucht. Das heißt, jemand anders muss ihn bezahlt haben. Ihm womöglich mehr gegeben haben. Es wäre ja nicht das erste Mal, dass das passiert. Verdammt.«

»Wie meinst du das?«

Sie antwortete nicht, also hakte ich weiter nach.

»Hast du versucht, auf …«, ich stockte, »keine Ahnung … auf

legalem Weg da rauszukommen? Zu verhindern, dass sie dich irgendwohin stecken?«

»Klar hab ich das. Ich hab Ian – meinen Manager – mit der Prüfung all meiner Verträge beauftragt. Aber leider ist auch Ian käuflich. Anfangs hat er noch versprochen, mir zu helfen, aber dann war ich nicht schnell oder nicht großzügig genug.«

»Wie meinst du das?«

Sie rieb Daumen und Zeigefinger der rechten Hand aneinander. »Wellington hat ihm mehr Geld versprochen, und er ist übergelaufen. Das Arschloch scheint große Angst zu haben.«

Wellington war der Regisseur, jetzt erinnerte ich mich wieder.

»Josie, was redest du da? Wovor hat Wellington Angst?«

»Das spielt jetzt alles keine Rolle mehr. Nicht so kurz vorm Ziel.«

»Du kannst es mir sagen.«

»Nein, kann ich nicht, Lee«, erwiderte sie traurig.

Wir schwiegen.

»Dann eben Plan B«, murmelte sie ein paar Minuten später mehr zu sich selbst.

»Was war denn Plan A?«, flüsterte ich.

Sie seufzte leise. »Wilson sollte mich bis nach Charlotte fahren. Von dort aus hätte ich den Bus nach Washington genommen, hätte mich nach Kanada durchgeschlagen und wäre zwei Tage später in Toronto in ein Flugzeug gestiegen.«

Ich starrte sie an.

»Und wie willst du als Josephine Blythe fliegen? Bis du dort bist, sucht dich die halbe Welt.«

Sie schüttelte den Kopf. »Josie gibt es nicht mehr, ich hab sie auf Harbour Bridge zurückgelassen.« Sie sah an mir vorbei. »Schon lange.«

Dann gab sie sich einen Ruck und blickte mir fest in die Augen.

»Ich bin Elisabeth Warren. Und niemand interessiert sich für mich.«

Und weil ich darauf nichts erwiderte, fügte sie hinzu. »Der Pass, den ich dir damals abgekauft habe. Du erinnerst dich?«

»Ja, natürlich.«

»Mit dem Pass hätte ich es mit etwas Glück durch die Kontrolle geschafft und wäre von Toronto aus geflogen.«

»Und wohin?«

Sie zuckte mit den Schultern. »Das hätte ich vor Ort entschieden. Nach Alaska, nach Europa, nach Costa Rica. Je weniger ich es selbst weiß, desto geringer die Chance, dass jemand mir folgen kann. Aber das kann ich so vergessen. Mir fehlen hunderttausend.«

»Hunderttausend!«, kreischte ich. »Dollar?«

»Ja, natürlich Dollar und keine Yen.«

»Heilige Scheiße.«

»Ja.«

»Und jetzt? Plan B?«

»Auf Plan B hast du mich gebracht. Plan B formt sich gerade erst in meinem Kopf. Aber er ist besser als Plan A. Und er führt mich zum Geheimrezept der Carolina Crab Cakes.«

»Hä? Darauf soll ich dich gebracht haben?«

»Du hast doch selbst gesagt, dass ich mal unter Normalos soll. In einer Fabrik arbeiten und so.« Sie war so aufgeregt, dass sie unbewusst lauter wurde. »Es ist so einfach wie genial. Ich gehe zu dem einzigen Menschen, der mich wirklich gerngehabt hat.«

Ich wollte widersprechen, nämlich dass wir sie gernhatten. Odina, Isa, Avery und ich. Aber Josie war nicht mehr zu bremsen. »Anjali Kapoor. Mein ehemaliges Kindermädchen. Ich hab euch doch erzählt, dass sie richtig viel Asche gemacht hat mit ihren Gewürzen.«

»Aber ich dachte, das wäre eine deiner Storys? Gibt's die wirklich?«

»Sie ist CEO von Old Bay Seasoning.«

»Heilige Scheiße.«

Josie warf mir einen Blick zu. Sonst hatte sie nichts gegen mein Gefluche. Aber wer weiß, vielleicht war diese Anjali so was wie 'ne Mutter. Die einzige Rolle, in der ihre eigene Mom keine gute Figur machte.

»Und was willst du da? Imagefilme für Gewürzgurken drehen?«

Josie packte mich wieder am Arm. Ihre Augen verengten sich. »Ich werde nie wieder in meinem Leben einen Film drehen. Nie wieder.«

»Okay, hab's kapiert, kein Grund, handgreiflich zu werden.«

»Ich verschwinde dort in der Menge. Ich werde einfach ein normaler Mensch sein. Eine Arbeiterin in einer Fabrik.«

Jetzt musste ich doch lachen. »Willst du mich verarschen? Josie Blythe mit Gummihandschuhen beim Gewürzeverpacken?«

»Du kannst dir nicht vorstellen, wie sehr ich mich danach sehne, einfach nur ein Gesicht unter vielen zu sein. Jemand, der nicht auffällt. Wenn ich dafür Gummihandschuhe tragen muss, gerne.«

»Wenn ich das den anderen erzähle … Isa wird sich nicht einkriegen.«

Ihre kleinen festen Finger krallten sich plötzlich um meinen Arm. »Du wirst es niemandem sagen.«

»Aber sie werden sich Sorgen machen, wenn du nicht wieder auftauchst. Sie werden dich nicht verraten.«

»Niemandem, Lee. Niemals.«

»Aber …«

»Es reicht, dass du es weißt. Niemals, nie, nie darf jemand davon erfahren.«

»Du meinst das echt ernst, mit dieser Sache?«

»Todernst.«

Da war kein Lachen in ihrer Stimme, kein Zucken in ihrem Gesicht. »Schwöre, dass du niemandem etwas sagst!«

»Ja, gut, ich schwöre es.«

»Bei allem, was dir wichtig ist.«

»Mir ist im Moment nicht besonders viel wichtig.«

»Schwör aufs Surfen. Auf jede Welle, die du in deinem Leben gestanden hast, auf jede, die da noch kommt. Schwör es, Lee.«

»Ich schwöre es – unter einer Bedingung.«

Josie zog die Augenbrauen hoch. Wollte sich die Haare aus der Stirn schieben, aber die hatte ich ja erfolgreich abgesäbelt.

»Du musst es den anderen irgendwie erklären. Irgendeine Botschaft schicken oder so. Ein Lebenszeichen. Wenn ich nichts sagen darf, dann musst du es tun.«

Sie dachte nach. »In Ordnung. Aber wie, das ist mir selbst überlassen.«

Ich zuckte mit den Achseln. »Schwör es.«

Sie kramte in ihrer Leinentasche und holte den Pass heraus. Dann legte sie ihre rechte Hand auf das Gesicht der fremden Touristin und sagte: »Ich schwöre es auf mein neues Leben.«

• • •

Von außen war das Motel ebenso schäbig wie von innen. Josie war, noch bevor die Rezeptionistin an den Tresen kam, auf der Toilette verschwunden und hatte nasse Spuren auf dem Boden hinterlassen. Die Rezeptionistin musterte mich abfällig und rümpfte die Nase. Ich stank wie ein Seekrokodil. Eilig klärte ich die wenigen

Details zur Übernachtung und zahlte bar. Jetzt war es gut, dass Wilson nicht aufgetaucht war. Denn so hatte ich noch das Geld, das für die Medikamente gedacht war …

Meine Mutter. Erst jetzt, hier an dem Rezeptionsdesk, fiel mir siedend heiß meine sterbende Mutter wieder ein. Ich überlegte, wie lange sie sich mit dem Morphium noch würde behelfen können. Ging im Geiste die Vorräte im Kühlschrank durch und berechnete die Dosen, während mich die Rezeptionistin ein zweites Mal nach meinem Namen fragte. Verwirrt blickte ich hoch, meine Augen brannten. Ich nannte den erstbesten Namen, der mir einfiel.

»Annabelle Lepraun«, erklärte ich, ohne zu wissen, dass die echte Annabelle Lepraun, Barefoot-Annie, in diesem Moment von Wilson Gonzalez in einem Erdloch in der Marsch verscharrt wurde.

Die Rezeptionistin händigte mir den Schlüssel aus und verschwand wieder im Hinterraum. Es war alles so einfach.

Im Zimmer duschte erst Josie, dann ich lange und warm. Anschließend saßen wir nebeneinander auf der Matratze mit dem fleckigen Bezug und hingen unseren Gedanken nach.

»Wir sollten versuchen zu schlafen.«

Josie nickte, ohne Anstalten zu machen, sich hinzulegen. Sie kratzte sich nur abwesend an der Seite ihres Kopfes, an der die Haare kürzer waren. Ich hatte sie wirklich ganz schön verschandelt.

»Soll ich mir deine Stirn mal ansehen?«

Das Blut war geronnen, der Cut darunter schwer zu beurteilen.

Sie versuchte abzulenken. »Wusstest du, dass Old Bay nach einem Passagierschiff benannt ist? Und wir haben gerade diese verrückte Fahrt überlebt.« Sie tastete nach ihrer Stirn. »Alles ergibt auf einmal Sinn. Es ist gut, dass ich das Geld nicht mehr habe, Lee.

Dass ich gar nicht in Versuchung gerate, es zu benutzen. Jetzt bin ich frei.«

Das würde sie auch nur so lange sagen, bis sie merkte, dass der Mangel an Geld ebenso wenig Freiheit bedeutete wie der Besitz desselben.

»Also … jetzt Old Bay. Na gut, wie bringen wir dich dahin?«

Josie schüttelte den Kopf. »Gar nicht. Ich mache das allein.«

»Du hast eine Kopfverletzung und kein Geld!«

Josie griff nach meiner Hand und drückte sie fest. »Das bisschen, was ich brauche, um dahin zu kommen, habe ich. Und ich muss das allein machen. Du weißt schon viel zu viel.«

In diesem Augenblick klopfte es laut an der Tür. Kurz, aber entschlossen. Josie zuckte zusammen und sah mich an.

Ich schaute an ihr vorbei zur Tür. Es klopfte ein zweites und ein drittes Mal.

»Wer ist das?«, hauchte Josie mir zu.

Ich biss mir auf die Lippe. »Wer ist das?«, fragte Josie erneut, dieses Mal einen Tick lauter.

»Andrea«, flüsterte ich.

»Ich kann dich nicht hören!«, zischte Josie.

»Es ist Andrea.«

Sie schaute mich an, als hätte ich sie verraten.

Ich stand auf und öffnete die Tür für Odinas älteren Bruder. Er füllte mit seinen breiten Schultern den Türrahmen aus und sah mich düster aus seinen fast schwarzen Augen an, die sonst immer erstaunlich warm waren.

»Was soll das, Lee?«, rief Josie hinter mir.

Andrea räusperte sich.

»Ich hab ihm Bescheid gesagt, ich dachte, er könnte dir helfen«, sagte ich zu ihr gewandt.

»Ich will das nicht«, flüsterte Josie, den Blick seltsam zu Boden gerichtet, als könnte sie Andrea nicht ansehen.

Andrea rang sichtlich mit sich, dann aber zog er die Tür hinter sich ins Schloss und stapfte langsam auf Josie zu.

»Ich bin dann mal im Bad«, verkündete ich laut und hoffte sehr, dass die Wände hier dicker waren, als sie aussahen. Auf keinen Fall wollte ich die beiden belauschen.

Ich setzte mich auf den Klodeckel, zunächst war es still. Ich dachte über die nächsten Schritte nach. Wer helfen konnte, Josie zu ihrem ehemaligen Kindermädchen zu bringen.

»Ich will, dass du gehst«, hörte ich auf einmal Josie rufen. Oder sagen. Bei diesen Wänden konnte sie auch geflüstert haben. »Es ist weg, Andrea!«

Was war weg? Nein, nicht lauschen. Ich stand auf, drehte den Wasserhahn des Waschbeckens auf und stellte mich daneben. Besser. Nur blöd, dass der Ablauf nicht funktionierte und ich das Wasser wieder abstellen musste, um eine Überschwemmung zu vermeiden. Jetzt schluchzte Josie? Schluchzte Andrea? Weinten beide?

»Verstehst du nicht, ich war das!« Jetzt schrie sie definitiv. Ich verzog das Gesicht. Fuck.

»Ich hab es weggemacht. Du kannst mich jetzt verurteilen. Du darfst wütend sein. Du sollst mich hassen. Hörst du, du sollst mich hassen!«

Ich presste die Hände auf die Ohren.

Und dann war da Andreas tiefe Stimme. Ich hörte nicht, was er wirklich sagte, nur etwas von »Entscheidung«.

Josie schrie wieder.

Dann war es still.

Und ich hatte unvermittelt die Türklinke in der Hand, überlegte, ob ich nach draußen gehen konnte oder es besser unterließ.

Es knallte, und ich entschied mich einzuschreiten.

Andrea stand in der Tür und war im Begriff zu gehen, während Josie auf dem Bett saß, als hätte sie nie etwas anderes getan.

Dann kam er zurück. Und ich wollte diskret wegsehen, aber es ging nicht. Zu sehr zog mich in den Bann, wie er vor ihr auf die Knie ging, seinen Kopf in ihren Schoß bettete und langsam seine langen Arme um sie schlang. Als wären sie zwei Bäume, die man mit Gewalt getrennt hatte. Ihre Arme Äste, die miteinander verwachsen mussten. Josie neigte den Kopf, legte ihre kleinen Hände auf Andreas dunklen Schopf. Sie schluchzten. Beide, es war nicht zu unterscheiden. Ein Ton, der ebenso an meinem Herzen riss wie der Anblick. *Manchmal möchte man jemanden halten, aber es geht nicht,* dachte ich. *Sosehr man auch klammert, was nicht sein soll, bleibt nicht.*

Josie strich Andrea mit einer Zärtlichkeit über die Haare, die ich noch nie an ihr gesehen hatte. So behutsam, so wehmütig. Als wüsste sie in diesem Moment ganz genau, dass sie das nie, nie wieder tun würde. Und Andrea spürte es. Seine kräftigen Arme schlangen sich fester um Josies Körper, er rutschte mit den Knien nach vorn, und ich wollte ihm zurufen: *Nein, nicht! Du hast sie längst verloren.*

Josie hob langsam die Hände, streckte die Finger, als wären sie verkrampft und müssten gelockert werden, und dann kehrte sie den Moment ins Gegenteil. Ihre eben noch sanften Hände drückten gegen Andreas Schultern und schoben ihn weg. Sie hob den Kopf, und ihr Gesichtsausdruck wurde hart, ihre blauen Augen huschten kurz zu mir, als wollte sie sich vergewissern, dass ich zusah und die Szene bezeugte. Andrea rappelte sich auf und wich sofort zurück. Er nickte, und ohne den Blick von Josie zu lassen, trat er einen, zwei, drei Schritte rückwärts. Ich wartete, dass er etwas sagen würde, wartete darauf, dass Josie ihn davon abhielt, wollte es am liebsten selbst tun. Stattdessen sah ich stumm zu, wie das Holz ihrer Liebe splitterte, wie der Keil, den Josie selbst hineingeschlagen hatte, Wirkung zeigte. Hier in diesem Moment zerfaserte ihr Leben. Ihres war nun unweigerlich und endgültig von seinem getrennt. Ich spürte, wie mir Tränen in die Augen traten. Und hoffte, sie auch in Josies Gesicht zu sehen. Aber da war nichts, da war nur diese Eiseskälte, die sie sich antrainiert hatte.

»Bleib«, sagte sie.

Endlich. Ich wollte erleichtert aufseufzen. Aber dann begriff ich. Sie hatte nicht Andrea gemeint, sondern mich, da ich wie in Trance auf die Tür zuging, hinter der Andrea ohne ein weiteres Wort verschwunden war.

Josie den Rücken zugewandt, starrte ich auf die Tür und wollte Andrea hinterherlaufen.

»Ich war schwanger von Andrea«, sagte Josie vom Bett. Ich gefror in der Bewegung. Darüber hatten sie also gesprochen. »Und ich hab es nicht wegmachen lassen, ich hab es verloren. Ich dachte, wenn ich Andrea sage, dass ich es habe wegmachen lassen, dann würde er mich ziehen lassen. Mich verachten.«

»Aber er verachtet dich nicht.«

»Nein«, sagte sie tonlos. »Aber gehen muss ich trotzdem. Ich wollte es uns beiden leichter machen.«

»Wie kann es leicht sein? Ich hab euch gesehen, Josie. Du kannst so nicht verschwinden. Du willst ihn doch. Und er dich.«

Es dauerte ein paar Sekunden, bis sie weitersprach. »Ich hab es nicht wegmachen lassen, ich hab's verloren. Aber was macht das für einen Unterschied? Ich muss verschwinden. Ich will Andreas Leben nicht komplizierter machen. So ist es besser. Es ist doch besser so, oder Lee?«

Ich drehte mich zu ihr, sah in ihr verweintes Gesicht. Und schüttelte müde den Kopf.

»Keine Ahnung, echt.« Ich setzte mich neben sie und nahm sie in den Arm. Anders als Andrea, aber auch mit viel Liebe für sie. Ich konnte ihre gebrochenen Äste nicht zusammenkleben, aber eine Weile konnte ich sie halten.

Josie weinte und erzählte. Von dem Baby, von Andrea, davon, wie sie ihm gesagt hatte, dass sie es nicht hatte haben wollen, und wie sie es schließlich verloren und erst da bemerkt hatte, wie sehr sie es doch gewollt hatte. Sie weinte und erzählte. Abwechselnd, so lange, bis sie erschöpft aufs Bett fiel und ich unseren Abschied nicht weiter hinauszögern konnte.

»Ich lass dich jetzt allein«, erklärte ich.

»Was?« Sie schlug die Augen auf und sah mich bestürzt an.

»Ich hab eine Idee, wie du zu Old Bay kommst. Aber ich muss zu meiner Mom. Das Boot zurückbringen, ehe es auffällt. Ich bin zurück, so schnell es geht, okay?«

»Okay«, sagte Josie zögerlich. Stützte die Ellbogen auf.

»Rods & Reels«, erklärte ich. »Parkers Dad gehört die Kette. Parker kann uns helfen. Vielleicht schaffen wir es, dich mit einer als Lieferung getarnten Fahrt zu Old Bay zu bringen.«

Der Gedanke an Parker war wie ein Schnitt quer durch mein Herz. Aber ich wusste, dass er mir helfen würde. Er musste einfach. Ein allerletztes Mal. Ich hob den Hörer des Telefons auf dem Nachttisch und wählte Parkers Handynummer.

»Parker?«

Er atmete in den Hörer.

»Ich brauche dich. Noch ein einziges Mal, dann, das verspreche ich dir, wirst du mich nie wiedersehen.«

»Ist gut«, sagte er knapp.

Nachdem ich aufgelegt hatte, wandte ich mich an Josie. »Ich komme zurück«, wiederholte ich. »Spätestens morgen bin ich wieder da.«

»Was, wenn nicht?«, hörte ich sie sagen.

»Vertrau mir.«

Zwei Tage später sollte ein mexikanischer Fahrer von Rods & Reels Josie im Sunshine Motel abholen. Sie würde ihm erzählen, sie sei Lee Baker und wolle bei Old Bay anheuern. Er würde keine Fragen stellen, sondern sie und zweihundert Pfund Fischmehl nach Baltimore fahren, wo Josie von Anjali Kapoor wie eine verlorene Tochter empfangen wurde, während ihre leibliche Mutter vor Wut über ihr Verschwinden ihr Zimmer auf Summerstone zertrümmerte.

Ich erreichte Harbour Bridge nach einer ruhigeren Überfahrt als auf dem Hinweg gegen fünf Uhr morgens. Ich machte mir nicht die Mühe, die Salvataggio wieder an Land zu schleppen, sondern befestigte sie mehr schlecht als recht am Ufer zwischen Harbour's End und Wash-Out.

Dann rannte ich, bis meine Lunge brannte. Rannte, bis ich bemerkte, dass Rauchschwaden über dem Forest Hill Retreat aufstiegen. Rannte, bis ich die Fußmatte unseres Wagens erreicht hatte.

Ich kehrte nicht zu Josie zurück, ich sollte sie nie wiedersehen. Denn als ich die Tür zum Trailer öffnete, war es zu spät. Meine Mutter brauchte keine Schmerzmittel mehr, meine Mutter war tot.

Und der Trailerpark stand in Flammen.

29

»Das ist also Andreas Rolle in der Geschichte«, sagt Odina, die ganz blass geworden ist. »Und ich, ich dachte zwischendurch kurz, er hätte etwas mit ihrem Verschwinden zu tun. Jetzt verstehe ich, warum er so durcheinander ist, seit die Nachricht von Josies Tod durch die Medien geht. Seit Wochen lungert er hier rum, er steht völlig neben sich. Eigentlich müsste er längst in Italien sein.«

»Aber hast du nicht erzählt, dein Bruder glaube, Josie sei längst tot?«

Odina streicht sich die Haare zurück. »Ja, das hat er mir gegenüber immer wieder behauptet. Vielleicht um zu vertuschen, dass er wusste, wie sie von der Insel gekommen ist. Ich denke, das ist das Problem. Vielleicht wollte er sich irgendwann mit ihr aussöhnen, er dachte, er hätte sie finden können – zumindest redet er sich das ein –, und nun macht ihn es total fertig, dass sie tot ist. Ich weiß nicht, wie lange das noch gut geht. Francesca ist mit Kelly vor zwei Wochen abgereist, und glaubt mir, ein schöner Abschied war das nicht.«

»Andrea hat eine Tochter?«, frage ich.

»Fast«, Odina verzieht das Gesicht. »Kelly ist seine Rottweilerhündin.«

Isas Gedanken gehen in eine andere Richtung, als sie sagt: »Alle wollten das Gefühl, nicht die Wahrheit. Ist euch klar, dass außer uns – und Andrea vielleicht – eigentlich niemand wirklich wollte, dass Josie wieder auftaucht? Das ist zu simpel. So ist sie eingefroren, konserviert mit achtzehn, für immer. Ein Mythos. Ihre Mutter will ihr Geld, die Medien eine Geschichte, nur wir wollen, dass sie noch lebt. Und vielleicht wusste sie das. Hat ihren Tod nur vorgetäuscht.«

Ich überlege, welche von uns das einmal mit den abgeschnittenen Fäden gesagt hat. War es Josie? *Sie sind lose, hängen nirgendwo mehr fest und gehören mir endlich selbst.*

Mir geht es hier inmitten dieser drei Frauen auf eine erstaunliche Art genau umgekehrt. Ich spüre, wie sich meine Fäden wieder verknüpfen, neue Muster und eine Art Netz weben, in dem ich nicht gefangen bin, sondern aufgefangen werde.

Keine von uns rührt die Snacks an, die Avery und Jake auf den Tischen drapiert haben. Ich habe das Handy im Gästezimmer gelassen, wo vielleicht eine Nachricht von Parker wartet, nachdem es jetzt endlich wieder Netz gibt. Eine Antwort auf mein stummes: Sind wir okay? Was sind wir eigentlich? Ich versuche, an etwas anderes zu denken. Lieber noch einmal in der Vergangenheit zu versinken.

»Was ich nicht verstehe, ist, warum Josie euch das alles nicht selbst erzählt hat. Wie sie von der Insel gekommen ist und welche Rolle ich dabei gespielt habe. Warum euch das verschweigen?«

Sie starren mich an, als hätten sie zehn Jahre lang kein Lebenszeichen von Josie bekommen. Haben sie zehn Jahre lang kein Lebenszeichen von Josie erhalten? Sie hatte es mir versprochen. Und sie hat ihre Versprechen immer gehalten.

»Moment! Ihr wusstet doch, dass Odina Josies Geld verwahrt hat. Das muss sie ihr doch inzwischen gegeben haben.«

Kann Schweigen lauter werden?

»Nicht?«

Odina schüttelt den Kopf und erzählt von dem Drama um die hunderttausend Dollar in der albernen Brottasche, die sie für Josie verwahren und ihr am Treffpunkt geben sollte. »… und dann saß ich da, und sie ist nicht aufgetaucht.«

»Und jetzt hat Wilson das Geld?«

Odina nickt und schaut düster drein. »Ich habe heute erfahren, dass sie Wilson geschnappt haben. Mein Ex wurde an der kanadischen Grenze als Tramper aufgegriffen. In einem Laster, der mobile Toiletten transportiert hat.« Sie lacht bitter.

Ich wende mich an Avery. »Aber du hattest doch sicher Kontakt zu Josie? Sie hat dir E-Mails geschickt?«

Ich wage es nicht mehr, ohne Fragezeichen zu sprechen.

»Ja«, sagt sie zu meiner immensen Erleichterung. »Aber die hab ich erst vor wenigen Wochen gelesen. Ich hätte nie gedacht, dass sie ausgerechnet zu mir Kontakt aufnimmt. Nach der Sache mit Jake, wie ich sie verdächtigt habe, ihn mir ausspannen zu wollen. Erst als klar wurde, dass sie versucht hat, mir Lebenszeichen zu schicken, haben wir dann auch dich kontaktiert.«

Ich schaue zu Isa, kann nicht glauben, was die drei mir da weismachen wollen. »Du, Isa, dir hat sie doch bestimmt gesagt, dass sie bei Anjali untergekommen ist und es ihr gut geht. Sie hat dir Postkarten ins Seasons geschickt, mit verschlüsselten Botschaften.«

Isa hat den Mund leicht geöffnet, aber es kommt kein Laut heraus.

»Alter Falter«, sage ich. »Leute, kommt schon. Ernsthaft? Fuck …« Ich schaue in die Runde.

»Es ändert ja nichts, jetzt ist sie tot«, sagt Avery schließlich.

Zum ersten Mal kann ich nicht widersprechen. »Wir haben alle Geheimnisse voreinander bewahrt, und das ist die Quittung. Sie ist tot, und wir können uns nicht entschuldigen, wir können das nicht klären … wir …«

Avery ist kurz davor, in Tränen auszubrechen. Und wenn ich ehrlich bin, fehlt bei mir auch nicht mehr viel. Was für eine gigantische Katastrophe das alles doch ist.

»Wir hatten so sehr gehofft, das Rätsel zu lösen, und ich weiß, dass da eine gewisse Portion Egoismus dahintersteckt. Ich meine, wir wollen sie finden, aber sie hätte es sehr viel leichter, uns zu finden, wenn sie denn wollte.«

Ich gebe Isa insgeheim recht.

Doch Odina schüttelt so vehement den Kopf, dass die Locken fliegen. »Sie hätte sich nie auf einen Roller gesetzt. Ich meine, sie kann sogar Schaltwagen fahren, warum sollte sie sich auf einen Roller setzen? In einem fremden Land, auf einer Insel, nein, niemals.«

»Hättet ihr gedacht, dass ich mal aufhöre zu surfen?«, frage ich.

»Soll das ein Witz sein?« Odina lacht.

»Nein«, sage ich ernst. »Also, ich surfe nicht mehr, Parker ist Arzt geworden, Odina nicht, Isa hat mehrere Jahre das Seasons geleitet, und Avery, okay, gut, Avery ist Rockstar geworden. Aber ansonsten haben wir keine Ahnung, wie Josie sich in den letzten Jahren entwickelt hat. Ich hatte in den ersten beiden Jahren nach ihrem Verschwinden sehr unregelmäßig Kontakt zu ihr. Aber nachdem die Postbox nicht mehr erreichbar war, nachdem sie geglaubt hat, ich hätte ihr ihre Mutter auf den Hals gehetzt …«

»Du hast was?« Sie starren mich an.

»Ich habe nichts getan, nur … eine unbedachte Aussage in einem Interview gemacht. Ich hab ihr meinen ersten Sieg auf Hawaii gewidmet. Und eine hawaiianische Zeitschrift hat darüber geschrieben. Der Artikel ist dann in der *Surf* abgedruckt worden. Und daraufhin war die Hölle los. Alexandra Blythe hat mir ihre dubiosen Handlanger auf den Hals gehetzt, ich bekam Drohungen, dann Angebote, schließlich gab es einen Erpressungsversuch. Und von Josie habe ich nichts mehr gehört. Die Postbox, über die wir Kontakt hatten, wurde abgemeldet. Sie ist erneut von der Bildfläche verschwunden. Auch wenn ich nicht glaube, dass die Fabrik von Old Bay ihre Endstation sein sollte.«

»Lee«, beginnt Odina langsam. »Ich weiß nicht, keine von uns hat in den letzten Jahren auch nur ein Lebenszeichen von Josie erhalten.«

»Wir haben keine Ahnung, wo sie ist. Wir dachten es … nachdem sie uns vor ein paar Wochen vermeintlich kontaktiert hat. Aber jetzt ist sie tot.«

»Es tut mir wahnsinnig leid«, sage ich und fühle, wie das schlechte Gewissen sich in mir breitmacht. »Ich habe das nicht gewollt, euch nicht absichtlich im Ungewissen gelassen. Sie hat es mir versprochen, dass sie sich bei euch meldet. Sobald sie in Sicherheit ist, wollte sie jeder von euch ein Lebenszeichen schicken. Das musste sie mir schwören, nur deswegen hab ich die Klappe gehalten. Heilige Scheiße, ich wollte doch nicht, dass ihr euch Sorgen macht. Das müsst ihr mir glauben.«

»Das glauben wir dir auch«, versichert Odina. »Was ich allerdings nicht glaube, ist, dass Josie sich auf einen Roller auf den Philippinen gesetzt hat und mit dem verunglückt ist. Ich glaube es einfach nicht.«

»Es ist abwegig, aber …«, sagt Avery langsam und schaut mich an.

Ich nicke. »Ganz genau.« Ich weiß, dass sie jetzt den gleichen Gedanken hat wie ich.

»Sie hätte sich nie auf einen Roller gesetzt«, murmelt Isa.

»Und … fuck … das wissen nur wir. Niemand hat sie besser gekannt als wir!« Ich schreie es fast.

»Nur wir wissen, dass das nicht zu ihr passt«, überlegt Odina. Und dann reißt sie die Augen auf. »Du meinst, das ist ihr Zeichen an uns?«

»Es wäre möglich, oder nicht? Josie war zehn Jahre auf der Flucht, jetzt hat sie ihren Tod vorgetäuscht. Aber sie will nicht, dass wir glauben, sie sei tot.«

»Wie hängt das alles zusammen? Was übersehen wir?«, überlegt Avery. »Ist das alles ein Zufall? Bei Lee und Parker werden die Scheiben eingeworfen, Isas Reifen zerstochen, Odinas Haus beschmiert. Was kommt als Nächstes?«

Isa rutscht unruhig hin und her und sagt schließlich: »Da war ein Typ, bei den Kindern am Strand.«

»Was?« Odina starrt sie an. »Was für ein Typ?«

»Ich hab mir eigentlich nichts dabei gedacht. Er hat mit den Kindern geredet, ich hab sein Gesicht nicht gesehen, und als ich kam, ist er wieder verschwunden. Hailey meinte, er hätte nur nach dem Weg gefragt. Aber Hailey ist keine besonders geschickte Lügnerin.«

»Warum hast du mir das nicht erzählt?« Odinas Gesicht rötet sich.

»Ich wollte dich nicht beunruhigen. Du bist so schnell panisch, wenn es um Jamie geht. Gerade nach der Sache mit Wilson wollte ich nicht, dass du dir unnötig Sorgen machst.«

»Schnell panisch? Ich möchte, dass du mir so etwas sagst! Sofort!«

»Vielleicht ist es doch Jesper Sandstrom?«, wirft Avery ein.

Ich überlege, woher ich den Namen kenne. Aber es will mir nicht einfallen.

»Nein, der wollte nur seinen Ordner.« Und weil sie meinen

verständnislosen Blick auffängt, erklärt Odina: »Jesper Sandstrom war Journalist, der von Josie besessen war und sie gestalkt hat. Avery und Jake sind in Jesper Sandstroms Haus eingebrochen und haben einen Ordner voll mit Bildern und Notizen zu Josie dort mitgehen lassen. Den wollte er zurück, und er hat mich mehr oder weniger erpresst, er würde Jamie etwas antun, wenn ich ihm sein Eigentum nicht zurückgebe. Aber das hab ich gemacht, also hat er keinen Grund …«

Ich spüre, wie sich meine Augenbrauen alarmiert heben. Ich denke an die Steine, die mit Josies Bildern umwickelt waren, an die Fotos auf den Zeitschriften, die ich gar nicht kannte, obwohl sie aus Josies Zeit auf Harbour Bridge stammten.

»Aber der Typ weiß jetzt, dass Josie tot ist«, überlege ich laut.

»Und? Damit haben wir doch nichts zu tun«, widerspricht Isa.

»Das wissen aber wiederum auch nur wir. Seht es mal aus seiner Sicht. Sein Idol ist tot, was muss das mit ihm machen? Wahrscheinlich dreht er jetzt erst richtig durch.«

Odina, Isa und Avery starren mich an.

»Du denkst also, er macht uns dafür verantwortlich? Deshalb stand an meinem Haus ›Mörderin‹?«

»Du meinst, es wäre möglich, dass er sie rächen möchte?«

Noah und Jake, die bis eben noch die umgestürzten Möbel auf der Terrasse aufgeräumt und abgebrochene Palmwedel und anderen Unrat beseitigt haben, kommen zurück ins Wohnzimmer. Jake lehnt sich an die Wand und hört zunächst ruhig zu.

»Versetz dich in seine Lage«, gebe ich zu bedenken. »Er glaubt, Josie sei tot. Und auf einmal sind wir alle zurück auf der Insel. Avery seit ein paar Wochen, und ich jetzt. Avery bricht bei ihm ein, stiehlt Unterlagen. Und zu der Zeit, zu der Josie angeblich verunglückt ist, wart ihr beiden auch nicht auf Harbour Bridge, sondern in Kalifornien. In seinem kranken Hirn spinnt er sich womöglich irgendetwas Wirres zusammen.«

»Ich sage dir schon ewig, dass der Typ nicht zu unterschätzen ist«, mischt sich Noah ein.

»So, Ave, du kannst protestieren, so viel du willst, aber ich rufe unsere Security an, die sollen schnellstmöglich ein paar Leute schicken.«

Ich wünschte, Parker wäre hier und ich könnte mich an seiner Hand festhalten.

30

»Was haltet ihr davon, wenn wir zusammen surfen gehen? Die Wellen nach dem Sturm sind grandios«, schlägt Avery später vor, nachdem wir noch gemeinsam die letzten Sturmschäden beseitigt haben. Zum Glück ist das Haus an der Waterfront Avenue glimpflich davongekommen.

»Ich surfe doch nicht mehr«, sage ich, und sie starren mich an, als hätte ich ihnen soeben verraten, dass ich Josie Blythe seit zehn Jahren in meiner Abstellkammer gefangen halte.

»Du surfst also wirklich nicht mehr? Das war kein Scherz? Also im Sinne von du surfst nicht mehr bei Wettbewerben oder im Sinne von gar nicht mehr? Überhaupt nicht mehr? Kein bisschen?« Avery will es nicht glauben. Auch dann nicht, als sie und Odina längst im Neoprenanzug stecken und die Kinder in Begleitung von Noah und Jake schon runter zum Strand gelaufen sind, weil sie eine Surfstunde haben, die trotz des Sturms stattfindet.

»Gar nicht.«

»Und warum?«

Ich deute auf den Arm und verenge die Augen. »Wenn du jetzt sagst, dass Bethany Hamilton auch nur einen Arm hat und trotzdem noch Wettbewerbe surft, dann sorge ich dafür, dass du nie wieder eine Gitarre halten kannst.«

»Das kannst du also mit deinem einen Arm?«, sagt Avery unbeeindruckt. »Aber surfen nicht?«

Ich knurre.

Avery lacht. »Ich würd's mir überlegen, wenn man es nämlich kann, ist es der schönste Sport überhaupt.«

»Was du nicht sagst.«

»Mach ihr keinen Druck, okay«, mischt sich Odina ein und wirft Avery einen bösen Blick zu.

»Sieh mich nicht so an, Lee hat noch immer eine so große Klappe, dass ganz Harbour Bridge darin Platz finden könnte. Sie verträgt das. Ich glaube, sie braucht es sogar.«

»Das muss Lee selbst entscheiden.«

»Lee hat sich entschieden, am Strand zu bleiben und euch zuzuschauen«, sage ich.

Isa streckt die Arme aus und umarmt mich. »Niemand will dich zu irgendetwas zwingen.«

»Nein, aber überreden«, beharrt Avery.

Ich zucke mit den Achseln und tue so, als kratzte mich das alles nicht. Dabei ist da ein seltsames Prickeln in meinen Fingern. Ein Kribbeln in meiner Wirbelsäule und von meinen Beinen, die nicht ruhig stehen können, ganz zu schweigen.

Der Strand ist nur schwach besucht. Die meisten Touristen haben wegen des Sturms die Insel verlassen.

Hailey und Jamie wärmen sich unter den wachsamen Augen von Noah und Jake auf. Jamie hantiert mit seinem grünen Board, das er mit Noah zusammen restauriert hat, wie er mir stolz erzählt hat. Der Wind ist schwach. Das Weißwasser draußen ist schaumig. Das wird sich ändern, wenn die Ausläufer der Stürme hier ankommen. In ein, zwei Tagen wird das Meer völlig unberechenbar sein.

Ich sehe Parker und mich in den beiden Kindern. Odinas Sohn und Isas Nichte haben mich noch nicht bemerkt, so vertieft sind sie in ihre Dehn- und Streckübungen.

»Sollen wir es ihr sagen?«, fragt Jamie gerade mit gesenkter Stimme.

»Auf keinen Fall«, zischt Hailey ihm zu.

»Wir könnten mit Lee reden, denkst du nicht …«

»Ich bin hier, ihr könnt gleich damit anfangen, mit mir zu reden.« Jamie wirbelt zu mir herum, und Hailey zuckt zusammen.

»Wir … wir wollen Pros werden, und Jamie denkt, wir bräuchten dazu professionelle Tipps, aber ich glaube, das ist noch zu früh«, stottert Hailey und kassiert einen bösen Blick von Jamie.

»Das stimmt doch.«

»Halt die Klappe«, sagt Hailey, und ich muss lachen. *Genau* wie Parker und ich.

»Jamie hat schon recht«, sage ich und setze mich in den Sand neben die beiden. »Man kann nicht früh genug anfangen. Und wenn man etwas erreichen will, muss man manchmal auch etwas riskieren.«

»Kannst du uns was von Hawaii erzählen?«, fragt Hailey. »Ich hab mal gelesen, dass es Tausende von Wörtern für verschiedene Wellen gibt.«

»Tausende sind es nicht, aber doch schon einige.« Ich deute hinaus aufs Meer.

»›*Nalu ha'i*‹ ist eine brechende Welle.«

Hailey nickt. Jamie formt das Wort lautlos mit den Lippen.

»›*Nalu pū kī*‹ sind hohe Wellen, ›*Kai o pele*‹ ist eine Flutwelle, und ›*Nalu miki*‹ bezeichnet eine zurückweichende Welle.«

Sie nicken andächtig, ich muss grinsen und der Versuchung widerstehen, Jamie über das gelockte dunkle Haar zu wuscheln.

Einfach nur, weil er Odina so ähnlich sieht. Auch wenn sie behauptet, er käme äußerlich nach seinem Vater.

»Habt ihr heute noch Surfunterricht?«

Wieder ein Blick von Hailey zu Jamie. »Nicht di-«

»Nein«, sagt Hailey. »Haben wir nicht. Wir wollten nur ein bisschen rumprobieren.«

Ich lächele ihnen zu. »Es gibt ein hawaiianisches Sprichwort. Es lautet ›*Ma te hururu, ka rere te manu*‹.«

»Was bedeutet es?«, fragt Jamie.

»Schmücke den Vogel mit Federn, sodass er fliegen kann.« Dann springe ich hoch und rufe: »Aber Surfer und Surferinnen brauchen keine Federn, nur ein Board, und dann können sie fliegen!« Ich erschrecke über mich selbst, über den ausgebreiteten Arm, über die Aufregung in meiner Stimme. Die Kinder denken jetzt bestimmt: Seltsame, peinliche Tante.

Aber Hailey strahlt. »Das merke ich mir für später.«

Sie zwinkert Jamie zu.

Das blinde Verständnis der beiden erinnert mich so sehr an Parker und mich, dass mir schwindelig wird. Ich will gerade vorschlagen, dass ich ihnen ein paar Tricks zeigen könnte, als mir einfällt, dass ich nicht mehr surfe.

»Da kommt Dakota«, sagt Hailey und stupst Jamie mit dem Ellbogen in die Seite.

Fuck, denke ich. Diese vermaledeite Insel ist wirklich ein Dorf. Dakota trägt eine Billabong-Jacke mit Cordeinsätzen in verschiedenen Farben. Es ist nicht irgendeine Jacke, es ist exakt das Modell, für das ich acht Wochen vor dem Unfall einen Werbespot gedreht habe. Es ist kein Zufall, es ist genauso eine Sache, die Dakota macht. Eine, die einen gewissen Zorn in mir aufkommen lässt.

»Hey«, sagt sie, keineswegs überrascht, mich hier zu sehen.

»Hey«, erwidere ich.

»Werde ich hier überhaupt noch gebraucht oder hast du das Feld schon übernommen?«

Sie sieht runter zu Hailey, die gerade die Leash am Bein befestigt. Hat Dakota uns etwa die ganze Zeit beobachtet?

Ich fand ihre Aufmerksamkeit einst rührend, bis sie mir die Luft abgeschnürt hat. In diesem völlig klaren, erschreckend schmerzfreien Moment wird mir bewusst, dass Dakota und ich auch ohne den Unfall gescheitert wären. Weil Dakota nie nur einen Teil von mir wollte, sondern alles. Weil sie mir keine Flügel geben, sondern sie kürzen wollte.

»Du hattest recht«, sage ich zu ihr.

»Womit?«

»Mit dem, was du zu mir gesagt hast, bevor du …« Ich schlucke. »Bevor der Unfall passiert ist.«

Dakota nickt, etwas blitzt in ihren Augen. Ist es Schmerz oder nur verletzte Eitelkeit? Ich bin mir nicht sicher.

»Ich muss dann mal«, sagt sie steif und deutet auf die Kinder.

Ich sehe ihr nach, der Frau, die ich mal geliebt habe. Und ich weiß einfach nicht, wie sie hier reinpasst. Nach Harbour Bridge, in dieses alte Leben, das sich gerade in ein neues verwandelt. Zwischen Hailey und Jamie, Isa, Odina und Avery.

Dakota in all ihren überschwänglichen Emotionen, in ihrer Offenheit, in ihrer Engstirnigkeit. Die rasend eifersüchtige Dakota, die Menschen so gern für sich vereinnahmen möchte.

31

Am Abend lege ich mich im Gästezimmer aufs Bett und starre auf mein Handy. Und endlich, endlich, endlich habe ich eine Nachricht von Parker.

> Parker: Bist du gut angekommen? Ich hoffe,
> du hast nichts falsch verstanden.

Puh.

Was jetzt falsch verstanden? Unsere Zärtlichkeiten in der Nacht? Oder meint er die Tatsache, dass er mich ein zweites Mal weggeschickt hat?

Ich will antworten und lösche jede einzelne Nachricht wieder, nachdem ich begonnen habe. Weil ich absolut keine fucking Ahnung habe, was zwischen mir und Parker los ist. Wie denn auch, ich weiß ja noch nicht einmal, was damals los war.

Statt an Parker tippe ich eine Nachricht an Qualle.

> Ich: Wenn man jemanden liebt, aber sich

nicht sicher ist, ob es dem anderen auch so
geht, Qualle, was macht man dann?

Qualle braucht nicht lange für seine Antwort.

Qualle: Hi, ich nehme an, du fragst für einen
Freund?

Ich: Natürlich.

Qualle: Also wäre ich anstelle deines
Freundes, würde ich es Parker einfach sagen.

Ich: Arsch.

Qualle: Selber.

Danach klappe ich den Laptop auf. Und öffne das Dokument, in dem Parker und ich uns tagelang Nachrichten geschrieben haben. Ich lese jedes Wort und stelle am Ende fest, dass Parker noch ein paar Zeilen hinzugefügt hat. Er muss sie geschrieben haben, als ich mit den Mädchen gepackt habe.

Wenn ich dich wegschicke, dann immer nur
zu deinem Besten. Bitte glaub mir das, Lee.

Wütend schlage ich den Deckel zu. Fuck, Parker. Ich weiß selbst, was gut für mich ist.

• • •

Am nächsten Tag schlafen wir alle lang. Wir brauchen eine ordentliche Mütze Schlaf, um über all die neuen Erkenntnisse hinwegzukommen. Die Kinder sind mit Jake unten am Meer, während ich lange mit Avery, Odina und Isabella auf der Terrasse sitze und über früher spreche. Irgendwann entschuldigt sich Odina und bricht zur Arbeit auf, Avery setzt sich ans Klavier, und Isa verzieht sich, um über ihren Biologiebüchern zu brüten.

Mich zieht es auch an den Strand. Dort schaue ich den Kindern zu, als mein Handy klingelt.

»Lee Baker«, melde ich mich, da der Anrufer anonym ist, während ich den Kindern, die zum Wasser rennen, lächelnd nachsehe.

Durch das Telefon dringt eine bekannte Stimme. Mir weicht das Blut aus dem Gesicht.

Jemand summt ein Lied. Nein, nicht irgendjemand. Die Gänsehaut, die sich auf meinem ganzen Körper ausbreitet, ist unangenehm, keine der guten Art. Ich kenne das Lied, ich kenne die Stimme. Es ist Josies. Aber sie ist seltsam verzerrt, sie ist der Grund für die Gänsehaut. Es ist nicht Josie, die ins Telefon summt, es ist ein Band, das abläuft.

»Was ist das?« Ich habe Mühe, meine Emotionen unter Kontrolle zu halten. »Josie, das bist doch nicht du?« Meine Worte geraten ins Wanken. »Das bist doch nicht du, oder?«

Josie lacht. Und jemand anderes lacht mit. Ein Männerlachen, das sich hässlich mit Josies mischt.

»Wer bist du, Arschloch?«, zische ich.

Statt einer Antwort knallt Josies Stimme direkt in meine Nervenbahnen. Denn sie summt nicht nur, sie spricht. Ich erinnere mich. O Gott, ich erinnere mich an diese Worte. »Sollte ich je eine Rolle in einem Coen-Film ergattern, würde ich mir als Belohnung einen Oldtimer kaufen.«

»Was soll das, was ist das für ein verdammter Abfuck?«, schreie ich.

Der Mann lacht leise. Und einen Moment klingt es, als käme die Stimme nicht nur durch den Hörer, sondern wäre gleichzeitig ganz nah. Mein Magen verkrampft sich. Instinktiv schaue ich mich hektisch um.

»Mann, Isa, du weißt schon, dass ich das wieder vergessen habe, bevor ich mir den Sand abgeduscht habe«, sagt Josie durch den Hörer. Daraufhin folgt Odinas blecherne Stimme: »Aber wir lieben dich trotzdem.«

»Zeig dich …«, flüstere ich. Drehe mich um meine eigene Achse, als spielte sich das Gespräch vom Band im Hier und Jetzt ab, nicht vor zehn Jahren, ein paar Hundert Yard weiter nordwärts.

Am anderen Ende der Leitung ist es kurz still, dann ertönen die ersten Akkorde von »A girl named Josie«, und ich kann nicht mehr an mich halten. »Was ist das für ein kranker Fuck!«

Die Männerstimme lacht laut.

»Das wirst du bereuen, du Arschloch! Das wirst du so was von bereuen.«

Ich lege wutentbrannt auf und scanne noch einmal den Strand. Die Kinder! Aber ich finde sie sofort, sie sind keine zwanzig Fuß entfernt und üben im Weißwasser Pop-ups, während Jake sie weiterhin beaufsichtigt. Ich zögere kurz, dann renne ich zurück zum Haus. Mein Herz rast unkontrolliert. Die Stufen der Strandtreppe erscheinen endlos. »Avery!«, rufe ich, das Handy noch in der Hand. Avery ist nicht zu sehen. Aber Isa steht im Türrahmen zur Terrasse. Auch sie hat ihr Handy in der Hand. Ihren Gesichtsausdruck kann ich nicht lesen, er ist wie erstarrt auf das Display gerichtet. Dann hebt sie den Blick. Ihre Wangen sind rot.

»Ich habe einen Anruf bekommen!«, sagt sie leise.

»Ich auch, das ist einfach unfassbar – was?«

»Aber … sie ist es nicht«, haucht Isa.

»Nein, sie ist es natürlich nicht«, erwidere ich. Ich bin überzeugt davon, dass Isa den gleichen Scheiß anhören musste wie ich.

Doch dann sagt Isa zärtlich: »Aber das ist egal, oder? Es zählt, was es bewirkt. Die Botschaft, die es vermittelt.«

»Was? Aber dieses Arschloch …«

Isa lächelt zaghaft, und ich verstehe gar nichts mehr. Sie packt mich bei den Schultern. »Verstehst du nicht …« Sie lässt mich wieder los. Sieht betreten zur Seite. Ich bin mir nicht sicher, ob es um die Berührung an sich geht oder um die Tatsache, dass sich unterhalb der linken Schulter kein Arm befindet.

»Es sind noch mehr Frauen, die sich getraut haben«, sagt sie.

Ich verstehe immer noch nichts. »Moment mal, wer hat dich angerufen, Isa?«

Isas Blick klart auf. »Die Polizei natürlich. Erin Seyfried vom Revier in Charleston. Sie dürfte es mir eigentlich nicht sagen … aber es sind weitere Frauen dazugekommen, Lee. Mehrere Opfer haben Wellington angezeigt. Es hat etwas bewirkt, dass Avery und ich in Kalifornien waren. Das alles hat eine Welle losgetreten. Er wird nicht davonkommen, diesmal nicht.«

Ich nicke langsam.

»Ein kollektiver Aufschrei für mehr Gerechtigkeit ist das, endlich, endlich. Weißt du, ich hatte so Angst, und jetzt zahlt es sich endlich aus.«

»Das ist fantastisch«, sage ich und meine es so.

»Was wolltest du mir erzählen? Wer hat dich angerufen?«

»Nicht so wichtig«, sage ich. Warum soll ich ihr auch die Freude verderben? Wegen des Anrufs eines durchgeknallten Spinners.

32

Die Sonne gibt dem Meer einen Gutenachtkuss, hätte meine Mutter zu dem Anblick vor mir gesagt. Nachdem ich die Einladung zum Abendessen im Seasons abgelehnt habe, weil ich gerne in Ruhe über ein paar Dinge nachdenken möchte, bin ich allein am Strand. Es tut gut, hier zu sitzen und zu wissen, dass die nächsten paar Stunden mir gehören. So schön es ist – und es ist wirklich schön –, Isa, Avery und Odina wiederzusehen, so schwer fällt es mir, im Zentrum der geballten Aufmerksamkeit zu stehen. Ich bin das nicht mehr gewohnt. Ich war fast zehn Jahre lang eine Einzelgängerin, abgesehen von der Zeit mit Dakota.

Das Meer erwidert den Kuss, und für ein paar Stunden lang verschmelzen die beiden ineinander, bevor sie sich am Morgen wieder trennen und jeder seiner Wege geht. Aber zuverlässig, jeden Abend, finden sie sich. Ich hab lange nicht mehr an eine Geschichte meiner Mom gedacht. Es fühlt sich bittersüß an.

»Immer wieder schön, oder?«, sagt ein Mann hinter mir. Nicht irgendeiner. Parker.

»Ist hier noch frei?«

Ich nicke.

»Weinst du etwa?«, fragt er besorgt.

Ich zucke mit den Achseln, schaue ihn nicht an, lasse aber zu, dass er sich nah neben mich setzt. »Ich musste an meine Mom denken.« Bevor ich weiterspreche, wische ich mir übers Gesicht. »Sie hat immer gesagt, die Sonne würde dem Meer einen Kuss geben, wenn sie untergeht.«

Jetzt schaue ich ihn doch an. Parker lächelt. Dieses alte, weise Lächeln, dass er schon mit zwölf Jahren draufhatte und für das er auch jetzt noch zu jung ist. Parker, die alte Seele.

»Aber ich fand immer«, behaupte ich, »es sieht mehr nach einem aufgeschlagenen Ei aus, dessen Dotter ins Meer fließt.«

Parker lacht laut. »Du warst eben schon immer eine Romantikerin.«

Und einfach so packt er meine Hand. Schließt seine langen Chirurgenfinger sanft um meine Finger.

»Was machst du hier?«, frage ich.

»Ich hab im Seasons auf dich gewartet. Odina hatte mich eingeladen.«

»Ah«, sage ich, ein wenig verschnupft.

»Odina und ich sind befreundet. Sie hat mich nicht deinetwegen eingeladen, sondern als Dankeschön für meine Hilfe bei der Jobsuche.«

»Ah«, mache ich noch einmal.

»Soll ich gehen, damit du dem Eidotter allein beim Zerfließen zuschauen kannst?«

»Nein«, kommt es zu schnell aus meinem Mund.

»Dann bleib ich noch ein bisschen.«

»Ja, bleib ein bisschen, bis es schön ist und ich dir dann sage, dass du besser aus meinem Leben verschwindest«, keife ich.

»Lee …«

Parker ist blass geworden. Um das zu erkennen, brauche ich keinen fucking Sonnenuntergang.

»Der größte Fehler war es, dich gehen zu lassen.«

»Du hast mich nicht gehen lassen, Parker, du hast mich weggeschickt.« Ich schreie fast, reiße meine Finger aus seiner Hand.

»Deinetwegen«, sagt er so leise, dass ich glaube, mich verhört zu haben.

»Was redest du da! Du hast beschlossen, dass dir das Surfen wichtiger ist als unsere Beziehung.«

»Es war mir nie etwas wichtiger als unsere Beziehung. Doch, warte, das stimmt nicht. *Du*, du als Mensch, als Persönlichkeit, als Frau, warst mir immer am wichtigsten. Hätte ich uns nicht beendet, wärst du geblieben.«

Parker krabbelt vor mich, kniet vor mir im Sand.

Ich starre ihn an. »Parker, du hast völlig aus dem Nichts mit mir Schluss gemacht. Meine Mutter lag im Sterben, meine Welt war am Zusammenbrechen, ich hab dich gebraucht. Und du hast mich weggestoßen. Ich kann das nicht noch einmal aushalten.«

»Das musst du auch nicht. Ich … kann ich es dir erklären?«

»Bitte«, sage ich trotzig und stütze mein Kinn auf meine Hand. Die sich immer noch so anfühlt, als wären Parkers warme Finger darin verschränkt. Fuck. »Schieß los, du hast Zeit, bis der Eidotter endgültig verschwunden ist. Ich schätze, es dauert noch eine Minute und zehn Sekunden.«

Parker sieht mich ernst an.

»Du wärst nicht gegangen, Lee. Du hättest mich und Harbour Bridge nicht verlassen, wenn ich dich nicht gezwungen hätte.«

»Ich wäre gegangen«, behaupte ich. »Ich hatte eine Sponsorship.«

Parker neigt den Kopf.

»Ich will dein Mitleid nicht«, sage ich.

»Welches Mitleid?«

»Ich will nicht, dass du denkst, jetzt, da ich nur noch einen Arm habe, müsstest du so tun, als hättest du dich eigentlich nicht trennen wollen. Parker, das will ich nicht!«

»Du denkst, ich sage dir das, weil ich Mitleid mit dir habe?«

»Warum denn sonst? All die Jahre hättest du dich schon erklären können.«

Parkers Lippen werden schmal. Er streckt seine Hand nach meiner aus. Aber ich denke ja gar nicht daran, jetzt mit ihm Händchen zu halten.

»Komm mit.«

»Sicher nicht.«

»Komm mit«, befiehlt er. »Ich beweise es dir.«

»Nein.«

»Bitte.«

»Nein.«

»Gib mir eine halbe Stunde. Danach kannst du mir verzeihen oder mich für immer hassen.«

• • •

»Was wird das?«

Parker kniet auf dem Boden in seinem Haus vor dem verschlossenen Fach unter seinem Fernseher. Er wühlt. Dann zieht er eine CD heraus und hält sie hoch.

»Setz dich«, sagt er und deutet auf die Couch. Ich bleibe stehen. Er seufzt und zieht dann einen DVD-Player hervor, den er umständlich anstöpselt.

»Wird's bald? Halbe Stunde, hast du gesagt.«

»Setz dich bitte.«

Ich bleibe stur weiter stehen. Parker drückt auf einer Fernbedienung herum, und der Fernseher rauscht. Durcheinanderrufende Stimmen ertönen, und ehe ich das Bild sehe, weil er vergessen hat, den Bildschirm anzuschalten, weiß ich, was er mir vorspielen will. Es ist der letzte Wettkampf, der, bei dem sich die Sponsorship entschieden hat. Mein großer Wurf.

»Ich will das nicht sehen, Parker.«

»Bitte.«

Parker spult vor, im Schnelldurchlauf sehe ich Surfer in den Wellen, Kommentatoren, die begeistert aufspringen, Punktzahlen und bunte Fahnen. Dann hält er das Band an. Ich erkenne sofort, dass es Parkers Heat ist. Sehe es trotz der schlechten Bildqualität an der konzentrierten Eleganz seiner Haltung. Erkenne sein Board, den zehn Jahre jüngeren Parker. Ich sehe ihn paddeln, sehe, wie er direkt auf seinen Konkurrenten zusteuert. Ich sehe den Regelverstoß, sehe, wie Parker ihm in die Welle droppt, und begreife nicht, was ich da sehe.

»Was ist das, Parker?«

Er ist so ruhig, so verdammt ruhig. »Ein altes Tape.«

Ich habe eine Faust zu wenig für die Wut, die in mir aufsteigt wie ein verdammter Heißluftballon.

»Du hast betrogen, aber nicht, um zu gewinnen.«

»Nein, ich habe betrogen, um zu verlieren, Lee. Ich wusste, dass sie nur einen von uns nehmen würden. Ich wollte …«

»Warte, du hast was? Ich hab dir mehrmals gesagt, dass ich keine Almosen will.«

»Ich hab's für dich getan, Lee. Ich wollte, dass du gehst, und ich wusste, du würdest bleiben.«

Mein Magen fühlt sich flau an. »Sie haben mich nur genommen, weil du gegen die Fairness verstoßen hast? Versuchst du mir das gerade zu demonstrieren?«

»Nein, sie hatten es längst entschieden, aber ich wollte sichergehen. Ich wollte, dass du das Sponsoring bekommst.«

»Aber du warst so gemein, so unfassbar arschig. Du warst … neidisch!«

»Ich hab so getan.«

»Warum? Wie konntest du nur.«

Ich hebe die Faust. Aber eine einzelne Faust macht keinen Boxer. Ein Arm keine Kämpferin. Oder? Ich lasse die Hand wieder kraftlos sinken.

»Ich wollte, dass du gehst. Nicht meinetwegen bleibst. Ich wollte, dass du dir die Welt eroberst, dass du deine Träume verwirklichst.«

»Aber warum hast du sie denn nicht gemeinsam mit mir verwirklicht?« Meine Tränen sind nicht mehr aufzuhalten. Eine toxische Mischung aus Wut, Rührung, Sehnsucht, Verlust. Tränen wie saurer Regen, die mir mein Herz zu verätzen drohen.

Parker schaut zu Boden. Sieht wieder hoch, als hätten ihn mächtigere Kräfte gezwungen, den Kopf zu heben. Kein Feigling zu sein. Da ist er, der erwachsene Parker. Der mir so gut gefällt, weil er abgelegt hat, was ihn einst klein gemacht hat.

»Ich hab erst sehr viel später verstanden, dass das ganz allein mein Leben ist. Nur weil Mae-Ann sich ihres genommen hat, heißt das nicht, dass ich meines für die Träume und Wünsche meiner Eltern opfern muss. Ich war noch ein halbes Kind, Lee. Ich hab es damals nicht kapiert. Vielleicht hab ich es erst verstanden, als ich mich in deine Popcornreste gesetzt habe. Als du mit deinem ganzen Chaos hier in diesem viel zu perfekten Haus eingezogen bist und ich dachte: Warum hab ich mir das zehn Jahre lang entgehen lassen? Du kommst hierher, du bist auf einmal wieder da, als wärst du nie weggewesen. Lee, ich konnte mein Glück nicht fassen. Lee, bitte. Kannst du mir verzeihen?«

»Verarschen kann ich mich selbst, Parker. Du hast angefangen, mich zu hassen, als ich dieses Sponsoring für Hawaii in der Tasche hatte.«

Er schüttelt den Kopf. »Nein, das stimmt nicht. Ich hab dich nie gehasst.«

Ich trommele mit meiner Faust gegen Parkers Brust. Er lässt es zu. Vielleicht, weil er es unfair fände, meine eine Hand mit seinen beiden festzuhalten. Die Wut in mir ist ein Fass ohne Boden. »Ich hab dich immer …«, meine Stimme bricht, »immer, immer in mein Innerstes schauen lassen, und du machst so etwas?«

»Es schien mir damals die einzige Möglichkeit.«

»Ich hätte dir verzeihen können, dass du etwas mehr wolltest als ich. Dass du Schluss gemacht hast, weil du mir etwas missgönnt hast. Aber du hast mir nicht zugetraut, für mich selbst Entscheidungen zu treffen. Ich war vor dir erwachsen, Parker. Ich hätte das selbst entscheiden wollen.«

»Ich weiß«, sagt er leise. »Heute weiß ich das, aber damals, Lee, damals hab ich es aus Liebe getan.«

Ich halte inne, und er greift nach meiner Hand. »Wenn du mich nicht mehr willst, wenn du mir nicht verzeihen kannst, dann akzeptiere ich das. Aber du sollst wissen, dass es nie zuvor einen Menschen gab und nie wieder in meinem Leben geben wird, der mir so viel bedeutet wie du. Lee, du bist mein Lebensretter, du bist … du bist …«

»Ja, was?«, sage ich spöttisch, obwohl etwas in mir unbeabsichtigt weich wird.

»Du bist der Eidotter an meinem kleinen, dunklen Horizont«, sagt Parker mit letzter Kraft.

Völlig wider meinen Willen muss ich schnaubend lachen. Parker bleibt ernst.

»Du bist das Wachs auf meinem Surfboard«, sagt er weiter.

Ich schüttele den Kopf.

»Das fehlende Glas in meiner Scheibe«, er deutet verzweifelt auf das mit Brettern vernagelte Fenster. »Der Grund, warum ich gestern nach Charleston gefahren bin und meinen Job gekündigt habe.«

»Was?«

»Hörst du mir jetzt endlich zu?«

»Wieso kündigst du meinetwegen deinen Job? Das ist doch bescheuert.«

»Nein, bescheuert ist, dass ich es so lange durchgehalten habe. Das Leben ist kurz, und ich will, solange es geht, etwas machen, was mir wirklich Freude bereitet. Und am liebsten mit dir. Wenn du mich noch willst.«

Ich beiße mir auf die Unterlippe und ziehe die Augenbraue nach oben.

»Willst du mich noch?«

»Du stellst die falschen Fragen, Parker!«

»Die falschen Fragen?« Parkers Schultern sacken nach unten.

»Ja, du Idiot!«

»Was wäre denn eine richtige Frage?«, sagt er schüchtern.

»Willst du mich. Ohne noch.«

Parker sagt nichts. Er nähert sich mir, einen Inch nach dem anderen, lässt mich dabei nicht aus den Augen. Als wäre es wichtig, mich mit seinen Blicken festzuhalten.

Fuck, Parker, ich laufe dir nicht davon. Er öffnet die Lippen und …

»Warte!« Ich strecke die Hand aus. Parker hält inne, und ich sehe in seinem Gesicht, was ich fühle, seit ich zurück auf Harbour Bridge bin. Angst, zurückgewiesen zu werden.

»Ich will dich«, sage ich langsam. »Aber …« Ich weiß nicht, wie ich es am besten sagen soll. »Ich will dich, aber …«

»Du willst mich, aber du willst auch dich nicht verlieren.«

»Ja!«, platze ich heraus. »Ich möchte nicht dein Anhängsel sein, ich möchte kein Mitleid, ich möchte nicht, dass du Dinge für mich entscheidest, die ich selbst entscheiden kann. Ich möchte Lee Baker bleiben, ich möchte mich nicht verändern.«

»Glaub mir«, sagt er mit heiserer Stimme. »Ich bin der letzte Mensch, der will, dass du dich veränderst.«

Sein Mund nähert sich dem meinen. Und ich will mich ihm entgegenstrecken.

»Warte!«, sage ich noch mal. Meine Handfläche gegen seine Brust gedrückt. »Aber ich will auch nicht, dass du dich für mich veränderst. Wenn du ein Tennis spielender, Polohemden tragender Kardiochirurg mit einer Sechsunddreißig-Fuß-Jacht sein möchtest, dann sei bitte auch ein Tennis spielender, Polohemden tragender Kardiochirurg.«

»Okay«, sagt er schlicht.

»Okay?«

»Ja, okay. Darf ich dich jetzt küssen?«

»Seit wann fragst du das denn?«

Er lächelt, und ich glaube, seine Wangen werden ein winziges bisschen rot, wie früher.

Er senkt den Blick und beugt sich zu mir. Als sich unsere Lippen treffen, bekomme ich einen kleinen elektrischen Schlag. Ich zucke, aber ehe es sich Parker noch einmal anders überlegen kann, bin ich jetzt diejenige, die die Initiative ergreift. Ich sauge an seinen Lippen, sauge mich daran fest und höre ein kurzes, erstauntes Luftschnappen, bevor er sich voll und ganz auf den Kuss einlässt. Unsere Zungen treffen aufeinander, zunächst vorsichtig tastend, dann gieriger. Schon wieder vergesse ich das Atmen, aus Angst, etwas von diesem Gefühl zu verpassen. Der Kuss ist wie der Ritt auf einer Welle, er beginnt langsam, steigert sein Tempo, bis wir eins sind. Welle und Surfer. Parker und Lee. Und so klingt es auch aus. Unsere Zungen tanzen jetzt zu einem langsameren Rhythmus, die Münder lassen einander wieder mehr Raum, bis wir uns mit leisem Schmatzen lösen. Ein Blinzeln trägt mich zurück in die Realität. Da ist auf einmal diese Erinnerung daran, wie wir uns früher geküsst haben. Und obwohl wir immer noch Parker und Lee sind, haben sich hier gerade ältere Versionen von uns geküsst. Mit all den Erfahrungen, die zwischen unserem ersten und diesem letzten Kuss stecken. Meine Lippen haben dazwischen andere Lippen geküsst, Parkers Mund hat andere Frauen geschmeckt.

Es zeichnet sich vage an seiner Sporthose ab, was ich offenbar mit ihm mache. Verflucht, Parker … Ich sollte das nicht so gut finden. Ich weiß, wie es das letzte Mal geendet hat. Und Parker und ich …

Aber da hebt er mich schon hoch und zieht mich huckepack auf seine Schultern. Seine Hand liegt leicht auf meinem unteren Rücken. Einem sehr südlichen Teil meines Rückens. Man könnte auch sagen, knapp über meinem Hintern. Fast wünschte ich, er würde sie wandern lassen.

Parker trägt mich die Treppe nach oben. Als er mich in seinem Schlafzimmer absetzt, sind wir beide ein klein wenig schüchtern. Eine Erinnerung schleicht sich in meine Gedanken. Parker und ich in der Surferhütte, die Kerzen, der missglückte Versuch, miteinander zu schlafen. Es ist lange her, dass ich mit einem Mann zusammen war. Sehr lange. Und ich bin unsicher, ob ich Parker das sagen sollte. Auf der anderen Seite ist da diese Anspannung der letzten Tage, diese fast zum Zerreißen aufgeladene Luft zwischen uns, die sich dringend entladen will. Entladen muss.

»Nicht denken«, flüstert er. »Jetzt nicht.«

Das ist es, was uns ausmacht. Die Art, wie er in Worte fassen kann, was ich fühle. Wann haben wir dieses blinde Verständnis füreinander verloren?

»Was ist los?«, fragt Parker. »Alles in Ordnung?«

»Ja, nein«, sage ich und sehe zu ihm hoch. »Ich musste an früher denken.«

»Wir sind immer noch wir«, sagt Parker. Seine Hand sucht meine Wange, streichelt mit dem Daumen darüber, streift meine Lippen.

»Ich will aber … ich weiß nicht, ob ich dich enttäuschen werde.«

Ich hatte gehofft, Parker das nicht erklären zu müssen. Aber er sieht mich verwirrt an. Ich muss ihm klarmachen, dass das hier anders laufen könnte, als er vielleicht hofft.

»Du weißt, dass ich auch mit Frauen zusammen war«, sage ich, versuche, selbstbewusster zu klingen, als ich es in diesem Moment bin. »Ich kann bestimmt nicht mehr nur von vaginalem Sex kommen.«

Bitte sag jetzt nicht, dass das bei dir anders sein wird. Aber nichts dergleichen passiert. Parkers Gesicht wird weich und lieb. Nicht überheblich.

»Wir finden andere Wege, wenn du möchtest. Wie vorletzte Nacht. Und damals haben wir das auch.«

»Wir waren Teenager.«

»Hat sich im Maybank Tennis Center nicht so angefühlt.«

Ich blase Luft aus der Nase, versuche, die aufsteigende Nervosität aus mir herauszuatmen. Wo ist die toughe Lee hin?

Langsam zieht er mich wieder an sich. Und seine Hände haben so viel Kraft, sind so stark, dass sie mich halten und gleichzeitig den Wunsch in mir wecken, für ihn das Gleiche zu tun. Ich will Parker ebenbürtig sein, ihn stützen, wie er mich stützt, zu ihm aufschauen und wissen, dass er niemals auf mich herabschaut. So unperfekt ich auch bin. Seit ich hier bin, hat er mich langsam und bedächtig geknackt. Ich will das Gleiche für ihn tun. Und genau deswegen schiebe ich meinen Arm an seinem Rücken hoch, imitiere seine Bewegung, indem ich ihn mit ebenso viel Druck zu mir ziehe. Haut an Haut stehen wir beieinander. Aber es ist kein Kräftemessen wie früher, wir halten uns. Wir halten uns aus.

Langsam überlasse ich meinem Körper das Fühlen, spüre das Heben und Senken seines Brustkorbs an meinem, den Rhythmus, den wir teilen. Parker ist viel größer als ich, seine Hände nehmen so viel Platz an meinem Rücken ein, streicheln in langen, fordernden, reizenden Bewegungen meine Haut. Ich merke, wie sich seine Erektion gegen meinen Bauch drückt. Und ich reagiere darauf, selbst erstaunt, dass er diese Wirkung hat. Dass es in mir zieht und zerrt, ich mich danach sehne, mehr zu bekommen. Ihn zu sehen, ihn zu schmecken und mit all meinen Sinnen aufzunehmen. All meine harten Kanten und Ecken werden weich unter seinen Händen, die sich ihren Weg hinunter zu meinem Hintern bahnen. Seine Finger streichen über die festen Rundungen dort, packen zu, während ich fühle, was bei ihm alles andere als weich ist. Er senkt seinen Kopf, küsst meinen Hals und fasst dabei mit der anderen Hand in meine Haare. Ich stöhne vor Befriedigung und vor Verzweiflung. Denn selbst wenn ich einen zweiten Arm hätte, mit dem ich andere Stellen von ihm liebkosen könnte, es wäre nicht genug. So muss ich mich damit begnügen, ein wenig Platz zwischen uns zu schaffen, damit ich seine Brust berühren kann. Ich streiche über die glatte Haut, und es ist ungewohnt. Nicht weil ich so lange nicht mehr mit einem Mann geschlafen habe, sondern weil es Parker ist und ich auch an genau diese Bewegungen Erinnerungen habe. Parker stöhnt auf, als ich mit den Fingern unter den Saum seiner Hose fahre. Seine Lust wird zu der meinen und lässt meine letzten sorgenvollen Gedanken verpuffen. Was bleibt, ist … Gier. Selbst erstaunt über die Wellen der Lust, die Parker in mir weckt, sehe ich zu ihm hoch.

Parker schiebt seine Hände – alle beide – unter mein Shirt. Wie fast immer trage ich keinen BH.

»Ich Glücklicher«, seufzt er.

Ich muss lachen. Er lässt seine Hände in die Kuhle zwischen meinen Brüsten gleiten, spreizt die Finger und reibt mit den Daumen über meine Brustwarzen. Ich habe kleine, feste Brüste, und Parker hat so große Hände, dass sie auf köstliche Art und Weise darin verschwinden.

Verflucht, ist das gut.

»Raus aus den Klamotten«, sagt Parker.

Er streift mir das Shirt ab und zieht scharf die Luft ein.

»Parker, du hast mich schon nackt gesehen. Neulich erst …«

»Das«, sagt er nach Luft schnappend, »war nicht das Gleiche. Es war dunkel. Du bist so schön, so unglaublich schön.«

»Bin ich nicht«, murmele ich und zucke mit dem Stumpf.

»Dummerchen«, sagt Parker zärtlich. »Du könntest nicht schöner sein.«

»Stört es dich nicht?«, frage ich leise.

»Es stört mich, dass du noch so viel anhast.«

Und mit diesen Worten fährt er mit beiden Händen unter den Bund meiner Hose und zieht sie herunter. Bis ich so nackt vor ihm stehe wie neulich.

Ich hebe meinen Arm, aber ich denke, ich hebe meine Arme. Weil sich gerade alles vollständig anfühlt und gar nicht amputiert. Dann lege ich ihn um Parkers Hals, rekele mich an ihm. Wir küssen uns lange und tief, sodass dieser Kuss mich unglaublich feucht macht. In Erwartung all dessen, was kommen wird.

»Ich will dich«, sagt er.

Seit sehr langer Zeit habe ich mich nicht mehr so gefühlt. So vollkommen, so begehrt.

»Ich will dich auch«, erwidere ich.

»Wie?«, fragt er vorsichtig. Und ich ärgere mich, dass ich verantwortlich bin für die Verunsicherung in seiner Stimme. »Lass mich machen«, sage ich leise.

In dem Moment, in dem ich meine Hände in seine Shorts gleiten lasse, übernimmt die Lust meinen Verstand, drängt ihn beiseite. Ich fasse Parker an, greife um seinen Schwanz, lasse meine Hand auf und ab gleiten, berühre seine Spitze, die einen feuchten Film auf meinen Fingern hinterlässt. Und merke, dass es mir Freude bereitet. Nicht weniger als mit Dakota. Mehr. Aber dass das nichts damit zu tun hat, dass Parker ein Mann und Dakota eine Frau ist.

»Dafür, dass du mich nicht sexy findest …«

»Du solltest nicht jeden Mist, den ich von mir gebe, glauben.«

Ich konzentriere mich auf das Hier und Jetzt. Auf Parkers Erektion in meiner Hand. Es ist unwahrscheinlich, wie sexy ich *ihn* finde. Vielleicht ist es für manche Menschen, wie für mich, mit Lust ebenso wie mit Liebe. Sie hat kein Geschlecht. Entweder man spürt sie oder man spürt sie nicht.

Nachdem Parker sich auch seiner Klamotten entledigt hat, sehen wir uns kurz fragend an. Dann nickt er. »Ich habe welche gekauft, vorsichtshalber.«

Erst jetzt fällt mir auf, dass das Bett nicht gemacht ist. Ich muss schmunzeln.

»Parker, mir scheint, du wirst nachlässig.«

Er zuckt mit den Achseln und sagt dann heiser: »Du bist meine Schwachstelle, Lee. Warst du immer. Ich wünschte, ich hätte dir das damals auf Hawaii gesagt und mich nicht davon abhalten lassen.«

Ehe ich etwas erwidern kann, hat Parker angefangen, seine Hände erneut über meinen Körper gleiten zu lassen. Sie sind überall und können nicht überall gleichzeitig sein, wo ich sie gern hätte. Er reizt mich mit seinen Fingern, massiert meine Klitoris, tastet langsam nach meinem Eingang, ohne seine Finger in mich zu schieben. Ich stöhne schwer und will, dass er all das tut, was er andeutet. Will ihn bitten, nichts auszulassen. Aber Parker versteht auch so. Er lässt sich vor mich auf den Teppich sinken und fährt dann mit seiner Zunge meine Schenkel nach oben zwischen meine Beine. Es ist fast zu viel, es ist immer noch zu wenig, als er meine Mitte findet. Ich will noch nicht, ich will alles. Vielleicht auch, um es uns zu beweisen, hauptsächlich aber, weil ich neugierig darauf bin. Wie wird es erst sein, wenn wir alles tun?

Mit meinen Händen in seinen Haaren schiebe ich ihn ein klein wenig von mir und bedeute ihm aufzustehen. Ich schlinge meine Beine auf Höhe seiner Hüften um ihn. Sofort fängt er mich mit seinen Armen auf und hält mich fest. Da ist etwas Enthemmtes in seinen Augen, etwas in ihm, das endlich bereit ist, die Kontrolle abzugeben. Weil er spürt, wie sehr ich das will. Er lässt mich ein Stück herabgleiten, bis ich seinen Schwanz spüre, der gegen meinen Schoß drückt. Und ich zögere nicht, ich will das. Ich will Parker in mir. Parker stolpert rückwärts aufs Bett und ich mit ihm. Er beugt sich nach hinten, schafft es, mit seinen Armen den Nachttisch zu erreichen, und holt ein kleines Päckchen heraus. Ich beobachte ihn, auf seinen Schenkeln sitzend, wie er sich den Gummi überzieht und mir dabei immer wieder Blicke aus seinen dunklen Augen zuwirft. Ich kann es kaum abwarten, hebe dann mein Becken, positioniere mich und lasse ihn in mich gleiten. Er ist sofort so wahnsinnig tief in mir, dass ich nach Luft schnappen muss.

»Ist es zu viel?«, fragt er.

»Nein«, keuche ich. »Es ist nicht genug.«

Parker atmet zitterig, und ich fühle, wie sich der letzte Rest Zurückhaltung in ihm auflöst. Er sieht mir tief in die Augen, während er anfängt, sich in mir zu bewegen. Ich habe das lange nicht getan, ich habe es aber auch noch nie *so* getan. So sehr habe ich nie nach etwas gegiert wie nach diesen Wellen der Lust, die Parker in mir weckt.

»Ja«, stöhne ich. »Ja, genau so.«

»Beweg dich mit mir«, sagt Parker. Und während er unter mir sein Becken kreisen lässt, fange ich an, in seinem Takt auf und ab zu rutschen.

Wir reiten dieselbe Welle, wir befinden uns kurz vor dem Höhepunkt, nicht mehr weit. Und dann zieht er sich aus mir zurück.

»Kurze Pause«, keucht er. »Es geht sonst zu schnell.«

Ich will mich wieder auf ihn setzen, fortführen, was wir begonnen haben, aber er hält mich fest, küsst mich innig, bis er sich nach hinten fallen lässt und mich am Arm mit sich zieht.

»Komm«, sagt er. »Komm her.«

Einen Augenblick zögere ich. Aber nicht lange. Ich vertraue Parker. Obwohl er mir einst so wehgetan hat, weiß ich, dass ich bei ihm sicher bin. Ich setze die Grenzen, und Parker würde sie nie überschreiten. Einen winzigen Moment lang kommt ein Gedanke in mir auf, den ich laut äußern möchte. Muss. Aber er verschwindet sofort wieder, als Parker mich so positioniert, dass mein Becken sich über seinem Gesicht befindet und seine Zunge sich ihren Weg bahnt.

»O Gott, Parker. O Gott …«

Ich komme hart und lange, ich komme mit einem lauten, ungehemmten Schrei. Ich gebe mir einen Moment, um das Gefühl festzuhalten, bevor ich an ihm hinunterrutsche und wieder meine Position auf ihm einnehme. Ebenso tief wie vorher gleitet er in mich. Sein Schwanz zuckt gierig in mir, und es ist ein köstliches Gefühl. Beglückender noch als der Blick in sein Gesicht.

Ich stöhne und sehe in seinen Augen, dass er kurz irritiert ist. Dabei bin ich vermutlich erstaunter als er.

»Bitte, nicht so tun, als …«, fängt er an, »möchtest du …«

Ich schüttele den Kopf. »Ich kann gar nicht so tun«, stöhne ich. »Das hier ist so was von echt, Parker.«

Er antwortet mit einem erstickten Stöhnen, greift mit seinen Armen um meine Taille und steigert das Tempo. Und es ist gut, es ist so wahnsinnig gut, dass ich glaube, mit ein bisschen mehr Gewöhnung, mit ein bisschen Übung auch in dieser Position kommen zu können. Parker schreit auf, drängt sich noch einmal in mich, stößt tief zu, bis er mit einem leisen Knurren unter mir zusammensackt.

»Fuck, war das gut«, sage ich und lasse mich auf seine Brust fallen.

»Das klingt schon mehr nach dir«, meint er und streicht mir ein paar Haarsträhnen aus der Stirn.

»Was klingt denn nicht nach mir?«, frage ich.

Parker antwortet nicht sofort. »Ich bin es nicht gewohnt, dass du … dass du so bist, wie du bist, seit du hier bist. Ich kenne dich nicht mit all diesen Selbstzweifeln, die immer wieder aufblitzen.«

Ich beiße mir ein wenig auf der Unterlippe herum. »Du hast mich also lieber frech?«

»Ich hab dich am liebsten glücklich«, sagt er leise.

»Ich bin gerade glücklich«, erwidere ich und streiche mit der Fingerspitze über Parkers Schläfe. Es stimmt, ich bin glücklich. Es ist mehr als zwei Jahre her, dass ich das von mir behaupten konnte. Parker lächelt. Es ist ein leises, zurückhaltendes Lächeln. Er drückt mich an sich, und zum allerersten Mal in diesem anderen Leben fühle ich mich vollständig.

Parker atmet ruhig und leise neben mir, eine Weile noch fährt er Kreise um meinen Bauchnabel, und ich überlege, ob er das früher auch schon getan hat, finde aber keine Antwort darauf.

»Wie hast du das eigentlich gemeint vorhin? Das mit Hawaii?«, frage ich irgendwann in die Stille hinein. Aber Parker ist eingeschlafen.

33

Jetzt bin ich es, die auf Parker wartet. Vor mir auf dem Couchtisch liegen zehn CDs, die in Parkers fein säuberlicher Handschrift mit Jahreszahlen und Namen der Wettbewerbe beschriftet sind.

»Deine Handschrift ist eindeutig zu schön für einen Arzt«, rufe ich ihm zu, als er herrlich verschlafen mit verstrubbelten Haaren und nur mit Shorts bekleidet die Treppe herunterkommt.

»Das hättest du früher erwähnen sollen«, sagt er und wischt sich eine helle Strähne aus der Stirn. »Wäre vielleicht ein besserer Kündigungsgrund gewesen als die Tatsache, dass ich es einfach nicht mehr will.«

»Was hast du jetzt vor? Wenn du nicht mehr Arzt bist?«

Er zuckt mit den Achseln. »Zum ersten Mal in meinem Leben weiß ich das nicht.«

»Und wie fühlt sich das an?«

»Gut«, er lächelt. »Sehr gut.« Dann mustert er mich genauer. »Was hast du da eigentlich an?«

»Deinen Wetsuit und deine Socken.«

»Interessant. Möchtest du das wieder ausziehen und ins Bett kommen?«

»Eigentlich warte ich seit zwei Stunden drauf, dass du aufstehst.«

Parker schaut auf das eingefrorene Bild auf dem Fernseher, und sein Gesicht verzieht sich zu einer schmerzerfüllten Grimasse.

»Es ist nicht so, wie du denkst«, sage ich. »Ich konnte nicht schlafen, und gestern, als ich den Kindern beim Surfen zugeschaut hab, da wurde was in mir angestoßen.«

»Heißt das …?«

»Ich dachte, ich zieh mal den Wetsuit an und teste das Gefühl.«

Parker nickt gespielt ernst. »Polymerisiertes Chloropren – also auch nur ein bisschen aufgeschäumter Kautschuk. Macht das ernsthaft was mit dir?«

Ich werfe ein Kissen nach ihm.

»Du solltest die Socken ausziehen, ich hab noch nie jemanden mit Socken surfen sehen.«

Dann dreht er sich um und geht die Treppe hoch.

»Was machst du?«

»Ich hole meinen Ersatzneo, oder glaubst du, ich lass dich alleine gehen?«

• • •

»Vielleicht hätten wir doch im Bett bleiben sollen«, sage ich und betrachte Parker, an dessen Körper der etwas zu enge Wetsuit klebt.

»Nicht kneifen«, mahnt er und drückt meine Hand.

Bisher sitze ich nur auf dem Board und schaukele ein bisschen durchs Wasser. Meine Beine hängen links und rechts herunter, mir fehlt mein Arm. Ich weiß nicht, wie ich das hier machen soll. Das Paddeln, und dann auch noch das Gleichgewicht. Der Pop-up, den man ausbalancieren muss. Ich habe Angst, einfach wie ein nasser Sack vom Brett zu knallen. Aber noch mehr Angst habe ich, es nicht mehr zu können, es aber zu wollen. Weil Surfen high macht und ich seit zwei Jahren, drei Monaten und soundso viel Tagen abstinent lebe.

»Du musst kein Pro mehr sein, weißt du. Aber wäre es nicht schön, wenn du wieder Freude dran hättest?«, sagt Parker, lässt meine Hand los, legt sich bäuchlings aufs Brett und paddelt los. »Deine Liebe zum Surfen wiederzuentdecken ist nicht gefährlich. Ohne Erwartungen ist es sowieso viel besser.«

»Liebe, Freude«, schnaube ich. »Es ist einfach zu erklären, eine simple Abfolge von Botenstoffen im Gehirn. Beim Surfen fluten ganze Wellen von Glückshormonen deinen Kreislauf. Endorphine, die dich high machen und wie Painkiller arbeiten. Serotonin, das Wohlbefinden erzeugt. Und Dopamin für die pure Freude. Alles erklärbar, Parker.«

»Möchtest du jetzt eine fachärtzliche Korrektur deiner angesammelten Wikipedia-Kenntnisse, oder soll ich dir sagen, dass man fast alles erklären kann, aber deswegen trotzdem nicht muss?«, ruft er und dreht sich zu mir.

»Was denn sonst? Das mit dem Erklären ist doch sonst dein Part.«

»Fühlen ist der Gamechanger, Lee, und es auch zuzulassen.«

Ich will etwas erwidern, aber er ist schon weg. Entweder schwimme ich jetzt zurück an Land und ziehe wie der letzte Loser das Board hinter mir her, oder ich … ich … ich paddele.

Ich paddele und es funktioniert. Anders, aber es geht. Mein Körper macht es von allein, wie Yoga. Nur schneller.

»Parker«, schreie ich. »Parker, schau.«

Parker ist vor mir, er hat sich seine Welle ausgesucht, dreht sich, springt hoch, und ich beeile mich, um aufzuschließen. Ich paddele, und ich habe meine Welle, ich muss sie nur noch stehen. Aber genau in diesem Moment, dieser Nanosekunde, in der das

Gehirn entscheidet, dass meine Beine sich aufrichten, die vertraute Bewegung absolvieren, bin ich völlig blockiert.

Unglaubliche Koordinationskraft, Lee Baker surft auf der Welle des Erfolgs.

Eine Welle, Parker, es braucht nur die richtige Welle, um dich berühmt zu machen.

Ich schwanke, in einem gefährlichen Halbstand.

Die Riffs unter der Pipeline sind so hart wie eine Betondecke.

Die Stimmen sind laut, sie dröhnen wie durch ein Megafon verstärkt durch meinen Kopf und stoßen sich an meiner Schädeldecke, vibrieren durch meinen gesamten Körper wie ein nicht enden wollender Kanon.

Lee Baker ist der neue Blueprint im Surfsport.

Eine Welle, Parker, es braucht nur die richtige Welle, um dich berühmt zu machen.

Meine Knie geben nach, ich weiß, dass ich das hier nicht halten kann. Aber die Stimmen geben keine Ruhe.

Ein Half-Cutback, und Lee Baker will ihre Konkurrentin high-fiven, aber Melo Sinnead weicht aus.

Die Riffs unter der Pipeline sind so hart wie eine Betondecke.

»Nein, das ist nicht meine DNA«, antwortet Lee Baker im Interview auf die Frage, wie sie zu den Dopingvorwürfen gegen Irene Gellwick steht.

Und dann schlucke ich Wasser. Über mir ist Schaum, aus meiner Nase rinnt flüssiges Salz.

Lee Baker … Lee Baker … Surfstar verunglückt auf Maui … das Ende einer Traumkarriere.

Ich hangele mit dem Arm und rudere wie wild. Endlich ist meine Nase wieder über Wasser, da bekomme ich schon die nächste Portion Meeresgischt ins Gesicht gespritzt. Völlig hilflos greife ich nach unten und habe im nächsten Moment Sand zwischen den Fingern. Und dann den Strand vor Augen. Ich bin keine zehn Meter vom Ufer entfernt. Nur von meinem Brett fehlt jede Spur. Erschöpft krabbele ich zum Strand und lege mich schwer atmend auf den Rücken.

Parker ist in kürzester Zeit an meiner Seite. Mit meinem Brett. Aber ich sehe ihn nicht an, ich halte die Augen geschlossen.

»Das nennt man Waschgang. Passiert uns allen.«

»Siehst du, ich kann es nicht mehr«, keuche ich. »Und sag jetzt nicht, ich hätte mich nicht konzentriert.«

»Das hier ist kein Wettbewerb«, sagt Parker ruhig.

»Weiß ich«, pampe ich.

»Warum versuchst du dann zu surfen, als wäre es einer?«

»Mmmmppppfff«, knurre ich.

Parker streckt den Arm aus. »Komm. Noch mal.«

»Nein, ich hab genug.«

»Only one more.«

»Einen alten Scheiß only one more.«

Und dann küsst er mich einfach. Gar nicht so parkermäßig wie sonst, sondern fast ein klein wenig wütend. Mir bleibt die Luft weg. Er löst sich von mir, studiert mein Gesicht. Das ist wieder parkermäßig.

»Okay«, sagt er. »Es ist deine Entscheidung, aber du warst kurz davor. Ich meine, vielleicht bin ich auch der Falsche. Gegen mich bist du früher angetreten. Vielleicht brauchst du deine Squad?«

»Hey«, ertönt Isas Stimme hinter mir.

»Das ist ein abgekartetes Spiel, hast du sie angerufen?«, zische ich Parker zu.

»Kann sein«, erklärt er ungerührt.

»Late to the party, offenbar, aber können wir noch mitmachen?« Isa hat ekelhaft gute Laune.

»Nix Party, nur Waschgang«, sage ich, setze mich aber auf und schirme die Augen gegen die Sonne ab.

Odina und Avery tauchen hinter Isa auf.

»Ich kenne da eine Surferin, die uns das Leben echt zur Hölle gemacht hat«, meint Isa.

»Ja!«, stimmt Avery zu. »Wie sie uns drangsaliert hat mit ihren Fitnessübungen.«

»›Hast du eigentlich irgendeine Ahnung vom Surfen?‹«, imitiert Odina meinen Tonfall von damals fast perfekt.

Und Avery stimmt ein: »›Ich warte vorne auf euch, kooks.‹«

Sie tun so, als wollten sie sich übergeben, und fangen dann an zu giggeln.

»Was macht man mit solchen Leuten, wenn man sie später in die Finger kriegt?« Odina, Isa und Avery geben sich ernst.

Ich schaue irritiert zu, wie sie mich dann tatsächlich an Beinen und Arm packen und mich zum Wasser schleifen. Ich bin so überrumpelt, dass ich nicht in der Lage bin, mich zu wehren.

»Gut, dass ich nur einen Arm habe«, schimpfe ich.

»Ich bin ja auch noch da«, ruft Parker gut gelaunt.

»Ach Leute.«

Sie setzen mich an der Wasserkante ab. Parker trägt mein Brett hinterher und platziert es neben mir.

»So, du kannst uns jetzt zuschauen und nachher klugscheißen, oder du kommst mit und wir haben zusammen Spaß.«

Vielleicht ist es dieser Satz, vielleicht die Art, wie sie mit liebevollem Druck versuchen, mich zu etwas zu überreden, was mir guttun könnte. Oder es ist der Ehrgeiz, der immer noch in mir schlummert. Oder Andys Worte, die mir zum ersten Mal seit Jahren wieder in den Sinn kommen. *Du glaubst, die Welt ist ungerecht? Du hast noch überhaupt keine Ahnung, wie ungerecht sie ist. Finde dich besser damit ab.*

Ich schaue zu Parker, ich weiß, ich kann mich jetzt neben ihn setzen, und er wird dieses Thema nie wieder anschneiden. Aber ich weiß auch, dass ich es damit nicht aus dem Kopf bekomme, dass ich wieder anfangen werde, die Tage zu zählen, die Jahre und Monate, in denen ich nicht surfen war.

»Ich finde mich nicht damit ab«, sage ich laut, und dann renne ich hinter Avery und Odina ins Wasser.

Ich paddele. Und es ist okay, sogar besser als vorhin. Ich schaue zu den Mädchen. Beobachte, wie sich Isa leichtfüßig erhebt, wie Avery vorsichtiger als früher ihre Welle findet und steht, und staune über Odina, deren Eleganz etwas so Selbstverständliches, Erhabenes hat, dass ich nicht mehr wegsehen kann. Und die nächste Welle mir ungehindert ins Gesicht schwappt. Es ist mir egal, dass das salzige Wasser mich in der Nase kitzelt, ich will nicht wegsehen von dieser Perfektion. Odina beachtet mich nicht weiter, so versunken ist sie in das Spiel mit dem Wasser. Angestachelt drehe ich mich um, schaue auf die Welle hinter mir, wende dann das Brett in Richtung Strand und paddele. Und dann, tja, dann erwischt mich die Welle – leider nicht elegant im Stand, sondern sie fegt mich einfach vom Brett. Ich habe keine Ahnung, was ich dieses Mal falsch gemacht habe. Noch schlimmer, ich weiß nicht mehr, wo oben und unten ist. Das Brett fühle ich nirgendwo, über mir spritzt das Wasser, und unter mir zieht es mich zurück. Ich bekomme Angst und versuche, am Boden Halt zu finden, aber da ist nichts. Meine Füße finden keinen Grund, und mein Körper fühlt sich an, als hätte er das hier nie getan. Und es stimmt ja auch. Ich war nie ohne meinen linken Arm surfen.

Aber ich krieche nicht an Land. Ich ziehe an der Leash, denn natürlich ist das Brett noch da. Und dann schreie ich laut: »Noch mal.«

Jetzt hat es mich, das Only-one-more-Syndrom. Ich will das jetzt. Ich will surfen. Und nicht, um zu gewinnen, sondern einfach nur, um die Welle zu stehen und es zu fühlen. Ich will soulsurfen, nicht wettstreiten. Ich will einfach nur meinen Kopf ausknipsen.

Die Sonne scheint durch das Wasser und lässt es türkis, fast gelb erscheinen. Ich sitze auf dem Board, und in der Welle vor mir tummelt sich ein kleiner Hai. Seltsam, dass ein Hai im Ganzen viel weniger Furcht einflößend ist als die Flosse allein. Und dann starte ich direkt neben dem Tier meinen nächsten Versuch. Und er gelingt. Ich stehe die Welle, meine Knie fühlen sich stark und weich zugleich an. Ich stehe sie und jubele. Durchs Wasser zu gleiten ist, wie neu geboren zu werden. Warum habe ich das so lange nicht versucht? Es ist anders, natürlich, und ich werde viel trainieren müssen, aber es geht. Ich surfe. Ich fliege.

Neben und hinter mir Odina, Isa und Avery. Wir sind Schwestern, wenn wir surfen. Das Meer ist unsere DNA. Und wann immer ich in meinem Leben an etwas gezweifelt habe, wusste ich: Aus Wellen erwächst Mut. Ich hatte es nur zwischendurch vergessen, in den letzten zwei Jahren, drei Monaten und soundso viel Tagen. Und es ist, als könnte jeder gelungene Pop-up, jedes Lachen, das meine Freundinnen und ich teilen, jeder Kuss von Parker wiedergutmachen, was die letzten zwei Jahre kaputtgemacht haben. Ich bin plötzlich nicht nur in der Lage, wieder zu surfen, sondern auch hinter diese beiden schlimmen Jahre zu schauen wie durch eine Nebelwand. Denn dahinter liegt die schöne Zeit auf Hawaii. Eine Welle guter Jahre. Gute Jahre voller guter Wellen.

34

Damals auf Hawaii

Das Feuer im Forest Hill Retreat ging in den Nachrichten um Josies Verschwinden unter. Es war nicht wichtig, dass vermeintlich ein paar gierige Investoren das Zuhause von einhundertzweiundachtzig Menschen niedergebrannt hatten, wenn gleichzeitig sich ein Superstar in Luft aufgelöst hatte.

Der zerstörte Trailerpark war eine Randnotiz, Josie war die Schlagzeile. Und irgendwo, noch viel kleiner, in einer Minispalte im *Harbour Chronicle*, fand sich die zweizeilige Anzeige zum Tod von Esme Baker, 42. Ich bekam drei Kondolenzkarten und kümmerte mich mithilfe von Odinas Mom um ein kostengünstiges Begräbnis, das ich nur deshalb bezahlen konnte, weil ich den Vorschuss der Sponsorship bereits erhalten hatte.

Und dann war alles irgendwie zu Ende. Verbrannte Erde und ein Neuanfang.

Meine Mutter war beerdigt, Parker hatte mir alles gesagt, was es zu sagen gab, und mit Josie war nicht nur eine Freundin verschwunden, sondern auch unser Kleeblatt zerstört. Diese vier

Mädchen waren mir tief in mein Herz hineingewachsen, und jetzt musste ich mich auch von ihnen befreien. Musste mich an den Gedanken halten, dass so ein bescheuertes Kleeblatt mit vier oder gar fünf Blättern auch nur eine Mutation war. Nie mehr wollte ich mich an einen Ort klammern. Nie mehr an einen Menschen. Mein Herz sollte an nichts mehr hängen. Nur noch am Meer.

Ich war mit meinen wenigen verbliebenen Habseligkeiten zum Seasons gelaufen und hatte mich von Isa verabschiedet, hatte Odina umarmt und Avery nachgewunken, aber all das schien nicht echt. Es passierte nicht mir selbst, sondern einer Version von mir, die es nicht mehr gab. Josie Blythe gab es nicht mehr, Lee Baker war ebenfalls dabei, sich neu zu erfinden.

Und so war es Andy, der mich wie der Vater, den ich nie hatte, zum Flughafen fuhr und mir letzte Tipps einbläute. Er redete so viel wie nie zuvor, vielleicht auch, um nicht über das zu sprechen, was uns beiden durch den Kopf ging. Über den Schmerz des Abschieds in all seinen Formen.

»Es geht um Awareness, immer um Awareness. Du wirst ihre Markenbotschafterin. Aber es reicht nicht, okay, Lee? Sie zahlen dir jetzt das Ticket und deine Ausrüstung, aber du musst auch essen und wohnen, das wird nicht einfach. Fokussiere dich auf das, was du kannst …«

»Und vergiss nicht, dass es nicht nur ums Surfen geht, wenn du Pro werden willst«, führte ich seinen Satz fort. »Ich weiß das alles, Andy.«

Aber er hörte nicht auf, und ich ließ seine Worte an mir vorbeiplätschern wie die Straßen der Insel. Ich würde nicht zurückkehren, da war ich mir jetzt sicher. Das hier war kein Auf Wiedersehen, es war ein Lebwohl, Harbour Bridge. Und dann hatten wir die Brücke erreicht, und ich zwang mich, auf die Straße vor mir zu sehen und nicht zurück.

»Schon wieder ein Reh überfahren worden«, kommentierte Andy und deutete auf eine Blutspur auf der Straße. Ich brummte kurz, und er nahm das als Aufforderung, seine Litanei an Ratschlägen erneut aufzunehmen.

Am Flughafen sah er zu mir, und sein Mund zuckte. »Pass auf dich auf, okay?«

»Mach ich, Andy, okay. Ich pass auf mich auf.« Ich musste mich kurz sammeln. »Danke. Für alles.«

Er nickte ganz leicht und sah mir nach, bis der Flughafen mich geschluckt hatte.

Mann, Andy, alter Knacker, wirst mir fehlen.

• • •

Ich hatte gesagt: Ich weiß das alles. Aber ich wusste nichts. Nichts von der Härte des Business, von der Konkurrenz, gegen die Parkers und meine so lächerlich wirkte, dass es mir an der immer gleichen Stelle meines Herzens regelmäßig einen Stich versetzte. Hawaii wäre groß genug für uns beide gewesen, wir hätten es gemeinsam so gut machen können. Nun fühlte ich mich wie ein Baby, das man in ein Haifischbecken geworfen hatte und das ums nackte Überleben kämpfte.

Ich hatte keine Ahnung von diesen Wellen. Ich wollte doch einfach nur surfen. Ja, es stimmte, es gehörte mehr dazu, als nur auf dem Brett zu stehen. Wie gut wäre es, jemanden mit einem hellen Verstand und einem ruhigen Gemüt wie Parker an meiner Seite zu wissen. Aber Parker wollte mich nicht, er hatte sich entschieden. Und ich musste damit leben. Auch damit, in SC alles erreicht zu haben, was es zu erreichen gab, um festzustellen, dass das auf Hawaii gar nichts bedeutete. Ich war neu, ich war blutjung, und ich war dumm. In den ersten Wochen hatte ich das Gefühl, ein kook zu sein, der zum ersten Mal auf einem Brett stand.

Aber dann kam der Tag, an dem ich mich an die Pipeline traute. Es war November, high season, und die Wellen waren perfekt. Stundenlang schlich ich am Strand herum und beobachtete, war jedes Mal kurz davor hineinzuspringen und hielt mich dann doch zurück. Das hier waren Monsterwellen.

»Fuck«, rief ich. »Fuck, das ist Selbstmord.«

»Nur wenn man Angst hat«, erklärte ein Surfer neben mir. Er sah weird aus. Seine Oberlippe war flaumig, geradeso als wollte er sich einen Bart wachsen lassen, könnte aber nicht. Seine Haare waren rundherum kerzengerade auf Höhe des Ohrläppchens abgeschnitten, und er trug den hässlichsten Wetsuit seit Erfindung des Kautschuks.

»Was ist das?«, fragte ich ihn und deutete auf die winzigen lilafarbigen Symbole auf dem Neoprenanzug.

»Quallen«, meinte er und grinste. »Geil, oder?«

»Mmh, außergewöhnlich, aber auch echt hässlich«, erwiderte ich.

Sein Grinsen verbreiterte sich. »Ich bin Benni«, erklärte er. Statt mir die Hand zu geben, klopfte er einmal kurz auf mein Brett, als hätte er sich gar nicht mir, sondern meinem Surfboard vorgestellt.

»Ich bin Lee. Gut, dass wir das geklärt habe. Identifizierst du meine Leiche, wenn sie mich da rausziehen? Lee Gene Baker. Sag meiner Mutter …«

Ich biss mir auf die Lippe. Fuck. Niemand konnte meiner Mutter mehr von meinem bevorstehenden Tod in den big waves berichten. Und mit einer niederschmetternden Brutalität wurde mir klar, dass mich niemand vermissen würde, wenn ich jetzt in den Wellen verschwand.

»Weißt du, wenn dich niemand vermisst, dann brauchst du auch keine Angst haben.«

Es war vermutlich das Klügste, was Qualle, der ab diesem Tag mein Freund war und den ich niemals Benni genannt habe, je zu mir gesagt hat.

Ich zeigte ihm ein Shaka mit der freien Hand, ging ins Wasser und paddelte raus. Das Herzklopfen wurde ich nicht ganz los, aber ich zögerte nicht länger. Ich fand meine Welle, drehte das Board und dachte an all das, was ich von Andy gelernt hatte. Dachte an Parker, sah sein Gesicht, als ich mich mit leicht wackligen Beinen erhob, und ich hörte seine Stimme, als ich die erste Sechsmeterwelle meines Lebens surfte. Ich wollte jubeln, ich wollte gleichzeitig weinen. Denn ich wusste, hierfür war ich geboren. Hierfür wollte ich sterben, wenn es sein musste.

• • •

Das Ziel der Sponsoren war es, zu verkaufen. Ich musste eine Marke werden, die ihre Marke repräsentierte. Sobald ich das begriffen hatte, wurde es besser. Ich war noch lange nicht die beste Surferin auf Hawaii, aber ich spürte schnell, dass mein loses Mundwerk und die Abwesenheit von Angst mir zum ersten Mal im Leben weiterhalfen.

Ich verlor Wettbewerbe und gewann Herzen. Ich wurde Dritte, aber meine Manöver wurden bejubelt, als wäre ich die Siegerin. Jeden Tag verbrachte ich bis zu zehn Stunden im Wasser. Mir wuchsen keine Fischhäute, aber Eier. Denn Angst gab es nicht. Man nahm die Welle oder man fuhr dahin zurück, wo man hergekommen war. Mein Körper war monatelang mit blauen Flecken übersät, ich brach mir zweimal die Nase. Und dachte an Josie.

Ich hauste in grauenvollen Unterkünften, und acht Wochen

lang zeltete ich an einem Strand, weil ich die Miete für mein Zimmer nicht zahlen konnte. Und dachte an meine Mutter. Durch die Sponsorship erhielt ich einen sehr kleinen monatlichen Betrag, mit dem ich auf Harbour Bridge gut ausgekommen wäre, der aber in keinem Verhältnis zu den Lebenshaltungskosten auf Hawaii stand.

Barbra Hollister gewann den Heat, ich gab das Interview. Weil ich einfach mehr zu sagen hatte. Und zu fluchen. Ich lernte, auf Hawaii zu leben, meine dürftigen Ressourcen zu sparen. Am Ende meines ersten Jahres auf Hawaii beobachtete ich Slater beim Surfen und aß mit Keala Kennelly zu Mittag. Und sah dabei Odina und die Poster in ihrem Zimmer vor mir. Einen Sommer lang schrubbte ich Hotelzimmer, um nicht verhungern zu müssen, und bildete mir pausenlos ein, Isa müsste gleich hereinkommen und mir zeigen, wie man das richtig machte.

In jedem Supermarkt auf der Insel schaute ich mich instinktiv nach Gewürzen von Old Bay um und fragte mich, ob Josie es geschafft hatte. Es waren zehn Monate vergangen, in denen ich kein Lebenszeichen von ihr erhalten hatte. In den ersten Wochen waren die Zeitungen und Fernsehsendungen voll von ihrem Verschwinden gewesen. Es wurde weniger, aber ganz abgeflaut war das Interesse noch nicht. Immerhin war Josie eine nationale Berühmtheit. Ein Kinderstar, der zum Teenagerstar geworden war. Nur davon, dass sie den Absprung nicht geschafft hatte, sprach oder schrieb niemand. Viel interessanter war es zu mutmaßen, was alles aus ihr hätte werden können. Die jüngste Oscarpreisträgerin aller Zeiten, das nächste Bond-Girl, die bestverdienende Schauspielerin Hollywoods. Die Medien verliehen ihr post Verschwinden eine glorreiche Zukunft, die sie nie haben würde.

Ich werde nie wieder in meinem Leben einen Film drehen. Nie wieder.

Etwa ein Jahr nach unserem letzten Sommer auf Harbour

Bridge liefen hin und wieder ein paar Spezialsendungen. Vor einem Jahr waren es dramatische Erzählungen, nun waren sie okkult angehaucht. Josie Blythe war nicht mehr nur eine Berühmtheit, sie war ein nationales Mysterium. Sie musste keine einzige Rolle mehr spielen, denn ihr Verschwinden hatte das Casting längst gewonnen.

Und manchmal fragte ich mich noch, ob es genau das war, was sie sich erhofft hatte. Bis ich zwei Wochen nach meinem ersten gewonnenen Wettbewerb ein kleines Päckchen erhielt. Darin waren eine Dose Old Bay Seasoning und ein Zettel.

> Es ist verdammt gut, ein Normalo zu sein. Ich hoffe, du versuchst nicht das Gleiche. You go, girl!

Diese Nachricht klebte ich später an den Kühlschrank meines Hauses an der Pipeline.

Zwei Jahre nach ihrem Verschwinden hatte ich es geschafft. Ich stieg in die World Qualifying Series auf. Es war nicht mehr weit und doch eine Welt entfernt bis zur WSL – jener League, in der die sechzehn besten Surferinnen der Welt gegeneinander antraten und in die alljährlich die drei besten Surferinnen aus der Qualifying Series aufstiegen. Allerdings befanden sich außer mir noch zweihundertsechzig weitere Surferinnen in der Series. Wir kämpften wie Löwinnen um das, was wir außer der Liebe zum Sport gemeinsam hatten: Den Wunsch, es ganz nach oben zu schaffen. Nicht umsonst nannte man die QS »The Grind«, während die CT als die »Dreamtour« bezeichnet wurde. Ich hatte inzwischen zwei Sponsoren, und nur so konnte ich die vielen Surfreisen finanzieren. Denn um in die Top League aufzusteigen, konnte man nicht einfach nur hawaiianische Wettbewerbe surfen, sondern musste sich international beweisen. Nur die Top-Acht-Resultate aus fünfzig möglichen Wettbewerben zählten, allerdings durften nur drei von heimischen Orten sein.

Ich wusste, dass es kaum einer im ersten Jahr schaffte, die erforderlichen Punkte einzuheimsen, um in die WCT aufzusteigen. Ganz gleich, wie talentiert. Und doch schien mein Ziel zum Greifen nah.

Im ersten Jahr verpasste ich den Aufstieg meilenweit. Mein Ranking lag auf einem mittleren dreistelligen Rang. Im zweiten Jahr war ich auf einem guten fünfzehnten Rang unterwegs und hätte im finalen Event nur einen dritten Platz benötigt, den ich um lächerliche 1,40 Punkte verfehlte.

Aber ich war, wo ich sein wollte. Ich war angekommen. In diesem Leben auf Hawaii. In meinem Traum vom Profisurfen. Und konnte dennoch nie aufhören, mich zu fragen, was geschehen wäre, wenn ich auf Harbour Bridge geblieben wäre. Immer dann, wenn ich einen Surfer mit Parkers Statur sah, wenn ich über dunkelblonde Männerköpfe blickte oder ein lautes Lachen hörte, das mich an ihn erinnerte. Jedes Mal erstarrte ich und fragte mich, ob ich es irgendwann bereuen würde, gegangen zu sein. Und ob er bereute, mich gehen gelassen zu haben.

• • •

Ich hatte meinen ersten Wettbewerb in Australien als Zweitplatzierte hinter mich gebracht. Der Flug zurück nach O‘ahu war holperig. Das Flugzeug schwankte, und jedes Luftloch drückte mich so tief in den Sitz, dass es mir den Atem verschlug. Aber der leere Raum in meinem Innern hatte sich aufgelöst. Ich hatte in Australien kaum an Parker gedacht. Ich hatte seinen Namen seit Monaten nicht mehr gegoogelt, ich fühlte mich geheilt.

Ich unterhielt mich angeregt mit dem Typen vor mir, der ebenfalls aus der Surferszene war. Er quetschte mich aus wie eine Orange, und ich erzählte bereitwillig.

»Niemandem gehört hier ein Spot, weißt du, man muss sich alles verdienen. Seinen Platz im Line-up, die Reputation.«

Er nickte.

»Du musst dich irgendwann entscheiden. Angst oder Liebe. Beides geht einfach nicht. Wenn du die big waves hier surfst, dann ist da kein Platz mehr zwischen der Welle und dir für irgendwelche Ängste.«

Die Frau auf dem Platz neben mir ließ mich noch ganze drei Sätze sagen, ehe sie mich unterbrach. »Sag mal, bist du hier das Bordprogramm? Wusste gar nicht, dass es neuerdings Alleinunterhalterinnen im Flieger gibt.«

»Hast du ein Problem?«, fauchte ich. Der Typ vor mir drehte sich feige um.

»Ja, du bist zu laut.«

Ich musterte die Frau mit dem dunklen Teint und den schmalen Augen.

»Dein T-Shirt ist hässlich«, konterte ich, nur um auch etwas Gemeines zu sagen.

»Was?«

»Es ist hässlich, Grün steht dir nicht.«

»Das hat doch absolut nichts damit zu tun, dass du zu laut bist.«

Ich reichte ihr zur Antwort die Hand. »Lee.«

»Dakota.«

»Angenehm.« Schau nur her, Andy, wie höflich ich sein kann.

»Wenn du deine Geschwindigkeit herunterschraubst, könnte das ein interessanter Flug werden«, gab sie zurück.

»Wenn du auch was zu sagen hast, was nicht beleidigend ist, könnte es sogar ein interessantes Gespräch werden.«

Sie lächelte. Bildschön.

»Ich hab ein Haus an der Pipeline«, sagte ich.

Dakota lachte. »Und ich hab ein Surfboard im Sperrgepäck.«

»Möchtest du dein Surfboard mal bei mir abstellen?«

»Nein«, erwiderte sie. »Halbe Sachen mach ich nicht.«

Mit diesem Satz hatte sich Dakota perfekt selbst beschrieben. Es gab keine halben Sachen. Keine gemäßigten Emotionen. Dakota hatte man ganz oder gar nicht.

»Gefällt mir«, sagte ich damals. Und hatte ja keine Ahnung.

Ich beugte mich noch kurz vor der Landung zu ihr und küsste sie. Ich hatte Männer geküsst, ich hatte Frauen geküsst. Aber noch nie eine wie Dakota. Noch nie Lippen, die sich anfühlten, als öffneten sie mir eine neue Welt. Ich war verliebt. In Dakota und ein wenig in die Vorstellung von mir selbst.

Auf dem Weg nach Hawaii war ich mir trotz des Glücksrauschs ein wenig wie eine Mogelpackung vorgekommen, jemand, der vorgab, mehr zu sein, als er war. Jemand, der sich etwas erträumt hatte, was unerreichbar schien. Doch die wahre Mogelpackung war Dakota. Ich sollte nur Jahre brauchen, um das zu verstehen.

• • •

Manchmal kam es mir vor, als würde ich noch immer im Forest Hill Retreat sitzen und meine Surferkarriere hier nur spielen.

Und jetzt war da auch noch Dakota. Und sie sorgte bei mir nicht nur für Herzklopfen, sondern auch für ordentlich PR. Dakota war ein Freigeist, nur einer, der den Kapitalismus liebte. Deshalb arbeitete sie nicht nur im Surfladen ihrer Eltern, sondern fotografierte für verschiedene Surfmagazine. Als ehemalige Leistungsschwimmerin war das Meer ebenso ihr Zuhause wie das meine.

Es ging schnell zwischen uns. Dakota zog kurze Zeit nach unserem Kennenlernen bei mir ein, und wenig später fing sie an, mich zu fotografieren. Sie inszenierte mein Surfen vor spektakulären Kulissen, machte Unterwasseraufnahmen und paddelte mit mir raus, um so nah wie möglich abdrücken zu können. Manchmal war es, als sähe ich Dakota nur noch durch die Linse ihrer Kamera. Es konnte passieren, dass ich morgens aufwachte, meine nackten Beine um Dakota geschlungen hatte und sie schon drei Bilder von mir schlafend geschossen hatte.

Ich fühlte mich durch Dakota und ihre Linse gesehen wie nie zuvor. Ein seltsames Gefühl. Ein berauschendes.

Wenn sie ihre Kamera und ich das Surfboard weglegte und wir nur noch zu zweit waren, hielt das Herzklopfen an. Sex mit einer Frau war nicht neu, aber es war ungewohnt. Weil Dakota so anders war als alles, was ich bisher im Bett erlebt hatte. Sie war fordernd und selten zärtlich, aber immer darauf aus, dass es uns beiden gefiel.

Dakota war kein einfacher Mensch, und ich war es auch nicht. Wir stritten über alles Mögliche, und meist hatten wir den Grund Stunden später schon wieder vergessen. Wir versöhnten uns immer im Bett. Dakota kannte meinen Körper besser als ich selbst. Sie war laut und impulsiv wie ich. Aber sie besaß die Fähigkeit, sich zu entschuldigen, wenn sie ihre Fehler bemerkte. Ich war großzügig mit allem, was ich besaß, Dakota behielt Dinge und Menschen gern für sich. Dakota war fleißig, ordentlich, routiniert. Ich war das personifizierte Chaos. Dakota hatte unzählige Freunde, mit denen sie gerne ausging und bis in den Morgen feierte. Ich saß am liebsten mit Qualle auf der Couch und trank Bier.

All das zog uns aneinander an, aber es sorgte im Alltag für große Schwierigkeiten. Zumal Qualle Dakota nicht ausstehen konnte. Und Dakota es hasste, das Haus mit so vielen Leuten zu teilen. Die Lösung lag kurzfristig in unseren Jobs. Sie war ebenso viel unterwegs wie ich, und oft begleiteten wir einander. In Hotelzimmern herrschte mehr Einigkeit zwischen uns, dort kuschelten wir uns ungestört aneinander, während Dakota im Haus an der Pipeline ständig aufwachte und sich vom Lärm meiner unzähligen Mitbewohner gestört fühlte.

Fotos und Sex, darin waren wir gut. Sex, den man auf den Fotos sah, und Fotos, die es nie geben würde, deren Motive sich aber dennoch in meinem tiefsten Innern einbrannten.

Das Foto, das sie von mir an der Betontreppe der Pipeline geschossen hatte, landete auf dem Cover eines Bildbands und wurde sechs Monate als Teil einer Sonderausstellung zum Thema »Modern Sports« in der Tate in London ausgestellt. Ich tourte mit dem Surfboard, Dakota mit ihren Bildern von mir. Es verband und trennte uns gleichermaßen.

Aber lebten wir für ein paar Tage den Alltag im Haus an der Pipeline, türmten sich unsere Probleme zu big waves. Ständig stritten wir uns über die kleinsten Dinge. Es fing meist harmlos an. So auch an einem Nachmittag fünf Jahre nach Josies Verschwinden. Dakota hatte Spiegeleier gebraten und auf der Terrasse auf den Tisch gestellt. Woraufhin sich Qualle und Hermes, unser damaliger Mitbewohner, reichlich bedient hatten. Mich kümmerte so etwas nicht, ich hätte es früher genauso getan. Dakota machte ein Melodrama daraus. Sie schleuderte beleidigt die leere Pfanne über das Geländer runter an den Strand.

»Das geht so nicht weiter. Du musst sie rausschmeißen. Wir haben das doch gar nicht mehr nötig. Sollen sie sich doch irgendwo anders was suchen.«

»Das sind meine Freunde! Ich liebe sie.«

»Ich dachte, du liebst mich«, knurrte sie beleidigt.

»Das eine schließt das andere doch nicht aus.«

Dakotas Anwandlungen zur Eifersucht waren nicht neu, aber ich fand sie dennoch jedes Mal aufs Neue irritierend. Sie beugte sich über dem Tisch nach vorn.

»Wer ist Parker?«

»Was?« Die Frage kam aus dem Nichts.

»Ich will wissen, wer Parker ist.«

»Wie kommst du überhaupt auf ihn?«

Ihre Augen blitzten. »Du sprichst im Schlaf.«

Das war mir neu. Niemand hatte mir je gesagt, ich spräche im Schlaf.

»Parker«, sagte ich laut. Fühlte seinen Namen auf meiner Zunge und spürte, dass da etwas in mir brannte. Die Stelle war nicht verheilt. Die, an der er mir ein Messer ins Herz gestoßen hatte mit seinen Worten.

Und dann machte ich den Fehler, Dakota von Parker zu erzählen.

• • •

Dakota lag schlafend im Van. Ihr Kopf war zur Seite geneigt, aber sie hatte die Sonnenbrille nicht abgenommen. Die war verrutscht, sodass ich ihre geschlossenen Augen sehen konnte. Sie trug nur ein weißes Häkeloberteil, mehr BH als Top. Ihre dunkle Haut schimmerte bronzefarben. Noch immer raubte es mir regelmäßig den Atem, wie schön sie war. Sie streckte einen Arm nach mir aus.

»Komm her.«

Sie rutschte auf der Pritsche zur Seite. Die bunt gewebte Fransendecke fiel zu Boden. Dakota legte ihren Arm mit den vielen kleinen Messingreifen am Handgelenk um mich.

»Hey du.«

»Hey du.« Sie lächelte mich an.

Wir waren rausgefahren ins Watershed-Reservat, um dort zu campen und an die Lulumahu Falls zu hiken. Drei Tage ohne mein Surfboard. Was mich nervös machte, schien Dakota zu befreien. Hier ohne die anderen war sie der entspannteste Mensch überhaupt. Sie lachte viel und schien völlig losgelöst von all den Dingen, die sie sonst immer störten. Den Van hatten wir uns von einem Surferfreund von Dakota geliehen, abends kochten wir auf einem Campingherd und tanzten zu hawaiianischen Klängen durch den Bus, wenn wir unser Geschirr abspülten.

Ich strich mit der Hand über die raue Struktur ihres Häkeloberteils, streifte ihre Brust. Sie gab ein leises Seufzen von sich und schob sich mit der freien Hand die Sonnenbrille in die Stirn.

»Wir sollten das häufiger machen. Rausfahren, nur wir beide.«

Ich nickte und küsste ihre Armbeuge.

»Du könntest weniger Wettbewerbe surfen«, sagte sie. Ich sah zu ihr hoch, spürte, wie sich meine Stirn in Falten legte.

»Warum?«

»Damit wir mehr Zeit miteinander haben.«

Ich wollte antworten, dass sie auch weniger fotografieren könnte. Aber ich verbiss mir die Worte.

Eine Weile lagen wir da und ich strengte mich sehr an, das Glücklichsein wieder zu fühlen. Ärgerte mich, dass Dakota es mit ihren Worten zunichtegemacht hatte.

»Wie wäre es, wenn er hier auftaucht?«

»Wer?« Ich hatte keine Ahnung, von wem sie sprach.

»Parker.«

Ich musste lachen. »Ich hab dir doch gesagt, dass er mich weggeschickt hat, er wird nicht hier auftauchen.«

»Ich hab Angst, dich zu verlieren«, flüsterte sie. Krallte ihre Finger fest um meine Hand.

»Aber wie sollst du mich denn verlieren? Ich bin hier, ich hab nicht vor zu verschwinden.«

Ihr Körper zitterte leicht, sie lockerte ihren Griff ein klein wenig. Ich streichelte sie.

»Schokolade oder Chips?«

»Was?«

»Wenn du dich entscheiden müsstest. Schokolade oder Chips?«

»Kann ich nicht beides haben?«

»Nein, so lautet das Spiel. Du musst eine Wahl treffen.«

»Dann … Schokolade.«

»Hawaii oder Harbour Bridge?«

»Hawaii«, sagte ich ohne Zögern. Ohne es zu sehen, wusste ich, dass Dakota lächelte. Ein Haifischzahnlächeln.

»Dein Surfboard oder ich?«, fragte sie. Immerhin schämte sie sich genug, um ihre Stimme zu senken.

»Dakota …«, stöhnte ich.

»Sag es.«

Ich befreite mich aus ihrem Griff und setzte mich auf.

»Parker oder Dakota?«

»Natürlich Dakota«, sagte ich. Es klang lahm. Aber es reichte, um Dakota endlich zum Schweigen zu bringen. Wenn das Glück war, warum fühlte es sich so verdammt anstrengend an?

Ich musste an die Worte meiner Mutter denken. *Liebe ist nichts wert, wenn du sie festhalten musst, Lee. Sie ist kein Haustier, das du einsperren darfst. Liebe ist nichts wert, wenn sie Forderungen stellt.*

Ich hatte das damals nicht verstanden. Aber hier, jetzt in Dakotas Arm verstand ich. Es war das Letzte, was ich wollte. Ich hatte um diese Erkenntnis nicht gebeten.

In dieser Nacht bebte die Erde auf Hawaii. Und erst sehr viel später sollte ich das als ein kosmisches Zeichen verstehen.

35

Vor der lilafarbigen Tür und dem unveränderten Restaurantlogo mit der Krabbe bleibt Isa stehen.

»Wusstest du, dass sie uns einen ganzen Tisch gewidmet haben? Einen, auf dem eine Messingplakette angebracht ist, auf der ›Hier saßen Avery Winter und Josie Blythe und aßen Trioflunder‹ steht?«

Preston und Isa steuern direkt auf unseren alten Stammtisch zu, den noch immer ein blauer Sonnenschirm ziert, und warten gar nicht erst darauf, dass Macey, die Besitzerin des Crab & Bones, uns einen Platz zuweist.

Ich erkenne Macey sofort, ihre Brille ist neuerdings eckig, der Rest von ihr noch genauso rund wie vor zehn Jahren. Sie trägt einen ihrer obligatorischen Hoodies und grinst breit unter ihrer üppigen Haarmähne.

»Meine Lieblingsgäste«, sagt sie und breitet die Arme aus. Dann entdeckt sie mich, kneift die Augen zusammen und sagt: »Lee Baker! Heute wieder hier auf ein Wasser?«

»Ich passe mich meinem Bekanntheitsgrad an, liebe Macey,

solange ich kein Messingschild bei dir habe, esse ich auch keine Trioflunder.« Ich tippe auf das Schild.

Maceys Augenbrauen zucken, dann brüllt sie in Richtung Küche: »Burt, du Faulenzer, bring Champagner, wir haben Ehrengäste! Und sieh zu, dass du endlich die VIP-Tafel für das Baker-Mädchen fertig machst, du alter Nichtsnutz.«

Lautstark tönt aus der Küche zurück: »Deine Liebe zu mir ist immer am deutlichsten, wenn du mich anschreist, Mace. Champagner? Sind wir das Seasons, oder was?«

Etwas überfordert schaue ich Avery an, die breit grinst. »Fühlt sich ein bisschen an wie nach Hause kommen.«

»Das ist es, was wir unseren Gästen bieten«, verkündet Macey zufrieden und verschränkt die Hände vor ihrem gewaltigen Busen. »Was darf ich bringen? Achtmal Trioflunder, viermal Carolina Crab Cake und eine Runde Colada?«

»Keinen Crab Cake«, rufen Odina, Isa, Avery und ich im Chor.

»Also ich würde einen nehmen«, meint Parker.

»Ich biete euch zwanzig Prozent Nachlass auf alles, Champagner umsonst, wenn ihr heute Abend auftretet«, sagt Macey an Jake und Avery gewandt, als wäre das für Force of Habit ein unschlagbares Angebot.

»Verlockend«, sagt Jake. »Aber leider habe ich meine Noten nicht dabei.«

Macey brummt etwas Unverständliches, dann marschiert sie davon und wischt den täglichen Spruch (Shake your bones or eat a crab) an ihrer schwarzen Tafel ab, um mit weißer Kreide einen neuen daraufzuschreiben.

»Was steht da?«, frage ich, als Macey mit wogendem Hüften nach drinnen verschwunden ist.

Jake lacht so heftig los, dass er mit dem Knie gegen den Tisch stößt.

Avery kneift die Augen zusammen, weil sie es offenbar von unserem Platz aus nicht erkennen kann.

Parker liest vor: »Wenn du mal traurig über dein Leben bist, dann denke daran: Manche Bäume wachsen 25 Jahre, nur um dann ein Force-of-Habit-Poster zu werden.«

Dahinter hat sie einen Totenkopf gezeichnet.

Es ist der Beginn eines verdammt schönen Abends. Vielleicht des schönsten seit langer, langer Zeit. Wir machen ein Gruppenfoto, das ich mir vornehme, Qualle später zu schicken. Wir lachen über Noah, der von Odinas Karaokeeinlage im Hungry Eyes vor ein paar Wochen erzählt, und flehen sie an, noch ein einziges Mal für uns französisch zu rappen, was Odina mit den Worten »Lieber fange ich bei Macey in der Küche an« quittiert. Wir essen, bis die Bäuche spannen, beobachten, wie sich der Laden immer weiter füllt, und trinken Crab Colada, Bier und viel zu süße Cocktails. Irgendwann geben wir den Tisch für die Gäste frei, die noch nicht gegessen haben, und verziehen uns an die Bar. Und als Jake Avery zärtlich auf die Nase küsst, schwillt so viel Liebe in meiner Brust, dass ich glaube, es kaum aushalten zu können.

Natürlich fehlt Josie. In jeder Anekdote, die wir uns erzählen, wird die Lücke zwischen uns, die sie einst gefüllt hat, deutlicher.

»Lee, weißt du noch, wie du auf Josies Kosten die Karte hoch und runter bestellen durftest, damit du ihr keine Ohrfeige verpasst?«, fragt Isa.

»Ja, natürlich«, sage ich, und das bittersüße Lachen steckt in meinem Hals fest.

»Vier Baby-Margaritas …«, überlegt Isa.

»Drei und ein Tropical Storm«, korrigiere ich.

»Stimmt, drei Baby-Margaritas, ein Tropical Storm, die Captain's Plate und ein Chicken Sandwich.«

»Du hast den Avocadosalat vergessen«, sage ich.

»Was du alles verdrücken konntest«, meint Isa lachend.

»Ich war wie ein Kamel, ich musste meine Speicher immer gut füllen, wenn es möglich war.«

Wir schweigen einen Moment, und ich sage leise, sodass es nur Parker hören kann: »Kannst du bitte meine Hand halten?«

Parker, der links neben mir sitzt, will umständlich nach meiner rechten Hand greifen. Aber ich schüttele den Kopf. »Die andere.«

Er ist nur sehr kurz irritiert, dann versteht er. Etwas, das fehlt, kann wesentlich mehr schmerzen als etwas, das noch da ist. Parkers Hand ruht jetzt auf meinem linken Oberschenkel. Weil ich mir vorstelle, meine linke Hand würde darunter liegen, hört sie sofort auf zu kribbeln.

»Was hat eigentlich die Polizei zum eingeschlagenen Fenster gesagt, Parker? Gibt es etwas Neues?«, will Preston wissen und bietet sofort seine Hilfe beim Einbau einer neuen Scheibe an. Die Männer unterhalten sich eine Weile, Isa entschuldigt sich auf die Toilette, und ich lasse meinen Blick durch das Restaurant schweifen.

»Jamie wollte wissen, ob er sich das Fahrrad mit dem Board Rack mal ausleihen kann, das du bei uns in den Schuppen gestellt hast«, sagt Odina.

Ich will gerade antworten, da passiert es. Meine zwei Welten, Hawaii und Harbour Bridge, mischen sich auf katastrophale Art. An der gegenüberliegenden Seite des Tresens taucht eine schlanke dunkelhaarige Gestalt auf und wirft ihr Haar in den Nacken. Mir ist, als geriete das Strohimitat über dem Dach der Bar augenblicklich in Brand. Dakota, in Begleitung ihres Bruders Tex.

Dakota und Parker sind Menschen, die nicht an ein und denselben Ort gehören. Es hilft nichts mehr, dass Parker meine linke Hand hält. Kleine Blitze schießen vom Schultergelenk bis runter in den kleinen Finger meines nicht mehr vorhandenen Arms. All das ist so hyperreal, dass ich beim Anblick von Dakotas schönem Gesicht mir gegenüber nicht begreifen kann, warum es passiert.

Natürlich wusste ich seit Tagen, dass Dakota und Parker beide auf Harbour Bridge sind. Mit Sicherheit waren sie sich auch schon über den Weg gelaufen, hatten vielleicht ein paar Worte miteinander gewechselt. Der Elefant im Raum war ich – das Bindeglied zwischen zwei Menschen, die sonst nichts gemeinsam hatten. »Alles okay?«, fragt Parker, als hätte er gespürt, dass ich ihm meine Phantomhand eben entzogen habe. So feine Antennen hat er.

»Nein«, sage ich leise. Parker folgt meinem Blick. Odina folgt ihm, Avery, Jake, Preston, Noah und Isa, die von der Toilette zurückkommt und die veränderte Stimmung bemerkt. Alle starren zu Dakota. Nur Jake versteht nicht ganz, was los ist.

»Der Idiot schon wieder«, sagt er und brummt.

Avery schüttelt vorsichtig den Kopf. »Nein, ich glaube, es geht gerade nicht um Tex. Oder, Lee?«

»Nein«, erwidere ich. Dakota dreht sich weg, sie verschwindet im Nebenraum der Bar, den Macey zu Stoßzeiten öffnet, um weiteren Gästen Platz zu bieten.

»Was war das denn?«, platzt es aus Isa heraus.

»Das war der Hai, der mich meinen Arm gekostet hat«, sage ich.

36

Zwei Jahre, drei Monate und soundso viel Tage zuvor

Es war meine Idee gewesen, noch einmal zu meinem Vater zu fliegen. Aber Dakota hatte ich nicht dabeihaben wollen. Ich wollte da alleine durch. Durch den Schmerz, der dieses Mal nicht auf meiner Haut, sondern darunter brennen würde. Ich würde ihm endlich sagen, wer ich war.

»Wenn du das machst, komme ich mit. Ich lass dich nicht allein.«

Dakota lag mir seit Wochen damit in den Ohren.

»Oder möchtest du mich nicht dabeihaben?«

Ich hätte Nein sagen sollen, ich wollte nicht, dass sie mitkam. Es war meine Sache, meine Familie. Mein letzter Rest Blutsverwandtschaft auf dieser Erde. Aber Dakota ließ nicht locker, und ich vermutete, dass es ihr bei diesem Konflikt nur um sich selbst ging, nicht um mich. Vielleicht hatte sie Angst, mich zu verlieren, vielleicht wollte sie mir wirklich beistehen. Ich erfuhr es nie.

»Du hast dir in einer stundenlangen Sitzung von deinem Vater Kreise und Rechtecke auf den Arm stechen lassen, und jetzt willst du da noch mal hingehen und dich als seine Tochter vorstellen? Was machst du, wenn du es dich dieses Mal wieder nicht traust, streckst du ihm dann deinen anderen Arm hin und erfindest wieder eine Geschichte? Das geht so nicht, Lee. Du musst auch seine Gefühle berücksichtigen.«

»Er hat mich und meine Mutter verlassen. Seinetwegen ist sie gestorben.«

»Sie hatte Krebs, soviel ich weiß.«

»Man kann Krebs auch aus psychischen Gründen bekommen.«

Dakota verschränkte die Arme vor der Brust und blies die Backen auf. Es sah süß aus. Unter normalen Umständen hätte ich sie jetzt geküsst, aber das hier waren keine normalen Umstände.

Ich hatte mir in den Kopf gesetzt, meinen Vater am Todestag meiner Mutter mit meiner Existenz zu konfrontieren.

»Ich hab dir hundertmal gesagt, dass du nicht mitkommen musst.«

»Aber du bist auch mitgekommen.« Sie zog einen Schmollmund. Ich zog eine Grimasse beim Gedanken an den Besuch bei Dakotas Familie ein paar Tage zuvor.

• • •

Das katastrophale Treffen mit meinem Vater habe ich nur noch bruchstückhaft in Erinnerung. In einzelnen Bildern wie von dem Lächeln, das ihm aus dem Gesicht gerutscht ist, und davon, wie seine tätowierten Hände sich zu Fäusten geballt haben. An Dakotas Wut im Auto, an die wenigen Sekunden, bevor wir von der Straße abkamen, erinnere ich mich dagegen mit schmerzhafter Schärfe. Sollte das nicht umgekehrt sein?

Der Piilani Highway schlängelte sich von dem kleinen Städtchen Hana auf Maui in unzähligen Kurven durch die hügelige

Landschaft. Er war eng, gezackt, gewunden und wahnsinnig gefährlich. Auch ohne eine durchdrehende Freundin auf dem Beifahrersitz.

»Du kannst dich deinem Vater gegenüber nicht so benehmen. Das geht nicht. Du hast überhaupt keinen Respekt gezeigt«, schimpfte Dakota.

»Respekt? Warum sollte ich Respekt zeigen?«

»Mir gegenüber, Lee.« Sie wurde leiser.

»Dir? Ging es hier um dich, Dakota?«

»Du hast mit keinem Wort erwähnt, dass ich deine Freundin bin.«

»Du erwähnst es deinen Eltern gegenüber auch nicht.«

»Weil …«

»Weil du weißt, dass sie es nicht gutheißen.«

Ich hatte gar kein Problem damit, verstand nur nicht, warum ich bei den Yasudas abhängen und Dakota dabei zuschauen sollte, wie sie mit sich selbst rang. Ich brauchte kein Outing. Dakota brauchte eins und traute sich nicht.

»Das ist Lee, meine Geschäftspartnerin. Sie findet die brasilianisch-japanische Kultur so wahnsinnig interessant. Ich habe Lee mitgebracht, ihr erinnert euch. Mom, sie war so begeistert von deiner Ramensuppe, sie fand sie so unglaublich gut, dass sie mich überredet hat mitzukommen …« Ich äffte Dakota nach. »Vielleicht wollte ich meinen Vater auch nicht weiter verschrecken. Er hat nicht mit einer Tochter gerechnet, mit einer bisexuellen vermutlich erst recht nicht.«

Dakota hasste es, wenn ich mich als bisexuell bezeichnete. Sie stand ausschließlich auf Frauen. Die Tatsache, dass mein Geschmack praktisch die gesamte Menschheit einschloss, missfiel ihr in ihrem Kontrollwahn.

»Schlimmer dürfte sein, dass du ihn als ein selbstsüchtiges Arschloch bezeichnet hast, Lee.«

Ich zuckte mit den Achseln und krallte meine Finger fester um das Lenkrad des Mietwagens.

»Er hat mich gefragt, ob ich auf Geld aus bin.«

Ich trat das Gaspedal durch, weil die Wut ein Ventil brauchte. Dakota taugte dazu nicht, sie stachelte meinen Zorn nur weiter an.

»Kannst du langsamer fahren?«

»Bitte.«

Ich presste den Fuß auf die Bremse, sodass Dakota in den Gurt gedrückt wurde.

»Fuck, Lee! Nicht so langsam.«

Ich beschleunigte wieder.

»Ich hab das Gefühl, mir für dich und diese Beziehung einen Arm und ein Bein auszureißen und nichts zurückzubekommen.«

»Wow, für keinen Menschen sollte man Arm und Bein opfern.«

»Du weißt schon, dass ich das metaphorisch meine.«

»Metaphorisch« war Dakotas Lieblingswort. Direkt gefolgt von »anachronistisch«. Ich hatte sie nie gefragt, aber vielleicht hat sie als Kind auch gern Wörterbücher gelesen.

»Du reißt dir nichts für mich aus, weder im wörtlichen noch im metaphorischen Sinn. Du klammerst dich an mich.«

»Und du schüttelst mich ab«, konterte sie beleidigt.

»Das ist nicht wahr. Ich hab nur eine andere Vorstellung von einer Beziehung. Du engst mich ein, du stellst Ansprüche, die ich nicht erfüllen kann. Und du verlangst Dinge, die du selbst nicht geben willst. Mein Vater hat keinen Bock auf mich, was für einen Sinn hätte es, dich meinem Erzeuger als Liebe meines Lebens vorzustellen?«

Eine Weile sagte Dakota nichts. Und ich starrte erleichtert auf die Straße, gab noch ein wenig mehr Gas. Ich wollte diese Fahrt mit Dakota so schnell wie möglich beenden.

»Ich weiß, dass ich nicht die Liebe deines Lebens bin, Lee«, sagte Dakota plötzlich. Und dann griff sie mir ins Lenkrad.

37

Es ist still an unserem Teil des Tresens. Eine Art betretenes Schweigen inmitten von lauter Betriebsamkeit. Ich weiß nicht, was ich mir davon erwartet habe, meine Geschichte zum ersten Mal seit sehr langer Zeit vollkommen ehrlich erzählt zu haben. Ohne auf die Details der Amputation, die vier langen Wochen im Krankenhaus und Dakotas sehr seltsame Besuche dort einzugehen. Was ich nicht erwarte, ist, dass Parker plötzlich aufspringt und davonstürmt. Er drängelt sich an der Bar vorbei und verschwindet dorthin, wo Dakota und Tex abgeblieben sein müssen.

»Noah?«, wende ich mich an denjenigen der Männer, den ich am besten kenne und den ich in einer solchen Situation für am ruhigsten halte.

Noah nickt und bahnt sich etwas vorsichtiger als Parker einen Weg durch die Menge.

»Was hat er vor?«, frage ich Isa und Avery ängstlich. Doch beide schauen ratlos.

»Ich verstehe gar nichts mehr«, sagt Preston und wendet sich Hilfe suchend an Isa, die mit den Achseln zuckt.

»Glaubst du, er will sich mit Dakota anlegen?«

»Parker scheint mir nicht der Typ, der Frauen schlägt«, gibt Odina zu bedenken.

Ich sehe jetzt, wie Noah mit Parker im Schlepptau zurückkommt. Sehe, wie Dakota wutentbrannt hinter ihnen herstapft und Parker an der Schulter herumreißt. Die beiden schreien sich etwas zu, was ich nicht hören kann. Und ich bereue sofort, erzählt zu haben, welchen Anteil Dakota an meinem Unfall hatte. Dakota ist nicht der Bösewicht dieser Geschichte. Sie ist nur ein Glied in einer Kette unglücklicher Ereignisse.

Mein Herz donnert unkontrolliert in meiner Brust. Dakota und Parker. Und ich.

Ich stelle mir uns als drei Figuren in einem Theaterstück vor, so seltsam ist es, dass wir gleichzeitig hier sind. Ein Kammerspiel. Alles um uns herum verschwimmt zur bloßen Kulisse.

»Heilige Scheiße, Parker, was ist los?«, frage ich ihn, als ich bei ihnen ankomme.

»Ich war nicht auf Hawaii, um zu surfen«, sagt er. Er kontrolliert seine unbändige Wut nur mit größter Mühe. Und ich begreife plötzlich, dass es nicht nur Wut ist. Dass sie sich längst mit etwas Größerem gemischt hat. Mit einer greifbaren Traurigkeit, die man nur empfinden kann, wenn man weiß, dass etwas unwiederbringlich verloren ist.

»Ich war nicht auf Hawaii, um zu surfen oder Leis zu binden. Verdammt, Lee, ich war da, um dich zu finden. Um mit dir zu reden und mich zu entschuldigen.«

»Aber … aber, Parker, warum hast du es dann nicht getan?«

»Tja, das ist die Frage, nicht wahr!« Er starrt Dakota so böse an, wie ich Parker nie zuvor gesehen habe.

»Sag es ihr«, verlangt Parker. Dakotas schönes Gesicht ist verzerrt von hässlichen Emotionen.

»Dakota …?«

Ich spüre Odina, Avery und Isa hinter mir wie einen schützenden Wall. Weiß, dass sie mich auffangen werden, egal, was jetzt passiert. Ich will nach Parkers Hand tasten, aber ich wage es nicht.

»Sag es ihr«, befiehlt Parker erneut. »Sag, was du getan hast.«

Dakota schweigt. Aber ich kenne sie gut genug, um zu sehen, was in ihrem Innern vor sich geht. In einem Menschen, der sich um seine eigenen Lebenslügen dreht wie ein wild gewordener Kreisel.

Einen Augenblick lang fürchte ich, Parker könnte Dakota bei den Schultern packen und sie schütteln, doch stattdessen wird seine Stimme ruhiger, als er sich an mich wendet. »Ich dachte: Wenn sie es ist, die du willst, wenn du lieber mit einer Frau zusammen sein möchtest, dann muss ich das akzeptieren. Ich wollte dir nicht im Weg stehen. Ich wollte das nie. Und so habe ich zum zweiten Mal den Fehler gemacht, dich nicht zu fragen.«

»Ich habe keine Ahnung, wovon du sprichst, Parker!«

»Deswegen soll sie es dir sagen. Es ist das Mindeste, was sie dir schuldet.«

Dakota schluckt. Während ich sie betrachte, verstehe ich nicht mehr, warum ich einmal dachte, sie und ich würden uns ergänzen. Denn spätestens jetzt ist mir klar, dass sie immer nur versucht hat, einen Teil von mir für sich allein zu beanspruchen. Ich brauche niemanden, der mich vollständig macht. Auch in der Zeit nach dem Unfall nicht.

»Er war da«, sagt sie jetzt endlich. »Etwa zwei Monate nach dem Unfall, als du diese Gymnastiksache gemacht hast.«

Es war eine Rehamaßnahme, keine Gymnastik. Aber ich korrigiere sie nicht.

»Ein Unfall, den du verursacht hast«, ruft Parker erzürnt.

»Ja«, gibt Dakota zu. »Er, Parker, war da, und er wusste nichts von dem Unfall. Er wollte dich sehen. Er stand vor dem Haus und hat dich gesucht, als ich gerade ein paar Sachen abgeholt habe. Ich hab ihm gesagt, dass du ihn nicht sehen möchtest. Dass du eindeutig gesagt hast, er wäre für dich gestorben und dass du nie wieder mit ihm reden würdest. Ich hab ihm gesagt …«

»Weiter«, verlangt Parker.

Dakota verzieht das Gesicht. »Ich hab ihm auch gesagt, wir wären ein Paar. Und dass du … dass du gemerkt hättest, dass du nicht länger auf Männer stehst. Dass du auf jeden Fall mit einer Frau zusammen sein willst, nicht mit ihm.«

»Was?«

Ich erinnere mich an diese Wochen. An die Leere und Einsamkeit, daran, dass Parker der Mensch war, den ich mir am meisten herbeigesehnt habe.

»Warum?«, frage ich. Dabei kenne ich die Antwort. Weil ich das Gefühl, aus dem heraus Dakota gehandelt hat, selbst kenne. Die Angst, etwas, das man zu besitzen glaubt, zu verlieren. Es ist, wie die Augen aufzuschlagen und die Sonne hinter einer Wolke verschwinden zu sehen. Ich hab es gefühlt, als ich meine Mutter beerdigen musste, ich hab es gefühlt, als Parker mich weggeschickt hat, und ich nehme an, es ist das, was Dakota gefühlt hat, als sie begriffen hat, dass Parker immer eine größere Rolle in meinem Leben spielen wird als sie.

»Ich wollte dich für mich«, sagt sie leise. Und sieht jetzt wenigstens zu Boden.

»Ich hab dir nie gehört. Ich hab nur *zu* dir gehört.«

Parker beobachtet diesen Wortwechsel stumm. Er greift nicht nach mir, um seinen Besitzanspruch klarzumachen. Er ist einfach nur da. Ich schaue ihn an und nicht Dakota, als ich sage: »Und jetzt gehöre ich zu Parker.«

Dakota nickt langsam und lächelt. Und dann macht sie einfach auf dem Absatz kehrt.

»Eine Runde Tropical auf mich«, sage ich zu den anderen. Und wische mir übers Gesicht.

»Bist du sicher? Möchtest du lieber nach Hause gehen?«, bietet Parker an. »Mit mir oder auch allein?«

Ich schüttele den Kopf. »Nein, ich würde gerne mit euch anstoßen. Auf uns«, ich schaue zu Parker. »Auf uns alle. Auf das Ende der Vergangenheit.«

An Parkers Schläfe pocht eine Vene. »Ich glaube, ich war noch nie in meinem Leben so wütend.«

»Sie hat es nur um ihrer selbst willen getan, nicht um dich oder mich zu verletzen.«

»Das macht es nicht besser«, knurrt er. »Es bleiben verlorene Jahre.«

»Ja, vielleicht«, erwidere ich. »Aber vielleicht sollten wir uns besser auf die gewonnenen Jahre der Zukunft konzentrieren?«

»Darauf trinken wir!«, sagt Isa. Und dann heben wir unsere Tropical Storms, Jake seinen Natural Tornado und stoßen an.

• • •

Es ist spät, dunkel, und es schüttet in Strömen, als wir das Crab & Bones verlassen. Avery hat einen ihrer Bodyguards zu unserem Schutz abgestellt, und so beziehe ich wieder Quartier in Parkers Haus.

Parker trägt mich huckepack die Treppe hinauf. Im Flur setzt er mich ab. Wir sind bis auf die Unterhosen nass, hinterlassen auf dem Boden kleine Rinnsale. Ich muss an damals denken, als ich dieses Haus zum ersten Mal betreten habe. Nur dass wir dieses Mal beide durchnässt sind.

»Wir sollten so schnell wie möglich raus aus den Klamotten«, sagt Parker. Dann zieht sich ein breites schelmisches Grinsen über sein Gesicht.

»Meinst du?«, necke ich.

»Soll ich dir helfen?«, fragt er und sieht mich dann so erschrocken an, als hätte er etwas Falsches gesagt.

»Parker«, erkläre ich sanft, suche nach einem Spruch, nach etwas Flapsigem, aber da ist nichts. Ich will ihn nicht von mir stoßen, und ich will auch gar nichts sagen, um meine Gefühle hinter Sarkasmus zu verstecken. »Ich bin nicht aus Zucker.«

»Ja, ich wollte nicht …«

»Ich meine nur, dass ich weiß, dass dieses Angebot nicht auf meinen Arm bezogen war.«

»Nein, war es nicht«, sagt er mit kehliger Stimme. »Ich habe gerade ganz, ganz andere Dinge im Sinn als deinen Arm.«

»Ach ja? Was denn?«

»Ich denke an deine Brüste, an deinen Mund, ich denke an die Dinge, die ich mit meinem Mund anstellen kann, wenn ich deine Brüste sehe. Und ich denke an die Feuchtigkeit zwischen deinen Beinen, die nichts mit dem Meer zu tun hat. Sondern ganz allein mit mir. Weil ich der Grund für sie sein werde.«

»Parker, es ist keine zwölf Stunden her, dass wir das letzte Mal miteinander geschlafen haben.«

Er schaut mich entsetzt an. »So lange?«

»Parker?«

»Ja?«

»Wird es funktionieren, das mit uns?«

Er küsst mich zuerst auf die Stirn. Sagt: »Wir waren richtig gute Freunde, beste Freunde.«

Dann küsst er mich auf die linke Wange. »Konkurrenten.«

Er küsst meine rechte Wange. »Und ein Paar.«

Und nun drückt er seine Lippen auf meinen Mund. »Wir waren

zehn Jahre lang getrennt. Nichts von all diesen Ereignissen, nichts von dem, was wir waren, hat je etwas an meinen Gefühlen für dich geändert.«

Er schiebt mich ein Stück weit in den Raum hinein, vorsichtig, indem er seine Hände an meine Hüften legt.

»Hier habe ich gesessen, als ein nasses Mädchen im Wetsuit hereinkam und mich beim Weinen erwischt hat. Lee Gene Baker, ich liebe dich mehr, als ich je einen anderen Menschen geliebt habe. Und ich werde alles tun, damit es funktioniert. Nicht nur dass, ich will dich glücklich machen. Egal, was das bedeutet.«

»Heilige Scheiße«, sage ich. »Vermutlich heule ich jetzt gleich, Parker! Also erwarte keine emotionale Antwort.«

»Ich erwarte gar nichts«, sagt er und lächelt warm.

»Und genau dafür liebe ich dich«, erwidere ich.

»Heilige Scheiße, Lee, das war für deine Verhältnisse klischeehaft kitschig.«

38

Thanksgiving hat mir nie etwas bedeutet. Mom und ich hatten keinen Ofen, in dem man einen Truthahn hätte braten können. Und keine Verwandten, die zum Essen gekommen wären. Ich bin furchtbar aufgeregt, das erste Mal das wichtigste amerikanische Fest gemeinsam mit so vielen Leuten zu feiern. Avery hat in die Waterfront Avenue eingeladen, sie sagt, es sei kein klassisches Thanksgiving, sondern ein Friendsgiving. Es ist auch Haileys Abschiedsfest, die ihre Lungenkur auf Harbour Bridge beendet hat und in wenigen Tagen zu ihrer Familie ins kalte Oregon zurückkehren soll.

Wir treffen uns schon am frühen Mittag, um gemeinsam das Essen vorzubereiten. Averys Vater Ed und ihre Stiefmutter Marge kommandieren das Küchenteam. Parker und ich sind zum Salatputzen eingeteilt.

Auf dem Fernsehscreen im Wohnzimmer läuft die alljährliche Begnadigungszeremonie. Barack Obama hat soeben zwei Truthähnen namens Honest und Abe mit den Worten »Amerika ist das Land der zweiten Chancen« das Leben geschenkt.

Noah und Preston streiten darüber, ob eine Wand im Wohnzimmer herausgebrochen werden soll, und haben beide bereits ihren ersten Drink in der Hand. Jake, Andrea und Ed diskutieren seit einer halben Stunde über die amerikanischen Waffengesetze, zu denen Ed trotz der neuerlichen Shootings in Charleston im Juni eine verdammt republikanische Ansicht hat.

Erst als Parker dazwischengeht und das Thema gekonnt auf etwas anderes lenkt, lassen die Streithähne voneinander ab.

»Sie als Arzt wären wahrscheinlich besser beim Präparieren des Hahns aufgehoben, da Sie sich mit Innereien auskennen«, röhrt Ed Hobbs und fuchtelt mit einem scharfen Filetiermesser herum.

»Dad, wenn du so weitermachst, können wir bald deine Innereien vom Boden aufkratzen, leg das Messer weg.«

Parker lacht über Eds schlechten Scherz und macht sich daran, den Salat aus dem Zeitungspapier zu wickeln.

»Das Einzige, wozu man den *Chronicle* nach dem Tod meines Dads wirklich gebrauchen konnte«, sagt er.

Odina schaut ihm über die Schulter. »Zum Salatfrischhalten?«

»Das olle Blatt hat den Alten jahrelang in den Wahnsinn getrieben mit dem unkündbaren Abo. Es war herrlich.«

Marge stimmt ihm zu: »Das haben wir ja euch und eurer Surfpetition zu verdanken.«

Avery, die sich ihre Kurzsichtigkeit endlich eingestanden hat und Kontaktlinsen trägt, weshalb sie tränenfrei Zwiebeln schneiden kann, lacht laut. »Ja, das war ein netter Verkaufstrick vom *Chronicle*.«

Ein klirrendes Geräusch ertönt aus Odinas Richtung, die soeben die Porzellansauciere hat fallen lassen.

»O nein, Mrs Hobbs, das tut mir wahnsinnig leid …« Aber anstatt die Sauerei zu beseitigen, nimmt sich Odina plötzlich ihre Jacke vom Barhocker. »Ich hab was Wichtiges vergessen, ich muss kurz weg. Ich bin gleich wieder da.«

Keine zwei Minuten später quietschen die Reifen ihres Wagens über die Hofeinfahrt.

»Sie weiß schon, dass ein Auto eine andere Kurvenlage hat als ein Roller?«, fragt Avery kopfschüttelnd.

»Sagt die Frau, deren Leihwagen mehr Beulen hat als Harbour Bridge Surfbretter?«

Avery streckt mir die Zunge raus.

Aber Odina ist nicht gleich wieder da. Der Truthahn schmort bereits Stunden im Ofen, die Kinder haben sich zerstritten, weil sie unterschiedliche Vorstellungen vom richtigen Fernsehprogramm zu Thanksgiving haben. Hailey möchte die NFL sehen, Jamie lieber die *National Dog Show*. Also haben sie ungefähr dreißigmal umgeschaltet, bis Noah sich einmischt und zur enormen Erleichterung seines Dads ein Footballspiel anmacht. Avery trägt seitdem Kopfhörer und singt leise.

»Wie es wohl wäre, wenn Josie hier wäre?«, erwäge ich und schaue Andrea prüfend an.

»Ich überlege gerade eher, wie es wäre, wenn Odina zurückkäme«, sagt Andrea und wirft einen Blick auf die Uhr. »Langsam mache ich mir Sorgen.«

»Aber sie hat dir doch geschrieben, dass sie gleich kommt. Wie lange ist das jetzt her?«

»Zehn Minuten.«

»Na also.«

Drei weitere besorgte Textnachrichten von Noah und ihrem Bruder später stürmt Odina herein. Just in dem Moment, in dem Marge den Truthahn auf einem riesigen Teller balanciert. Es fehlen nur wenige Inch, und der Vogel hätte neben der inzwischen weggeputzten Soße auf dem Boden eine Bauchlandung gemacht.

»Ich hab was!«, ruft sie und erwischt beim wilden Fuchteln mit dem Klemmbrett Marge am Hinterkopf. Ungerührt knallt Odina das Brett auf die Küchenablage.

Isa wischt sich die Hand an der Schürze ab, Avery setzt die Kopfhörer ab.

»Josie lebt, und sie heißt jetzt Sandra Casas.«

»Was?«

»Zumindest wäre das durchaus möglich«, fügt Odina hinzu.

»Sandra Casas ist ein etwa so häufiger Name wie Petra Müller«, behauptet Avery.

»Ich kenne keine einzige Petra Müller«, erklärt Isa.

»Jane Smith – um das amerikanische Äquivalent zu nennen«, sagt Ed und kassiert einen bewundernden Blick von seiner Tochter.

Odina lässt sich nicht beirren. »Ich erkläre es euch. Jeder Abonnent beim *Chronicle* ist einer Nummer zugeordnet. Aber das System des *Harbour Chronicle* sieht nicht vor, die Nummern bei Namensänderungen umzuschreiben. Jedes Mal wenn ein Abo storniert wird, bleibt die Nummer mit einer Leerzeile stehen. Und eine neue Nummer wird vergeben.«

Sie deutet auf eine Liste, auf der sie verschiedene Namen markiert hat. Isa beugt sich so tief darüber, dass ihre langen blonden Haare auf das Blatt fallen und niemand mehr etwas sieht. Odina schiebt sie weg.

»Hier, die 268 war die Abonummer von Elisabeth Warren. Sie wurde storniert, am gleichen Tag, als die Nummer 344 auf eine gewisse Tara Kapoor vergeben wurde. Und als Tara Kapoor ihr Abo gekündigt hat, wurde am gleichen Tag die Nummer 389 vergeben. Auf Sandra Casas und eine E-Mail-Adresse mit der Endung arcm_Madrid.org.«

Odina sieht uns triumphierend an.

»Aber«, wage ich einzuwerfen, »was genau heißt das? Dass jemand in Italien …«

»Spanien«, korrigiert Avery.

»Gut, dann eben Spanien, ein Digitalabo des *Harbour Chronicle* hat!«

»Ja, und es ist möglich, dass diese Sandra Casas unsere Josie ist.«

Ich runzele die Stirn. »Möglich, aber ziemlich weit hergeholt.«

»Nicht, wenn man weiß …«, jetzt strahlt Odina wie die Sonne höchstselbst, »dass für exakt jene Ausgabe, in der Josies echte Nachricht an uns erschienen ist, ein Betrag von einem spanischen Konto eingegangen ist. Genau genommen vom Konto des Zentralarchivs der Stadt Madrid.«

»Okay …«, sagt Avery langsam. »Okay, das ist gut!« Ein bisschen aufgeregter klingt sie nun schon.

Parker will wissen: »Wie bist du darauf gekommen?«

»Durch die Petition, die wir damals gestartet haben, um das Surfen olympisch zu machen. Ich hab damals doch beim *Chronicle* gejobbt, und wir haben deren Unterstützung bekommen, durften unsere Sachen dort drucken, aber im Kleingedruckten der Petition war ein Abo versteckt. Der *Chronicle* wurde also – kostenfrei, aber werbetechnisch clever – über Jahre hinweg an zig Kunden versandt, sowohl in Papierform als auch digital. Als du vorhin den Salat ausgepackt hast, Parker, und Marge das mit der Petition gesagt hat, da hat es klick gemacht.«

»Wohl eher klirr«, brummt Marge.

»Und Elisabeth Warren, also Josie, hat die Petition unterzeichnet und ein Abo abgeschlossen!«, fügt Odina hinzu.

»Genau! Und irgendwann hat – so vermute ich – Josie gemerkt, dass es eine perfekte Möglichkeit ist, um, ohne Spuren zu hinterlassen, ein wenig in Kontakt mit Harbour Bridge zu bleiben. Sobald sie ihren Namen geändert hat, hat sie auch das Abo angepasst. Der Wohnort ist nicht vermerkt. Aber wir haben hier eine eindeutige Spur!«

»Ich gebe nichts mehr auf Spuren«, sagt Isa. »Wie oft dachten wir schon, jetzt hätten wir sie. Josie ist tot, damit sollten wir uns abfinden.«

Andreas ohnehin fast schwarze Augen blitzen dunkel. Ich kann mich nicht entscheiden, ob er sich vor dem Ergebnis fürchtet oder vor seiner eigenen Hoffnung.

»Wir rufen da jetzt an!«, entscheidet Isa.

Parker reicht ihr sein Handy, auf dem er bereits »Archiv + Madrid + Telefonnummer« eingegeben hat.

»Igitt, bist du organisiert, sicher, dass du und Lee zusammenpasst?«

»Gegensätze«, sagt Parker trocken.

»Ich will euch ja die Hoffnung nicht nehmen, aber ihr wisst schon, dass ihr da niemanden erreicht, oder?«

Wir starren Jake an.

»Zeitverschiebung«, stöhnt Avery.

»Truthahn!«, sagt Marge.

Weil es in Madrid bereits fortgeschrittener Abend ist und der Truthahn fertig, verschieben wir das ohnehin nicht so erfolgversprechende Vorhaben, in einem Archiv in Madrid nach Josie Blythe zu fragen, zwangsläufig auf später.

Das Essen ist gut, aber niemand isst mit Appetit, ebenso wenig wie sich irgendjemand auf das Backgammonspiel konzentrieren kann, das Ed irgendwann hervorholt, bevor er und Marge nach Charleston fahren, wo sie ein paar Tage bei Freunden bleiben werden.

Der Abend zieht sich wie Kaugummi. Je später es wird, desto abstruser und hypothetischer werden unsere Überlegungen. Gegen ein Uhr nachts, als wir nur noch etwa zwei Stunden totschlagen müssen, bis wir die Chance haben, in Madrid jemanden zu erreichen, kippt Avery auf die Couch und schläft auf dem Oberschenkel ihres Bruders ein. Parker ist um diese Uhrzeit und nach drei Bier, die das Dreifache seines übrigen Konsums ausmachen, bereits der festen Ansicht, Josie sei beim FBI angestellt und deshalb nicht aufspürbar. Ich kann meine Augen kaum offen halten, nur Odina sitzt mit geradem Rücken da und beobachtet die Zeiger an der Wanduhr, als dürfte ihr keine Minute entgehen. Wir lachen über Jakes Theorie, Josie sei in Wahrheit Margot Robbie, beziehungsweise Margot Robbie sei Josie Blythe. Je nachdem, von welcher Seite man es betrachte. Wir sind schlaftrunken und nicht mehr ganz bei Verstand, als Odina um drei Uhr amerikanischer Zeit das erste Mal die Nummer des Madrider Zentralarchivs wählt. Und den Anrufbeantworter erreicht. Andrea steht immer wieder auf und wandert im Zimmer umher, ehe er sich wieder seufzend irgendwo auf einen Stuhl oder Sessel fallen lässt.

»Ich kann nicht mehr«, sage ich zu Avery, aber die steht auf, zieht ein Taschenbuch aus dem Schrank und wirft es mir zu. »Dann lies solange.«

»Warte mal, das ist mein fehlender Band der Stephanie-Plum-Krimis! *Hot Six*, den hab ich dir mal ausgeliehen.«

»Ja, sorry, jetzt hast du ihn ja wieder!«

»Lula!«, schreie ich plötzlich.

»Was?«

»Na, Lula! Lula ist in den Evanovich-Büchern Stephanie Plums Archivarin.«

»Aber zuerst ist sie Prostituierte«, gähnt Parker.

»Ja, ja, das passt doch perfekt. Hat Josie nicht mal gesagt, dass sie gerne Archivarin wäre?«

»Also, da glaube ich lieber an Jakes Margot-Robbie-Theorie.«

»Gib das Telefon her, Odina. Ich mach das.«

Odina reicht mir das Gerät, und die Mädchen drängen sich dicht um mich. Ich bedeute Preston, den Fernseher leiser zu drehen.

In Madrid ist es jetzt 9:11 Uhr. Ich wähle. Zeit ist nichts Homogenes, sie kann sich dehnen und strecken. Sie füllt alle Ritzen, wenn man wartet, und sie verschwindet ohne eine Spur, wenn man sie festhalten möchte. Die Sekunden werden lang und breit, ziehen sich endlos. Bis der Moment sich entlädt, als eine Stimme am anderen Ende »¿Hola?« sagt.

»Wir würden gern, ich würde gern – ist Jo- … Sandra Casas bei Ihnen beschäftigt?«

Averys Hand neben mir zittert. Odina hält sie fest. Andrea springt auf, stellt sich neben das Sofa und umklammert die Rückenlehne so fest, dass die Adern an seinen Händen hervortreten. Ich weiß, was er eigentlich hinausschreien möchte, über den Atlantik, ins Büro eines spanischen Archivs für europäische Geschichte. Er und ich, wir alle hier wollen schreien: Josie, lebst du? Bist du es?

»Lautsprecher«, flüstert Odina mir zu, und ich drücke geistesgegenwärtig auf den Lautsprecher. Dann lacht eine helle Frauenstimme am anderen Ende. »Sandra? Natürlich arbeitet sie hier«, dann wechselt sie von ihrem stark akzentuierten Englisch ins Spanische. »Ella es nuestra mejor, no la dejaremos ir.«

Wir schauen uns an. Wir wissen, dass das nichts heißen muss. Dass dort am anderen Ende eine Frau sein kann, eine Sandra Casas, die mit unserer Josie, mit Elisabeth Warren, mit Witty Sue Fisher nicht das Geringste zu tun hat. Die vielleicht den *Harbour Chronicle* abonniert, aber nie von Josie Blythe gehört hat. Aber, aber, aber … die Chance ist so greifbar wie nie zuvor.

»Sandra, ¿podrías venir por favor?«, klingt es durch den Lautsprecher.

Ich halte die Luft an, Isa hat nach meiner Hand gegriffen, Odinas ganzer Körper bebt und Avery kaut auf ihrer Unterlippe herum. Die Spannung in der Luft ist kaum auszuhalten, so dicht ist sie gefüllt mit unseren Erwartungen und Emotionen.

»¿Hola?«, sagt eine Stimme. Vorsichtig, leise. Ist sie das? Kann sie das sein?«

»¿Sandra Casas? ¿Eres tu?«, erwidert Isa jetzt, die Einzige von uns, die Spanisch spricht. »Soy yo, Isa. Isabella White.«

Stille.

»Soy yo, Odina Bianchi«, kommt es von Odina, sie sieht zu mir und ihre schönen großen Augen füllen sich bis zum Rand mit Tränen.

Isas Hand quetscht meine.

»Soy yo, Avery Winter«, höre ich Avery, und dann, dann räuspere ich mich.

»Fuck, ich bin auch da. Lee Baker.«

Ich warte, dass auch Andrea etwas sagt, aber er presst die Kiefer nur aufeinander und schaut an uns vorbei.

Am anderen Ende: Nichts.

Wir hören jemanden atmen. Laut und deutlich, aber keine Worte. Nichts.

»Sagt was«, flüstert Parker mir zu. »Erzählt ihr irgendetwas!«

»Josie, wenn du das bist … wir sind alle hier, auf Harbour Bridge. Wir haben die Nachrichten gesehen, wir wissen, dass du tot bist. Angeblich. Aber das kann nicht sein, oder? Du bist noch da. Du wolltest nur … ich weiß nicht, frei sein?«

Die Person am anderen Ende hat nicht aufgelegt. Aber es herrscht absolute Stille.

»Gib ihr einen Grund zu antworten«, raunt Parker. »Irgendetwas.«

Mein Blick fällt auf die Glasfront hinter uns, die raus aufs Meer zeigt. »Josie, wir wollen nur wissen, ob es dir gut geht, ob du lebst. Hier passieren komische Dinge, in Parkers Haus wurden Scheiben eingeworfen, Odinas Haus beschmiert, Isas Reifen aufgestochen. Und stell dir vor, Avery und Jake sind in das Haus von diesem irren Stalker eingebrochen und haben einen ganzen Ordner voll mit Fotos von dir gefunden. Josie, wir wollen nur wissen, ob es dir gut geht.«

»Ich hab dir doch gesagt, dass Sandstrom den Ordner wiederhat. Warum erzählst du ihr das?«, zischt Odina mir zu.

Ich zucke mit den Achseln. Aber Isa gibt mir zu verstehen, dass ich weitersprechen soll.

»Wir hatten so viele Geheimnisse voreinander«, sage ich. »Und wir glauben, dass du es bist. Jetzt, da wir vier zusammen sind, wollen wir endlich einen Abschluss finden. Fuck, sag uns doch einfach, dass es dir gut geht. Zehn Jahre, Josie. Zehn verdammte Jahre. Und so viel Schuld. So viele kleine Sünden und Versäumnisse. Wir haben es einfach nicht gepackt, einander zu vertrauen. Aber du kannst uns vertrauen!«

Isa streckt den Kopf näher an den Hörer. »Ich habe ihn angezeigt, Josie. Er wird seine Strafe bekommen. Vielleicht weißt du das. Ich hab es meinetwegen getan, aber auch deinetwegen.«

»Josie«, flüsterte Avery. »Es tut mir leid, wie wir damals auseinandergegangen sind, so leid. Du bist nicht tot, oder? Sag doch was!«

Wieder hören wir nur ein tiefes Luftholen, irgendwo in Madrid, Tausende Meilen über den Ozean.

»Du wärst doch nie auf einen Roller gestiegen, das kannst du jedem erzählen, aber nicht uns«, sagt Odina.

Und dann bin ich es, die tief einatmet. »Wir sind hier, und wir warten auf dich. Wenn du es willst. Wenn nicht, dann … dann gib uns bitte ein kurzes Zeichen. Irgendetwas, dass uns sagt, dass es dir gut geht. Bitte. Tu es für uns … tu es …« Ich zögere kurz.

»Tu es für mich«, sagt Andrea plötzlich. Mit fester Stimme, dunkel und rau.

Zunächst passiert nichts. Und dann. Leise, aber unverkennbar, hören wir ein Summen durch den Lautsprecher. Einzelne Töne, abgehackt, vielleicht durch die Entfernung, vielleicht weil die Stimme am anderen Ende immer wieder bricht.

Und dann ist es für wenige Sekunden unverkennbar. Sie summt den Walsong. Am anderen Ende ist Josie. Bevor urplötzlich das Freizeichen ertönt und das Gespräch beendet wird.

39

Wir lümmeln am Morgen übermüdet auf der Terrasse, noch unfähig, unsere Gedanken konkret in Worte zu fassen.

»Wo sind die Kinder?«, fragt Odina, tiefe Augenringe im Gesicht, als sie nach draußen kommt. »Hat jemand Jamie und Hailey gesehen?«

Ich schaue hoch. »Nein, wieso?«

Noah geht, ohne ein Wort zu sagen, die Treppe hinunter an den Strand, während Odina regungslos dasteht und von Sekunde zu Sekunde blasser wird.

»Sind sie nicht im Haus?«, will Isa wissen.

Odina schüttelt den Kopf.

Avery steht auf und legt ihr eine Hand auf die Schulter. »Mach dir keine Sorgen, die spielen bestimmt irgendwo.«

»Die Surfbretter sind weg«, ruft Noah von unten, noch ehe er wieder die Veranda erreicht hat.

Er trägt das Shirt einer Sportmarke, und darauf prangen zwei Buchstaben. JS. Es ist ein Klamottenlabel oder etwas dergleichen, aber diese Buchstaben springen mich an, wollen mit mir sprechen.

»JS … das könnte Jesper Sandstrom sein«, rufe ich und kassiere verwirrte Blicke. »Die Postbox, an die ich meine Briefe für Josie geschickt habe, wurde umgeleitet, zum *Harbour Chronicle*, an einen gewissen J. S.. Jesper Sandstrom … und ich hab einen Typen gesehen, der euch und die Kinder beim Surfen beobachtet hat, an meinem ersten Tag hier. Ich glaube, das könnte er gewesen sein. Und dann wurde ich verfolgt, und dieser Anruf …« Meine Stimme überschlägt sich, aber folgen kann mir niemand.

»Jesper Sandstrom, ich glaube, er stellt euch nach. Uns nach. Den Kindern womöglich. Hailey hat neulich so eine Bemerkung gemacht, ich hab nicht viel darauf gegeben, aber ich glaube, die Kinder sind in Gefahr.«

Und dann geht alles schnell. Wir verteilen uns. Odina, Noah und Isa sind bereits unten am Strand und suchen die nähere Umgebung ab, Jake und Avery springen in Averys verbeulten Mietwagen. Andrea erklärt, er werde hierbleiben, falls die Kinder zurückkommen.

»Ruf im Seasons an«, sagt Preston ruhig, »sie sollen jemanden rausschicken, der am Pier nachsieht.«

»Parker und ich fahren Richtung Norden«, bestimme ich entschlossen. Und kämpfe gegen die Furcht an, die sich urplötzlich in meinem Bauch breitmacht.

Ma te hururu, ka rere te manu … was, wenn die beiden das Maori-Sprichwort zu wörtlich genommen haben? Was, wenn sie fliegen wollen?

• • •

»Es ist meine Schuld«, gestehe ich Parker im Wagen. »Ich hab sie dazu angestachelt. Gesagt, dass man sich mal was trauen muss. Verdammt, Parker. Ich bin schuld, wenn ihnen etwas zustößt. Bei diesem Wellengang ist es sogar am Pier zu gefährlich. Ich hätte genauer hinsehen sollen, die Anzeichen waren da. Was, wenn dieser Irre sie angestachelt hat, etwas Lebensgefährliches zu tun?«

»Sie sind sicher nur am Wash-Out, sitzen da am Strand. Die trauen sich bestimmt nicht ins Wasser bei diesem Wellengang. Die Ausläufer des Sturms sind gigantisch.«

Aber ich weiß, dass sie sich getraut haben. Ich weiß es mit jeder Faser meines Herzens.

Parker fährt in einem Affenzahn die Waterfront Avenue entlang, hält am Parkplatz vor dem Wash-Out, und wir springen beinahe gleichzeitig aus dem Wagen. Ich will sofort nach unten rennen, aber Parker hält mich fest. Ich zittere.

Ich sage nichts. Blicke an Parker vorbei zum Strand.

»Sieh mich an, Lee!« Er streichelt mein Gesicht, und dann küsst er mich, beide Hände an meine Wangen gelegt. »Liebste Lee! Mach dir keine Sorgen. Es geht ihnen sicher gut.«

Und wenn nicht, denke ich. Was, wenn nicht?

Parker geht runter an den Strand und hält Ausschau, ich laufe ihm nach, aber dann packt mich ein Gedanke.

»Parker!«

Er dreht sich um.

»Sieh du am Wash-Out nach, ob du sie findest. Ich fahre weiter nach Norden. Zum Harbour's End.«

Parker schaut skeptisch. »Ich glaube wirklich nicht, aber wenn du meinst …«

»Ich muss sichergehen, dass sie da nicht sind. Kann ich deinen Wagen nehmen?«

»Ja, natürlich.«

»Pass auf dich auf, okay«, sage ich zu ihm, ohne zu wissen, warum ich diese Worte so dringend loswerden muss. »Mach keinen Quatsch.«

»Zum Quatschmachen hab ich doch dich«, sagt er und lächelt.

»Gib mir Bescheid, wenn du sie findest«, trage ich ihm auf.

»Du auch, melde dich, ansonsten treffen wir uns wieder hier.«

Ich nicke und gebe Parker einen schnellen Kuss auf den Mund. »Liebster Parker«, sage ich.

Parkers Wagen hat glücklicherweise ein Automatikgetriebe und ist geländegängig. Keine fünf Minuten später habe ich Harbour's End erreicht. Hier gibt es keinen Parkplatz, also stelle ich den Wagen wie früher unter den Pinien ab und gehe auf die Felsen zu, die den schmalen berühmt-berüchtigten Strandabschnitt von der Straße trennen. Der Sturm hat hier ganze Arbeit geleistet. Es ist kaum Strand übrig, die Wellen erreichen die Felsen fast vollständig.

Zunächst finde ich keinen Hinweis auf die Kinder. Doch dann fällt mir das Fahrrad auf, das gegen einen der flacheren Felsen lehnt, über die man hinunterklettern kann. Es ist das Bike mit Board Rack, mit dem ich selbst schon gefahren bin und mit dem ich nach der Nacht bei Parker zurück in die Waterfront Avenue 10 gekommen bin. Verdammt, sie sind tatsächlich hier.

Die Wellen sind mörderisch. Sie peitschen in gnadenlos kurzen Abständen über Gestein und Geröll. Meine vage Hoffnung, Hailey und Jamie irgendwo auf einem Felsrücken sitzen zu sehen, löst sich in Luft auf, als ich etwas Grünes im Wasser blitzen sehe. Es ist Jamies frisch lackiertes Kinderboard. Keine Spur von Hailey.

Ich springe über die Gesteinsbrocken, die mich noch vom Wasser trennen. Beobachte, ob es nur Jamies Board ist oder ob er selbst noch daraufliegt. Dann springt mir ein weiterer Farbtupfer ins Auge. Und in einem panikerfüllten Moment begreife ich, dass das, was auf die spitzesten Felsen am Rande der Bucht zutreibt, Haileys Board ist. Ich sehe ihren neongelben Wetsuit aufblitzen.

Verdammt.

»Hailey«, brülle ich. »Weg von den Felsen.«

Aber es ist völlig sinnlos. Selbst wenn Hailey mich verstünde, so ist die Strömung dort so stark, dass sie es mit ihrer fehlenden Erfahrung und Kraft kaum schaffen könnte, ihr zu entrinnen. Ich versuche, Jamie ausfindig zu machen. Sehe seinen Kopf kurz aufploppen und muss mich entscheiden. Jamie oder Hailey. Ein Leben gegen ein anderes. Eine schreckliche Triage der Chancen und Risiken. Die Zeit ist zu knapp, um Hilfe zu rufen. Ich renne bereits ins Wasser, stürze mich in die Flut und bin dankbar für meine starken Beine.

»Haltet durch! Ich komme! Ich helfe euch!« Ich brülle und weiß, dass meine Worte vom Tosen der Wellen geschluckt werden. Es ist noch Flut, aber die Unterströmung ist tückisch, der glatte Untergrund keine Hilfe, um an den flachen Stellen Halt zu finden.

Hailey ist – soweit ich das aus meiner Position beurteilen kann – noch weiter Richtung Felsen abgetrieben. Ich zögere eine winzige Sekunde. Dann schwimme ich in ihre Richtung. Ich bin dankbar, keine Schuhe angezogen zu haben, bin dankbar für meine leichte Kleidung, dankbar, keine Angst vor dem Meer zu haben. Ich kenne Harbour's End, ich kenne die Gefahren. Ich kann die Kinder retten. Es ist zu schaffen. Wenn Jamie noch ein wenig durchhält. Zuerst Hailey. Ihr Brett ist weg, stelle ich erschrocken fest. Hailey treibt ohne ihr Board im Wasser.

Dieser Anblick versetzt mich auf die schrecklichste Art zurück in die Vergangenheit, zu jenem ersten Surf hier mit Andy, als Josie sich den Zahn abgebrochen hat. Oder ausgeschlagen? Ich weiß es nicht mehr. Das Brett hatte sie am Kopf getroffen, die Leash war nicht an ihrem Bein befestigt gewesen.

»Hailey!« Ich schreie über Wellen und Schaum, über das Pfeifen des Windes hinweg. Es kostet viel Kraft, gegen den Sog in die Strömung zu kommen, dann ist es leicht, bis die schwerste Aufgabe – Hailey da rauszuziehen – mir erst noch gelingen muss. Rip currents sind auch ohne heftigen Wellengang brandgefährlich. Der Strudel zieht Hailey trotz ihrer verzweifelten Bemühungen immer weiter an die Felsen. Wenn es ihr und mir nicht gelingt, da rauszukommen, wird das Meer uns an den Klippen zerschellen lassen wie brüchige Muscheln. »Hailey, halt dich an mir fest«, rufe ich, und jetzt endlich merke ich, dass sie mich sieht, dass sie mich hört. Ihre Augen signalisieren pure Panik. Sie rudert verzweifelt mit den Armen. Ehe sie mich erreicht, packe ich sie. Ich ziehe sie an mich, bis sie flach gegen meinen Oberkörper gepresst unter meiner Kontrolle ist. Mit ihrem und meinem Gewicht gemeinsam sind wir leichte Beute für die Strömung. Wir sind mitten im Rippstrom, die Rinne in Richtung des offenen Meeres ist sichtbar. Das Wasser ist viel dunkler hier.

»Lehn dich gegen mich«, sage ich.

»Ja- Jamie«, stottert sie.

»Um den kümmere ich mich gleich, jetzt bringen wir erst einmal dich in Sicherheit. Lass dich treiben, kämpf nicht gegen die Strömung an, wir müssen den richtigen Winkel abpassen.«

Sie nickt kaum merklich gegen meine Brust. In Rückenlage lasse ich uns nun floaten, weiter auf die Felsen zu. Ich weiß, es ist eine Sache von Sekunden, von wenigen Fuß, in denen wir den Moment erwischen und hinausschwimmen können. Es wird davon abhängen, wie gut Hailey mitmacht.

»Wenn ich ›Jetzt‹ sage, dann schlägst du mit deinen Beinen, so fest es geht. Als würdest du Flossen tragen, aber du lässt mich die Richtung bestimmen. Okay?«

»Okay.«

Es fällt schwer, sich mitreißen zu lassen, nicht zu kämpfen, aber es gelingt uns.

»Jetzt«, schreie ich. Dann wechsele ich die Richtung. Haileys

Beinschläge sind schwach, aber es hilft, wir schaffen es aus dem tödlichen Sog heraus.

»Nicht die Beine auf den Boden, es ist zu rutschig, wir schwimmen, so weit es geht.«

Wir erreichen die äußerste Klippe, ich kann den Leuchtturm von hier aus sehen. Wir werden uns die Füße an den scharfkantigen Muschelablagerungen am Stein aufreißen, aber das ist egal. Jetzt ist es fast geschafft.

Kurz vor der Klippe gebe ich Hailey noch einmal Anweisungen: »Du setzt den Fuß auf, wenn ich es dir sage, ich schiebe dich hoch, und dann musst du sofort einen Schritt nach vorn machen, deine Finger in den Fels krallen und dich nach oben ziehen. Achte dabei nicht auf mich, dreh dich nicht um. Geh weiter, immer weiter, die Wellen können dich noch einholen. Du darfst nicht stehen bleiben, bis du am höchsten Punkt bist. Dann gehst du zum Strand, nimmst mein Handy und rufst Parker an. Sag ihm, er soll herkommen, so schnell es geht.«

»Okay«, keucht Hailey leise. »Okay, das mache ich.«

Zwei Züge noch, dann haben wir die Stelle erreicht, und ich hoffe, es ist die richtige. Es ist lange her, die Felsen ähneln sich, aber es ist zu spät, um jetzt noch eine andere Richtung einzuschlagen.

»Fuß hoch«, sage ich, und Hailey tut wie ihr geheißen. Ich lege meine Hand an ihren Po und sage: »Sorry, aber anders bekomme ich dich nicht zu greifen.« Und dann schiebe ich sie den Felsen hoch. »Krall dich fest, dreh dich nicht um.«

In dem Moment, in dem Hailey auf dem sicheren Felsen angekommen ist, packt mich die Welle von hinten und zieht mich gnadenlos mit sich. Ich höre Hailey schreien. Dreh dich nicht um, beschwöre ich sie. Dreh dich nicht um.

Ich bin ein Spielball des Rippstroms, er reißt mich hinaus. Wellen schwappen über meinen Kopf, spülen durch meine Ohren, meine Nase, fluten meinen Mund. Ruhig bleiben, nur ruhig bleiben. Es gelingt mir, mich nicht hinreißen zu lassen, gegen die Macht des Wassers anzukämpfen. Und dann ist der Punkt erreicht. Dieses Mal breche ich zur anderen Seite aus, nehme meinen Arm wie ein Ruder zu Hilfe und schlage mit den Beinen. Die kurze Phase zwischen den donnernden Wellen nutzend, halte ich Ausschau nach Jamie. Rufe, schaue, rufe, tauche. Es ist sein Board, das ich zuerst entdecke. Jamies Hand hält die Leash, sein kleiner Kinderkörper wird von den Fluten hin und her gerissen.

Ich bin noch etwa zehn Fuß von ihm entfernt, schätze die Wellen ab, tauche unter einer hindurch und werde zurückgezogen. Versuche es erneut. Ein drittes Mal, ein viertes. Ich weiß, meine Kraft wird nicht ausreichen, um es noch weitere Male zu versuchen. Ich tauche tiefer, bis ich wärmeres Wasser spüre, fühle einen Widerstand am Boden und wage es, mich daran abzustoßen.

Jamie strampelt immer wieder an die Oberfläche, schnappt nach Luft. Ich weiß nicht, ob er mich schon bemerkt hat. Vorsichtig berühre ich ihn, er zuckt heftig. Dann zieht es ihn wieder mit dem Kopf unter die Wasseroberfläche.

Er macht die Augen auf, er erkennt mich. Ruhig, ruhig, nur ruhig, Jamie, beschwöre ich ihn wortlos. Jamies Hand hält die Leash, es ist das Einzige, woran er sich klammern konnte. Ich bin mir sicher, dass nur das ihn aufrecht gehalten hat. Was ihm bisher geholfen hat, verwandelt sich innerhalb von Sekunden in eine tückische Falle. Das Brett dreht sich, wirbelt herum, aber Jamie lässt nicht los. Die Schlinge wickelt sich um seinen Arm. Ich halte ihn, packe ihn wie Hailey vorhin. Aber weil ich nur diesen einen Arm habe, kann ich nicht verhindern, dass das Brett in der Welle unkontrolliert umherschlägt. Ich muss aufpassen, dass die Finne …

Das Board schnalzt herum. Da ist mein Bein, da ist die Finne … Nicht die Finne …

Der Gedanke kommt gleichzeitig mit einem scharfen Schmerz, der mir den Atem und beinahe das Bewusstsein nimmt. Das Brennen, das sich von meinem Oberschenkel sternförmig in alle Richtungen ausbreitet, ist so stark und ausufernd, dass ich den Schrei nicht zurückhalten kann. Jamie dreht seinen Kopf zu mir, und sein Blick wandert nach unten. Dorthin, wo mein Blut ungehindert ins Meer strömt. Nicht daran denken, Lee. Bloß nicht daran denken. Nicht hinsehen. Es gelingt mir, das Board hinunterzudrücken, mich mit der Schulter daraufzuwerfen.

»Jamie, versuch, das Board zu greifen.«

Jamie streckt seine dünnen Arme, streckt sie, so weit er kann. Zu meiner großen Erleichterung gelingt es ihm.

»Kletter hoch, halt dich fest.«

Jamie zieht, rutscht ab. Ich versuche ihm zu helfen, aber meine Kraft schwindet bereits. Einen winzigen Augenblick lang überlege ich, die Leash zu benutzen, um die Wunde abzubinden. Aber Jamie braucht sie, er darf das Board nicht verlieren. Ich presse meinen Arm wie eine Schraubzwinge um die Kanten des Surfboards. Lass mich nur den Jungen an Land bringen. Nur den Jungen …

»Du schaffst es. Mach die Leash fest, Jamie. Ich schiebe dich, so weit ich kann.«

»Du blutest!«, schreit er, rutscht wieder halb vom Brett. »Lee, du blutest so arg.«

»Das macht nichts. Jetzt bringen wir dich erst an Land.«

Ich bin so müde. Meine Beine wollen nicht tun, was ich ihnen befehle. Warum bin ich so müde? Und dann schaue ich erneut auf meinen Oberschenkel, auf die klaffende Wunde, aus der Blut strömt wie Wasser. Die Finne hat meine Oberschenkelarterie erwischt. Ich blicke zum Strand, wo Hailey kauert. Noch immer allein. Ich schaue auf Jamie. Hier endet es also.

40

Das Blut weicht. Die Kraft schwindet. Alles in mir reduziert sich auf ein paar letzte Gedanken, die so klar sind, dass ich eine tiefe innere Ruhe verspüre. So lange hat mein Leben aus Sehnsucht bestanden. Wenn wir klein sind, wollen wir groß sein. Sobald wir groß genug sind, um zu begreifen, dass Großsein vor allem mit Verpflichtungen einhergeht, sehnen wir uns nach der Kindheit zurück.

Wir sehnen uns im Winter nach dem Sommer und ächzen im Sommer unter der Hitze. Wir streben nach der Ferne und bekommen Heimweh. Lechzen nach Liebe und geben mit ihrer Erfüllung einen Teil von uns auf, nach dem wir uns ein Leben lang verzehren werden. Wir wünschen uns Ruhe, die zu laut sein wird, um sie zu ertragen.

Nur in winzigen Momenten unseres Seins sind wir in der Lage, zu sagen: Alles ist gut. So, wie es ist. Es kann bleiben oder gehen. Es ist gut. Dieser winzige Moment ist jetzt. Er lässt sich nicht festhalten, aber ich habe auch gar keine Zeit dazu. Ich werde die Fluten von Harbour's End nicht lebend verlassen. Hier im Meer werde ich meinen letzten Atemzug machen. Ich spüre keine Sehnsucht mehr. In mir ist alles ruhig. Fuck, was hatte ich für ein Leben. Was hatte ich doch für ein gutes, gutes Leben. Liebster Parker.

»Lee?«, sagt Jamie. »Lee?«

Der Junge. Ich muss zuerst den Jungen retten. Solange muss sie warten. *Nalu miki*, die Welle, die mich mit zurücknimmt, wo ich herkam.

»Es ist okay«, sage ich zu Jamie. »Halt dich gut fest. Du wirst das schaffen.«

Der Schmerz hat sich verwässert, es ist nur so unfassbar kalt. Jamies weit aufgerissene Augen sprechen ihre eigene Sprache. »Hab keine Angst«, flüstere ich. Ich will sagen, dass ich auch keine Angst habe, denn es stimmt. Aber in dem Moment, in dem ich den Mund öffne, schwappt Wasser hinein, und ich verschlucke mich daran. Vielleicht auch an den Worten. Ich weiß es nicht mehr. Ob ich unter Wasser bin oder noch darüber. Ich höre mein Herz pochen. Spüre es von innen und außen. Es singt mit den Walen. Es klingt so schön. Nur ein bisschen zu laut, ein bisschen zu schnell.

Die Wellen flachen ab und werden gleichzeitig dunkler. Der Himmel ist so düster. Wie schnell es Nacht werden kann. Alles bekommt auf einmal eine andere Färbung. Mein Blut färbt die See, es färbt den Himmel. Ich möchte lächeln. Aber ich weiß nicht mehr, wie das geht.

Das Wasser trägt meinen Körper, ich fliege. Und denke: *Das Ende ist nur das letzte Kapitel einer Geschichte.* Das Davor ist wichtiger. Ich bin so dankbar für das Davor.

Ich verliere den Gedanken an diese Kälte um mich und in mir, finde einen neuen. Schiebe das Brett, halte es, schlage noch einmal mit den Beinen, glaube es, weiß es nicht. Verliere, verliere Blut.

Ich habe geliebt, ich wurde geliebt. Ich habe verlassen und wurde verlassen. Da am Strand … über eine flache Welle hinweg, kann ich einen Blick erhaschen. Er ist nicht mehr leer, da ist Parker.

Und Odina. Hailey, die dort im Sand sitzt. Ich versuche, tief zu atmen, es geht nicht. Es ist okay. Sie werden Jamie rausziehen. Ich habe geweint, und nun wird um mich geweint werden. Ich habe gekämpft und meistens gewonnen. Der letzte Heat gehört dem Meer. Ich bin so unglaublich müde. Nie war ich so müde. Josie, ich sehe Josie. Sie winkt mir zu, und ich winke ihr. Sage ihr, wie gut es ist, dass sie lebt.

Es ist so leicht auf einmal. Das Sterben geht nicht schnell, geht nicht langsam. Zeit ist nichts, was nur noch in eine Richtung fließt. Sie ist keine Brandung, sie ist ihre eigene Welle. Dehnt und streckt sich, zieht sich zusammen, krampft und klammert.

Es gibt noch einen Gedanken, einen letzten, den ich festhalten und dann loslassen will. Eine Botschaft wie eine Flaschenpost. Jamie muss sie tragen. Jamie ist noch da, auf dem Brett, vor mir. Eine kleine Hand legt sich auf meine, krallt die Finger darum. Ich spüre es, aber ich sehe es nicht mehr. Wem gehört diese Hand?

Mom, bist du das?

Parker?

Odina? Isa? Avery?

Josie? Bist du es am Ende?

Ich muss mich konzentrieren, da ist nichts mehr, nur dieser Satz. Er will hinaus wie die letzte verbrauchte Luft aus meiner Lunge. Ins Dunkel hinein will er, damit ich ins Helle gleiten kann. Ich sage es zu der Hand, die mich hält. Zu allen Händen, die ich in meinem Leben greifen durfte.

Ich hab es gut gelebt, dieses Leben. So gut ich konnte.

Und dann wird aus dem Dunkel etwas anderes. Etwas, das sich nicht beschreiben lässt. Das Meer und ich sind Blutsverwandte. Ich bin zu Hause, fast. Vor mir in der Welle paddelt eine Schildkröte, sie sieht mich an, kurz nur, aber sie hat die Augen eines Menschen.

Und ihren Panzer zieren unendlich viele Korus und Speere. Am Ende findet die Schildkröte dich. So ist es.

Lee, ruft die Schildkröte und lächelt. Nicht Mensch, nicht Tier, nicht Ding. Nur Seele.

Lee, komm, es ist nicht mehr weit.

Trailerparkmädchen. Wellenreiterin. Konkurrentin. Rebellin. Vertraute. Tochter. Freundin. Geliebte. Lee Gene Baker.

»Lee!«

A Girl Named Josie

Die Passkontrolle steht mir noch bevor. Der Gedanke macht mich nervös, aber da ist auch ein Flattern in meinem Magen, das nichts mit der Angst, erkannt zu werden, zu tun hat. Sondern mit dem, was meiner Einreise folgen wird. Ich scanne die Gesichter, die mit mir in der Schlange stehen, und frage mich, ob ich *ihn* sofort wiedererkennen werde. Seit unserem letzten unfreiwilligen Zusammentreffen sind mehrere Jahre vergangen. Wichtiger noch, ob er *mich* erkennen wird. Ich habe einiges getan, um nicht mehr die zu sein, die ich einst war. Ich kann eine Kurzwaffe bedienen, mich so durch eine Menschenmenge bewegen, dass sich keiner an mich erinnert, ich kann einen E-Mail-Account hacken, Schaltwagen fahren, und vor allem kann ich eines: Auf Palawan sterben, um in Madrid aufzuerstehen.

Ich habe eine neue Nase, die dritte meines Lebens. Und ich habe einen Akzent, der nicht zu verorten ist. Manche denken, ich sei Deutsche, dabei gelingt es mir nicht ganz, mein Spanisch so hart klingen zu lassen, als wäre ich wirklich mit dieser unfassbar umständlichen Sprache aufgewachsen. Ich wurde schon für eine Russin gehalten, für eine Britin oder Australierin. Am häufigsten für eine Schwedin, weshalb ich einen Aufkleber der Djurgårdens IF auf meinem schwarzen Standardrollkoffer kleben habe, ohne Stockholm je besucht zu haben.

Ich war Josie Blythe, die zu Elisabeth Warren wurde, um als Tara Kapoor nach Europa zu kommen. In Deutschland war ich Mary Miller. Und weil in Berlin ohnehin jeder Englisch spricht, fiel nicht weiter auf, dass meines native ist. An der portugiesischen Westküste kann man sich vielleicht an Sara Berg erinnern, die in einer Bar am Strand gekellnert hat und jeden Nachmittag surfen war.

Es war Avery, die gesagt hat, man müsse ein Chamäleon sein. Oder Odina? Manchmal verwischen ihre Gesichter und die Sätze, mischen sich die Erinnerungen aus Harbour Bridge zu einem Brei, dem ich nicht hundertprozentig trauen kann. Nur Lees Sprüche und Flüche haben sich so fest in mein Gedächtnis gebrannt, dass ich sie zweifelsfrei zuordnen kann.

Ich schaue in die Gesichter der Beamten hinter den Glasscheiben in ihren Kästen, sehe Menschen mit dunklerer Haut, die aus der Schlange gezogen werden. Ich denke über das perverse Glück nach, in einer von weißen Männern dominierten Welt eine kleine dunkelblonde Frau zu sein, die es gelernt hat, sich unauffällig in eine Menge einzuordnen.

Trotzdem ist da dieses ungute Gefühl, irgendetwas oder, schlimmer noch, *jemanden* übersehen zu haben.

Seit zehn Jahren spiele ich eine Rolle, und ich habe sie perfektioniert. Mein Leben gleicht einer nicht enden wollenden Serie, nur das Ende kennt noch niemand. Und wie jede gute Schauspielerin bin ich mit meiner Rolle verschmolzen. Ich weiß nicht mehr, wer ich wirklich bin. Aber ich weiß, wer ich nicht mehr sein will: Ein wehrloses Opfer.

Ich reise als Sandra Casas in die USA ein, weil mein Pass als Josie Blythe bei den philippinischen Behörden liegt und außerdem inzwischen abgelaufen ist. Sandra Casas besitzt einen spanischen Pass. Ein Stück Papier, das es mir erlaubt, ohne Schwierigkeiten einhundertvierundneunzig Länder besuchen zu können, wenn ich denn möchte. Während ich mit einem syrischen Pass lediglich in dreißig Nationen einreisen dürfte. Aber ich habe schon lange gelernt, meinen Zorn darüber zu schlucken.

Ich tauche auf keiner Fahndungsliste mehr auf, mein Gesicht wird in keiner Software dieser Welt mehr als das von Josie Blythe registriert. Mein Tod hat mir die Freiheit gegeben zu sein, wer ich sein möchte. Ich hätte Josie schon viel früher sterben lassen sollen.

Ich habe einen Plan für die nächsten vierundzwanzig Stunden. Und jedes Zahnrad muss exakt ineinandergreifen, damit das, was ich vorhabe, funktioniert. *Er* hat eine Grenze überschritten. Jetzt werde ich seine überschreiten. Er hat einiges an Wissen über mich angesammelt. Aber er weiß nicht, was ich alles über ihn weiß.

Ich kenne seine Chatnamen in unzähligen Foren, ich weiß, wo er Lebensmittel bestellt, und weil er so dumm ist, seinen gesamten Terminkalender über den E-Mail-Account zu führen, über den er auch mit seinem Allergologen, Chiropraktiker und Zahnarzt kommuniziert, weiß ich nicht nur, wie seine wenigen Freunde heißen, wie es um seinen körperlichen Zustand bestellt ist, sondern auch exakt, wo er sich wann aufhält. Jesper Sandstrom isst montags im Crab & Bones, geht dienstags ins Fitnessstudio im Maybank Tennis Center, mittwochs holt er sich am Northside Drive eine Prostituierte ins Auto, die er seltsamerweise per PayPal bezahlt, und donnerstags hat er Redaktionstreffen in Charleston, wonach er verlässlich in einer Karaokebar namens Hungry Eyes aufschlägt, um dort einen Absacker zu trinken und ein Sandwich zu essen. Er glaubt, er stalkt mich, dabei lese ich seit Monaten sein

Leben wie ein Buch. Ich weiß genau, wer er ist. Und er denkt, ich sei tot.

Am Flughafen wartet nach der Kontrolle eine Frau auf mich, die mich noch als Josie Blythe kennt. Aber weil sie ihre Namen schon damals gewechselt hat wie andere ihre Socken und weil sie mir einen Gefallen schuldet, wird sie niemals über mich sprechen.

Sie hält ein Schild hoch, auf dem mit dem Logo einer Reisegesellschaft in großen Lettern »Tybee Island« steht. Ich grüße sie und folge ihr zu einem schwarzen Wagen mit verspiegelten Scheiben. Ich steige ein, sie fährt los.

»Siehst gut aus, Josie«, sagt sie schließlich.

»Danke, Melissa, du auch«, erwidere ich betont langsam und merke, wie sie bei der Nennung ihres alten Namens kurz zusammenzuckt. »Wie laufen die Geschäfte?«

»Nie mehr so gut wie auf Summerstone.«

Darauf gehe ich nicht ein.

»Hast du sie gesehen? Geht es ihnen gut?«

»Die Füllige, die mir damals bei der Massage ein Ohr abgekaut hat, ist mir vor ein paar Tagen begegnet.«

»Und?«

Ich sehe, wie Melissa mit den Schultern zuckt. »Es gab irgendeinen Unfall mit den Kindern und der Einarmigen.«

»Was? Was für einen Unfall?«

Ich kralle mich mit den Händen am Vordersitz fest und erwische ein paar von Melissas Haaren.

»Keine Ahnung. Du bezahlst mich schließlich nicht dafür, dass ich auffällige Fragen stelle.«

Ich lehne mich zurück und versuche, ruhig zu bleiben. Ändert das etwas? Nein, zuerst den Plan abarbeiten.

Zehn Minuten später hält Melissa vor dem Hungry Eyes. Dann reicht sie mir eine Plastiktüte.

»Alles drin?«

»Perücke, Kopftuch, ein mexikanischer Führerschein und … der Rest eben.« Die kleine Phiole nehme ich sofort zur Hand und lasse sie in meiner Hosentasche verschwinden. Ich streiche die weiße Bluse glatt und ziehe den dunklen Pony der Perücke in die Stirn. Ohne ein weiteres Wort steige ich aus.

Das Hungry Eyes ist um diese Uhrzeit noch nicht gut besucht.

Die meisten Tische sind leer, aber mein Puls beschleunigt sich, als ich den Mann an einem der hinteren Plätze entdecke. Ich schnappe nach Luft. Der blonde, dünner werdende Haarschopf, sein Blick, der kurz durch den Raum schweift, und das leere Glas vor ihm auf dem Tisch – er ist es. Unverkennbar der Mann, der mich seit einem Jahrzehnt verfolgt. Mir den Schlaf raubt und die Sicherheit.

Ich suche mir einen Platz, von dem aus ich ihn gut beobachten kann, seine Sicht auf mich jedoch einigermaßen verdeckt ist. Ich zupfe an der Perücke, und es gelingt mir erst, als der Kellner meine Bestellung aufnehmen möchte, ruhiger zu atmen. Ich nippe an meiner Cola und stochere später in einem Salat herum, tunke das Weißbrot lieblos in die Soße und spüre, wie bei jedem verstohlenen Blick auf den Mann, der so lange Angst gesät und geerntet hat, Galle in meiner Kehle emporsteigt. Die Abscheu gegen Sandstrom brandet wie eine riesige Welle in mir. Ich muss wegsehen, mich beruhigen, damit es mir möglich ist, meinen Plan in die Tat umzusetzen. Es muss mir gelingen, meine Angst so weit im Zaum zu halten, dass ich mich ihm weit genug nähern kann, um die kleine Phiole in sein Glas zu kippen. Ich verspüre den Drang, die Toilette aufzusuchen, stehe langsam auf. Doch ehe ich den Gastraum verlassen kann, entdecke ich eine Silhouette an der Abholtheke.

Ich will mich in Bewegung setzen, als sich der Schatten von dort löst und auf mich zugeht. In dem Moment, in dem er sich vor mich schiebt, mir die Sicht auf Sandstrom und den Weg zu den Toiletten versperrt, geht mein Herz instinktiv in den Eskalationsmodus über. Es schlägt und überschlägt sich. Ich hole Luft und atme einen vertrauten Geruch ein. Das ist unmöglich. Das kann nicht sein, das darf nicht sein.

Der Mann hat Augen, die ich nie vergessen habe.

Es gibt viele Bösewichte in meiner Geschichte. Wellington, meine Mutter, Jesper Sandstrom. Aber auch Helden. Viel Schwarz und Weiß. Eine ganze Palette an grauen Ereignissen, die jetzt, hier in diesem Moment, ein vollständiges Bild ergeben.

Denn vor mir steht Andrea. Und Andrea war schon immer der Farbklecks meiner Storyline. Ich habe nicht vergessen, wie groß er ist, wie dunkel seine Augen und sein Haar sind. Aber es ist dennoch ein Schock, wie erwachsen, wie imposant und selbstbewusst er jetzt mit Anfang dreißig ist. Andrea macht meine Knie weich, Andrea verändert, wie ich mich fühle. Er macht, *dass* ich fühle. Und das ist gar nicht gut. Andrea hat diesen Blick, der durch mich hindurchgeht. Bei ihm bilde ich mir ein, er könnte durch alle Schichten blicken und meinen Kern erkennen. Genau das ist das Problem, das war schon immer das verdammte Problem.

»Josie«, sagt er keuchend.

In meinem Namen liegt kein Zögern, kein zauderndes Fragezeichen schiebt seine Stimme hinterher, trotz meiner vielen äußerlichen Veränderungen. Andrea ist noch immer der Einzige, der mich wirklich kennt. Das tut so weh, dass ich es körperlich spüre. Es tut weh, dass der Mann, den ich noch liebe, nie, nie, nie wieder auf den Grund meiner Seele sehen darf. Um festzustellen, was ich längst weiß: Dass er viel zu gut für mich ist. Und ich ihm niemals guttun würde. Ich habe Andrea vermisst, aber nie bereut, ihn verlassen zu haben. Er ist der einzige Mensch auf dieser Welt, der mir mehr bedeutet als ich selbst.

»Josie heiße ich schon lange nicht mehr«, sage ich.

Er schüttelt langsam den Kopf. »Für mich wirst du immer Josie bleiben.«

»Kannst du bitte gehen, ich hab hier etwas zu erledigen!«

»Hier? Im Hungry Eyes oder in Charleston?«

Ich schaue an ihm vorbei.

»Josie, was hast du vor?«

Seine Stimme hat einen drohenden Ton angenommen.

»Bitte geh einfach, das ist nicht dein business.«

Er dreht sich um, fängt den Blick auf die Bar auf, an der Jesper Sandstrom sitzt. Nichts ahnend.

»Was hast du vor?«, wiederholt er.

»Ich werde ein Problem lösen und dann wieder verschwinden.«

»Das ist dein Ding, oder?« Er funkelt mich an. Nicht böse, eher … enttäuscht. Kann das sein? Ist Andrea nach all den Jahren wirklich noch enttäuscht von mir?

»Verschwinden ist dein Ding. Menschen, die dich lieben, einfach zurücklassen.«

Ich blinzele, versuche, ihn nicht anzuschauen. Aber es gelingt mir nicht. Andrea hat sich direkt vor mich geschoben.

»Es gibt keine Menschen mehr, die mich lieben. Aber es gibt Menschen, die mir etwas bedeuten. Und deshalb, bitte, Andrea, geh und lass mich das hier zu Ende bringen.«

»Willst du ihn abstechen?« Er nickt mit dem Kopf zur Bar.

»Keine Sorge, es wird kein Blut fließen.«

»Ich lasse das nicht zu.«

Ein schweres Seufzen entfährt mir.

Andreas breite Schultern versperren mir die Sicht.

Ich drücke gegen seine Brust. »Lass mich und verschwinde.«

»Ich lass dich nicht gehen. Dieses Mal nicht. Und ich lasse nicht zu, dass du dein Leben ruinierst.«

Ich lache bitter auf. »Du kommst ein paar Jahre zu spät, Andrea. Was machst du überhaupt hier?«

»Ich hab Essen bestellt, das ich abhole. Averys Bruder Noah hat Anteile an dem Laden hier. Wir sind alle im Krankenhaus und …«

»Im Krankenhaus? Wer?«

»Odina, Isa, Avery und … Lee.«

Lee? Lee ist hier? Warum sagt er das so seltsam?

»Ist was mit Lee?«

Was hat Melissa gesagt? Ein Unfall … die Einarmige? Das ist wohl nicht Lee, oder?

Jetzt ist es Andrea, der zur Seite sieht.

»Andrea, was ist mit Lee?«

Andrea schüttelt langsam und traurig den Kopf. Panik steigt in mir auf, ätzt sich durch meine Kehle, verhindert klare Gedanken. »Hat er …?«

Wieder drücke ich gegen Andreas Brust. »Lass mich vorbei.«

Er hält mich nicht fest, er bleibt nur stehen und verhindert, dass ich an ihm vorbeikomme.

»Lee hatte einen Unfall beim Surfen.«

Ich stocke.

»Ist sie … tot? Ist Lee tot?«

Andrea weicht meinem Blick aus.

»Stirbt sie, Andrea? Sag schon!«

»Du kannst dich entscheiden, Josie. Komm mit mir ins Krankenhaus. Oder zieh durch, was immer du da Durchgeknalltes vorhast.«

»Das geht nicht«, sage ich leise. »Sandstrom ist mit der Grund dafür, dass ich in den letzten zehn Jahren keine Ruhe gefunden habe. Ich will, dass er mich nicht mehr belästigen kann. Aber vor allem will ich, dass er Odina, Avery, Isa und Lee in Ruhe lässt.«

Andreas Stimme ist ruhig, aber bestimmt. »Er wird seine gerechte Strafe bekommen. Wir finden einen Weg.«

Ich schnaube verächtlich. »Wann ist das jemals so gewesen? Wie oft bekommt jemand seine gerechte Strafe?«

»Sieh mich an«, sagt Andrea und neigt ein wenig den Kopf, sodass ich gezwungen bin, in seine Augen zu schauen. »Du hast die Wahl. Entscheide dich für Hass. Oder entscheide dich …«

Sein Adamsapfel hüpft. »Oder entscheide dich für Liebe.«

Ich starre ihn an. Aber er weicht nicht zurück. Zuckt nicht. Steht unverrückbar wie eine alte Eiche vor mir. Andrea, dieser verlässliche Baum von einem Mann. Und auf einmal werden meine Beine weich, ich habe Angst, so schwach zu werden, dass ich mich in seine Arme werfe.

Andrea kommt nicht vor in meinem Plan. Ich wollte Jesper Sandstrom ein für alle Mal ausschalten. Und dann verschwinden. Ich sehe vor meinem inneren Auge, wie ich die Perücke vom Kopf streife, sie ein paar Straßenzüge weiter in einen Mülleimer stecke und dann den Führerschein von Camila Ángel an der Straßenecke hinterm Smokey Bones im Charlestoner Stadtteil Hanahan für tausend Dollar an irgendeinen dubiosen Typen verkaufe. Ich sehe mich ein Taxi in Richtung Innenstadt nehmen, wo ich unter dem Namen Mary Miller ein Zimmer in einem netten kleinen Boutiquehotel reserviert habe. All das wird nicht geschehen, das begreife ich jetzt. Der Plan wird ein Plan bleiben, den Andrea mit seiner bloßen Anwesenheit durchkreuzt.

Denn als ich Andreas Blick noch einmal auffange und sehe, wie ernst es ihm ist, löst sich der Hass in mir auf wie Honig in einem Becher warmer Milch.

Oder entscheide dich für Liebe. Ich suche mit meinen Fingern nach Andreas Hand.

»Bringst du mich zu ihnen?«

41

Der Raum ist ein Meer aus Lichtern und Gesichtern, die ich nicht fixieren kann. Meine Augen flattern, halten nichts, verlieren sich wieder im Dunkel. Ich versuche es immer und immer wieder. Ist das Parker? Und der kleine dunkle Kopf, oh ja, bitte, bitte, lass es Jamie sein. Ich will etwas sagen, aber da kommt nichts, nur ein Röcheln.

Ich spüre eine Hand, es ist die kleine von vorhin. Vorhin – vor einer Ewigkeit.

Blinzele wieder, und da ist … Josies Gesicht. Es sieht ein wenig anders aus. Aber es ist Josie. Das ist nicht gut. Wenn Josie hier ist, dann bin ich tot.

Etwas piepst, es wird hektischer im Raum. Es riecht nach Gebratenem, nach Take-away-Food. Dann verschwinden Geräusche und Gerüche. Ich gebe das Blinzeln auf.

Als ich es das nächste Mal versuche, ist das Bild schon schärfer. Aber ich sehe noch immer Josies Gesicht.

Und höre Stimmen, die ich jetzt klar zuordnen kann. Da ist Isa, zusammen mit Prestons Bariton. Odinas melodische Stimme. Alle versuchen, mich zu beruhigen.

»Du bist nicht tot!«, kann ich klar heraushören.

Der Raum verschwimmt, und auf einmal ist da nur noch das Wasser. Und Blut, das sich wie ein roter Teppich um mich herum ausbreitet. Ich schnappe nach Luft. Keuche und stoße einen einzigen Namen hervor: »Jamie?«

»Jamie ist hier. Alles ist gut.«

Ich versuche, den Kopf zu drehen, sodass ich auf meinen Arm blicken kann. Wenn er da ist, bin ich definitiv tot. Es sieht so aus, als wäre er noch dran. Aber was ist mit dem Bein?

»Ist das Bein noch dran?«

»Ja, es ist alles noch dran, es wird alles wieder gut«, erklärt Avery. »Es war knapp, du hast wahnsinnig viel Blut verloren, aber Parker hat dich gerettet. Das Bein abgebunden und den Blutfluss gestillt.«

»Parker?«

»Ich bin hier«, sagt er. Seine Stimme ist wie Balsam auf meiner Seele, auch wenn ich die Richtung, aus der sie kommt, nicht ausmachen kann. »Und ich gehe nicht weg. Versuche, dich zu entspannen, Lee.«

Ich schlafe wieder ein, beruhigt, dass er da ist, dass die Mädchen alle da sind. Ich wache irgendwann wieder auf. Noch immer erschöpft, aber klarer und weniger verängstigt.

»Wisst ihr noch, wie sie mal gesagt hat, dass sie beim Surfen sterben wird? Bei der Kollision mit einem Wal?«, sagt Odina gerade.

»War es wenigstens ein Hai?«, höre ich mich dünn sagen.

Odina greift meine Hand. »Nein, Liebes, es war kein Hai.«

»Nicht?«

Jemand gluckst leise. Preston vielleicht oder Noah.

»Nope. Schon wieder nicht«, sagt Isa vergnügt.

»Ein Wal?«

»Nope.«

»Was dann?«

»Eine Finne«, erklärt Odina.

»Oh, das klingt lame.«

»Du darfst gerne allen sagen, dass es ein Hai war. Es bleibt unser Geheimnis.«

»Keine Geheimnisse mehr«, sage ich.

»Keine Geheimnisse mehr«, erwidern Isa, Odina und Avery im Chor.

Was ist mit Josie, denke ich. *Warum sagt sie nichts?*

»Parker, bist du noch da?«

»Ich halte deine Hand«, sagt er. Ich schaue nach rechts, wo Jamies kleine Finger über meinen liegen.

»Die andere.«

Ich lächele. Deswegen dachte ich auch, sie sei noch da. Weil er sie hält, sodass meine fehlende linke Hand keine Phantomsehnsucht fühlen muss.

Odina beugt sich über mich. »Ich weiß nicht, wie wir dir danken sollen, Lee. Du hast Jamie und Hailey gerettet.«

»Ihr hättet dasselbe getan.«

»Hailey hat dir ein Bild gemalt, und sie sagt, ich soll dir ausrichten, dass dich keine Schuld trifft. Sie waren nicht deinetwegen am Harbour's End, sondern weil Jesper Sandstrom sich als Surflehrer ausgegeben und sie dazu angestachelt hat.«

»Unfassbar«, sagt Odina. »Wir haben bereits Anzeige erstattet. Es ist nur eine Frage der Zeit, bis die Polizei ihn verhaftet.«

Und dann sehe ich Josie ins Gesicht und habe endlich keinen Zweifel mehr, dass sie hier ist. Und ich am Leben.

Sie steht nur wenige Handbreit entfernt von Andrea. Und sie hat sich viel stärker verändert als wir alle. Es liegt nicht an ihrem Gesicht, ihrer Nase, den farbigen Kontaktlinsen oder dem ungewohnten Kurzhaarschnitt. Auch nicht an der Tatsache, dass ich nirgends in ihrem Gesicht das charakteristische Muttermal entdecken kann. Das, was anders ist an ihr, ist ihre Präsenz. Josie konnte Räume füllen, indem sie sie betrat. War der Magnet, um den sich alle scharten. Sie ist kein Magnet mehr, sie ist ein Gespenst. Ich wünschte, ich könnte etwas dagegen tun. Wie sehr ich wünschte, Andrea könnte etwas tun.

»Hey, Josie«, sage ich. Meine Stimme bricht fast dabei.

»Hey, Lee«, erwidert sie. Und es klingt ebenso erstaunt. Ich mustere sie. Josies Körperhaltung erinnert an einen Tiger im Käfig. Alles an ihr ist angespannt, ihr Blick irrt im Raum umher, als suchte sie den nächstmöglichen Fluchtweg.

»Schön, dass du da bist«, sage ich und lächele schief. »Lange nicht gesehen. Sag nicht, dass du nur hier bist, weil ich um ein Haar zum zweiten Mal von einem Hai verspeist worden wäre.«

Sie schüttelt kaum merklich den Kopf. »Ich hatte Angst um dich.«

Ein warmes Gefühl flutet mich. Josie kann nicht wissen, was es mir bedeutet, das zu hören. Wie sehr sich diese fünf Worte unterscheiden von den Sätzen, die ich bei meinem letzten Krankenhausaufenthalt gehört habe. Dakotas »Du hast mir einen ganz schönen Schrecken eingejagt« oder schlimmer noch »Was hast du nur angestellt, Lee?« hallen in mir nach. Nichts in Josies Gesicht suggeriert einen Vorwurf, dort lese ich nur ehrliche Sorge. Und Mitgefühl. Ich denke an Dakota in dem Krankenzimmer auf Maui. Wie sehr sich die die Atmosphäre jetzt und hier von damals unterscheidet. Heute bin ich umgeben von Menschen, die mich wirklich lieben.

»Wirst du bleiben?«, frage ich Josie, obwohl ich die Antwort instinktiv schon weiß.

Sie schüttelt langsam den Kopf.

Andreas Gesicht wird zu einer steinernen Maske. Ein Zucken geht durch ihn hindurch, und einen Augenblick lang sieht es aus, als wollte er sie bei den Schultern packen und festhalten.

»Ich gehöre nicht hierher. Das habe ich nie. Ich bin nur hier, weil …« Josie stockt, »weil ich etwas in der Stadt zu erledigen hatte. Und Andrea …«, sie stolpert erneut über ihre eigenen Worte, vielleicht auch nur über diesen einen Namen, »Andrea ist mir über den Weg gelaufen und hat mir erzählt, dass du einen Unfall hattest.«

Sie tauscht einen Blick mit Andrea, den ich nicht deuten kann. Andrea bewegt lautlos die Lippen.

»Ich hab mich noch nicht entschieden«, sagt Josie. Ich weiß nicht, ob an mich oder an Andrea gewandt. Ich verpasse etwas Wichtiges. Meine Lider werden langsam schwer, und die Gespräche zerfallen in Wortfetzen, die ich nicht mehr zusammengesetzt bekomme. Ich nehme wahr, wie Odina Josie über den Unfall in Kenntnis setzt, ich höre Parkers Stimme dazwischen und dämmere tiefer ins Dunkel hinein.

»Bleib, geh nicht, Jo …«, murmele ich noch, dann schlafe ich ein.

• • •

Stunden später komme ich wieder an die Oberfläche. Es gelingt mir, die Augen ganz zu öffnen. Bis auf Preston, Jamie und Noah sind noch alle da. Parker neben mir. Und Josie. Vor allem Josie.

»Ich kann immer noch nicht glauben, dass du hier bist«, sagt Avery. »Wirklich hier. Bei uns, real und zum Anfassen.«

Sie berührt Josie am Arm. Josie zuckt leicht.

»Ich kann es auch nicht glauben«, murmelt Josie kaum hörbar. »Es ist paradox. So, als wäre ich nie weg gewesen, und gleichzeitig so, als wäre ich auf einem anderen Planeten gelandet. In einem anderen Leben. Aus einer anderen Zeit.« Und dann ist da dieses zaghafte Lächeln, das aussieht, als hätte sie verlernt, die Mundwinkel nach oben zu ziehen.

»Wir haben so viel zu bereden, so viele Fragen an dich«, sagt Odina und mustert Josie.

Wieder schüttelt Josie den Kopf. »Ich wollte nur sichergehen, dass es Lee gut geht, dass es euch gut geht. Euch alle kurz wiedersehen. Mehr nicht.«

»Aber wir haben uns so viel zu erzählen, wir wollen alles wissen. Wo du warst, wie es dir ergangen ist … wer du jetzt bist«, ruft Avery. »Du bist hier, endlich, und wir wollen, nein wir können dich nicht einfach so wieder gehen lassen.« Avery schaut zu mir und lächelt unsicher. Es wirkt, als hätten sie mit dieser Unterhaltung gewartet, bis ich wach bin. Ich nicke langsam, um ihr zu verstehen zu geben, dass ich dem Gespräch wieder folgen kann.

Josie macht einen winzigen Schritt rückwärts. »Manchmal ist es besser, in Erinnerungen zu verweilen, statt neue zu machen. Ich bin nicht mehr die, die ihr kanntet.«

»Wir alle haben uns verändert«, wirft Odina ein.

»Nein. Ihr nicht. Ihr habt euch gefunden, das ist der Sinn des Ganzen. Ich bin nur der Sidekick in eurer Geschichte. Es geht nicht um mich, es geht um euch.«

Jetzt ist es Isa, die Josie vorsichtig ihre Hände auf die Schultern legt. Isa ist viel größer als Josie, und dennoch wirkt sie zerbrechlicher. »Wenn es meinetwegen ist, Josie, ich hab Wellington angezeigt, ich … ich …« Isa stockt, und ich höre ihren Worten an, wie sehr sie mit den Tränen kämpft.

»Ich weiß«, erwidert Josie. »Das weiß ich doch.« Ihre Stimme wird sanft und will gar nicht zu der ruckartigen Bewegung passen, mit der sie ihre zarten Arme um Isas Mitte schlingt und sich an sie drückt.

»Kannst du mir verzeihen, dass ich so feige war?«, schluchzt Isa.

»Es gibt nichts zu verzeihen, Isa. Ich habe dich erst in diese Lage gebracht, ich war es, die dich mit zu dem Casting genommen hat. Das ist eines der Dinge, die ich in meinem Leben bitter bereue. Als dann da eure Anzeige im *Chronicle* stand, hatte ich Angst, dass es dadurch eine Spur zu mir geben könnte. Ich wollte nie gefunden werden … aber jetzt bin ich froh, noch einmal hier gewesen zu sein.«

Noch einmal. Niemandem im Raum ist der Wortlaut entgangen. Auch Andrea nicht, der mit der Hand das Fensterbrett so fest greift, dass die Adern an seinem Unterarm hervortreten.

Josie drückt Isa erneut, dann befreit sie sich ebenso ruckartig, wie sie die Umarmung geschlossen hat. Ihr Gesicht ist fahl, und ihr Blick geht durch mich hindurch ins Leere. Als sähe sie in die Vergangenheit.

»Wir waren damals fast noch Kinder. Es tut mir leid, in welche Lage ich euch gebracht habe. Dich, Isa, aber auch dich, Lee, indem ich dich zu meiner Fluchthelferin gemacht habe. Dich, Avery, weil ich mit deinen Gefühlen für Jake gespielt habe. Und dich, Odina, indem ich dir das Geld anvertraut habe.«

Ich drehe meinen schweren Kopf zu Odina. Sehe, wie sich ihre Augen weiten.

»Josie, das Geld, es ist weg«, sagt sie leise. »Ich kann es dir nicht geben, wenn du deswegen hier bist … ich … Wilson hat es.«

Zu meinem Erstaunen lacht Josie laut und bitter auf. »Ich bin nicht wegen des Geldes hier.«

Wie müde sie aussieht. Erschöpft und ausgemergelt. »Ich bin hier, um mich endgültig zu befreien. Aber so wie es scheint, will mir das nicht gelingen.«

Ihr Blick huscht zu Andrea, flackert und fällt dann auf den Boden.

Ich will mich aufrichten, sie zwingen, uns anzusehen, weil ich das Gefühl habe, sie erneut zu verlieren. Aber das dumpfe Pochen in meinen Gliedern hält mich davon ab.

»Ihr habt keine Ahnung, wer ich geworden bin«, sagt sie. »Es muss ein Ende finden. Josie Blythe gibt es nicht mehr. Ich kann mein Verschwinden nicht rückgängig machen, aber auch nicht riskieren, dass es mich mein Leben lang verfolgt.«

»Wir alle haben Fehler gemacht. Wir waren so jung. Josie, wir wollen dich. Andrea will dich, ich sehe es doch!«, ruft Odina entschlossen und funkelt ihren Bruder an. »Andrea, du warst es doch, der gesagt hat, dass wir Josie finden müssen! Und du hast auch gesagt, dass du nicht weißt, wo sie ist, und es besser wäre, es auch nie zu erfahren. Aber jetzt, jetzt ist sie hier, und du musst, du musst doch etwas tun!«

Andrea räuspert sich, aber sagt nichts. Dann sieht er Josie ins Gesicht, und sein Blick verrät mir alles, was es über diese beiden zu wissen gibt.

Verrät gleichzeitig nichts von den Zwischentönen, die eine Geschichte einzigartig machen. Manche Liebe hat kein Happy End. Manchmal gibt es keinen Schlusspunkt. Weil er längst gesetzt wurde. Aber heilige Scheiße, da ist so viel Sehnsucht in den Augen der beiden.

Ich schaue auf Parkers Finger an meiner linken Seite, dann wieder zu Josie.

»Wenn die Nacht am dunkelsten ist, Josie, dann brauchst du jemanden, der deine Hand hält. Vielleicht ist jetzt die Zeit dafür.«

Josie lächelt sanft und schüttelt den Kopf. »Dafür ist es zu spät.«

»Es ist nie zu spät«, sagt Isa. »Du gehörst zu uns.«

Josie seufzt. »Ihr braucht keine fünfte Freundin. Ich bin offiziell tot und damit endlich frei. Und so möchte ich leben. Wir hatten unsere Zeit, sie ist zu Ende. Ich wünsche, dass ihr glücklich werdet. Bleibt für immer Freundinnen und behaltet mich in euren Herzen. Das reicht für mich.«

Odina streckt Josie einen Zettel entgegen, den sie widerwillig entgegennimmt.

»Falls du es dir anders überlegst«, sagt Odina eindringlich. Ich bin mir sicher, dass Josie den Zettel so schnell wie möglich entsorgen wird. Sie macht keine Anstalten, ihn einzustecken, sondern hält ihn ungelenk zwischen ihren Fingerspitzen.

Dann tritt sie an mein Bett, streichelt mir mit der freien Hand über die Stirn. Ich will sie festhalten, aber mir fehlt ein Arm dazu, die Kraft und vielleicht auch die Entschlossenheit. Ich habe schon einmal die Erfahrung gemacht, dass man Josie nicht halten kann.

Und als ich in die Gesichter der anderen schaue, merke ich, dass auch sie begriffen haben, dass wir Josie ziehen lassen müssen. Wellen kann man nicht daran hindern zu brechen. Menschen nicht daran, gegen den Strom zu schwimmen.

Josie streift im Gehen mit ihren Fingern Andreas Arm und verlässt das Zimmer.

42

Ein paar Wochen später

Ho ike mai ke aloha.
Puni ka aina
U alele amanu

Lass deine Liebe über die ganze Welt fließen und fliege wie ein Vogel.

Puni ka aina
U alele amanu

Unsere Stimmen vereinen sich in dem alten Chant, Averys starke Rockstarstimme mit Odinas dunklem Timbre wird von Isas zarten, höheren Tönen komplettiert und durch mein fehlendes Rhythmusgefühl ein klein bisschen zerstört. Aber es geht nicht um den perfekten Klang. Viel wichtiger ist, dass wir das hier wirklich fühlen.

Mehrmals wiederholen wir die Klänge. Wir streichen mit den

Handflächen über die Wasserfläche. Als die letzten Töne verstummt sind, hebt Isa als Erste die Stimme. Es ist ihr deutlich anzuhören, wie berührt sie ist.

»Wir übergeben Andys Seele hier am North Shore Hawaii der See. Wir danken ihm für alles, was er für uns getan hat. Für die Leidenschaft, die er in uns entfachen konnte. Für unsere Freundschaft, die ihren Anfang in seinem Surfcamp nahm.«

Isa legt ihren Lei in die Mitte und lässt ihn über die kleinen Wellen gleiten.

»Wir legen heute auch einen Teil unserer Vergangenheit ab«, sagt Avery. »Missgunst und Missverständnisse. Vorurteile und Verurteilungen, Stolz und Neid. Wir lassen das hier zurück und waschen unsere Freundschaft rein mit dem heiligsten Wasser, das es für uns gibt.« Sie grinst. »Salzwasser.«

Averys Kette aus Plumeria und Tuberose schwebt über dem türkisblauen Wasser.

Odinas gelbes Blumenarrangement treibt daneben auf einer Miniwelle, als sie sagt: »Ich übergebe meine Ängste der See in der Hoffnung, sie möge sie schlucken und mich von ihnen befreien. Und ich danke dem Meer, dass es uns Hailey und Jamie gelassen hat. Ich danke Lee, die sie gerettet hat.«

Ich habe zusätzlich zu dem Lei um meinen Hals, den ich meiner Mutter widme, einen Kranz auf dem Haar sitzen. Für Josie.

Beides lege ich jetzt in unsere Mitte.

»Ich übergebe die Seele meiner Mom der See. Hier in der Nähe jenes Ortes, an dem sie mich geboren hat. Und ich übergebe Josies Glück dem Meer, möge es ihre Freiheit nie einschränken, sondern erweitern. Möge sie wachsen und irgendwo zu Land oder am Wasser ihr Zuhause finden.«

Ich schaue hinüber zur Küste. Erkenne hinter dem Strand die Betontreppe zu meinem Haus. North Shore, Pipeline, O‘ahu,

Hawaii. Wie glücklich ich mich schätzen kann, hier daheim zu sein.

In einem Café ganz in der Nähe bestellen Preston und Jake gerade Frühstück für alle, während Noah und Parker sich von Qualle seinen Laden zeigen lassen. Qualle, der, seit er wusste, dass Mitglieder der Band Force of Habit herkommen würden, zum ersten Mal in seinem Leben eine Leidenschaft fürs Putzen und Aufräumen entdeckt hat.

Und Parker, der nicht mehr nach Hause fliegen, sondern hierbleiben wird. Bei mir. Nicht weil ich ihn brauche. Sondern weil ich ihn will. Und er mich.

»*Ma te hururu, ka rere te*«, summe ich leise.

Flügel sind mir keine gewachsen, aber wozu braucht man auch Flügel, wenn man ein Surfbrett hat?

In A Dark Night

Epilog

Der Fahrer hupt zum Abschied, dann verschwindet das Taxi hinter einer Wolke aus Staub. Ich schaue die Straße entlang, wo nur spärlich das Kopfsteinpflaster beleuchtet ist, das so alt und uneben ist, wie man es nur im guten alten Europa findet. Die Regenrinne schimmert orange. Ich sehe das Scheinwerferlicht eines Rollers auf mich zukommen. Lächele. Es riecht nach Rosmarin und nach Abgasen. Die Türen des Steinhauses sind hinter grünen Gittern versteckt. Und ich weiß, welches davon ich öffnen muss. Es steht auf einem kleinen, zerknitterten Zettel.

Die Nacht ist laut und surrt an allen Ecken und Enden. Dröhnende Bässe, helles Lachen und das allgegenwärtige Sirren der Stechmücken. Ich betrete einen Innenhof, der vor Leben vibriert. Lange Reihen von Tischen und Stühlen stehen dicht gedrängt zwischen Oliven- und Zitronenbäumchen in unterschiedlich großen Terrakottatöpfen. Etwa zwei Dutzend Menschen sitzen zusammen, die Tische stehen voll mit Weingläsern, Tellern mit Antipasti und großen Schüsseln voller unterschiedlicher Pasta. Ich kann ihn nicht entdecken.

Ich lasse meine Reisetasche zu Boden gleiten und drehe mich langsam um meine eigene Achse. Der Blick einer älteren Frau wendet sich mir zu. Sie hat eben noch in die Hände geklatscht, jetzt hält sie in der Bewegung inne. Sie lächelt mich an, dann deutet sie zu einem schattigen Tisch hinter den Zitronenbäumen.

Ich folge ihrer Bewegung. Und da ist er.

Er steht auf.

Ich mache einen Schritt auf ihn zu.

Er streicht sich über den Bartschatten an seinem Kinn.

Ich schiebe mir eine Strähne hinter die Ohren, die viel zu kurz ist und mir sofort wieder ins Gesicht fällt.

Ich bin wirklich hier. Zum ersten Mal seit zehn Jahren habe ich das Gefühl, nicht mehr wegzulaufen. Sondern anzukommen.

Es ist das Mutigste, was ich je getan habe.

Die Zeit scheint stillzustehen, als müsste sie Raum schaffen für die Gewaltigkeit des Augenblicks.

Er sieht mich an. Dieses Mal weiche ich seinem Blick nicht aus. Auch wenn ich Angst habe, darin nicht das zu finden, was ich suche.

Um uns herum wird es ruhiger, als hätten die Grillen die Luft angehalten und jemand instinktiv die Musik leiser gedreht. Dabei sind es nur meine Sinne, die sich fokussieren.

Sein Name liegt auf meinen Lippen, aber ich wage es nicht, ihn laut auszusprechen, den Zauber zu zerstören.

Er schiebt sich an den Stuhlreihen vorbei, und alle Köpfe drehen sich zu mir. Ich fühle mich gläsern unter den prüfenden Augen der Bianchis. Bis ich begreife, dass die Neugier nicht dem Charakter gilt, den ich abgestreift habe, nicht einmal mir als Person. Das hier sind seine Leute, seine Familie und ich bin die unbekannte

Frau, von der er vielleicht nie erzählt hat. Obwohl ich von seiner Schwester weiß, dass er sich von Francesca getrennt hat, fühle ich mich ein wenig wie ein Eindringling.

Und dann steht er vor mir.

Ich halte die Luft an.

»Du bist hier«, sagt er.

Ich höre die Menschen um uns herum murmeln, einige rufen etwas, jemand klatscht. Aber all das geht unter in seinem »Du bist hier«. Weil es keinen Zweifel daran lässt, wie er über mich denkt.

Ich finde meine Stimme, lecke mir einmal über die Lippen, auf denen ich noch seinen Namen schmecke, und flüstere: »Lee hat gesagt, wenn die Nacht am dunkelsten ist, brauchst du jemanden, der deine Hand hält.«

Andrea öffnet seine Arme, und ich brauche nur einen winzigen Schritt, um mich hineinfallen zu lassen.

Dank

Achtung, jetzt wird es noch mal ein bisschen cheesy. Ich kann nicht glauben, dass ich hier bereits die letzte Danksagung zu dieser Reihe schreibe. Was für eine Zeit, was für eine Reise, wie viel Emotionen, Zweifel, Enthusiasmus und Dankbarkeit. Wenn ich jetzt keine Tränchen verdrücken darf, wann dann?

Für ein Projekt wie dieses braucht es einen Verlag, der sich traut, eine Tetralogie herauszubringen, die ein zusammenhängendes Spannungselement hat. Forever by Ullstein hat sich getraut. Und was soll ich sagen: Ich hätte kein besseres Zuhause für die Reihe finden können. You did a great job!! Ich danke allen Beteiligten von ganzem Herzen. Vielen Dank auch an Bettina Arlt und das Team von Favoritbüro. Gab es je schönere Cover? Vielleicht, wenn auch unwahrscheinlich ☺ Für *Breaking Waves* könnte ich mir nichts Perfekteres vorstellen.

Bevor ich diese aufregende Reise nach Harbour Bridge begonnen habe, gab es nichts als *eine* Idee. Und damit diese Idee, die mit den fünf Frauencharakteren begann, eine Form bekommen konnte, brauchte ich ein Setting. Hier kommt meine Schwester Teresa ins Spiel, der ich von Herzen danke, dass sie mich auf die realen Vorbilder für Harbour Bridge gebracht hat.

Danach brauchte es vor allem *zwei* ganz besondere Frauen, ohne die all das hier nicht stattgefunden hätte.

Franziska Hoffmann, the world's best agent und Herzensmensch. Von dir fühle ich mich noch verstanden, wenn ich mich selbst nicht mehr verstehe. Und vor allem hast du an mich geglaubt, als es andere nicht getan haben. Ich kann dir nicht genug Danke sagen.

Margit Schulze – Powerhouse, du warst meine erste Ansprechpartnerin bei Forever, und ich hab unseren ersten Call noch ganz genau in Erinnerung. Du hast nicht nur für die Reihe gebrannt, du hast mit mir am Text gearbeitet, das Marketing durchgeboxt und dich an allen Ecken und Enden für die *Waves* eingesetzt. Deine Energie ist ansteckend und unschätzbar viel wert, vielen herzlichen Dank für alles.

Es hat drei Jahre gedauert – von der Idee bis zur Umsetzung –, bis ich schreiben konnte, was ich wollte, und mich von allem, was mich daran gehindert hat, »befreit« habe. Unbemerkt und sicher auch ungewollt gab es in dieser Zeit auch Menschen, die trotz anderer Absichten mittelbar dafür gesorgt haben, dass alles seinen richtigen Weg gegangen ist. Karma is a bitch – insofern danke.

Drei Jahre, bis ich die Reise zum Setting endlich antreten konnte, und drei Schwestern, die einen Kern bilden, den es ohne Teresa und Luisa nicht gäbe. Danke, Teresa, für jeden Lachanfall, für jedes bekloppte Video unserer Session im November, für lange Telefonate über den Atlantik hinweg und für die Megainspiration, die du für diese Reihe warst. Thank you Ben, my brother-in-law, for being the best man for her I could imagine.

Danke, Luisa für medizinischen Rat, für deine Begeisterung,

deine Hilfe und Motivation. Ich bin so stolz auf dich und wie du deinen Weg gehst.

Es brauchte *vier* Charaktere, die mir unfassbar ans Herz gewachsen sind. Das klingt albern, weil ich sie selbst erschaffen haben, aber Avery, Isa, Odina und Lee sind mir so nahegekommen, als wären sie real. Und der Abschied fällt zugegebenermaßen ein wenig schwer.

Für die letzten Jahre und dieses Mammutprojekt habe ich auch dringend eine Squad gebraucht, wie Lee eine hat. Menschen, die hinter mir standen.

– Danke an das wunderbare Marketing, Vertriebs- und Team von Forever, allen voran die Powertruppe Katharina und Melina, sowie stellvertretend für viele andere Stephanie, Linda und Juliane.
– Danke an die Squad zu Hause: Tom und T. und M. Ohne euch wüsste ich nicht so gut, was Liebe ist, und könnte vermutlich sehr viel schlechter darüber schreiben. Danke für euer Verständnis, für eure Liebe, für euer Mitfiebern und das »Auf-dem-Bett-hüpfen«, als Mamas Buch zum ersten Mal auf der Bestsellerliste gelandet ist.
– Danke an meine Freundinnen. Allen voran an die einzigartige Christiane. Für jedes Gespräch, jede liebevolle Kleinigkeit, deine unverzichtbare Freundschaft. Danke an Heike, die mich mit Gossip bei langen Autofahrten wach hält, wenn die Bahn mal wieder nicht fährt. Danke an Franzi, die vielleicht sogar noch ein wenig buchverrückter ist als ich. Danke an Tamaris, Seli, Jani, Isi, Naddel, Christine, Nicole, Isabell, Sophie, Melina, Corinna, Manon, Helena – for being a part of my life.
– Danke an meine Tante Susi, du machst so vieles leichter und schöner, einfach nur, weil es dich gibt und du da bist.

- Meine Mutter konnte nie eines meiner Bücher lesen, aber ich hätte kein einziges ohne sie schreiben können. Und ich versuche zu wiederholen, was sie mir in die Wiege gelegt hat. Antworte seufzend an der Kasse im Buchladen meinen Kindern: Ja, ich weiß, ich hab mal gesagt, bei Büchern werde ich nie geizig sein. Ach Mama, wie du schmunzeln würdest, wenn du sehen könntest, wie ich ihnen manchmal erlaube, bis mitten in die Nacht zu lesen, weil es gerade so spannend ist. Du fehlst so unglaublich.
- Ich danke Lilly Lucas für den Blurb, dein offenes Ohr, deinen Rat und deine Freundschaft. Ich verdanke dir so viel. Danke an Angela Kirchner, du Herzallerliebste. Es ist schön, dass es dich in meinem Leben gibt.
- Danke an all die wunderbaren, liebenswerten Menschen aus der Buchbubble. Danke an Carina Schnell, Kathinka Engel, Toni Wesseling, Kyra Groh und die vielen anderen lieben Autor:innen, die ich in den letzten beiden aufregenden Jahren kennenlernen durfte.
- Danke an meine lieben Kolleg:innen (ganz besonders: Kirsten, Katharina, Christiane, Silke, Theresia und Luisa) von BRAND für eure Unterstützung, euer Verständnis und euer Interesse an meinen Büchern und dieser »anderen« Welt.
- Last but most importantly: Danke an euch Blogger:innen, Booktoker:innen und an alle Leser:innen, die mit ihrer Leidenschaft dafür sorgen, dass meine Bücher in die Welt getragen werden. Danke, dass ihr meine Geschichten rezensiert, empfehlt, lest und liebt. Ohne euch wäre ich nur eine Frau, die ihre Geschichten in den PC tippt. Durch euch kann ich meinen Traum, Autorin zu sein, leben.